[redacted]

JONATHAN TROPPER

Mein fast perfektes Leben

ROMAN

Aus dem Englischen
von Birgit Moosmüller

Weltbild

Die amerikanische Originalausgabe erschien 2007 unter dem
Titel *How to Talk to a Widower* bei Bantam Dell,
A Division of Random House, Inc., New York.

Besuchen Sie uns im Internet:
www.weltbild.de

Genehmigte Lizenzausgabe für Verlagsgruppe Weltbild GmbH,
Steinerne Furt, 86167 Augsburg
Copyright der Originalausgabe © 2007 by Jonathan Tropper
Copyright der deutschsprachigen Ausgabe © 2007 by Knaur Verlag.
Ein Unternehmen der Droemerschen Verlagsanstalt
Th. Knaur Nachf. GmbH & Co. KG, München
Übersetzung: Birgit Moosmüller
Umschlaggestaltung: Atelier Seidel, Teising
Umschlagmotiv: Eigenarchiv Atelier Seidel, Teising
Gesamtherstellung: Bagel Roto-Offset GmbH & Co.KG, Schleinitz
Printed in the EU

ISBN 978-3-8289-9150-7

2011 2010 2009 2008
Die letzte Jahreszahl gibt die aktuelle Lizenzausgabe an.

In Liebe
für Alexa Rose

die mir in den frühen Morgenstunden Gesellschaft leistet –
In the Wee Small Hours, *wie Sinatra sagen würde*.

I

Russ ist zugekifft. Man sieht es am Weiß seiner Augen, das im flackernden gelben Licht der Verandalampe eher wie ein glasiges Rosa wirkt, und an seinen dunklen, vergrößerten Pupillen. Ein weiteres Indiz ist die Art, wie er die Augenlider träge auf halbmast hängen hat und sich lässig an den schlecht gelaunten Polizisten lehnt, der ihn vor meiner Haustür in aufrechter Position zu halten versucht. Als wären sie zwei Trinkkumpane, die nach der letzten Runde in die Nacht hinausgewankt sind. Es ist kurz nach Mitternacht, und als es vorhin an der Tür läutete, lag ich in meiner üblichen Position auf der Couch. Zwar nur im Halbschlaf, dafür aber im Vollrausch. Ich war damit beschäftigt, mich selbst zu quälen, indem ich aufs Geratewohl Erinnerungen aus meinem Gedächtnis hervorkramte wie Streichhölzer aus einer Schachtel, um sie nacheinander aufflammen zu lassen und mich schlaftrunken damit in Brand zu stecken.

»Was ist passiert?«, frage ich.

»Er und ein paar andere Jungs sind sich unten beim Seven-Eleven in die Haare geraten«, erklärt der Polizist, ohne Russ' Oberarm loszulassen. Erst jetzt sehe ich die Schrammen und Blutergüsse in Russ' Gesicht, den bösen, sichelförmigen Kratzer an seinem Hals. Sein schwarzes T-Shirt ist nicht mehr zu retten, es ist völlig verzogen und am Hals zerfetzt. Außerdem blutet er am Ohr, offenbar hat jemand an einem seiner Ohrringe gerissen.

»Alles in Ordnung?«, frage ich Russ.

»Leck mich, Doug.«

Es ist eine Weile her, seit ich ihn das letzte Mal gesehen habe. Er hat sich inzwischen eine Art Bart wachsen lassen, einen kleinen stoppeligen Fleck gleich unterhalb der Unterlippe.

»Sie sind nicht sein Vater?«, fragt mich der Polizist.

»Nein, bin ich nicht.« Ich reibe mir mit den Fäusten über die Augen, versuche einen klaren Kopf zu bekommen. Ich war gerade im Begriff gewesen, mich vom Whiskey endgültig in den Schlaf singen zu lassen, und selbst in der so abrupt zerborstenen Stille kommt es mir noch vor, als spiele sich das alles unter Wasser ab.

»Er hat gesagt, Sie seien sein Vater.«

»Er hat mich sozusagen verstoßen«, bemerkt Russ in bitterem Ton.

»Ich bin sein Stiefvater«, erkläre ich. »Zumindest war ich das mal.«

»Sie waren es mal.« Der Polizist zieht ein Gesicht, als hätte er gerade zu viel Wasabi-Paste erwischt, und mustert mich eindringlich. Er ist ein großer, kräftiger Mann – was man auch sein muss, um jemanden wie Russ zu stützen, der mit seinen sechzehn Jahren bereits über eins achtzig groß und recht breit und stämmig gebaut ist. »Sie sehen so jung aus, dass sie genauso gut sein Bruder sein könnten.«

»Ich war mit seiner Mutter verheiratet«, antworte ich.

»Und wo ist sie?«

»Sie hat uns verlassen.«

»Damit meint er, dass sie tot ist«, sagt Russ verächtlich. Er hebt die Hand und beschreibt einen Bogen nach unten. Dabei pfeift er und zischt laut durch die Zähne, um den Soundeffekt einer Explosion zu erzeugen. »Puff – und tschüs!«

»Halt den Mund, Russ.«

»Stopf ihn mir doch, Doug.«

Der Polizist umklammert Russ' Arm noch fester. »Sei still, mein Sohn.«

»Ich bin nicht Ihr Sohn!«, faucht Russ, während er vergeblich versucht, sich aus dem eisernen Griff des Beamten zu befreien. »Ich bin überhaupt niemands Sohn!«

Der Polizist drückt ihn mühelos gegen den Türpfosten, damit er nicht weiter um sich schlagen kann, und wendet sich wieder mir zu. »Und der Vater?«

»Keine Ahnung.« Ich sehe Russ an. »Wo ist Jim?«

Der Junge zuckt mit den Achseln. »Für ein paar Tage runter nach Florida.«

»Und Angie?«

»Sie ist mit.«

»Die beiden haben dich allein gelassen?«

»Nur für zwei Nächte. Sie kommen morgen zurück.«

»Angie«, wiederholt der Polizist.

»Die Frau seines Vaters.«

Der Beamte wirkt langsam ein wenig genervt, als bereiteten wir ihm Kopfschmerzen. Ich würde ihm die Sachlage gerne erklären, ihm begreiflich machen, dass das alles gar nicht so chaotisch ist, wie es klingt, aber dann fällt mir ein, dass es tatsächlich so chaotisch ist.

»Der Junge lebt also nicht hier?«

»Nicht mehr. Früher schon«, antworte ich. »Das war das Haus seiner Mutter.«

»Hören Sie«, sagt der Polizist. Er ist mittleren Alters und hat einen bereits ergrauenden Oberlippenbart, dessen Form mich an eine Raupe erinnert. Seine Augen wirken müde. »Was auch immer er geraucht hat, ich habe nichts davon bei ihm gefunden. Meine Schicht ist fast vorbei, und ich bin nicht besonders scharf darauf, mich wegen einer dämlichen Parkplatzschlägerei noch eine Stunde lang mit dem Jungen herumzuärgern. Ich habe selbst drei Söhne. Im Moment macht er gerade einen auf harter Mann, aber vorhin im Streifenwagen hat er mich weinend gebeten, ihn hierher zu bringen. Wir haben jetzt zwei Möglichkeiten: Entweder ich nehme ihn mit aufs Revier und erstatte wegen einer Handvoll von Verstößen Anzeige, oder Sie lassen ihn rein und versprechen mir, dass so etwas nie wieder vorkommen wird.«

Russ starrt mich finster an, als wäre das alles meine Schuld.

»So etwas wird nie wieder vorkommen«, sage ich.

»Gut.« Der Polizist lässt den Jungen los. Russ stößt den Arm des Mannes mit einer heftigen Bewegung weg und stürmt in sein Zimmer hinauf. Dabei wirft er mir einen Blick zu, aus dem so viel unverhohlener Hass spricht, dass er die dicke, neblige Schicht meiner alkoholbedingten Benommenheit wie eine Harpune durchbohrt.

»Danke, Officer«, sage ich zu dem Beamten. »Er ist eigentlich ein guter Junge, er hat bloß ein hartes Jahr hinter sich.«

»Nur damit Sie es wissen«, antwortet der Polizist, während er wieder auf die Veranda hinaustritt. »Das ist nicht das erste Mal, dass er in Schwierigkeiten steckt.«

»Was für Schwierigkeiten meinen Sie?«

Er zuckt mit den Achseln. »Das Übliche. Vor allem Schlägereien. Kleinere Sachbeschädigungen. Und sein erster Joint war das sicher auch nicht. Der Junge bewegt sich gerade in eine ungute Richtung. Ich weiß nicht, welche Rolle Sie in seinem Leben spielen, aber irgendjemand muss dafür sorgen, dass er sich nachts nicht mehr so lange herumtreibt. Vielleicht braucht er ja auch ein wenig psychologischen Beistand.«

»Ich werde mit seinem Vater sprechen«, sage ich.

»Nächstes Mal ist er fällig.«

»Verstehe. Noch mal danke.«

Der Polizist wirft mir einen letzten skeptischen Blick zu, ehe er geht. Ich weiß genau, was er sieht: einen ungepflegten, unrasierten Typen mit blutunterlaufenen Augen, der noch dazu ziemlich besoffen zu sein scheint. Da wäre ich auch skeptisch. »Das mit Ihrer Frau tut mir leid«, sagt er.

»Ja«, antworte ich, ehe ich die Tür hinter ihm schließe. »Mir auch.«

*

Oben ist Russ in der Dunkelheit seines ehemaligen Zimmers unter die Bettdecke gekrochen. Alles ist noch so, wie er es zurückgelassen hat, genau wie in den meisten anderen Räumen. Ich habe in dem Jahr, seit Hailey gestorben ist, so gut wie nichts verändert. Das Haus ist wie ein Standbild des Lebens, das wir einmal hatten, festgehalten in dem Moment, bevor es zerstört wurde. Auf dem Gang brennt Licht. Ich bleibe vor seinem Zimmer stehen, mein Schatten fällt auf die Falten seiner Bettdecke. Krampfhaft überlege ich, was ich jetzt zu diesem seltsamen, zornigen Jungen sagen könnte, mit dem ich mich eigentlich irgendwie verbunden fühlen sollte.

»Ich höre dich atmen«, murmelt er, ohne das Gesicht vom Kissen zu heben.

»Entschuldige.« Ich trete in sein Zimmer. »Worum ging es denn bei der Rauferei?«

»Um gar nichts. Diese Arschlöcher haben einfach angefangen, uns blöd anzumachen.«

»Waren es welche von deiner Schule?«

»Nein, ältere Jungs.«

»Ich schätze, es ist gar nicht so leicht, sich zu prügeln, wenn man zugekifft ist.«

»Stimmt.« Er dreht sich um und hebt höhnisch grinsend den Kopf. »Hältst du dich wirklich für berufen, mir eine Standpauke über die Gefahren von Drogen zu halten, Captain Jack?«

Ich seufze.

»Siehst du? Habe ich es mir doch gedacht!« Er rollt sich zurück auf sein Kissen und vergräbt das Gesicht zwischen den Armen. »Hör zu«, murmelt er, »ich habe einen verdammt anstrengenden Abend hinter mir, also wenn du nichts dagegen hast …«

»Ich habe sie auch verloren, Russ«, sage ich.

Er stößt ein Geräusch aus, das ein verächtliches Lachen, aber auch ein unterdrücktes Schluchzen sein könnte, ich bin mir nicht ganz sicher. »Mach einfach die Tür zu, wenn du gehst«, flüstert er.

*

Kein Mensch weiß genau, wann er sterben muss. Aber vielleicht weiß irgendetwas in uns es doch, eine Art zellulares Bewusstsein, das den kosmischen Countdown spürt und entsprechend zu planen beginnt. Am letzten Abend ihres Lebens überraschte Hailey mich in einem blutroten, tief ausgeschnittenen Kleid, das genau an den richtigen Stellen hauteng anlag. Es war fast, als wüsste sie, was kommen würde und dass das unsere letzte gemeinsame Nacht sein sollte. Als hätte sie beschlossen, dafür zu sorgen, dass die Erinnerung an sie nicht so schnell verblassen würde.

Ich musste sie die ganze Zeit ansehen, mein Blick verweilte länger als üblich auf den vertrauten Kurven und Konturen ihres Körpers, der nach einer Schwangerschaft und vierzig Lebensjahren immer noch geschmeidig und straff war. Ich bewunderte ihr Dekolleté, den sanften Schwung ihrer Schlüsselbeine, den seidigen Schimmer ihrer hellen Haut. In dem Moment begehrte ich sie auf eine Weise, wie man jemanden, mit dem man seit fast drei Jahren schläft, normalerweise nicht mehr begehrt. Ich ertappte mich sogar dabei, dass ich über die praktischen Probleme nachdachte, die es mit sich brachte, wenn wir beide vom Tisch verschwanden und uns in der Toilette auf einen Quickie trafen. Ich stellte mir vor, wie wir uns in einer engen Kabine einschlossen und zwischen tiefen Küssen über unsere Kühnheit lachten. Wie ich sie gegen die Wand drückte und ihr das rote Kleid bis über die Taille hochschob. Wie sie ihre glatten nackten Beine um mich schlang und mich in sich hineinzog. Das kommt dabei heraus, wenn man zu viele Jahre allein lebt und Pay-TV hat.

Doch obwohl mich meine Fantasien so sehr erregten, dass sich gewisse unter dem Tisch befindliche Regionen meines Körpers unwohl zu fühlen begannen, wusste ich, dass es nicht passieren würde. Zum einen konnten wir unmöglich beide vom Tisch verschwinden, ohne dass es auffiel. Außerdem war ich neunundzwanzig und Hailey vierzig. Obwohl ich fand, dass wir guten Sex hatten, wahrscheinlich besseren als die meisten anderen Paare, waren Quickies auf öffentlichen Toiletten einfach nicht mehr Bestandteil unseres Repertoires. Genau genommen waren sie es nie gewesen, da ich eine ziemliche Phobie habe, was Keime betrifft, und der Austausch von Körperflüssigkeiten im Beisein aller möglichen Bakterien mehr wäre, als ich ertragen könnte.

Während der Heimfahrt ließ ich eine Hand über die glatte Haut ihres Oberschenkels gleiten, immer weiter hinauf, und als wir endlich in unsere Garage bogen, war ihre Hand bereits in meiner Hose. Ich zog ihr in der Dunkelheit das Kleid hoch und setzte sie auf die Motorhaube, die von der Fahrt noch heiß war und knisterte. Plötzlich war es auch zwischen uns heiß und knisternd, und wir kamen uns vor wie Teenager, mit dem einzigen Unterschied, dass wir die Sache bereits beherrschten und der Wagen uns tatsächlich gehörte.

Wir müssen eine Spur wie aus Sternenstaub hinter uns hergezogen haben, als wir kurze Zeit später das Haus betraten, denn Russ blickte von seinem Videospiel hoch, sah uns ganz seltsam an und meinte dann kopfschüttelnd, wir sollten uns doch bitte ein Zimmer suchen.

»Nicht nötig«, antwortete Hailey, während sie mich an der Hand nahm und Richtung Treppe zog. »Wir haben schon eines.«

»Ist ja widerlich!«, meinte er, und nachdem er sein Urteil abgegeben hatte, fuhr er damit fort, lässig die Untoten auf seinem Bildschirm zu eliminieren.

Hailey und ich aber gingen nach oben, um dort die Gesetze Gottes und des Staates New York zu brechen, und wir taten es wie im Rausch, mit frisch aufgeflammter Leidenschaft. Wir küssten und leckten, tranken und verschlangen einander. Als gäbe es kein Morgen.

*

Wir waren erst knapp zwei Jahre verheiratet gewesen. Ich hatte die Stadt verlassen und war zu Hailey und Russ in das kleine Haus im Kolonialstil gezogen, in dem sie mit ihrem ersten Ehemann Jim gelebt hatte, bis sie dahintergekommen war, dass er sie betrog, und ihn hinausgeworfen hatte. Und ich war gerade erst dabei gewesen, mich an mein neues Leben zu gewöhnen. Daran, dass ich nicht mehr als Single durch die City tigerte, sondern als verheirateter Mann in einem Vorwort wohnte. Daran, dass ich nun der Stiefvater eines mürrischen Teenagers war, als jüngstes Mitglied im Temple-Israel-Softballteam spielte und neue gesellschaftliche Verpflichtungen hatte: Abendessen, Grillfeste und Schulaufführungen. Ich war gerade erst dabei, mich an all das zu gewöhnen, als sie in ein Flugzeug stieg, um einen Kunden in Kalifornien zu besuchen, und der Pilot irgendwo über Colorado aus irgendeinem Grund oben und unten verwechselte.

Manchmal erscheint mir dieses Leben, das wir gerade erst zu führen begannen, wie ein flüchtiger Traum, und ich muss mich selbst davon überzeugen, dass es tatsächlich real war. *Ich hatte eine Frau*, sage ich mir immer wieder. *Ihr Name war Hailey. Ich habe sie verloren – und mich dazu.*

Aber darüber wollen wir jetzt nicht sprechen, denn um darüber zu sprechen, müsste ich erst mal darüber nachdenken, und ich habe das Ganze im Lauf des letzten Jahres schon zu Tode gedacht. Teile meines Gehirns sind immer noch unermüdlich damit befasst. Eine ganze Abteilung für Forschung und Entwicklung ist ausschließlich damit beschäftigt, neue Wege zu finden, wie ich leiden und trauern und mich selbst bedauern kann. Glauben Sie mir, die sind richtig gut in dem, was sie tun. Also lassen wir sie in Ruhe weitermachen.

2

An den meisten Tagen haben wir Kaninchen auf unserem Rasen. Kleine braune mit grau gesprenkeltem Rücken und einem weißen Büschel am Hintern, das aussieht wie fransige Baumwolle. Nein, genauer gesagt habe *ich* morgens meist Kaninchen auf *meinem* Rasen. Es gibt kein wir, schon seit einem Jahr nicht mehr. Manchmal vergesse ich diese Tatsache, was seltsam ist, weil ich für gewöhnlich an nichts anderes denken kann. Es ist jetzt mein Haus. Mein Rasen. Und es sind meine gottverdammten Kaninchen.

Nach landläufiger Meinung ist es ja ganz bezaubernd, wenn Kaninchen auf dem Rasen herumhoppeln, ein absolutes Kaufattribut und der unumstößliche Beweis dafür, dass man es geschafft hat, die City hinter sich zu lassen und sich in die exklusive Landluft des vorstädtischen Westchester zurückzuziehen. Mag sein, dass wir genügend Minivans und Geländewagen fahren, um mit links die polaren Eiskappen wegzuschmelzen; unsere imposanten, achtzig Jahre alten Häuser mit so vielen Glasfaserkabeln ausstatten, dass wir damit den ganzen Planeten erdrosseln könnten; auf jedem zur Verfügung stehenden Fleckchen Wiese Baumärkte, Wal-Marts und andere Einkaufszentren aus dem Boden schießen lassen. Trotzdem laufen in unserem Garten diese elenden Kaninchen herum, also ist daran nicht zu rütteln: Wir sind eins mit der Natur.

New Radford ist so ziemlich genau das, was man sich unter einem Vorort der höheren Mittelklasse vorstellt. Jeder hat schon mal ein Buch darüber gelesen oder einen Film darüber gesehen. Es ist alles da: die Originalhäuser aus der Tudor-Zeit oder im Kolonialstil der dreißiger Jahre, unter deren Dächern Familien wachsen und Ehen zerbrechen; deutsche Luxuswagen, die in den Auffahrten zur Schau gestellt sind wie auf den Werbefotos der Illustrierten; gelangweilt dreinblickende Kinder in der ausgewaschenen Farbpalette von Abercrombie & Fitch, die sich auf Parkplätzen zusammenrotten; Scharen von Pendlern, die morgens wie Vieh in die U-Bahn-Waggons gepfercht Richtung Manhattan verfrachtet werden; Minivans und Midlife-Krisen, die die Landschaft sprenkeln wie Sommersprossen. In jeder Straße treffen morgens Dutzende von klapprigen Pick-ups ein, gefahren von Immigranten, die mit der Gestaltung und Pflege der Gärten betraut sind und dafür sorgen, dass die Rasenflächen kurz und üppig grün, die Hecken entlang der Grundstücksgrenzen dicht und respekteinflößend hoch bleiben.

Zweifellos ist die Explosion der Kaninchenbevölkerung auf die erwähnten üppigen Rasenflächen zurückzuführen. Hin und wieder sehe ich ein Exemplar aus der Hecke kommen und über den Rasen hoppeln, aber für gewöhnlich finde ich sie bereits mitten im Garten vor, wo sie reglos wie Statuen auf ihren Hinterläufen sitzen. Nur ihre kleinen Nasenflügel beben fast unmerklich, als wären sie an ein unter dem Rasen befindliches Stromnetz angeschlossen. Wie ich festgestellt habe, ist das für gewöhnlich die beste Zeit, um etwas nach ihnen zu werfen.

Bugs, Thumper, Roger, Peter, Velveteen. Ich benenne sie nach ihren Artgenossen aus irgendwelchen Kinderbüchern. Anschließend tue ich alles in meiner Macht Stehende, um ihnen den Schädel einzuwerfen, denn sie führen mir vor

Augen, wo ich selbst gerade bin: gestrandet in diesem Leben, das ich niemals geplant hatte. Dann werde ich wütend auf Hailey, und danach traurig, weil ich wütend auf sie bin, und dann wieder wütend, weil ich traurig bin, bis am Ende irgendwann wie ein Turbinenmotor mein allgegenwärtiges Selbstmitleid einsetzt. Das Ganze ist wie ein erbärmliches, nie endendes Waschprogramm, bei dem sich die schmutzige Wäsche dreht und dreht, ohne jemals sauber zu werden. Deswegen werfe ich nach den Kaninchen.

Als Wurfgeschosse verwende ich hauptsächlich kleine Steine. Ich habe dafür auf der Veranda vor dem Haus einen Vorrat gelagert, der aussieht wie das Wüstengrab eines Cowboys. Im Notfall aber nehme ich alles, was mir gerade in die Finger kommt, zum Beispiel eine volle Bierdose oder irgendwelche Gartengerätschaften. Einmal habe ich eine leere Bushmill-Flasche nach ihnen geworfen, die mit dem Hals voraus im Gras landete, und zwar mit einer solchen Wucht, dass sie ein paar Tage steckenblieb. Als hätte ich einen Whiskey-Ableger gepflanzt.

Oh, keine Sorge. Bis jetzt ist es mir nicht gelungen, einen von den kleinen Mistkerlen zu treffen. Die Karnickel wissen das und zucken höchstens mit dem Ohr, wenn meine Geschosse einen Meter hinter oder neben ihnen auf dem Rasen einschlagen. Manchmal sehen sie mich auch nur herausfordernd an, als wollten sie sich über mich lustig machen. Ihre Kaninchen-Knopfaugen scheinen zu sagen: *Ist das alles, was du draufhast? Mann, sogar meine Großmutter wirft besser als du.*

Ich denke mir neue Namen für sie aus. Energiebündel-Bunny, Playboy-Bunny, Osterhäschen, Harvey. Eines nenne ich das Dumme-Kaninchen-Tricks-sind-für-große-Kinder-nix-Karnickel, ein anderes erinnert mich an das weiße Kaninchen mit der Taschenuhr aus *Alice im Wunderland*.

Ich sitze gerade mit einem Stein in der Hand auf der Veranda vor meinem Haus und ziele auf ein Exemplar, das auf die Zufahrt gehoppelt ist, als mein Handy klingelt. Es ist meine Mutter, die sich vergewissern möchte, ob ich an dem Familienessen anlässlich der bevorstehenden Hochzeit meiner kleinen Schwester Debbie teilnehme.

»Du kommst doch zum Essen?«, beginnt sie.

Nicht einmal der Teufel persönlich wird mich dazu bringen, zu diesem Essen zu erscheinen. »Weiß noch nicht«, antworte ich. Das Kaninchen macht einen zögernden Hüpfer in meine Richtung. Harvey. Ich ziele kurz und werfe meinen Stein. Zu hoch und zu weit. Harvey würdigt ihn nicht mal eines Seitenblickes.

»Was gibt es da nicht zu wissen? Hast du plötzlich so viel zu tun?«

»Mir ist einfach nicht nach Feiern zumute.«

Debbie heiratet Mike Sandleman, einen früheren Freund von mir. Sie hatte das große Glück, ihn bei mir zu Hause kennenzulernen, als ich für Hailey die jüdische Totenwache Schiva abhielt, was ich ursprünglich gar nicht vorgehabt hatte.

Ich war eigentlich nie ein wirklich praktizierender Jude. Ben Smilchensky, der in der Beth-Torah-Schule neben mir saß, brachte immer Batman-Comics mit, die wir zwischen die Seiten unserer Aleph-Bet-Lehrbücher legten, und das war für mich mehr oder weniger der Anfang vom Ende. Es erschien mir absurd, jetzt plötzlich einen auf religiös zu machen, ausgerechnet in dem Moment, als Gott endlich die Karten auf den Tisch gelegt und enthüllt hatte, dass er nicht wirklich existierte. Ich wusste das, weil ich dabei gewesen war. Ich hatte neben Russ auf dem Friedhof gestanden und aus zehn Kilometern Höhe beobachtet, wie Haileys Sarg auf zwei von Hand gehaltenen Stoffriemen ins Grab hinuntergelassen wurde. Obwohl ich dort oben schwebte, konnte ich das Ächzen und Schaben des Sarges hören, der gegen die harten, steinigen Wände des frisch ausgehobenen Grabes schlug, und dann das scharfe Geräusch, mit dem die ersten Schaufeln der von Brocken durchsetzten Erde auf dem trockenen, hohlen Holz landeten.

Sie war unter der Erde. Meine Hailey war unter der Erde, in einem Grab, das mir wie eine klaffende Wunde vorgekommen war. Einem Grab auf dem Emunah-Friedhof, der gleich hinter dem Speichersee liegt, nur knapp einen Kilometer vom Sprain Brook Parkway entfernt, wo wir im Herbst so gerne entlanggefahren waren, um uns anzusehen, wie die Blätter die Farbe wechselten. Hailey nannte es einmal scherzhaft unseren »Laubausflug«, und ab diesem Tag trugen unsere herbstlichen Fahrten ins Grüne diesen Namen. Nun aber lag sie unter der Erde, und ich wusste, dass ich unsere Laubausflüge nie vergessen und den Herbst von nun an immer als schmerzhaft empfinden würde. Wahrscheinlich blieb mir nichts anderes übrig, als irgendwo in den Westen zu ziehen, an einen Ort, wo die Jahreszeiten weniger ausgeprägt waren.

Erzählen Sie mir also bitte nichts von Gott.

Trotzdem beharrte meine Zwillingsschwester Claire darauf, dass das Schiva-Ritual gut für Russ wäre, und auch wenn ich nicht an Gott glaube, so glaube ich doch an Schuld. Kein Mensch möchte es sich mit der Ewigkeit verscherzen, selbst wenn es sie gar nicht gibt. Wir saßen also Schiva für Hailey, und es war genauso schlimm, wie ich es mir vorgestellt hatte. Den ganzen Tag hockten Russ und ich mit schwitzendem Hintern auf den niedrigen Plastikstühlen, die uns das Bestattungsinstitut zur Verfügung gestellt hatte, und nickten der endlosen Parade von Gaffern zu, die sich durch unsere Wohnzimmer schoben: Freunde, Nachbarn und Verwandte, die kurz auf den wackeligen Plastikleihstühlen Platz nahmen und ein paar lahme Floskeln von sich gaben, ehe sie ins Esszimmer hinüberwechselten, um etwas vom Büfett zu ergattern. Ja, es gab ein Büfett: Bagels, Räucherlachs, Salate, Quiche und klebriges ungarisches Gebäck, lauter Spenden von Haileys Freunden aus der Temple-Israel-Gemeinde. Die Leute müssen schließlich verköstigt werden. Was das betrifft, ist ein Trauerfall ein Anlass wie jeder andere. Und meine kleine Schwester erschien zu unserer Totenwache aufgetakelt wie für einen Barbesuch in Soho, mit einem Minirock und einem Push-up-BH, der die gerundeten Ansätze ihrer mittelgroßen Brüste über den Horizont ihres V-Ausschnitt-Pullovers hinaufschob wie zwei aufgehende Sonnen.

Schon in guten Zeiten möchte kein Mann den Busen seiner Schwester sehen, aber dass die meine ihre Brüste ausgerechnet in dem Haus, in dem ich um meine Frau trauerte, wie zwei Waffen herumschwang, hatte für mich etwas besonders Beleidigendes. Das Ende vom Lied war jedenfalls, dass sie irgendwann mit meinem Kumpel Mike ins Arbeitszimmer verschwand, und deswegen werden Sie es mir sicher verzeihen, wenn mir ihr Glück nicht übermäßig am Herzen liegt. Wäre Hailey nicht gestorben, hätten sich die beiden nie kennengelernt. Nun aber wird ihr ganzes Lebensglück, ihre Heirat, ihre zukünftige Kinderschar eine Folge von Haileys Tod sein. Obwohl ich vom Verstand her akzeptieren kann, dass sie deswegen trotzdem keine Mitschuld daran tragen, profitieren sie doch von seinen Auswirkungen, und es erscheint mir einfach nicht richtig, wenn man das Unglück eines anderen Menschen als Grundstein verwendet, um darauf das eigene Lebensglück aufzubauen.

»Es geht dabei gar nicht so sehr ums Feiern«, wendet meine

Mutter ein. »Sondern darum, Zeit mit deiner Familie zu verbringen.«

»Ja«, gebe ich ihr recht, ohne Harvey aus den Augen zu lassen. »Aber danach ist mir eigentlich auch nicht zumute.«

»Wie schrecklich, so etwas zu seiner Mutter zu sagen.«

»Genau aus dem Grund habe ich zuerst das mit dem Feiern gesagt.«

»Ha!« Meine Mutter gehört zu den Menschen, die tatsächlich »Ha« sagen, statt zu lachen, als würde sie Comic-Sprechblasen von sich geben. »Wenn du einen auf Schlaumeier machen kannst, dann kannst du auch zum Essen kommen.«

Meine Mutter hält das für Logik.

»Ich glaube nicht, dass ich dazu in der Lage bin«, widerspreche ich.

Sie seufzt theatralisch. Vor meinem geistigen Auge sehe ich das Wort »Seufz« zart gedruckt in einer weiteren Sprechblase über ihrem Kopf schweben. »Doug«, sagt sie. »Du kannst nicht den Rest deines Lebens traurig sein.«

»Vielleicht doch.«

»O Doug! Es ist nun schon ein Jahr her. Meinst du nicht, dass es an der Zeit ist, dich wieder in die Welt hinauszuwagen?«

»Du hast recht, Mom. Es ist erst ein Jahr her.«

»Du gehst nie aus dem Haus.«

»Es gefällt mir hier.«

Es hat keinen Sinn, jemandem wie meiner Mutter zu erklären, wie wichtig Selbstmitleid sein kann. Man hat es, oder man hat es nicht. Jeder reagiert anders. Meine Mutter zum Beispiel nimmt Tabletten, winzige gelbe Pillen, die sie immer in eine kleine Flasche umfüllt, auf der ein verblasstes Etikett behauptet, es handle sich um harmlose Advil-Kopfschmerztabletten. Ich weiß nicht, welchen Wirkstoff die Dinger enthalten, und meine Mutter wird es mir nie verraten. Medikamente zu nehmen ist für sie wie Inzest, ein dunkles Familiengeheimnis, das die Nachbarn auf keinen Fall erfahren dürfen. Claire taufte sie die Vil-Pillen, weil meine Mutter, die das Fläschchen immer bei sich trägt, es im Lauf der Jahre so oft in die Hand genommen hat, dass das »Ad« irgendwann vom Etikett abgerieben war. Zu der Zeit stibitzten Claire und ich gelegentlich ein paar aus ihrer Tasche und spülten sie mit Wein hinunter, in der Hoffnung, davon high zu werden. Ich weiß nicht, ob meine Mutter je merkte, dass ihr ein paar Pillen fehlten, jedenfalls verlor sie nie ein Wort darüber. Da mein Vater die Rezepte schrieb – wozu er zu dem Zeitpunkt noch in der Lage war –, verfügte sie über eine nie versiegende Quelle.

»Wenn du so bist, kann man einfach nicht mit dir reden«, verkündet meine Mutter.

»Trotzdem hörst du nicht zu reden auf.«

»Ich mache mir eben Sorgen um dich. Du kannst mich deswegen ja verklagen.«

»Ich glaube, ich werde mich auf eine einstweilige Verfügung beschränken.«

»Haha! Es gibt auf diesem Planeten keine höhere Instanz als ein liebendes Mutterherz.«

»Wie geht es Dad?«

»Er hat Gott sei Dank einen von seinen besseren Tagen.«

»Das freut mich.«

»Wie geht es Russell?«

»Gut. Allerdings habe ich ihn schon ein paar Tage nicht mehr gesehen.« Genauer gesagt seit dem Abend, als der Polizist ihn mir vor die Tür gestellt hatte. Zugekifft, blutend und voller Hass auf mich.

»Der arme Junge. Du kannst ihn mitbringen, wenn du magst.«

»Wohin?«

»Zum Abendessen. Von was, glaubst du, reden wir gerade?«

»Ich dachte, wir hätten schon ein neues Thema gefunden.«

»Du bist derjenige, der endlich etwas Neues finden muss.«

»Ja. Deswegen möchte ich dieses Gespräch jetzt auch beenden. Wir hören uns, Mom.«

»Debbie wird am Boden zerstört sein, wenn du nicht kommst.«

»Irgendwie glaube ich, dass Debbies wunderbares Leben trotzdem weitergehen wird.«

Meine Mutter weiß, dass es besser ist, auf diese Bemerkung nicht einzugehen. »Sag mir jetzt einfach, dass du darüber nachdenken wirst.«

»Das wäre gelogen.«

»Seit wann hast du ein Problem damit, deine Mutter zu belügen?«

Ich seufze. »Ich werde darüber nachdenken.«

»Mehr verlange ich ja gar nicht.« Sie fügt noch etwas hinzu, aber ich höre es nicht mehr, weil ich mein Handy soeben auf Harvey abgefeuert habe, der endlich aus dem Schatten der riesigen Esche in meinem Vorgarten gehoppelt ist. Das Telefon knallt gegen den Baum und explodiert. Plastikteile fliegen wie der Inhalt einer Streubombe über den Rasen. Das Kaninchen sieht mich an, als wäre ich ein absoluter Vollidiot, und meine Mutter redet wahrscheinlich noch immer, obwohl sie keiner mehr hören kann.

3

Meine Mutter hat mich davor gewarnt, Hailey zu heiraten. Als ich fünf Jahre alt war, hat sie mich auch davor gewarnt, mich auf eine öffentliche Toilette zu setzen, weil ich mir sonst eine unheilbare Geschlechtskrankheit zuzöge. Außerdem redete sie mir damals ein, dass ich jedes Mal, wenn ein Bus vorbeifahre, die Luft anhalten müsse, weil die Abgase sonst meine Lunge schwarz machten. Und dass Fast Food meist aus püriertem Rattenfleisch hergestellt werde. Das alles hatte zur Folge, dass ich mit sechsundzwanzig – so alt war ich, als ich sie über meine Heiratspläne informierte – gewisse Zweifel an ihrer Glaubwürdigkeit hegte.

»Du kannst diese Frau unmöglich heiraten!«, belehrte sie mich beim Abendessen mit einer Überzeugung, unter deren Gewicht sich sogar ihre exakt nachgezogenen Augenbrauen krümmten.

Ich war mit dem Zug aus Manhattan nach Forest Heights hinaufgefahren, um meine Leute zu besuchen und sie an der guten Nachricht teilhaben zu lassen, dass ihr bis dato nutzlosester Sprössling doch tatsächlich zu heiraten plane. Sie nahmen es nicht gut auf.

»Das wird in einer totalen Katastrophe enden!«, erklärte meine Mutter niedergeschlagen, wobei sie ihr Weinglas so fest umklammert hielt, dass ich befürchtete, sie könnte es zerbrechen und sich die frisch manikürten Hände zerschneiden.

»Du kennst sie doch kaum.«

»Ich kenne sie gut genug. Sie ist zu alt.«

Meine Mutter hatte in ihrer Jugend einen gewissen Erfolg als Bühnenschauspielerin. Zumindest war sie für ihre Darstellung der Adelaide in *Guys and Dolls* für einen Tony Award vorgeschlagen worden, und obwohl das letzte Theaterprogramm in ihrem Sammelalbum älter war als ich, hatte sie wie die meisten Mimen im Ruhestand nie wirklich mit der Schauspielerei aufgehört. Sie war immer am Deklamieren, immer am Darstellen, immer um ihr Publikum bemüht – mit großen, ausdrucksstarken Augen und einem Mund, der stets darauf wartete, sich auf ein Stichwort zu einer bestimmten Emotion zu verziehen, in die sie dann ihre ganze Theatralik legen konnte.

»Sie ist erst sechsunddreißig.«

»Sechsunddreißig und schon geschieden. Genau das, was sich jede Mutter für ihren Sohn wünscht!« Die Geschiedenen kamen auf Mutters langer Liste gestörter Menschen gleich nach den Pädophilen.

»Ihr Mann hat sie betrogen«, erklärte ich und ärgerte mich sofort über meinen defensiven Ton.

»Woran lag das deiner Meinung nach wohl?«

»Verdammt, Mom, ich weiß es nicht. Vielleicht daran, dass er ein schwanzgesteuerter Idiot ist?«

»Doug!«, meldete sich mein Vater reflexartig zu Wort und wedelte dabei mit der Hand über den Esstisch – nur für den Fall, dass ich seine Rüge überhört hatte. »Wir essen gerade!«

Mehr Beteiligung am Gespräch war von seiner Seite nicht zu erwarten, wobei man allerdings hätte meinen können, als Leiter der urologischen Abteilung einer größeren New Yorker

Klinik müsste er das Wort »Schwanz« sogar beim Abendessen verkraften.

»Entschuldige, Dad. Ich wollte dich nicht wecken.«

»Sprich nicht so mit deinem Vater!«

»Dann sprich du auch nicht so mit mir!«

»Wie denn?«

»Wie mit einem kleinen Kind. Ich bin sechsundzwanzig Jahre alt, in Gottes Namen!«

»Kein Grund, vulgär zu werden.«

»Ich fand, die Situation verlangte danach.«

Meine Mutter kippte ihr Glas Merlot hinunter, als wäre es ein Fingerhut voll Whiskey. Ohne darüber nachzudenken, hielt sie es meinem Vater anschließend zum Nachfüllen hin. »Stan«, sagte sie müde. »Rede du mit ihm.«

Mein Vater legte seine Gabel weg und kaute nachdenklich auf seinem Rostbraten herum, dreißigmal pro Bissen. Als kleiner Junge hatte ich manchmal mitgezählt, um mir die Zeit zu vertreiben, und imaginäre Summen darauf gesetzt, dass er an dem bestimmten Abend nur neunundzwanzigmal kauen würde. Die Tatsache, dass ich jedes Mal verlor, ist – ebenso wie alles andere in meinem Leben – ein Beweis dafür, was für ein Glückspilz ich doch bin. Selbst wenn ich gegen mich selbst wettete, brachte ich es noch irgendwie fertig, zu verlieren.

»Du bist nicht gerade für deine vernünftigen Entscheidungen berühmt, Doug«, erklärte mein Vater.

Genau. Zumindest das habe ich gelernt: Man kann sein Leben lang nett zu allen sein, ein liebender Sohn, ein einigermaßen anständiger Student, der nie harte Drogen nimmt oder irgendjemandes Tochter schwängert, ein rundherum guter Kerl, der mit allen Geschöpfen Gottes in Harmonie zusammenlebt. Aber fahre ein einziges Mal einen gestohlenen Mercedes direkt vor dem Polizeirevier zu Schrott, und sie werden dafür sorgen, dass du es nie wieder vergisst. Meine Mutter war zutiefst entsetzt und voller Panik wegen der Nachbarn, wobei ihre Angst in diesem Fall sogar berechtigt war, da es sich ausgerechnet um den Wagen des Nachbarn handelte. Aber für solche Fälle hat man schließlich eine Versicherung, oder etwa nicht? Wenn man nie einen Schaden einreicht, hat die Versicherungsgesellschaft gewonnen.

»Und du bist nicht gerade dafür berühmt, dass du deinen Kindern emotional den Rücken stärkst«, antwortete ich meinem Vater.

»Daran nehme ich jetzt aber Anstoß, Doug.«

Stanley Parker wurde nicht sauer. Er »nahm Anstoß«. Er hatte sein Medizinstudium an einer Eliteuniversität absolviert und war mit fünfundsechzig noch gut in Schuss, ein respektabler Mann mit üppigem silbergrauem Haar und einer Brille mit Goldrand, der trotz seines warmherzig wirkenden Mentadent-Lächelns stets eine gewisse Distanz wahrte. Ich konnte mich nicht daran erinnern, jemals von ihm in den Arm genommen worden zu sein. Immerhin hatte er mir anlässlich meines College-Abschlusses herzlich die Hand geschüttelt, was sogar auf einem Foto dokumentiert war.

»Hör zu«, sagte ich und wünschte in dem Moment, ich hätte auf meinen Instinkt gehört. Der hatte mir nämlich geraten, zu Hause zu bleiben und ihnen die Neuigkeit telefonisch mitzuteilen. Derselbe Instinkt aber hatte mich damals glauben lassen, eine Spritztour mit dem Mercedes des Nachbarn würde meine Angebetete dazu bringen, mit mir zu schlafen. Dem war nicht so gewesen, und auch in den darauffolgenden Jahren hatte besagter Instinkt mir keine besonders weisen Ratschläge erteilt, so dass ich mir irgendwann angewöhnt hatte, ihn mehr oder weniger zu ignorieren. »Ich liebe Hailey, und was wir miteinander haben, funktioniert. Sie ist schön, sie ist klug, sie ist eine großartige Mutter, und ich hätte mir niemals träumen lassen, dass ich mal eine so wundervolle Frau finde.«

Meine Mutter schnappte entsetzt nach Luft, woraufhin der Wein in ihrem Glas über den Rand schwappte und die Tischdecke rot färbte. Sie sollte in meiner Gegenwart besser nur Chardonnay trinken. »Sie hat ein Kind?«, krächzte sie. Dann presste sie die Hand an die Brust, schloss die Augen und begann zu keuchen, als hätte ihr soeben jemand ein Messer in die Rippen gerammt.

Ich lächelte. »Herzlichen Glückwunsch, Großmutter!«

»O mein Gott!«, kreischte sie.

»Genau«, antwortete ich und stand auf. »Ich hatte schon so ein Gefühl, dass du das sagen würdest.«

Das Letzte, was ich hörte, ehe ich aus dem Haus floh, war die Stimme meiner Mutter, die mit meinem Vater schimpfte, als wäre das alles seine Schuld. »Stanley!«, rief sie. »Das wird in einer absoluten Katastrophe enden!« Womit sie versehentlich die Richtigkeit einer ihrer Lieblingslebensweisheiten unter Beweis stellte: dass selbst eine stehengebliebene Uhr zweimal am Tag die richtige Zeit zeigt.

4

Vom richtigen Umgang mit Witwern

***Von* Doug Parker**

Nach Haileys Tod habe ich etwas verloren. Ich weiß nicht so recht, wie ich es nennen soll, aber es handelt sich dabei um jenen Mechanismus, der einen davon abhält, die Wahrheit zu sagen, wenn man von jemandem gefragt wird, wie es einem gehe. Jenes lebenswichtige Ventil, das unsere tieferen, echteren Gefühle sicher unter Verschluss hält. Ich weiß auch nicht genau, wann es mir abhandengekommen ist oder wie ich es zurückbekommen soll, aber wenn es um Takt, Höflichkeit und Diskretion geht, bin ich im Moment ein Alptraum, der nur darauf wartet, über die Menschheit hereinzubrechen, und zwar immer wieder.
Gesellschaftlich gesehen macht mich das zu einer Belastung für meine Mitmenschen.
Neulich stand ich in der Drogerie gerade am Schalter für die verschreibungspflichtigen Medikamente, um meinen Vorrat an Schlaftabletten aufzustocken, als mich eine Freundin von Hailey entdeckte.

»Doug!« Sie kam zu mir herüber und drückte meinen Unterarm. Die Diamanten an ihrem Ehering kratzten über meine Haut wie die Zähne eines kleinen Tiers. »Ich wollte dich schon längst mal wieder anrufen. Wie geht es dir?«
Inzwischen kenne ich das Drehbuch und habe meinen Text gelernt. In einer solchen Situation wird von mir erwartet, dass ich sage, es gehe mir gut oder zumindest einigermaßen oder den Umständen entsprechend, man habe eben bessere und schlechtere Tage. Ich hatte auch wirklich vor, etwas Derartiges zu antworten, aber stattdessen hielt ich das orangefarbene Pillenfläschchen hoch und sagte: »Ich nehme all diese verdammten Tabletten und kann nachts trotzdem nicht schlafen, deswegen nehme ich noch mehr Tabletten, die mir dann Alpträume verursachen, aus denen ich nicht aufwachen kann, weil mich die verdammten Tabletten nicht lassen. Wenn ich am Ende doch aufwache, bin ich noch müder als vorher, außerdem möchte ich eigentlich gar nicht aufwachen, weil ich dann nur an Hailey denken muss und sofort wieder einschlafen möchte. Und wie geht es dir?«
Sichtlich nervös blickte sie den Gang auf und ab, während sie krampfhaft überlegte, wie sie mir entkommen konnte. Sie tat mir leid, aber noch mehr tat ich mir selbst leid. Deswegen schüttelte ich nur den Kopf und winkte ihr zu, als würde sie gerade draußen auf der anderen Straßenseite vorbeigehen und nicht so nahe vor mir stehen, dass ich die großen Poren unter

ihren Augen sehen konnte. Rasch verließ ich den Laden.

So etwas passiert mir jetzt dauernd.

Meine Schwester Claire behauptet, ich täte das absichtlich, es sei meine Art, die Leute auf Abstand zu halten. Wahrscheinlich ist da auch etwas dran, aber ich schwöre, dass ich es eigentlich gar nicht will. Es bricht einfach ohne Vorwarnung aus mir heraus, wie ein plötzliches, heftiges Niesen.

Vor ein paar Wochen stand ein Zeuge Jehovas vor meiner Tür, oder vielleicht war er auch einer von den *Juden für Jesus* oder irgendein anderer Fanatiker auf Glückspillen, der mir mit einer Broschüre in der Hand Gott andrehen wollte. Jedenfalls lächelte er so breit wie eine Zeichentrickfigur und fragte mich: »Haben Sie Gott schon in Ihr Leben gelassen?«

»Gott kann mich mal!«

Er lächelte mich weiter selig an, als hätte ich ihm gerade ein Kompliment zu seinem schäbigen Billiganzug gemacht. »Ich habe auch mal so empfunden, Bruder.«

»Sie sind nicht mein Bruder!«, fauchte ich ihn an. »Und Sie haben nie so empfunden! Wenn Sie nämlich jemals so empfunden hätten, würden Sie immer noch so empfinden, denn das geht nicht vorbei. Dann würden Sie definitiv nicht mit diesem breiten, schleimigen Grinsen im Gesicht an die Türen von wildfremden Menschen klopfen!«

»Hey!«, sagte er bestürzt. »Lassen Sie mich los!«

Erst jetzt wurde mir bewusst, dass ich ihn an seiner schmalen Krawatte gepackt und zu mir herangezogen hatte, so dass wir mittlerweile Nase an Nase standen und ich meine Spucke auf seinem Kinn erkennen konnte. Außerdem sah ich, dass er höchstens Anfang zwanzig war und sich vor Angst fast in die Hosen machte. Ich ließ ihn los und forderte ihn auf zu verschwinden, woraufhin er wie ein geprügelter Hund die Treppe hinunterschlich. Einen Moment lang hatte ich ein schlechtes Gewissen, aber dann rief er: »Du blödes Arschloch!«, und zeigte mir den Stinkefinger. Unter normalen Umständen hätte ich das wahrscheinlich sogar lustig gefunden, doch seit geraumer Zeit fand ich überhaupt nichts mehr lustig. Wenigstens hatte er nun eine Geschichte auf Lager, die er den anderen Klinkenputzern Gottes erzählen konnte, wenn sie bei Kaffee und Donuts in ihrem heiligen Hauptquartier zusammensaßen.
Kürzlich fiel mir in einem Baumarkt, in dem ich nur schnell ein paar Glühbirnen kaufen wollte, ein Pärchen auf. Die beiden waren etwa in meinem Alter und sahen sich gerade Farbmuster an. Die Frau war hübsch und zierlich, er ein drahtiger Typ, der bereits einen Glatzenansatz hatte. Sie trugen beide Khakihosen und wirkten auf eine stille Art ineinander verliebt. Ich hörte sie über den Raum sprechen, den sie streichen wollten, und über die Farbe des Teppichs, der Couchgarnitur und des Holzschränkchens, in dem ihr Fernseher stand. Die Frau hatte ein Stück von

dem Vorhangstoff mitgebracht, zu dem die Wandfarbe ebenfalls passen sollte. Hailey hätte das auch so gemacht. Die beiden zeigten sich gegenseitig verschiedene Farbmuster und hielten sie an den Vorhangstoff.
Ich stellte mir vor, wie sie es sich zu Hause in ihrem taupefarbenen Zimmer auf ihren pilzbraunen Kissen gemütlich machen und sich ineinander verschlungen eine Fernsehsendung ansehen würden. Da ging mir plötzlich durch den Kopf, dass sie sich schon morgen verlieren konnten, dass einer von ihnen oder auch beide tot sein konnten, noch ehe die frische Farbe an ihren Wänden richtig trocken war. Als ich den bestürzten Blick der Frau sah, wurde mir bewusst, dass ich meine Gedanken laut ausgesprochen hatte. Der Mann trat vor, als wollte er Streit mit mir anfangen, wobei genau genommen ich angefangen hatte, aber dann griff er nur in seine Tasche und reichte mir ein knittriges Papiertaschentuch. Erst jetzt merkte ich, dass ich weinte.
Es ist nun ja schon ein Jahr her, und meine Familie und Freunde sind offenbar der Meinung, dass meine Trauer damit ihr Verfalldatum erreicht haben müsste. Als bräuchte man nur eine Runde durch alle vier Jahreszeiten zu absolvieren, um anschließend wieder bereit zu sein für ein neues Leben, frisch befüllbar wie ein leeres Fass. Es sei an der Zeit, dass ich mich wieder in die Welt hinauswagte, sagen sie. Deswegen ruft mich meine Mutter auch regelmäßig an, um mir die neusten Mädchen anzupreisen, die sie

oder ihre Freundinnen auf ihren Reisen kennengelernt haben. Aber mal ehrlich, welches weibliche Wesen möchte schon mit einem depressiven neunundzwanzigjährigen Witwer ausgehen, der weder einen richtigen Beruf noch konkrete Ziele hat?

Vor meinem geistigen Auge sehe ich seltsame, magere Frauen mit großen Brillengläsern, die sackförmige bäuerliche Kleider tragen und Scharen von Katzen haben, mit denen sie sprechen, als wären es ihre Kinder. Oder es sind traurige, schwergewichtige Frauen, die sich vor Nervosität übertrieben fröhlich oder selbstironisch geben und durch ihr dickes Make-up schwitzen, während sie auf ihrer fortwährenden Suche nach einem Orgasmus, der nicht auf Batterien beruht, den Bodensatz des zur Verfügung stehenden Männerpools durchwühlen. Oder es handelt sich um geschiedene, gestörte, misstrauische Männerhasserinnen, die lediglich nach einem neuen Spucknapf für ihre Galle Ausschau halten. Oder solche, die in ihrer Angst und Einsamkeit ertrinken und sich an den ersten Mann klammern, der möglicherweise bereit sein könnte, ihr Bett und ihre Hypothekenraten mit ihnen zu teilen. Und dann gibt es da noch die Fetischistinnen, weibliche Vampire, die sich vom Blut der Trauer ernähren. Sie wollen mir die Tränen vom Gesicht lecken und meine ungeheure Traurigkeit in ihr eigenes geschwollenes Herz aufsaugen. Doch obwohl ich auf diese Weise früher als erwartet vernascht werden könnte, habe ich einen ziemlich ausgeprägten Besitzanspruch auf meine Trauer entwickelt und bin noch nicht recht bereit, jemanden daran teilhaben zu lassen. Selbst wenn ich dazu bereit wäre - was ich nicht bin -, hätte ich immer noch jenes uralte Problem, dass ich zu keinem der Vereine gehören möchte, die mich gerne als Mitglied hätten.

5

Der Himmel treibt Spielchen mit mir. Es ist einer jener aufdringlich schönen Frühlingstage, die sich einfach eine Spur zu sehr ins Zeug legen, so dass man ihnen am liebsten ins Gesicht klatschen würde. Der Himmel leuchtet blauer, als es eigentlich erlaubt ist. Sein Blau wirkt widerlich anmaßend, als wollte es einem vor Augen führen, was für ein Verbrechen gegen die Menschheit es doch ist, an einem solchen Tag zu Hause zu bleiben. Dabei weiß ich gar nicht, wo ich hinsollte. Rund um mich herum sind Gärtner damit beschäftigt, Rasenflächen zu mähen und Hecken zu trimmen, überall hört man das mechanisierte Zischen sich drehender Sprinkler, und für alle, die neu zu uns stoßen, ist es ein schöner Tag. Aber Hailey ist tot, und ich weiß nicht, was ich tun oder wo ich hingehen soll.

Ich bin gerade damit beschäftigt, die Plastiksplitter meines Handys aus dem Rasen zu zupfen, als ein dunkler verbeulter Nissan mit getönten Scheiben vor dem Haus hält. Aggressive, disharmonische Hip-Hop-Klänge und eine dicke Wolke marihuanageschwängerter Zigarettenqualm findet den Weg ins Freie, als Russ aussteigt. Er wirkt so groß und bullig wie sein Vater, trägt weite Shorts, Flipflops, ein ausgebleichtes *Kampfstern-Galactica*-T-Shirt und hat einen iPod um den Arm geschnallt.

Er und seine Freunde klatschen die Hände aneinander und rufen sich über die Musik hinweg fröhliche Obszönitäten zu. Hinten fliegt ein halb voller Pappbecher durch ein offenes Fenster und ergießt sich über den Gehsteig. Es sieht aus wie die Blutspritzer an einem Tatort. Russ haut grinsend aufs Dach, dann braust der Wagen davon, biegt mit quietschenden Reifen um die Ecke. Ich warte auf das Krachen, aber es bleibt aus. Russ hat in letzter Zeit ziemlich schlechte Gesellschaft: Selbstverstümmler mit glasigen Augen und gepiercten Brauen, langen Zottelmähnen und gefälschten Ausweisen. Jungs, die nachts ziellos herumfahren und nach Gelegenheiten suchen, irgendetwas kaputt zu machen, oder stundenlang auf leeren Parkplätzen herumhängen, billiges Bier in sich hineinschütten, düsteren Punkrock in ohrenbetäubender Lautstärke hören und über die ganzen Arschlöcher an ihrer Highschool lästern.

Ich weiß, dass ich versuchen sollte, etwas dagegen zu unternehmen, vor allem in Anbetracht des Vorfalls mit der Polizei vor ein paar Tagen. Aber Trauer und Selbstmitleid können einen ganz schön in Anspruch nehmen, und Multitasking war noch nie meine Stärke.

»Hey«, sagt Russ zur Begrüßung, während er quer über den Rasen auf mich zukommt. Er zieht den Kopfhörer von den Ohren und legt ihn sich um den Hals. Sein langes, zerzaustes Haar, dessen Honigfarbe er von Hailey geerbt hat, fällt wie ein Schleier über seine großen dunklen Augen. Seit dem Zwischenfall mit dem Polizisten ist fast eine Woche vergangen, und die Schrammen in seinem Gesicht und an seinem Hals sind zu blassen rosafarbenen Strichen verheilt.

»Hey«, antworte ich.

»Sorry wegen neulich«, sagt er. »Da war ich ziemlich am Ende.«

»Ich hatte eigentlich damit gerechnet, dass du am nächsten Tag noch ein bisschen bleiben würdest.«

»Du hast um neun noch geschlafen«, entgegnet er achselzuckend. »Ist das dein Handy?«

»Das war mein Handy.«

»Guter Wurf. Falls du auf den Baum gezielt hast, meine ich.«

»Ich habe auf ein Kaninchen gezielt und stattdessen den Baum getroffen.«

Er nickt weise. »So was kommt vor.«

Ich stehe auf. Während ich zurück zur Veranda gehe, stopfe ich die Innereien meines ruinierten Handys in meine Tasche. »Solltest du nicht in der Schule sein?«

»Machst du jetzt zur Abwechslung doch mal wieder einen auf Vater?«

»Ich versuche nur, mich mit dir zu unterhalten.«

Er sieht mich an und schüttelt den Kopf. »Und ich würde dir wirklich gerne eine Antwort auf deine Frage geben, aber du hast einfach kein Recht mehr, mir solche Fragen zu stellen. Du hast dieses Recht abgetreten, als du mich zu Jim und Angie verbannt hast.«

»Es tut mir leid, Russ, aber Jim ist nun mal dein Vater. Da konnte ich nicht viel machen.«

»Wenn du meinst«, antwortet er. »Er hasst mich. Er wäre heilfroh, wenn du mich nehmen würdest.«

»Du weißt, dass das nicht stimmt.«

»Und du weißt, dass es stimmt.«

Zumindest wusste ich von Anfang an, dass Russ mich seinem Vater vorzog. Mir war aber auch klar, dass ich das in erster Linie der Tatsache zu verdanken hatte, dass ich im Gegensatz zu Jim nicht mit heruntergelassener Hose beim Vögeln mit einer alten Freundin erwischt worden war und den Jungen dann auch nicht zugunsten einer glücklichen neuen Familie praktisch seinem Schicksal überlassen hatte. Obwohl Russ nicht gerade begeistert war, als ich damals bei ihnen einzog, hatte ich zumindest den Vorteil, das kleinere von zwei Arschlöchern zu sein. Dabei dachten meine Eltern immer, ich würde es nie zu etwas bringen.

Es ist schon unter optimalen Bedingungen schwierig genug, sich mit einem genervten Teenager anzufreunden. Und nun versuchen Sie es mal, wenn Sie mit seiner Mutter schlafen, also im wahrsten Sinne des Wortes ein »Motherfucker« sind. Glauben Sie mir, da muss man andere Register ziehen. Mir war von Anfang an klar, dass ich mir Mühe geben musste, mich mit Russ zu vertragen, damit Hailey bei der ganzen Sache ein gutes Gefühl hatte. Sollte mir das nicht gelingen, würde sie ganz bestimmt nicht ihren Jungen hinauswerfen. Wer als Letzter kommt, geht als Erster.

Also machte ich einen auf lässiger Onkel, chauffierte ihn zur Schule oder zu dem Einkaufszentrum, wo er sich mit seinen Freunden treffen wollte, ging abends gelegentlich mit ihm ins Kino, korrigierte seine Hausarbeiten und fuhr später, als das Thema Führerschein aktuell wurde, hin und wieder ein Stück mit ihm durch die Gegend, damit er sich am Steuer meines gebrauchten Saab ein wenig Fahrpraxis aneignen konnte. Ich war ein fauler Junge und bin ein fauler Mann, weshalb es mir sehr entgegenkam, dass niemand wirklich von mir erwartete, dass ich Russ den Vater ersetzte. Obwohl ich damals nur ein begrenztes Maß an Lebensweisheit besaß, schien mir das eine gute Ausgangssituation zu sein, von der alle Beteiligten im Grunde nur profitieren konnten. Nachdem Russ und mir klar war, dass keiner vom anderen mehr erwartete als ein lockeres Zusammenleben ohne größere gegenseitige Verpflichtungen, vertrugen wir uns recht gut.

Was um Himmels willen hätte ich seiner Meinung nach tun sollen, nachdem Hailey gestorben war? Das Sorgerecht für ihn beantragen? Ich bin erst neunundzwanzig, Herrgott noch mal, ein trauriger, genervter und fauler Typ, der zu viel trinkt. Trotzdem werde ich eines Tages die Energie aufbringen, das Haus zu verkaufen und aus dieser Stadt zu verschwinden, aber das kann ich nur, wenn ich mich nicht auch noch um Russ kümmern muss. Für ihn ist es besser so, glauben Sie mir. Auf den Jungen warten ein paar Millionen Dollar in einem Treuhandfonds der Fluggesellschaft, er braucht also nur bei Jim auszuharren, bis er achtzehn ist. Dann kann er tun und lassen, was er will.

»Du solltest mal hören, was in der Casa Jimbo abgeht«, sagt er gerade. »Ich wusste ja, dass er ein geiler Mistkerl ist, aber Mann, ich habe manchmal echt das Gefühl, in einem Pornofilmstudio zu leben. Kaum haben sie den kleinen Stiefscheißer ins Bett gebracht, legen sie auch schon los, und zwar stundenlang. Mein Zimmer liegt direkt unter ihrem Schlafzimmer, und es kommt mir jedes Mal vor, als würden sie nie aufhören. Während sie es treiben, schreit Angie dauernd irgendwelchen Mist, ›Fick mich härter, fick mich noch härter!‹ Und ich sitze direkt unter ihnen, sehe die Decke wackeln und muss befürchten, dass sie gleich durchbrechen und in meinem Bett landen werden, wenn er sie noch härter fickt. Glaub mir, ich bin schon traumatisiert genug, diese Art von Scheiße brauche ich nicht auch noch!« Er fährt sich mit den Fingern durch sein strähniges Haar, streicht es sich aus dem Gesicht. Ich entdecke einen Farbfleck an der Seite seines Halses.

»Was hast du da? Eine Tätowierung?« Ich bemühe mich, nicht beunruhigt zu klingen.

»Ja.« Er wendet den Kopf ab.

»Wann hast du sie dir stechen lassen?«

»Letzte Woche.«

»Zeig mal!«

Er nimmt sein Haar zurück. Zum Vorschein kommt ein blauer, kaulquappenförmiger Schnörkel, der sich ein Stück um seinen Hals zieht, umgeben von orangefarbenen Comic-Flammen. Der Anblick sollte mich nicht so traurig stimmen, ich weiß schließlich, dass Tätowierungen heutzutage ein modisches Accessoire sind, genau wie Piercing-Schmuck und Handschellen. Sogar Oscar-Preisträgerinnen lassen sich buddhistische Texte auf den Rücken kritzeln. Jedes Mädchen in Hüftjeans hat ein Blumenmuster oder einen Schmetterling über der Pofalte. Trotzdem verursacht mir der Gedanke, dass sich am Körper dieses traurigen, zornigen Sechzehnjährigen nun etwas so Dauerhaftes befindet, einen Kloß im Hals. Natürlich weiß ich auch, wie sehr es Hailey verletzt hätte, das zu sehen. Hailey, die schon untröstlich war, als Russ zum ersten Mal seinen flaumigen Oberlippenbart abrasierte. Trotzdem lässt es sich nicht rückgängig machen, also kann ich genauso gut meinen Segen dazu geben.

»Nett«, sage ich schwach.

»Was ist es deiner Meinung nach?«, fragt er in herausforderndem Ton.

»Flammendes Sperma?«

»Blödmann!«

»Es ist ein Meteor.«

»Ein Komet«, korrigiert er mich.

»Was genau ist der Unterschied?«

»Woher zum Teufel soll ich das wissen?«

»Also gut. Es ist ein Komet.«

Er streicht liebevoll darüber. »Der Haileysche Komet.«

Die Tränen schießen mir so schnell in die Augen, dass ich nichts mehr dagegen tun kann.

»Ich weiß, eigentlich schreibt man ihn anders«, sagt Russ

und klingt plötzlich verlegen. »Aber mir gefällt einfach die Vorstellung, dass es nicht der Halleysche, sondern Haileys Komet ist. Außerdem hat sie doch immer rumgenervt, weil ich so viele Rechtschreibfehler mache, deswegen passt es doch irgendwie.«

Wie gerne würde ich jetzt so richtig losheulen, ihn umarmen und mir auf der Stelle auch eine Tätowierung stechen lassen, am liebsten alles gleichzeitig. Aber jedes für sich würde mir mehr abverlangen, als ich zurzeit geben kann, so dass ich stattdessen nur den Blick abwende und sage: »Das ist cool, Russ. Es hätte Hailey bestimmt gefallen.«

»Sie hätte geschrien und geweint und mir ein Jahr Hausarrest verpasst.«

»Vielleicht. Aber insgeheim hätte es ihr gefallen.«

»Nein.« Russ schüttelt den Kopf. »Hätte es nicht.«

Ich überlege einen Moment, dann nicke ich langsam. »Ja, wahrscheinlich hast du recht. Trotzdem finde ich, dass es eine schöne Hommage an sie ist.«

»Ich habe es mir stechen lassen, weil ich wusste, dass sie es hassen würde.«

Ich versuche, weise dreinzublicken, als wüsste ich tatsächlich, wovon ich spreche. »Auch wenn du das im Moment noch nicht so sehen kannst, ist es trotzdem eine Hommage.«

»Doug?«

»Ja?«

»Du redest so viel Scheiß!«

Ich seufze. »Sag mir etwas, was ich noch nicht weiß.«

Mit einem verächtlichen Schnauben zieht er einen verbogenen Joint aus der Tasche und durchwühlt sie anschließend nach einem Feuerzeug.

»Könntest du in Zukunft bitte darauf verzichten, das direkt vor meiner Nase zu machen?«

»Warum?«

»Weil ich dein Stiefvater bin und es verantwortungslos ist.«

»Na, so was!«, antwortet er. »Durftest du diesen Titel behalten, obwohl du ihn gar nicht verteidigt hast? Ich meine, Mom ist tot, und juristisch gesprochen bewegen wir uns hier in einer Art Grauzone. Wenn du allerdings erziehungsberechtigt wärst …«

»Schon gut«, unterbreche ich ihn. »Rauch ihn, aber erspare mir den Vortrag.«

Nachdem er den Joint angezündet hat, zieht er so fest daran, dass ich das Papier knistern hören kann. Wir sitzen eine Weile in idyllischer Eintracht auf der Veranda, mein kiffender Stiefsohn und ich.

»Weißt du«, sagt er nach ein paar Minuten, »wenn man mal so richtig darüber nachdenkt, ist er eigentlich nur deshalb mein Vater, weil er zufällig meine Mutter gepoppt hat.«

»Stimmt. Aber ehrlich gesagt bemühe ich mich nach Kräften, über dieses Thema niemals nachzudenken.«

»Ich will damit ja bloß sagen, dass du so gesehen genauso qualifiziert bist. Eigentlich sogar noch mehr, weil er sich als Charakterschwein erwiesen hat.«

»Ja«, entgegne ich. »Ich dagegen bin ein Ausbund an Tugend. Deswegen kiffst du auch gerade vor meinen Augen.«

Er zuckt mit den Achseln. »Du bist eben progressiv.«

»Ich bin ein Arschloch.«

»Das ist mir nicht neu«, antwortet er mit Nachdruck.

Obwohl ich weiß, dass er nur die Gelegenheit nutzt, mir einen leichten Tritt in die Eier zu verpassen, tut es trotzdem weh. Was soll ich sagen? Ich habe eben empfindliche Eier.

Er hält mir seinen Joint hin, aber ich schüttle den Kopf. »Nein, kein Bedarf.«

»Blödsinn«, sagt er. »Schließlich habe ich das Zeug aus deinem Vorrat geklaut.«

»Russ.« Ich bemühe mich um einen sanften Ton und sehe ihn an. »Wenn du mich so sehr hasst, warum kommst du dann so oft vorbei? Und warum hast du neulich den Polizisten gebeten, dich hierher zu fahren?«

Er hebt den Kopf und sucht meinen Blick, doch ich habe mich schon wieder von ihm abgewandt. Seit Haileys Tod kann ich mit keinem Menschen mehr Augenkontakt halten, weder mit Fremden noch mit meinen Lieben.

Russ verzieht vor Wut das Gesicht und kämpft gleichzeitig mit den Tränen. »Das hier war mein Zuhause, Mann!«, sagt er kopfschüttelnd. »Du bist einfach hergekommen und ...« Seine Stimme versagt ihm den Dienst. »Mist!«, stößt er hervor und wendet sich ab.

»Russ.«

»Vergiss es! Ich wollte mich nur wegen neulich entschuldigen. Es wird nicht mehr vorkommen.«

»Ich will es aber nicht vergessen.« Ich strecke die Hand nach ihm aus, doch er schwingt sich aus der Verandaschaukel und schnippt den Joint mit angewiderter Miene auf den Boden.

»Was ist mit dir, Russ?«

»Nichts. Mein Leben ist ein absoluter Traum. Ich muss jetzt los.«

»Ich wünschte, du würdest jetzt nicht gehen.«

»Tja«, antwortet er, während er von der Veranda tritt. »Nur leider scheinen wir beide nie das zu bekommen, was wir uns wünschen, oder?«

Während er die Zufahrt hinuntergeht, setzt er wieder seinen Kopfhörer auf, um die Geräusche der Welt mit dem zornigen Soundtrack seines Lebens zu übertönen. Und ich kann wie üblich nichts anderes tun, als ihm nachsehen.

Ich glaube weder an Gott noch an ein Leben nach dem Tod. Ich glaube nicht, dass Hailey in eine bessere Welt übergewechselt ist und als Engel von oben auf mich aufpasst. Ich glaube, dass ihre Seele im selben Moment ausgelöscht wurde wie ihr Körper, als die Maschine mit einer Geschwindigkeit von achthundert Stundenkilometern gegen den Berg knallte und zusammengeschoben wurde wie eine leere Coladose. Doch während ich nun so nutzlos auf der Veranda lümmle und mit geschlossenen Augen die letzten paar Züge aus dem Joint sauge, den Russ weggeworfen hat, spüre ich Hailey plötzlich so intensiv, dass mir in meiner rauchgefüllten Kehle für einen Moment der Atem stockt und sich mir die Nackenhaare aufstellen.

Hey Babe, sage ich in Gedanken zu ihr. *Bist das wirklich du, oder spüre ich nur das schwarze Loch, das du hinterlassen hast?*

Aber dann ist der Moment auch schon vorüber, ich sitze wieder allein auf meiner Verandaschaukel und werde mitten an diesem widerlich strahlenden Tag langsam ein wenig high. Ich sehe meinen traurigen, zornigen Stiefsohn die Straße hinuntereilen und dabei immer kleiner werden und muss an den flammenden Kometen an seinem Hals denken. Ich frage mich, wie weh es wohl getan hat, sich diese Tätowierung stechen zu lassen. Ich sehe ihm nach, bis er verschwunden ist, dann starre ich mit weit aufgerissenen Augen in den lächerlich blauen Himmel hinauf und verschwinde ebenfalls.

6

Gegen Mittag bringt mir Laney Potter einen Hackbraten für abends vorbei. In den Wochen nach dem Flugzeugabsturz haben mich Haileys Freundinnen abwechselnd mit Essen versorgt, und obwohl ich die meisten von ihnen längst davon überzeugen konnte, dass das mittlerweile nicht mehr nötig ist, hält Laney, die für die Dienstage eingeteilt war, immer noch daran fest.

Als Erstes schiebt sie den Hackbraten in den Kühlschrank, dann nimmt sie mich in den Arm und küsst mich auf die Wange. Dabei drückt sie mich von oben bis unten so fest an ihren Körper, wie es eine verheiratete Frau mit einem alleinstehenden Mann eigentlich nicht tun sollte. Auch wenn sie mit mir redet oder mich fragt, wie es mir geht, fasst sie mich sehr oft an. Bestimmt fände sie es wunderbar, wenn ich einfach vor ihr zusammenbräche, weil sie mich dann halten und trösten könnte.

Laney ist eine kräftig gebaute Frau mit ausgeprägten Kurven und einer wilden roten Mähne. Sie hat die vollen Lippen eines Pornostars und einen Ehemann namens Dave, der als Anwalt arbeitet und etwa zehn Jahre älter ist als ich. Laney selbst ist vierunddreißig. Sie war die Einzige in unserem gemeinsamen Freundeskreis, die in etwa zu meiner Altersgruppe gehörte, und hat von Anfang an gerne mit mir geflirtet, wenn auch auf eine harmlose, scherzhafte Weise, als wären wir irgendwie Leidensgenossen. In letzter Zeit aber hat sie definitiv einen Zahn zugelegt. Dabei tut sie nichts, wofür es nicht auch eine ganz harmlose Erklärung gäbe, falls ihre Versuche fehlschlagen sollten. Trotzdem haben ihre Ganzkörperumarmungen etwas eindeutig Einladendes.

»Du siehst nicht so aus, als würde es dir besonders gutgehen«, stellt sie fest und lehnt sich dabei leicht zurück, ohne mich ganz aus ihrer Umarmung zu entlassen. Rein zufällig klebt ihr Unterkörper immer noch an meinem.

»Ich habe mir Fotos angesehen und musste weinen«, antworte ich, obwohl ich das eigentlich gar nicht will. Die Worte kommen einfach so aus mir heraus. Zurzeit befinde ich mich wahrlich in einem seltsamen Zustand: Ich kann zwar niemandem länger als ein, zwei Sekunden in die Augen sehen, aber man stelle mir eine einfache Frage, und schon kehre ich mein Innerstes nach außen. Als Laney vorhin an der Tür klingelte, lag ich gerade im Wohnzimmer auf dem Boden, blätterte durch einen Schuhkarton voll Fotos von Hailey und mir – wir waren noch nicht dazu gekommen, uns Alben anzuschaffen – und wartete darauf, dass der letzte Rest der durchs Fenster hereinfallenden Nachmittagssonne aufhören würde, das Reich der schwebenden Sporen zu erhellen, so dass ich mit gutem Gewissen den Jack Daniel's herausholen konnte.

»Armer Doug.« Laney zieht mich wieder in ihre Arme.

Ich spüre ihre harten Brustwarzen wie zwei vom Sand glattgeschliffene Kieselsteine an meiner Brust, rieche an ihrem Hals jenen erdigen Duft, der nur Rothaarigen eigen ist, und ertappe mich dabei, dass ich allen Ernstes erwäge, die Zunge über ihre Haut gleiten zu lassen. Nur um zu sehen, was passiert. Ich habe einen absolut beschissenen Tag hinter mir, und die Vorstellung, die kurvenreiche und allem Anschein nach willige Laney Potter auszuziehen, mich in den Falten ihres weichen Körpers zu verlieren, erscheint mir auf einmal sehr verlockend. Ich bin mir sicher, dass sie eine leidenschaftliche Geliebte wäre, laut, wild und hemmungslos. Wann hatte ich das letzte Mal solchen Sex? Mich hat schon seit einem ganzen Jahr keine Frau mehr vernascht, und vielleicht wäre ein kleines Schäferstündchen mit Laney Potter genau das Richtige, um mich ein wenig aufzuheitern.

Doch obwohl ich, immer noch an sie gepresst, einen Steifen bekomme und spüre, dass ihr Herz plötzlich schneller schlägt und ihr Atem an meinem Ohr lauter wird, weiß ich, dass es ein Fehler wäre. Bestimmt würde sie dann öfter als nur einmal die Woche vorbeikommen, und in null Komma nichts hätten wir irgendeine komplizierte Beziehung am Laufen. Sie würde anfangen, sich bei mir über Dave zu beschweren, und mir eröffnen, dass sie mit dem Gedanken spiele, ihn zu verlassen, woraufhin ich gezwungen wäre, ihr aus dem Weg zu gehen – was nicht ganz einfach wäre, da ich so gut wie nie das Haus verlasse. Und das alles nur, weil ich in einem schwachen Moment meine ungeheure Einsamkeit mit ganz gewöhnlicher Geilheit verwechselt habe.

»Entschuldige«, sage ich, während ich mich aus ihren Armen befreie. »Ich bin heute ein bisschen daneben.«

»Kann ich irgendwas für dich tun?« Ihr Gesicht ist leicht gerötet, ihr Blick wandert nervös in der Küche umher.

»Ich glaube, ich esse einfach einen Happen zu Abend und gehe dann ins Bett.«

»Die Vorstellung, dass es dir nicht gutgeht und du hier ganz allein bist, macht mich richtig krank«, erklärt sie. »Soll ich noch eine Weile bleiben?«

Sie redet, und ich rede, aber es sind noch andere Gespräche

im Gange: zwischen unseren Augen – wir bemühen uns beide krampfhaft, einander nicht anzusehen –, zwischen unseren nervösen Händen, zwischen unseren pulsierenden Lenden. So vielen Gesprächen auf einmal kann ich einfach nicht folgen. Es ist, als würde man laut Radio hören und gleichzeitig fernsehen, staubsaugen und telefonieren.

»Nein, danke, es geht schon wieder.« Ich steuere auf die Tür zu. »Wirklich. Ich brauche nur ein bisschen Schlaf.«

»Ich könnte dich ins Bett bringen.« Ich spüre ihren Blick auf meinem Rücken.

»Ich komme schon klar. Vielen Dank.«

An der Tür umarmt sie mich noch einmal, und als ich sie zum Abschied auf die Wange küsse, empfinde ich einen albernen Stolz auf mich selbst, weil ich der Versuchung widerstanden habe. Ich habe noch nie mit einer verheirateten Frau geschlafen, weniger aus Prinzip, sondern weil es sich nie ergab, aber irgendetwas sagt mir, dass jetzt ein schlechter Zeitpunkt wäre, um damit anzufangen.

Dave Potter, Laneys Mann, hat eine kleine Kanzlei zusammen mit Mike Sandleman, dem Mann, der in ein paar Wochen meine Schwester Debbie heiraten wird. Ist Ihnen das auch schon aufgefallen? Wie alles miteinander verbunden ist? Die eigene Frau stirbt unter dramatischen Umständen, und das Leben wird zu einer gottverdammten Seifenoper.

Trotzdem hat Laney einen unglaublich erotischen Mund. Ihre Lippen sehen aus wie zwei spitz zulaufende, mit einem feucht schimmernden Glanz überzogene Kissen, und da ich nicht vorhabe, mit ihr zu schlafen, kann ich nichts Verwerfliches daran finden, diese Lippen wie zufällig mit dem Mundwinkel zu streifen, als ich sie auf die Wange küsse.

»Danke für alles, Laney.«

»Ich bin immer für dich da, Doug, wenn du irgendetwas

brauchst«, antwortet sie vielsagend und blickt mir noch einmal tief in die Augen, ehe sie geht. »Das weißt du, oder?«

»Ja, das weiß ich.«

Ihr Lächeln bestätigt mir auf recht unverhohlene Weise, dass da etwas zwischen uns ist und ich nur zuzugreifen brauche. Mit einer Spur von Bedauern sehe ich zu, wie sie in ihren Wagen steigt, spüre immer noch diese weichen, vollen Lippen an meinem Mund. Ich weiß eigentlich gar nicht, warum sie mir Avancen macht. Vielleicht ist ihre Ehe nicht glücklich, vielleicht ist sie einsam oder gelangweilt, oder vielleicht ist Dave im Bett genauso fad wie außerhalb. Was auch immer der Grund sein mag, ich halte es trotzdem für das Klügste, den Status quo zu wahren. Letztendlich müsste ich das Ganze irgendwann doch wieder beenden, und dann würde sie sich ausgenutzt fühlen und ich hätte ein schlechtes Gewissen. Egal wie das Ganze ausgehen würde, es wäre mit ziemlicher Sicherheit das Ende meiner Dienstagabende mit Laney Potter, und wenn ich es mir recht überlege, würde mir ihr Hackbraten mehr fehlen als alles andere.

Trotzdem bin ich immer noch geil. Ich möchte jemanden küssen, möchte über die Haut einer Frau lecken und an ihr saugen, möchte spüren, wie sie sich unter mir windet, sich vor Lust aufbäumt. Ich möchte die herbe Süße eines Frauenmundes schmecken, möchte nackt sein und schwitzen, umschlungen von der heißen Feuchtigkeit von Laney Potters bebenden Oberschenkeln.

»Ich bin spitz«, beklage ich mich am Telefon bei Claire. Wir telefonieren jeden Tag.

»Und du hast deswegen Schuldgefühle.«

»Ja, wahrscheinlich.«

»Hör auf, dich schuldig zu fühlen.«

»Danke. Ich bin wirklich froh, dass wir dieses Gespräch geführt haben.«

»Ich meine es ernst, Doug. Das ist völlig natürlich. Jeder Mensch braucht Sex.«

»Es erscheint mir irgendwie zu früh.«

»Vielleicht für eine neue Ehe. Vielleicht auch für eine feste Freundin. Aber für Sex? Das ist etwas rein Körperliches. Aufs Klo gehst du doch auch.«

»Irgendwie habe ich diese beiden Aktivitäten noch nie miteinander in Verbindung gebracht.«

»Da läuft im Prinzip genau das Gleiche ab: Etwas baut sich in dir auf und muss raus.«

»Es kommt mir einfach nicht richtig vor.«

»Steh dir nicht selbst im Weg, Brüderchen. Wenn irgendeine geile kleine Hausfrau auf dich abfährt, dann schnapp dir dein verdammtes Telefon und pack die Gelegenheit beim Schopf. Du hast den Großteil deines Lebens davon geträumt, eine Nummer zu haben, die du in einem solchen Fall anrufen kannst. Jetzt hast du eine.«

»Das nimmt bestimmt kein gutes Ende.«

»Es hat noch nicht einmal angefangen, und du machst dir schon Gedanken über das Ende.« Claire klingt leicht entnervt. »Sieh es doch mal so: Die ersten paar Male werden sowieso ziemlich übel sein. Mit dem ganzen emotionalen Ballast, den du im Moment mit dir rumschleppst, bist du quasi wieder Jungfrau. Du wirst keinen hochbekommen oder zu früh kommen. Oder du kommst gar nicht und bist hinterher total deprimiert. Deswegen wäre es ganz gut, wenn du diesen ganzen Mist jetzt hinter dich bringst, dann hast du keine Probleme mehr damit, wenn du irgendwann wieder eine Frau kennenlernst, mit der es dir ernst ist.«

»Danke, jetzt hast du mich wirklich aufgebaut.«

Claire lacht. »Das ist schließlich mein Job.«

Ich seufze. »Sie ist verheiratet.«

Claire äfft mein resigniertes Seufzen nach. »Du lebst in New Radford, Bruderherz. Etwas anderes wirst du dort kaum finden.«

Claire ist meine Zwillingsschwester und die beherrschende Stimme in meinem Kopf, ob es mir gefällt oder nicht. Sie war der erste Mensch, den ich anrief, als Hailey starb. Nein, eigentlich stimmt das nicht ganz. Als Erstes führte ich ein Gespräch mit meiner Mutter. Wenn man das überhaupt ein Gespräch nennen kann. Es war mitten in der Nacht, und die Fluggesellschaft hatte gerade bei mir angerufen, um mich über den Absturz zu informieren. Mir war gar nicht bewusst, dass ich eine Nummer gewählt hatte.

»Hallo?«, meldete sich meine Mutter mit belegter, noch ganz schlaftrunkener Stimme. »Hallo?« Ich konnte die Dunkelheit in ihrem Schlafzimmer förmlich hören, die schwere Stille, die ich gerade gestört hatte. »Wer ist da?«

Ich brachte kein Wort heraus. Hätte ich auch nur ein einziges Wort gesagt, dann hätte ich damit dem wütenden Mob meiner Realität Einlass gewährt, der gerade brüllend vor den Toren meiner Botschaft stand.

»Hallo?«, fragte sie ein weiteres Mal. Dann sagte sie: »Blödmann!«, und legte auf.

Hailey war tot, und meine Mutter hielt mich für einen Blödmann. Es sind die kleinen Dinge, an die man sich ein Leben lang erinnert.

Irgendwo, auf einem Feld oder in einem Wald, rauchte das Flugzeugwrack noch vor sich hin, umgeben von verstreuten Gepäckstücken, Körperteilen und Metalltrümmern. Und irgendwo inmitten dieses Horrorszenarios lag meine Hailey, dieselbe Frau, die ich erst vor ein paar Stunden zum Abschied geküsst hatte, mit ihrer wallenden blonden Mähne, ihren langen Beinen, die sie so gerne um mich schlang, den großen, wissenden Augen, der Stupsnase und den schmalen, aber trotzdem sinnlichen Lippen, von denen ich nie genug bekommen konnte. Irgendwo dort lag sie, genauso leblos wie die verbeulten und verbrannten Trümmer um sie herum. Ich konnte es einfach nicht glauben. Obwohl ich wusste, dass es wahr war, begriff ich es nicht.

Der Typ im Spiegel sah aus, als würde er es durchaus begreifen. Sein Gesicht wirkte bleich und eingefallen, und ganz weit hinten in seinen Augen glomm etwas auf, ein Funke von Entsetzen, der noch nicht die Kraft hatte, auszustrahlen und seine Gesichtszüge zu verzerren. Aber ich spürte nichts. Ich unterzog den Typen im Spiegel einem raschen Test. Ich lächelte ihn an. Er erwiderte mein Lächeln mit dem schiefen Grinsen eines Geisteskranken. Als Nächstes ließ ich uns eine entsetzte Miene machen, dann eine traurige. Als würde ich für einen dieser schrägen Schauspielkurse proben, bei denen ein paar magere Schwachköpfe im Kreis sitzen und einander zu ihren übertriebenen Grimassen applaudieren, während eine Möchtegernversion von Gloria Swanson ihr nichtssagendes Urteil darüber abgibt und zwischendrin immer wieder mal an ihrem Zigarillo zieht. Hailey war tot, und ich schnitt vor dem Spiegel Grimassen. Ich hatte immer das Gefühl gehabt, ihre Liebe nicht zu verdienen, und wenn ich für dieses Gefühl je eine Bestätigung brauchte, dann starrte sie mir in jenem Moment direkt ins Gesicht.

»Hailey ist tot«, sagte ich laut. Meine Stimme füllte den Raum wie ein lauter Furz während einer Abendgesellschaft.

Normale Menschen reagieren auf solche Anrufe völlig anders, nicht wahr? Sie schreien voller Entsetzten »Nein!«, sinken schluchzend zu Boden oder trommeln gegen die Wand, einen blutroten Nebel vor Augen, bis sie nicht mehr unterscheiden können, ob das, was da so knackt, die eingedellte Wand ist oder ihre gebrochene Hand.

Ich dagegen war zu nichts anderem fähig, als neben dem Bett zu stehen, mir den Hals zu reiben und mich zu fragen, was zum Teufel ich jetzt tun sollte. Wahrscheinlich stand ich unter Schock, was zumindest ein kleiner Trost war, denn Hailey hatte diesen erbärmlichen Abklatsch einer Reaktion wirklich nicht verdient.

Mein erster Impuls war, jemanden anzurufen. Mein erster Impuls war, Hailey anzurufen. Ich versuchte es auf ihrem Handy, auch wenn ich selbst nicht so recht wusste, was ich mir davon versprach. Sofort schaltete sich ihre Mailbox an. *Hallo, hier ist Hailey. Bitte hinterlassen Sie mir eine Nachricht, ich rufe Sie so bald wie möglich zurück. Danke.*

Sie hatte den Text eines Abends in der Küche aufgenommen, während Russ und ich im Wohnzimmer fernsahen. Im Hintergrund war ganz leise unser Lachen zu vernehmen. Ich hatte die Nachricht in den letzten paar Jahren so oft zu hören bekommen, dass ich schon lange nicht mehr richtig aufgepasst hatte. Jetzt aber lauschte ich ihrer ruhigen, selbstbewussten Stimme, registrierte den leicht abwesenden Ton, mit dem sie rasch die beiden Sätze aufzeichnete, während ihre Familie im Hintergrund lachte. Sie konnte nicht tot sein. Sie war doch da am Telefon, hörte sich genauso an wie sonst. Tote haben keine Mailbox. Es piepte, und mir wurde bewusst, dass jetzt das Band lief.

»Hey, Schatz«, sagte ich dümmlich, brachte dann aber nichts weiter heraus, weshalb ich rasch auflegte. Ein schrecklicher, selbstsüchtiger Gedanke drängte sich in mein Bewusstsein, ein zweiter folgte, und dann kamen sie einer nach dem anderen. Wie wenn man einer alten Dame die Tür aufhält und fünfzehn weitere Leute beschließen, ebenfalls durchzugehen, so dass man auf einmal Dienst als Portier schiebt, obwohl man nur einer einzelnen alten Dame behilflich sein wollte. Ich fragte mich:

Wie soll ich damit klarkommen?

Wo soll ich leben?

Wird mich jemals wieder jemand lieben?

Vor meinem geistigen Auge sah ich Hailey nackt aus dem Bad kommen und mich verführerisch angrinsen, während sie auf das Bett zusteuerte. Würde mich je wieder eine nackte Frau so ansehen? Doch selbst damals, in jenem schrecklichen Moment, wusste ich bereits, dass es andere nackte Frauen in meinem Leben geben würde, und ich schämte mich für dieses Wissen. Trotzdem – würde mich jemals wieder eine so ansehen, wie Hailey es getan hatte?

Das Allerschlimmste jedoch war – die Zartbesaiteten unter Ihnen sollten jetzt besser weghören –, dass ich definitiv eine Spur von Erleichterung empfand, weil Haileys Liebe zu mir nun niemals Gelegenheit haben würde, sich abzukühlen. Nun konnte ich mir ihrer Liebe für immer sicher sein. Ich hatte mich schon oft wie ein totales Arschloch gefühlt, aber noch nie so sehr wie in diesem Moment, und das hieß etwas.

Hailey ist tot. Ich versuchte es zu begreifen. *Sie kommt nicht zurück. Ich werde sie nie wiedersehen.* Keiner dieser Sätze hatte für mich irgendeine Aussagekraft. Es waren nur Worte, nichts als unbewiesene Hypothesen.

Was sollte ich jetzt tun? *Hailey ist tot. Hailey ist tot. Hailey ist tot.* Es erschien mir wichtig, diesen Satz in seiner Gänze zu begreifen, damit ich entsprechend funktionieren konnte. Damit ich tun konnte, was getan werden musste.

Was war jetzt zu tun? Ich hatte keinen blassen Schimmer,

war mir aber Russ' Gegenwart in seinem Zimmer am Ende des Ganges extrem bewusst. Momentan schlief er, aber irgendwann würde er mitten in einem Alptraum aufwachen und nie wieder auf dieselbe Weise schlafen wie jetzt. Er würde nie wieder auf dieselbe Weise atmen, lächeln, essen, weinen, denken, husten, gehen, blinzeln, pinkeln oder lachen, und er wusste es noch nicht einmal. Das erschien mir besonders grausam und ungerecht. Ich vermutete bereits, dass es mir schwerer fallen würde, mit seiner Trauer umzugehen als mit meiner eigenen. Am liebsten wäre ich auf und davon, ehe er sich zu regen begann. Ich hätte viel dafür gegeben, nicht mit ansehen zu müssen, wie sich seine Augen mit dem Wissen füllten, dass sein Leben nie wieder so sein würde wie vorher.

Was war zu tun?

Ich musste in Bewegung bleiben. Jemanden anrufen. Jemanden, der wissen würde, was zu tun war. Ich griff wieder nach dem Telefon.

»Hallo«, grunzte Stephen, Claires Ehemann.

»Kann ich mit Claire sprechen?«

»Doug?«, fragte er schlaftrunken. »Weißt du, wie spät es ist?«

»Ein Uhr dreiundvierzig. Ich muss sofort mit Claire sprechen.«

»Sie schläft«, antwortete er in entschiedenem Ton. Stephen mochte mich nie besonders. Ich hatte Claire leidenschaftlich angefleht, ihn nicht zu heiraten, und spontan eine lange Liste von Gründen erstellt, warum er nicht der Richtige für sie war. Das hatte er mir übelgenommen, vor allem, weil ich – zugegebenermaßen – so taktlos gewesen war, diese Liste in den Toast aufzunehmen, den ich auf ihrer Hochzeitsfeier aussprach. Zu meiner Verteidigung sei nur gesagt, dass ich jung war und dass die Getränke nichts kosteten.

»Ich muss trotzdem sofort mit ihr sprechen.«

»Ist etwas nicht in Ordnung?«

Hailey ist tot. »Gib sie mir einfach.«

Für einen Moment war gedämpftes Rascheln zu hören, dann kam meine Schwester ans Telefon. Sie klang heiser und verwirrt. »Doug, was zum Teufel …« Claires derbe Ausdrucksweise war legendär, und sogar noch als Ehefrau eines der reichsten Sprösslinge Connecticuts hielt sie daran fest wie an einem alten Erinnerungsstück aus ihrer Kindheit, das ihr besonders lieb und teuer war.

»Haileys Flugzeug ist abgestürzt. Sie ist tot.« Endlich hatte ich es ausgesprochen. Irgendetwas Hartes, Kaltes machte in mir klick.

»Was?«

»Hailey ist tot. Ihr Flugzeug ist abgestürzt.«

»O mein Gott! Bist du sicher?«

»Ja. Die Fluggesellschaft hat gerade angerufen.«

»Sind sie ganz sicher, dass sie an Bord war?«

»Sie war in der Maschine.«

»Ach du Scheiße.« Sie fing zu weinen an. Ich wollte schon fast zu ihr sagen, sie solle doch nicht weinen, aber da ich selbst noch immer nicht weinen konnte und das Gefühl hatte, jemand sollte es tun, ließ ich Claire statt meiner weinen und hörte ihr zu.

»Ich komme zu dir«, sagte sie.

»Es geht schon. Du musst nicht kommen.«

»Halt den Mund. In einer Stunde bin ich da.«

»Gut.«

»Soll ich Mom und Dad anrufen?«

»Nein.«

»Dämliche Frage. Tut mir leid.« Übers Telefon hörte ich, wie sie schwer atmend im Zimmer hin und her lief, sich irgendwelche Klamotten überwarf und Stephen anfauchte, er solle verdammt noch mal den Mund halten. »Wo ist Russ?«

»Er schläft«, antwortete ich. »Claire?«

»Ja?«

»Ich weiß nicht, was ich tun soll.«

»Atme tief durch. Ein und aus. Ein und aus.«

»Mir gehen ziemlich kranke Gedanken durch den Kopf.«

»Du stehst unter Schock. Ich bin jetzt in meinem Wagen.«

Sekunden später hörte ich ein lautes Krachen.

»Verdammte Scheiße!«

»Was war das?«

»Ich bin gerade rückwärts durchs Garagentor gedonnert.«

»Um Gottes willen! Bist du verletzt?«

»Nein, mir fehlt nichts«, antwortete sie. »Das ganze verdammte Tor ist heruntergebrochen. Ich fahre einfach drüber.«

»Pass bloß auf.«

»Klar. Hör zu, ich …« Aber sie hatte vergessen, dass sie mit ihrem Schnurlosen telefonierte, nicht mit ihrem Handy, so dass sie keinen Empfang mehr hatte, sobald sie aus der Zufahrt gebogen war. Die Leitung war tot.

7

Donnerstagnachmittag. Eine weitere von Laneys endlosen Umarmungen. Normalerweise kommt sie nur dienstags, aber angeblich war sie gerade in der Nachbarschaft.

»Du wohnst in der Nachbarschaft«, gebe ich zu bedenken.

»Genau«, antwortet sie errötend.

Es ist zwei Uhr nachmittags, ich habe schon ein paar frühe Jack Daniel's intus, und Laney trägt eine enge ärmellose Bluse, in der ihr Dekolleté wie ein warmes, einladendes Lächeln wirkt, so dass ich nicht spitzfindig sein will. Ich spüre ihren heißen Atem an meinem Ohr, während sie mein Gesicht gegen ihre von hellen Sommersprossen gesprenkelte Schulter presst. Ihre gespreizten Finger streichen wie ein Netz über meinen Nacken, gleiten in mein Haar. Mittlerweile ist irgendetwas mit unseren Beinen passiert, sie haben wie von selbst die Stellung verändert, und während wir so dastehen, schieben sie sich einfach ineinander. Durch meine Jeans spüre ich Laneys heißen Schritt. Bestimmt kann sie auch spüren, wie sich in meiner Hose langsam etwas regt.

Das ist nicht richtig, schießt es mir durch den Kopf.

Es gibt keinen Gott.

Hailey.

Und dann: *Es gibt keine Hailey.*

Das ist der Moment, in dem ich Laney mitten auf ihre prallen beerenfarbenen Lippen küsse, während ich gleichzeitig mit beiden Händen in ihr rotes Haar fasse. Ihr Mund ist bereits geöffnet, ihre Zunge schiebt sich locker über meine und zwischen meinen Zähnen hindurch. Unser Kuss dauert ewig. Genau genommen sind es viele aneinandergepackte Küsse, ein stetiger Strom von sich treffenden Zungen und Lippen, denn wenn wir aufhören, wird Zeit sein zum Nachdenken, und dabei wird nichts Gutes herauskommen. Genauso wenig wird etwas Gutes dabei herauskommen, wenn ich Laney jetzt vögle, ich weiß, aber hat sich schon mal irgendein Mann von solchen Bedenken abhalten lassen?

Nachdem ich ihr am Dienstag so knapp entkommen bin, ist Laney heute fest entschlossen, ihre Beute zu erlegen, und entsprechend sexy unterwegs: Ihr Oberteil ist hauteng und tief ausgeschnitten, ihr Rock kurz, ihre langen, gebräunten Beine sind frisch enthaart und eingecremt, so dass sie leicht schimmern. Diesmal gibt es für mich kein Entrinnen. Schon als sie »Hallo« sagte, hatte sie mich in der Tasche.

Unsere Hände fangen an, wild herumzufuhrwerken, als probten wir für eine Choreographie im Kampfkunststil. Hektisch versuchen wir beide, bestimmte Stellen unter unserer Kleidung zu packen, zu streicheln, zu drücken. Laney fährt mit den Fingerspitzen rasch meinen Rücken auf und ab, schiebt die Hände unter mein T-Shirt, kratzt über meine Haut. Meine gleiten unter ihren Rock und legen sich um die Rundung ihres nackten Hinterns. Trägt eigentlich niemand mehr Unterwäsche? Ich schon, und ehrlich gesagt befürchte ich, dass das gleich zum Problem werden könnte, aber Laney öffnet meine Gürtelschnalle mit einer Hand, und als meine Hose und meine Boxershorts Sekunden später auf dem Boden landen, hat sie mich bereits fest umfasst. Sie versucht mich an Ort und Stelle zu besteigen, schiebt mich gegen den Kühlschrank. Mehrere alte Kalender und ein paar Magneten, die wie Früchte geformt sind, fallen zu Boden.

Aber hat das schon jemals funktioniert? Laney ist mit ihren hohen Absätzen genauso groß wie ich, wir finden einfach nicht den richtigen Winkel. Ich sehe, wie ihr Blick zum Küchentisch wandert, doch das kommt für mich nicht in Frage, schließlich muss ich von diesem Tisch noch essen. Obwohl ich mich genauso sehr nach Sex sehne wie jeder andere Mann, der ein Jahr lang nicht mehr gevögelt hat, habe ich mittlerweile gelernt, dass Sex auf dem blanken Boden oder Teppich – anders als im Film – blaue Flecken oder Blasen verursacht. Es geht einfach nichts über ein gutes Bett.

Das Schlafzimmer ist tabu, weil es das Schlafzimmer von mir und Hailey war, deswegen führe ich Laney hinunter ins Gästezimmer. Nachdem sie sich aus ihren Sachen gepellt und ihren langen, gebräunten Körper einladend über die Bettdecke drapiert hat, sieht sie mich mit großen Rehaugen an. Ihr Mund ist geöffnet wie bei einem kleinen Vögelchen, das auf den Schnabel seiner Mutter wartet. »Schnell«, sagt sie mit einer Stimme, die vor Sex trieft, während ich mich kurzfristig in meinem T-Shirt verheddere. Das ist das einzige Wort, das im Verlauf des ganzen Aktes zwischen uns fällt.

Ich finde es mehr als seltsam, diese Lippen zu küssen, die nicht Haileys Lippen sind. Genauso seltsam ist es, erst mit den Fingern und dann mit der Zunge über die ungewohnten Rundungen dieser fremden Brüste zu streichen, die intimsten Geräusche einer anderen Frau zu hören, mich auf den individuellen Rhythmus anderer weiblicher Hüften einzustellen. Ich kenne Laneys Vorlieben nicht, und da ich keinen Grund habe, ihr in die Augen zu sehen, weiche ich ihrem Blick krampfhaft aus.

Laney hat eine sehr üppige Figur. Ich meine »üppig« in einem positiven Sinn, nicht wie manche andere Leute, die das Wort als Euphemismus gebrauchen. Trotzdem ist sie in jeder Hinsicht stärker gebaut als Hailey, und zunächst haben ihre melonengroßen Brüste, ihre breiten, kräftigen Schultern und ihre fraulicheren Hüften für mich etwas Beängstigendes. Als sie nach einer Weile Anstalten macht, sich auf mich zu setzen, überfällt mich für einen Moment sogar ein Gefühl von Panik, eine Art Platzangst. Doch egal, wie die Peripherie beschaffen ist, die Kernstücke bleiben die gleichen, und sobald ich in sie hineingleite, macht es in mir klick, und alles geht seinen natürlichen Gang. Ihr offener Mund bleibt die ganze Zeit auf meinem, und sie lässt ihre Zunge unaufhörlich vor- und zurückschnellen, während sie im Rhythmus unserer wippenden Körper stöhnt. Einmal beißt sie mir so fest auf die Unterlippe, dass ich für einen Moment mein eigenes Blut schmecken kann, ehe sie es wegleckt.

Ich versuche nicht an Hailey zu denken. Ich versuche, mich in der unbändigen Leidenschaft von Laneys Bewegungen zu verlieren und einfach zu genießen, wie lebendig und unkompliziert sie in ihrer Lust ist. Aber selbst in dem Moment, als sie laut aufschreit, ertappe ich mich dabei, dass ich über uns schwebe und das Ganze völlig unbeteiligt von oben betrachte. Glauben Sie mir, das Letzte, was ein Mann sich wünschen sollte, ist, sich selbst beim Sex zuzusehen. Egal wie attraktiv man ist, man fühlt sich trotzdem wie ein Vollidiot, wenn man den dämlichen Gesichtsausdruck vor Augen hat, mit dem man – die Lider auf halbmast, die Zähne fest zusammengebissen – vor sich hin rammelt, als hinge das Schicksal der zivilisierten Welt davon ab. Die meisten Frauen schließen die Augen beim Sex nicht nur, weil sie sich dann besser vorstellen können, von Brad Pitt gepoppt zu werden, sondern in erster Linie, weil sie die blöde Visage vor ihrer Nase nicht sehen wollen. Das mit Brad Pitt ist nur der Bonus.

Als ich sechzehn war, kam Claire zu dem Schluss, dass meine Jungfräulichkeit mich hemmte, weswegen sie ihre Freundin Nora Barton dazu überredete, mit mir zu schlafen. Nora war dürr und flachbrüstig, aber bereit, es »nur so zum Spaß« mit mir zu treiben, was sie in meinen Augen zu einer absoluten Traumfrau machte. Wir taten es in meinem Zimmer, als sie über Nacht bei uns blieb, angeblich, um mit Claire zu lernen. Ich weiß noch, dass ich die ganze Zeit – die gesamten sechs oder sieben Minuten – denken musste: *Das ist also Sex, ich habe Sex*, immer wieder, obwohl ich wünschte, ich könnte wenigstens für eine Minute mit dem Denken aufhören und mich in das Ganze hineinfühlen, mich darin verlieren. Dann war es vorbei, und Nora schlich auf Zehenspitzen zurück in Claires Zimmer, wo die beiden wahrscheinlich noch stundenlang über mich redeten und lachten, während ich schon nach kurzer Zeit mit einer neuen Erektion im Bett saß und mich traurig fragte, warum ich bei der ganzen Sache nichts empfunden hatte.

Hailey ist tot, und ich habe Sex. Vielleicht liegt es an der seltsamen Situation – ich treibe es in meinem Keller mit der Frau eines Nachbarn –, oder vielleicht liegt es an Hailey, deren nackten Körper ich plötzlich wie durch einen Tränenschleier vor mir sehe, jedenfalls ist es wieder genau wie mit Nora Barton. Obwohl ich mich immer lauter und keuchender stöhnen höre, könnte ich schwören, dass ich überhaupt nichts spüre – als wäre mir ein Betäubungsmittel in die Lenden gespritzt worden.

Hinterher liegen wir Seite an Seite da. Laney lässt zwei Finger an meinem nassen Rücken auf und ab gleiten und küsst mich sanft aufs Gesicht, während ich mit der Zungenspitze den leichten Schweiß an ihrem Hals koste.

»Doug«, flüstert sie nach langer Zeit zögernd.

»Laney.« Die Luft im Raum erscheint mir plötzlich drückend.

Einen Moment lang schweigen wir beide, dann sagt sie: »Nichts«, was genau richtig ist, denn mehr gibt es eigentlich nicht zu sagen.

Und weil sie das gesagt hat und nichts weiter, empfinde ich plötzlich ein Gefühl von Wärme und Dankbarkeit für sie, das mich dazu veranlasst, sie zu küssen. Und weil ich sie küsse, erwidert sie meinen Kuss, ihre unglaublich vollen Lippen saugen meine schmäleren ein, und ich spüre ihre Zähne, ihr tastende Zunge – was mich wiederum dazu veranlasst, meine Finger zwischen ihre feuchten Schenkel zu schieben. Sie rollt sich auf mich und lässt ihre Zunge über meine Brustwarzen gleiten, und ehe wir es uns versehen, sind wir schon wieder voll bei der Sache.

Da sie inzwischen lockerer ist, führt sie meine Lippen genau an die Stelle, wo sie sie haben will. Diesmal stöhnt sie noch lauter als vorhin, und ihre Hüften zucken vor hemmungsloser Lust. Weil das so ist, bin ich endlich in der Lage, mich in ihr zu verlieren – in ihrem Fleisch, ihrem Geruch, ihrem Geschmack. Und weil das so ist, spüre ich diesmal tatsächlich etwas, als ich komme. Weil, weil, weil. Weil Hailey tot ist, poppe ich im Keller eine verheiratete Frau. Weil es mir inzwischen egal ist. Weil ich einsam und geil und betrunken bin. Weil, weil, weil.

Weil ich sowieso am Ende bin.

Bevor Laney geht, küsst sie mich noch ein paarmal lang und tief und verabschiedet sich dann mit einem vielsagenden Blick, der mir ihre baldige Wiederkehr verheißt.

»Das war magisch!«, flüstert sie mir ins Ohr. »Ich wünschte, ich könnte später noch mal vorbeikommen, die ganze Nacht Liebe mit dir machen und dann am Morgen in deinen Armen aufwachen.«

Aber das kann sie nicht. Weil ich erst mal Zeit brauche, um das alles zu verarbeiten. Weil ich darüber nachdenken und mich damit quälen muss, und weil ich jedes Mal eine Gänsehaut bekomme, wenn jemand nicht »Sex haben«, »poppen« oder »vögeln« sagt, sondern »Liebe machen«. Hailey hat nie »Liebe machen« gesagt. Das klingt einfach so albern.

Laney muss jetzt nach Hause, um das Abendessen für ihren Mann und ihre Kinder vorzubereiten, und ich muss zurück unter diese zerknitterte Bettdecke und allein sein. Als die ersten Tränen kommen, vergrabe ich das Gesicht in dem nach Sex riechenden Kissen, an dem noch ein paar rote Haare hängen. Ich muss immer heftiger schluchzen, der Schmerz schüttelt meinen Körper und fährt wie mit glühenden Klingen durch mich hindurch. Ich habe Hailey nie betrogen, nie auch nur einen Gedanken daran verschwendet, deswegen kann die Tatsache, dass ich gerade Sex mit einer anderen hatte, nur bedeuten, dass meine Frau mich wirklich und wahrhaftig verlassen hat. Ich wusste ja bereits, dass sie tot ist, aber nun weiß mein Körper es auch, und es kommt mir vor, als hätte ich es gerade erst erfahren.

Ich bedaure das mit Laney – nicht weil es falsch war, sondern weil ich jetzt schon weiß, dass wir es wieder tun werden, und weil das Ganze nur ein weiterer Schritt in ein Leben ohne Hailey ist. Ein weiterer Schritt von ihr weg, genau wie jeder Tag und jede Nacht und sogar dieser leere, bleierne Schlaf nach dem Sex, der mich jetzt niederstreckt wie ein Comic-Amboss und mir jeden klaren Gedanken aus dem Kopf prügelt.

8

Glauben Sie mir, ich habe um das alles nicht gebeten. Ich bin doch verdammt noch mal erst neunundzwanzig. Meine Geschichte sollte eigentlich eine von diesen romantischen Großstadtkomödien sein – junger Faulenzer begegnet seiner großen Liebe und wird endlich erwachsen –, und nicht diese sinnlose Tragödie. Vor drei Jahren lebte ich noch in meinem kleinen Appartement im West Village, zog mit meinen Freunden durch die Kneipen, landete hin und wieder mit einer Frau im Bett und verlor etwa genauso häufig irgendeinen Job als Schreiberling, in dem ich sowieso keine Aufstiegsmöglichkeiten gehabt hätte. Nie wäre ich auf die Idee gekommen, dass ich eines Tages als Witwer im gottverdammten New Radford leben und in einem Haus, das ich nicht gekauft hatte, um eine Frau trauern würde, die ursprünglich niemals die meine hätte sein sollen.

Sie kennen solche Typen wie mich, es gibt in jeder größeren Gruppe ein Exemplar davon: den lässigen Klugschwätzer, der es nie besonders weit bringen wird. Früher schmeichelte ich mir gerne mit dem Gedanken, ein Typ wie Rob Lowe in *Saint Elmo's Fire* zu sein, bloß ohne das Saxophon, aber als ich älter wurde, begriff ich, dass Rob Lowe damit nur durchkam, weil er aussah wie Rob Lowe. Ich sah ein bisschen zu sehr aus wie Doug Parker, und meines Wissens sann Demi Moore nicht nächtelang darüber nach, wie sie es anstellen konnte, mit mir in der Badewanne zu landen.

Ich war der Junge, von dem die Lehrer immer sagten, er könnte es durchaus zu etwas bringen, wenn er sich ein bisschen anstrengen würde, was ich aber nie tat. Derjenige, der es zuverlässig immer wieder schaffte, das tadellose Benehmen der restlichen Klasse mit einem gut getimten Einzeiler zu unterminieren. Derjenige, der bei einem Scherz oder Streich immer einen Schritt zu weit ging. Meine Eltern bekamen das bei den Elternsprechtagen so regelmäßig zu hören, dass sie irgendwann beschlossen, einfach nicht mehr hinzugehen und sich stattdessen auf das Positive zu konzentrieren, indem sie ihr Augenmerk nur noch auf die herausragenden Leistungen meiner Schwestern richteten.

Claire war eine notorische Schlampe, dabei aber so gescheit, dass sie einen Studienplatz in Yale bekam, wo sie weiterhin wild herumpoppte und ihr Bett nur so lange verließ, wie es dauerte, einen akademischen Abschluss in klinischer Psychologie zu machen. Dann überraschte sie uns alle, indem sie den unendlich langweiligen Stephen Ives heiratete, den Erben des Ives-Rasendünger-Vermögens, und sich von da an ausschließlich den Aufgaben widmete, die ein Leben als unverschämt reiche Hausfrau so mit sich bringt. Man konnte fast hören, wie sie den Schalter umlegte und ihr Gehirn drosselte, als sie ihre Karriere über Bord warf, aber was meine Eltern betraf, war ihr in dem Moment, als sie den Pferdeapfelerben heiratete, alles verziehen.

Debbie, drei Jahre jünger als wir, schien schon zu einem sehr frühen Zeitpunkt zu begreifen, dass alle Hoffnungen und Träume meiner Eltern an ihr hingen, und sie enttäuschte sie nicht. Sie war eine Einserschülerin von der Sorte, die mit weinerlicher Stimme jedes Prüfungsergebnis anfocht, das nicht ganz ihren Vorstellungen entsprach, und ihre Lehrer so lange nervte, bis sie nachgaben, und sei es nur, damit sie endlich den Mund hielt. Sie schloss ihr Jurastudium in Harvard mit Auszeichnung ab und ist nun auf dem besten Weg, Partnerin in einer New Yorker Anwaltskanzlei zu werden, deren Name in Insiderkreisen sofort zustimmendes Nicken hervorruft. Sie hat ein großes Büro mit Blick auf den Hudson River, eine eigene Sekretärin und gemaserte Leinenvisitenkarten mit erhabener Silberschrift.

Allerdings scheint ihr irgendwann der Humor abhandengekommen zu sein, wahrscheinlich, weil sie darin keine Prüfung ablegen musste, so dass sie heutzutage nur noch selten lacht und ihr Lächeln stets ein wenig gehetzt und gequält wirkt. Was ich sehr schade finde, weil sie eine sehr attraktive Frau ist und ein Lächeln ihr immer gut stand, als sie jünger war. Sie ist immer noch attraktiv, inzwischen aber auf eine kühle, unnahbare Weise, als wäre ihre Schönheit von Stacheldraht umgeben.

Ich selbst war für die Elitehochschulen nicht geschaffen und ergatterte an der New Yorker State University gerade mal einen Abschluss in Englisch, womit ich perfekt für Tätigkeiten qualifiziert war, mit denen man sich auf keinen Fall seinen Lebensunterhalt verdienen kann. Zumindest war mir nichts darüber bekannt, dass das Verfassen von Essays bei Bewerbungsgesprächen eine Rolle spielt, und deswegen schien es sich für mich kaum zu lohnen, es überhaupt zu versuchen. Während meine Freunde ihr Geld für Brioni-Nadelstreifenanzüge verprassten oder in Investmentfonds anlegten, trieb ich mich in verschiedenen PR-Agenturen herum, wo ich unbedeutende Pressemeldungen schrieb und immer wieder wegen diverser firmenschädlicher Vergehen gefeuert wurde.

In einem Fall beschloss ich, mein winziges Agenturbüro Stück für Stück in meine Wohnung zu verlegen. Jeden Tag klaute ich irgendwelches Büromaterial, angefangen bei kleinen Post-it-Zetteln und Bleistiften bis hin zu Heftern, und schmuggelte sie hinaus wie Tim Robbins seine Tunnelerde in *Die Verurteilten*. Für das größere Zeug wie das Telefon und das Faxgerät kaufte ich mir extra eine Sporttasche. Erst die Glaswände wurden mir zum Verhängnis. Da es nicht möglich war, sie unauffällig hinauszuschmuggeln, wartete ich bis nach Büroschluss und tat dann, als hätte ich den Auftrag, eine Glaswand mit dem Aufzug nach unten zu schaffen. Der Wachmann in der Eingangshalle ließ sich von meiner Dreistigkeit jedoch nicht beeindrucken. Am nächsten Tag zitierten sie mich zu einer Besprechung mit dem Betriebsrat und meiner entsetzten Chefin Stephanie, und ich musste mir mein kriminelles Unterfangen auf einem Video ansehen, das die im Haus installierten Sicherheitskameras aufgezeichnet hatten.

»Ich kann einfach nicht glauben, dass das wirklich du bist!«, erklärte meine Stephanie und wandte sich vom Bildschirm ab.

»Stimmt, die Kamera macht mich gut zehn Pfund fetter«, stellte ich fest.

»Doug!«

Sie klang niedergeschlagen, und ich sah ihr an, dass sie es nun noch mehr bereute, nach einem späten Geschäftsessen vor ein paar Wochen mit mir geschlafen zu haben. Sie hatte im Bett ihre hochhackigen Schuhe anbehalten und von mir verlangt, sie auf den Hintern zu schlagen, während sie mich wie ein Cowgirl ritt. Am Morgen danach durchlief sie bereits vor dem Frühstück alle fünf Phasen der Reue und nahm mir dann das Versprechen ab, nie einer Menschenseele davon zu erzählen. Nachdem wir aber schon mal dabei waren, schliefen wir anschließend noch einmal miteinander, um unseren Pakt zu besiegeln.

»Du weißt, dass ich dich jetzt entlassen muss, oder?«

Ich war fast ein wenig erleichtert, denn mein Plan, den Kopierer zu stehlen, hatte sich als logistischer Alptraum entpuppt.

Ich musste alles zurückgeben, aber vorher machte ich eine schöne Aufnahme von dem winzigen Büro, das ich in mühevoller Kleinarbeit in meinem Wohnzimmer nachgebaut hatte. Dann schrieb ich einen lustigen kurzen Artikel darüber und verkaufte ihn ans M *Magazine*.

So kam ich dazu, für Zeitschriften zu schreiben. Ich suchte mir einen Agenten, einen vor Energie nur so sprühenden kleinen Wichtigtuer namens Kyle Evans.

Er verkaufte mein Zeug und zog am Ende sogar einen Dauerauftrag bei M für mich an Land, wo ich seitdem eine recht erfolgreiche Kolumne mit dem Titel *Vom richtigen Umgang mit Filmstars* schrieb, in der ich mich auf lockere, witzige Weise über alles ausließ, was auch nur im Entferntesten mit dem Zeitgeist von Hollywood zu tun hatte: Schönheitsoperationen und Essstörungen bei jungen Schauspielerinnen, Trends im aktuellen Kinoprogramm des Sommers oder in den neuen TV-Serien im Herbst, Porträts vielversprechender Nachwuchsschauspieler und -regisseure, so etwas eben. Hin und wieder durfte ich sogar nach Los Angeles fliegen und einen echten Promi porträtieren, aber trotz meiner hochtrabenden Hoffnungen schaffte ich es nie, mit einem Filmstar zu schlafen, auch wenn ich der Meinung bin, dass ich ein- bis zweimal nahe dran war.

Ich genoss dieses lockere Leben, war damit völlig zufrieden. Immerhin konnte ich mir meine Zeit selbst einteilen, mit meinen Kumpels abhängen, mich nach Lust und Laune ver- und wieder entlieben und im Grunde ganz entspannt warten, bis mein Leben eines Tages so richtig beginnen würde. Klar, manchmal fühlte ich mich ein bisschen einsam, wie sich Singles an sonnigen Sonntagnachmittagen eben fühlen, aber bis ich Hailey kennenlernte, wusste ich einfach nicht, was ich verpasste.

*

Schicksal. Bestimmung. Gott.

Das ist alles Schwachsinn.

Die Leute wollen, dass ihr Leben einen Sinn ergibt. Sie wollen sich hinsetzen und wie kosmische Detektive alle bisherigen Ereignisse in ihrem Leben unter die Lupe nehmen, die wichtigsten Wendepunkte identifizieren, die sie geprägt haben, und diese Momente rückwirkend mit einer mystischen Aura ausstatten. Als würden die himmlischen Mächte des Universums wie ein Autorenteam die Fernsehserie unseres Lebens schreiben, damit beauftragt, sich ungeheuer verwickelte Handlungsstränge auszudenken, die sich dann am Ende der Staffel in Wohlgefallen auflösen sollen. Niemand möchte glauben, dass das alles völlig willkürlich abläuft und die Richtung, die wir mit unserem Leben einschlagen, nur auf einer komplexen Reihe von Zufällen beruht, kleinen Atompilzwolken, in deren Fallout wir leben.

Soweit ich feststellen kann, wurde mein Leben von solchen Zufällen geprägt. Wenn Hailey nicht Jim geheiratet hätte, dann hätte er sie nicht mit seiner Exfreundin Angie betrogen. Und wenn Jim an die Kamera gedacht hätte, die unten im Spielzimmer angebracht war, damit sie ein Auge auf Russ haben konnten, dann wäre er nie dabei erwischt worden.

Da Jim diese Kamera eigenhändig installiert hatte, würden die meisten Psychiater darin wahrscheinlich den unumstößlichen Beweis dafür sehen, dass er erwischt werden wollte, aber im Grunde würden sie es nur deswegen so formulieren, weil es keinen anerkannten psychologischen Ausdruck für einen Vollidioten wie Jim gibt. Und hätte Hailey sich nicht von ihm scheiden lassen, dann hätte sie sich sechs Jahre später nicht in ein vermeintlich ungenutztes Büro verkrochen, um dort ein bisschen über ihr trauriges Leben als alleinerziehende Mutter zu weinen.

Zufällig handelte es sich dabei um mein Büro. Und wenn ich nicht ausgerechnet an diesem Tag beschlossen hätte, mal wieder zur Arbeit zu erscheinen, hätte ich sie dort niemals vorgefunden. Hätte ich sie aber zu einem anderen Zeitpunkt, unter anderen Umständen kennengelernt, dann hätte sie sich nie in mich verliebt. Frauen ihrer Kalibers taten das normalerweise nämlich nicht. Und da ich meine eigenen Grenzen kannte, hätte ich auch nie den Mumm gehabt, sie um ein Date zu bitten. Mittlerweile aber hatten all die Zufälle bereits eine Eigendynamik entwickelt: Es war etwas in Bewegung gekommen, das über uns hereinbrach wie ein Tornado, und es saugte uns einfach wie zwei grasende Kühe in den Wirbelsturm hinein.

Als ich an jenem Morgen mein winziges Büro beim M *Magazine* betrat, fand ich Hailey weinend an meinem Schreibtisch vor. »Oh«, sagte ich. Was soll man sonst sagen, wenn man eine schöne Fremde weinend an seinem Schreibtisch vorfindet?

Sie blickte durch ihre Tränen zu mir hoch, putzte sich mit einem zusammengeknüllten, bereits etwas bröseligen Papiertaschentuch die Nase und sagte: »Könnten Sie bitte in fünf Minuten wiederkommen?«

Sie hatte eine leitende Funktion in der Anzeigenredaktion, während ich Artikel redigierte und eine Kolumne schrieb, so dass sich unsere Wege selten kreuzten. Trotzdem wusste ich, wer sie war, hatte sogar eine Weile für sie geschwärmt, wie man am Arbeitsplatz eben manchmal für eine attraktive Kollegin schwärmt, mir dann aber ein neues Objekt der Begierde gesucht. Schließlich war sie zu schön, zu alt und zu erfolgreich für mich. Nun aber saß sie hier weinend an meinem Schreibtisch, und nichts bringt den edlen Ritter im Manne schneller zum Vorschein als eine weinende Frau. Ich verließ mein Büro also wieder und zog die Tür hinter mir zu – nicht nur, damit sie ihre Ruhe hatte, sondern auch, um andere edle Ritter abzuhalten, denn ich hatte keine Lust auf einen Turnierzweikampf.

Rasch holte ich uns einen Kaffee. Eigentlich trinke ich keinen Kaffee, aber wie eine alte Freundin von mir mal sehr richtig bemerkte, muss man für das Wohl der Menschheit eben manchmal so tun, als ob. Als ich zurückkam, war Hailey gerade damit beschäftigt, die letzten Tränen wegzublinzeln und ihr verschmiertes Make-up wieder in Ordnung zu bringen. »Hier.« Ich stellte die Tasse vor sie hin und lehnte mich gegen die Wand.

Obwohl sie mich anlächelte, wirkte sie immer noch ein wenig zerzaust, bekümmert und angeschlagen, und genau das braucht man bei einer schönen Frau: einen kleinen Riss in ihrer Rüstung, die einem Mut macht, sie anzusprechen. Andernfalls umkreist man sie nur wie ein Aasgeier und sieht zu, wie die anderen Raubtiere vorpreschen.

»Danke«, sagte sie und nahm einen langen, dankbaren Schluck. »Wer sind Sie?«

»Ich bin Doug«, antwortete ich. »Das hier ist mein Büro.«

»Hailey.« Wir gaben uns über den Schreibtisch hinweg die

Hand. Sie hatte kleine Hände mit abgekauten, unlackierten Fingernägeln. »Sie müssen entschuldigen, aber ich habe heute irgendwie einen schlechten Tag.«

Ich machte eine wegwerfende Handbewegung. »Ich wünschte nur, ich hätte gewusst, dass Sie kommen. Dann hätte ich Donuts mitgebracht. Und Kleenex.«

Sie grinste schwach. »Ich bin sonst gar nicht so.«

»Es ist nicht Ihre Schuld. Ich habe immer diese Wirkung auf Frauen.«

Ihr Grinsen steigerte sich zu einem richtigen Lächeln. Es war ein umwerfendes Lächeln, so warm und intensiv, dass ich es bis in meine Oberschenkel spürte. Normalerweise lächelten mich Frauen wie sie nicht so an. Sie beschränkten sich meist auf ein höfliches, kurzes Lächeln, das so viel hieß wie: *Zieh Leine, hier gibt es nichts zu sehen*.

Hailey dagegen sagte: »Ich will nicht zurück in mein Büro.«

»Dann bleiben Sie doch hier«, antwortete ich.

»Ich möchte Sie nicht von der Arbeit abhalten.«

»Wenn Sie mich kennen würden, wüssten Sie, was für einen Witz Sie gerade vom Stapel gelassen haben.«

Sie betrachtete mich nachdenklich. Sie hatte langes, honigblondes Haar, eine Haut wie poliertes Elfenbein und dunkle Mandelaugen, die sich weit öffneten, wenn sie sprach, und von wundervollen Fältchen umgeben waren, wenn sie lächelte. »Ich habe heute Geburtstag«, erklärte sie.

»Herzlichen Glückwunsch.«

»Danke.«

»Geburtstage können manchmal hart sein.«

»Was Sie nicht sagen.«

»Wie alt sind Sie?«

»Sechsunddreißig. Und geschieden. Und Mutter eines zornigen Zwölfjährigen.«

»Man ist immer so alt, wie man sich fühlt.«

»Dann bin ich fünfzig.«

»Für eine Fünfzigjährige sehen Sie aber umwerfend aus.«

Sie lächelte. »Es ist nicht so, wie ich es mir vorgestellt habe.«

»Sechsunddreißig zu sein?«

»Das Leben.«

»Ach, das Leben«, sagte ich und klang dabei weiser, als ich war. »Da könnte ich Ihnen auch so einiges erzählen.«

Sie bedachte mich mit einem breiten Grinsen. »Wie alt sind Sie denn?«

»Fünfundzwanzig. Aber ich fühle mich wie zwölf.«

Sie schnaubte, wenn sie lachte, aber es gefiel mir trotzdem, und deswegen brachte ich sie gleich noch ein paarmal zum Lachen. Dadurch wurde sie ein bisschen lockerer und fing an, mir von ihrer Scheidung und ihrem schwierigen Sohn zu erzählen und von dem Pech, das sie mit den Männern hatte. Sie war sechsunddreißig, geschieden und alleinerziehend. Ich war fünfundzwanzig und wartete noch auf die großen Ereignisse in meinem Leben. Obwohl wir aus verschiedenen Welten kamen, hatte der Zufall uns in der Grauzone meines Büros zusammengebracht.

Dabei war sie nicht nur zu alt für mich, nein, sie war auch zu hübsch, zu traurig, zu weise und alles in allem einfach zu weltgewandt, um zu jemandem wie mir zu passen. Trotzdem hatte sich irgendetwas ereignet, eine Art kosmischer Störfall, wodurch wir einen Blick hinter den Vorhang des anderen werfen konnten. Wir redeten und lachten miteinander, und ich stellte fest, dass sie klug, witzig und sensibel war, und obendrein auch noch verdammt schön – die Art Schönheit, die es wert war, dass man sich vor sie warf, wenn jemand auf sie schoss.

»Hören Sie«, sagte ich nach einer Weile. »Wir können natürlich den ganzen Tag so weitermachen, aber heute ist Ihr Geburtstag, und in meiner Familie bedeutet das, man unternimmt etwas, und zwar etwas ganz Bestimmtes.«

»Und das wäre?«

»Das große Abenteuer.«

»Sie meinen nicht zufällig den gleichnamigen Vergnügungspark?«

»Genau den.«

»Wir sind in der Arbeit.«

»Keine Ahnung, wie das bei Ihnen ist, aber mich wird hier niemand vermissen.«

»Wir können doch nicht einfach aus dem Büro verschwinden und in einen Vergnügungspark fahren.«

»Normalerweise würde ich Ihnen zustimmen oder zumindest so tun, als würde ich Ihnen zustimmen, um einen verantwortungsbewussten Eindruck zu machen. Aber heute ist Ihr Geburtstag. Da sind mir die Hände gebunden.«

»Ich habe um half elf eine Budgetbesprechung.«

»Blasen Sie sie ab. Mir ist noch nie jemand untergekommen, der eine Achterbahnfahrt so dringend nötig hat wie Sie.«

Hailey sah mich fast eine ganze Minute lang an, und ich meine damit, dass sie mich wirklich ansah, als würde sie eine Landkarte studieren. »Ich bin elf Jahre älter als du.«

»Wenn ich dreizehn wäre, würde mich das ziemlich stören.«

Sie musste lächeln, wurde allerdings gleich wieder ernst. »Sag mir, warum du das willst.«

»Weil ich dich immer mehr mag, je länger wir reden. Und weil du so schön bist, dass es richtig weh tut, wenn ich dich zu lange ansehe. Bestimmt wirst du oft von älteren, erfahreneren

Männern eingeladen, aber die laden dich nur wegen deines guten Aussehens ein. Wogegen prinzipiell nichts einzuwenden ist, schließlich braucht man irgendeinen Ansatzpunkt. Aber genau aus dem Grund würde ich mich normalerweise gar nicht trauen, dich einzuladen, und dass ich es jetzt trotzdem tue, beweist, dass wir das alles bereits hinter uns gelassen haben.« Ich holte tief Luft, ehe ich hinzufügte: »Und weil ich glaube, dass du mich wirklich mögen könntest, wenn du mir eine Chance geben würdest.«

Sie war rot geworden. Ich hatte gehofft, dass sie lächeln würde, doch sie tat es nicht. Sie wandte aber auch nicht den Kopf ab. Sie sah mich immer noch an. »Bist du immer so ehrlich?«

Ich nickte. »So gut wie nie.«

»Das war jetzt aber auch eine ehrliche Antwort.«

»Ich weiß. Es ist ziemlich kompliziert.«

»Nimm es bitte nicht persönlich, Doug, ich bin ein gebranntes Kind. Ich habe einfach Pech mit den Männern.«

»Das liegt nur daran, dass du das Geheimnis nicht kennst.«

»Was denn für ein Geheimnis?«

»Man muss uns erziehen, solange wir jung sind.«

Diesmal war ihr Lächeln wie ein Sonnenstrahl – einer von der Sorte, die schräg durch die Wolken fallen und uns an himmlische Welten denken lassen. So kam es, dass wir uns tatsächlich in ihren Wagen setzten und zum Park der großen Abenteuer brausten. Wir fuhren *Nitro* und *The Great American Scream Machine* und *The Batman Coaster*. Ich kaufte ihr Zuckerwatte und eine Wunderkerze und sang im Riesenrad »Happy Birthday« für sie, bis wir ganz oben waren und sie mich küsste. Manchmal erfordert es gar nicht mehr – keine besonderen Erkenntnismomente, keine göttlichen Eingebungen, nur Zuckerwatte im Riesenrad und einen verrückten, wundervollen

Tag, den es eigentlich gar nicht hätte geben dürfen, den es aus irgendeinem Grund aber trotzdem gab. Es war Schicksal, dachte ich. Bestimmung. Doch das dachte ich nur, weil ich verliebt war und es nicht besser wusste.

Damals hatte ich noch keine Ahnung von den Zufällen.

9

Claire fährt mit ihrem protzigen Cadillac Escalade vor. Bestimmt trägt sie auch ihre Gucci-Sonnenbrille und ihre Dreihundert-Dollar-Jeans. Seit Laney gegangen ist, sind ein paar Stunden vergangen, und nach einem kurzen postkoitalen Nickerchen habe ich mich auf die Veranda gesetzt, um meine Cap'n-Crunch-Knusperflocken direkt aus der Schachtel zu essen, bis ich meine Zähne nicht mehr spüre. Egal ob ich guten oder schlechten, richtigen oder falschen Sex habe, ich wache hinterher immer mit einem Heißhunger auf.

Claire rast in einem solchen Höllentempo die Zufahrt herauf, dass die Kaninchen panisch in alle Himmelsrichtungen davonspringen, und bremst dann viel zu heftig – so heftig, dass ich das schrille Quietschen ihrer Bremsscheiben hören kann. Trotzdem schafft sie es irgendwie, ohne Schleudertrauma zum Stehen zu kommen. Sie fährt genauso, wie sie lebt, mit Leidenschaft, Ungeduld und Ungeschick, wobei die drei Komponenten anteilmäßig etwa gleich stark vertreten sein dürften.

»Was zum Teufel soll das, Doug?«, ruft sie mir entgegen, während sie auf die Veranda marschiert, als gehöre das Haus ihr.

Ich nehme das nicht persönlich. So ist Claire eben. Sie hatte bei uns schon das Sagen, als wir uns noch einen Schoß teilten. Sie ist zwei Minuten älter als ich und der wandelnde Beweis dafür, dass unsere DNA in der weiblichen Ausprägung viel besser zur Geltung kommt: Sie hat eine fließende dunkle Haarmähne, mit deren Glanz sie Shampoo-Werbung machen könnte, makellose olivbraune Haut, geheimnisvolle Augen, deren Farbe an die Abenddämmerung erinnert, und ein schiefes, wissendes Grinsen, das sie bei Bedarf mühelos in ein strahlendes Zahnpastalächeln verwandeln kann. Wenn es nach unserer Mutter gegangen wäre, hätte sie Schauspielerin werden sollen, aber gerade deswegen wollte Claire das natürlich auf keinen Fall.

Ich habe das gleiche Haar, die gleiche Haut, die gleichen Augen, aber in meinem Fall sieht das alles willkürlich zusammengewürfelt aus, als hätte mir jemand wie in einem kubistischen Gemälde ein paar Gesichtszüge aus Gummi an den Kopf geklatscht, die sich einfach nicht zu einem harmonischen Ganzen zusammenfügen wollen. Claire meint, sie habe sowohl den scharfen Verstand als auch das gute Aussehen abbekommen – und ich die Ersatzteile, falls bei ihr mal etwas kaputtgehen sollte.

»Ich versuche schon den ganzen Tag, dich zu erreichen!«, schreit sie mich an. »Warum gehst du nicht an dein gottverdammtes Telefon?«

»Ich habe es gegen einen Baum geworfen.«

Sie sieht mich fragend an. »Jemand, den ich kenne?«

»Mom.«

Sie nickt. »Behaupte doch beim nächsten Mal einfach, du hättest schon jemanden in der Leitung, und leg wieder auf. Bei mir funktioniert das.«

»Ich werde versuchen, es mir zu merken.«

»Ich habe es auch auf dem Festnetz probiert.«

»Da gehe ich aus Prinzip nicht ran.«

»Jetzt mal ohne Scheiß, Doug.« Sie mustert mich mit

strengem Blick. »Du kannst das nicht bringen, dass du für mich nicht erreichbar bis. Nicht nach allem, was passiert ist …«

»Ach, verdammt noch mal! Könntest du das Thema bitte endlich sein lassen?«

»Du hast versucht, dich umzubringen.«

»Ich bin in der Badewanne eingeschlafen.«

»Du hast eine Überdosis genommen.«

»Es waren doch nur ein paar Schlaftabletten. Ich habe nur nicht gewusst, wie viele man davon nehmen darf.«

»Im Allgemeinen ist eine halbe Flasche einfach eine Spur zu viel.«

»Lass gut sein, Claire. Du bist ja schlimmer als Mom. Ihr habt euch diesen ganzen Mythos von meinem angeblichen Selbstmordversuch nur ausgedacht. Es war nicht so, wie ihr glaubt. Ich muss es wissen, ich war schließlich dabei.«

»Möglich, dass du dabei warst, aber wenigstens musstest du nicht mit ansehen, wie die Polizisten deine Haustür eingetreten und dich aus der Wanne gezogen haben. Da warst du nämlich gerade fleißig damit beschäftigt, in Richtung Herzstillstand zu driften.«

»Es reicht, Claire.«

»Du warst am ganzen Körper blau!« Sie wendet sich mit einem frustrierten Kopfschütteln ab.

Die Wahrheit ist, dass ich mich an jenen Abend gar nicht richtig erinnern kann. Der Alkohol und die Schlaftabletten hatten mein Gehirn vorübergehend in Brei verwandelt, und ich wachte erst im Krankenhaus wieder auf. Ich weiß noch, dass ich mich in einem seltsam euphorischen Zustand befand und nicht einmal mehr sagen konnte, welchen Monat wir hatten.

»Wir werden uns darauf einigen müssen, dass wir in diesem Punkt unterschiedlicher Meinung sind«, beendet Claire unsere Diskussion. Sie beherrscht die Kunst, eine ungute Stimmung einfach abzulegen wie einen Hut.

»Ich werde mir ein neues Handy besorgen«, erkläre ich. Zu weiteren Zugeständnissen bin ich in dieser Sache nicht bereit.

»Ich war mal wieder schneller als du, Brüderchen.« Sie zieht eine bunte Schachtel aus der Tasche und wirft sie mir zu. »Du kannst damit fotografieren und dir Filme ansehen. Wahrscheinlich holt es auch noch deine Wäsche aus der Reinigung ab. Du wirst mich erst wieder los, wenn du es aktiviert hast.«

»Danke.«

»Und diesmal bitte nicht werfen! Das Ding hat fünfhundert Dollar gekostet.«

»Versprochen.«

Nachdem das geregelt ist, lehnt sie sich zu mir herüber, um mir einen Kuss auf die Wange zu drücken. »Was gibt's Neues und Aufregendes in der Kummer-Branche?«

»Immer die gleiche alte Geschichte.«

»Deine letzte Kolumne hat mich zum Weinen gebracht.«

»Das tut mir leid.«

»Nein, sie war großartig. Mom hat sie an den Kühlschrank gehängt.«

Ich lächle. »Nicht zu fassen! Endlich habe ich es wieder an den Kühlschrank geschafft.«

Es war seit jeher ein strenges Prinzip unserer Mutter, dass nur Eins-plus-Arbeiten an ihren Edelstahl-Tiefkühlschrank kamen. Während unserer gesamten Schulzeit war er mit den Arbeiten von Claire und Debbie zugepflastert. Ich dagegen war dort nie wieder vertreten gewesen, seit ich die Phase der Erstklässler-Rechtschreibproben hinter mir gelassen hatte.

»Ich schätze, im Fach Kummer und Einsamkeit bekommst du eine Eins mit Sternchen.«

»Ja, da bin ich Klassenbester.«

Sie lächelt mich einen Moment liebevoll an, dann packt sie mich an den Haaren und blickt von oben auf mich herunter. In ihren Augenwinkeln entdecke ich kleine Fältchen, die mir noch nie zuvor aufgefallen sind. Wir sehen die Menschen, die wir lieben, meist nur so, wie wir sie im Kopf haben. Hin und wieder aber erhaschen wir zufällig einen Blick darauf, wie sie in Wirklichkeit aussehen, und in den Sekundenbruchteilen, die unser Gehirn braucht, um sich auf die neue Realität einzustellen, kommen kleine Dinge in uns vom Weg ab und wirbeln schreiend irgendeinen Abhang hinunter.

»Wir werden allmählich älter«, stelle ich fest.

»Blödsinn. Ich nicht.« Ihre Augen verengen sich zu schmalen Schlitzen. »Na, so was!«, sagt sie dann. »Du siehst ja aus wie frisch gevögelt!«

»Was?«

»Meine Zwillingstelepathie sagt mir, dass du dich getraut hast, deinen Hackbraten-Hasen zu poppen.«

»Zwischen uns gibt es keine Zwillingstelepathie.«

»Doch, natürlich, sie ist nur total subtil, wie … wie hautfarbener Nagellack.«

Ich muss grinsen. »Wie … eine zentrale Klimaanlage.«

»Wie … ein Weißweinrausch.«

»Wie … Mel Gibsons australischer Akzent in *Lethal Weapon*.«

Lachend beugt sie sich noch weiter zu mir herunter, bis wir fast mit den Nasenspitzen aneinanderstoßen, und mustert mich prüfend. Als ich es nicht mehr aushalte, wende ich den Blick ab. Sie ist zurzeit der einzige Mensch, dem ich überhaupt in die Augen sehen kann, auch wenn ich es in neunundzwanzig Jahren noch kein einziges Mal geschafft habe, sie dazu zu bringen, als Erste wegzuschauen.

»Nicht zu fassen!«, schreit sie fröhlich. »Du hast es tatsächlich getan! Kein Wunder, dass ich dich nicht an die Strippe bekommen habe. Du warst damit beschäftigt, deine geile kleine Hausfrau ranzunehmen!«

»Nicht so laut!« Nervös blicke ich mich um.

Aber Claire genießt das Ganze zu sehr. »Dougie, du Schlampe!«

Kopfschüttelnd lehne ich mich auf der Verandaschaukel zurück. »Wie hast du es erraten?«

»Ganz einfach, Brüderchen.« Sie lässt sich neben mir nieder. »Dein Ohr ist voller Lippenstift, du hast dein T-Shirt falsch herum an, und wie dir die Haare zu Berge stehen, ist wirklich Weltklasse. Eine so schöne Bettfrisur bekommt man nur beim Sex.«

»Ach was!«, sage ich skeptisch. »Ich sehe doch immer so aus.«

»In diesem Fall solltest du deine Meinung zum Thema Zwillingstelepathie noch einmal gründlich überdenken.« Sie schnappt sich eine Handvoll Müsli aus der Schachtel und schaufelt sie sich in den Mund. »Du und dein Hackbraten-Hase!« Sie beginnt zu lachen. »Das ist wirklich zum Brüllen!«

»Ja, wahnsinnig lustig.«

Nach einer Weile hört sie auf zu lachen und legt den Kopf an meine Schulter. Das bedeutet, dass sie mir etwas zu sagen hat. Wann immer sie sich mit einem Problem herumschlägt, macht sie das so, und im Laufe der Jahre hat ihr Kopf an der betreffenden Stelle eine kleine Vertiefung in meine Schulter gehöhlt, genau wie Wasser, das hundert Jahre auf einen Stein tropft. Ich stelle mir immer vor, dass wir im Uterus auch schon so aneinandergelehnt herumgeschwebt sind und dass das deshalb in Stresszeiten unsere Version der Embryohaltung ist.

»Schön für dich«, sagt sie leise und reibt dabei den fleischigen

Teil meiner Hand zwischen ihrem Daumen und Zeigefinger. »Ich halte das für einen großen Schritt.«

»Ich halte es für Ehebruch.«

»Du bist nicht verheiratet.«

»Aber sie.«

»Musst du jetzt auch noch anfangen, dir über ihre Probleme Gedanken zu machen?« Sie befeuchtet mit der Zunge die Finger und wischt mir etwas von der Wange, wahrscheinlich Laneys Lippenstift.

»Es ist genauso mein Problem.«

»Irrtum. Dein Problem ist, dass du zu leben aufgehört hast, als Hailey gestorben ist. Dein wiedererwachter Sexualtrieb ist das erste positive Zeichen seit langem. Es ist kein Problem, sondern ein Grund zum Feiern. Ich kann es kaum erwarten, Mom davon zu erzählen.«

Ich muss lachen, sage dann aber rasch: »Das ist nicht dein Ernst, oder?« Wenn man sich bei Claire einer Sache sicher sein kann, dann der, dass man sich nie allzu sicher sein sollte.

»Mal sehen, wie nett du zu mir bist«, antwortet sie achselzuckend. »Also, wie war's?«

»Ich weiß nicht. Ich glaube, ich stehe noch unter Schock.«

»Dougie, Dougie, Dougie. Wann wirst du endlich lernen, den Kopf auszuschalten, wenn es um deinen Schwanz geht?« Sie seufzt. »Manchmal glaube ich wirklich, dass *ich* der Junge hätte werden sollen.«

»Und ich glaube manchmal, dass du der Junge *bist*.«

»Was eigentlich eine gute Überleitung zu unserem nächsten Thema darstellt.«

»Das da wäre?«

»Ich bin schwanger.«

Überrascht reiße ich die Augen auf. »Das ist ja großartig, Claire! Herzlichen Glückwunsch!«

Sie lässt den Kopf wieder an meine Schulter sinken. »Danke.«

Mehr sagt sie nicht, aber ich spüre, wie sich die Muskeln unter ihrer Haut anspannen. Ihr Atem geht schnell und stoßweise. Ein paar Minuten lang sitzen wir einfach nur da und starren in den Garten hinaus. Ein graues Kaninchen knabbert im Schatten der Hecke an ein paar Grashalmen herum. Außer Schussweite.

»Das war noch nicht alles«, sage ich schließlich.

»Stimmt.«

Ich überlege eine Weile. »Stephen.«

Obwohl ihr gerade eine einzelne Träne über die Wange läuft, blickt sie mit einem Lächeln zu mir hoch. »Und du behauptest, zwischen uns gäbe es keine telepathische Verbindung!«

Dann steht sie auf, schüttelt ihre traurige Stimmung einfach ab und steuert auf die Haustür zu. »Hast du etwas zu essen da? Ich bin am Verhungern!«

Ich erhebe mich ebenfalls, um ihr ins Haus zu folgen, sehe dann jedoch aus dem Augenwinkel, dass das graue Kaninchen inzwischen in Schussweite gehoppelt ist. »Hallo, Bugs«, sage ich leise. Während ich die Hand nach dem Steinhaufen ausstrecke, lasse ich ihn nicht aus den Augen. Ich werfe zu hoch. Der Stein segelt dreißig Zentimeter über Bugs hinweg und landet lautlos vor ihm auf dem Rasen. Er hebt den Kopf, und irgendetwas an seinem blöden, ungerührten Gesichtsausdruck macht mich wütend. Ich tue so, als wollte ich auf ihn zustürmen, poltere laut die Verandatreppe hinunter. Immerhin, nun setzt er sich in Bewegung, auch wenn er nur bis zum Rand des Rasens läuft und mir von der Hecke aus einen mitleidigen Blick zuwirft. Ich habe keinen Stein mehr, deswegen fuchtele ich wild mit den Armen und renne wie ein Irrer schreiend auf ihn zu, bis er ins Gebüsch flüchtet. Als ich mich auf den

Rückweg zur Veranda mache, bemerke ich, dass Claire noch in der Tür steht und mich seltsam ansieht.

»Ich halte sie nur gerne ein bisschen auf Trab«, erkläre ich dümmlich, während ich die Treppe hinaufgehe.

»Brüderchen«, antwortet sie und legt mir schwungvoll den Arm um die Schulter, ehe wir beide ins Haus treten. »Du musst wirklich öfter mal raus.«

»Also, was ist passiert?«

»Das ist eine lange Geschichte.«

»Du hast gesagt, du hättest Zeit.«

»Ich kann mit leerem Magen nicht reden.«

Ich folge ihr in die Küche. »Hast du ihn betrogen?«

»Nette Idee. Du hättest wohl gern Gesellschaft im Club der Ehebrecher, was?«

»Hat er dich betrogen?«

»Ich wünschte, er hätte.«

»Was ist dann passiert?«

»Warum liegen die ganzen Magneten auf dem Boden?« Sie steuert auf den Kühlschrank zu. »Ach nein, ich will es gar nicht wissen.«

»Verdammt, Claire! Sag mir endlich, was passiert ist.«

Sie öffnet den Kühlschrank und beugt sich hinunter, schiebt klirrende Gläser hin und her, nimmt Deckel von Tupperware-Dosen, um an deren Inhalt zu riechen. »Du meine Güte!« Ihre Stimme hallt in dem größtenteils leeren Kühlschrank wider. »Kommt es eigentlich auch mal vor, dass du dir etwas zu essen machst?«

»Ich lasse mir immer was kommen.«

Sie knallt die Kühlschranktür zu. »So lange kann ich nicht warten. Gehen wir doch irgendwohin.«

»Erst erzählst du mir, was passiert ist.«

Sie sieht mich einen Moment an und lässt sich dann sanft gegen den Kühlschrank sinken. »Gar nichts ist passiert. Bei uns passiert nie etwas. Es wird auch nie etwas passieren. Und genau das«, sagt sie, während sie sich zu Boden gleiten lässt und den Kopf in die Hände stützt, »ist passiert.«

Ich setze mich neben sie auf den Boden. »Hast du schon mal daran gedacht, zu einem Eheberater zu gehen?«

Sie verdreht die Augen. »Ich brauche keinen steifen Freudianer mit Fliege um den Hals und schmutzigen Gedanken im Kopf, um zu wissen, dass ich Stephen nie hätte heiraten sollen. Du sagst mir das schließlich schon seit Jahren. Wenn ich mich richtig erinnere, hast du deinen Standpunkt sogar auf meiner Hochzeit mit ziemlich viel Nachdruck vertreten.«

»Ich war betrunken.«

»Du warst eifersüchtig.«

»Vielleicht. Ein bisschen.«

»Aber du hattest natürlich recht. Und ich wusste es. Ich kann mich daran erinnern, dass ich bereits auf dem Weg zum Altar darüber nachdachte, was mit dem Video und den Hochzeitsfotos passiert, wenn die ganze Geschichte vorbei ist. Das ist doch krank, oder? Das Überraschende an der ganzen Sache ist nicht, dass ich ihn verlasse, sondern wie lange ich geblieben bin. Ich will schon seit Jahren weg von ihm, aber irgendwie habe ich es nie geschafft.«

»Warum nicht?«

Sie runzelt die Stirn und hebt als Eingeständnis ihrer Niederlage beide Hände. »Man wird reich, man wird bequem, und man legt sich all diese Gleichungen und Tortendiagramme zurecht, die einem beweisen, dass man eigentlich viel glücklicher ist, als man glaubt.« Sie zuckt mit den Achseln. »Ich bin einfach auf meinem Wachposten eingeschlafen.«

»Und warum jetzt?«

»Tja, nach Haileys Tod habe ich plötzlich angefangen, alles in einem anderen Licht zu sehen. Ich meine, du warst völlig am Boden zerstört – was du übrigens immer noch bist –, und vor meinem geistigen Auge habe ich dich ganz allein hier draußen hocken gesehen, gramgebeugt und ohne jeden Kontakt zur Außenwelt, und … das hört sich jetzt bestimmt schrecklich an, aber statt Mitleid für dich zu empfinden, habe ich dich beneidet. Du warst allein und unglücklich – und ich habe dich beneidet. So ein großer Kummer hat auch etwas Schönes, findest du nicht? Die Trauer hüllt einen ein wie ein Kokon, und wenn es an der Zeit ist, wird man als schöner Schmetterling wiedergeboren. Irgendwann war ich dann gezwungen, mich zu fragen, was es über eine Frau aussagt, wenn sie anfängt, auf ihren todunglücklichen verwitweten Bruder neidisch zu sein.«

»Dass sie einen heftigen Sprung in der Schüssel hat?«

»Dass sie noch unglücklicher ist als ihr Bruder und es bloß nicht weiß.«

»Aber jetzt weißt du es?«

»Jetzt weiß ich es.«

»Hör zu, Claire, mir ist klar, dass es von außen betrachtet ziemlich viel hermacht, wenn man sich jeden Abend in den Schlaf trinkt, weil man seine Frau bei einem Flugzeugabsturz verloren hat, aber ganz unter uns gesagt, wird das total hochstilisiert, es ist in Wirklichkeit gar nicht so toll, wie alle behaupten.«

Sie knufft mich entrüstet. »Du weißt genau, wie ich es meine!«

»Da bin ich mir noch nicht so sicher. Erzähl mir erst mal, wie das mit dem Baby passiert ist.«

Mit einem leisen Lachen lehnt sie den Kopf gegen den Kühlschrank. »Die Ironie an dem Ganzen ist, dass wir schon seit einer Ewigkeit so gut wie keinen Sex mehr haben. Es grenzt an ein Wunder, dass ich den Mann noch nicht betrogen habe. Dabei war ich früher so ein heißer Feger. Es war nur dieser eine Abend, diese absolute Ausnahme. Er hatte keine Besprechung mehr, keine Telefonate zu erledigen, und im Fernsehen kam auch nichts Interessantes. Wahrscheinlich war uns beiden nur langweilig, also hatten wir Sex. Die Alternative wäre gewesen, meinen Schrank auszumisten. Es war auch gar nichts Besonderes, das kannst du mir glauben. Sobald es vorbei war, hatte ich es schon wieder vergessen. Ein paar Wochen später blieb dann meine Periode aus, deswegen machte ich einen Test, und stell dir meine Überraschung vor …«

»Du bist sicher, dass das Ergebnis stimmt?«

»Ich habe fünf Tests gemacht.«

»Verstehe.«

»Ich bin also im Badezimmer und wasche mir die Hände, als mir plötzlich schlagartig klar wird, dass ich ein Baby bekomme und von nun an nie mehr etwas anderes sein werde als Mrs. Stephen Ives, eine von diesen reichen, gelangweilten Hausfrauen, ein trauriges Klischee. Ich möchte aber nicht werden wie Laney Potter, die andere Männer vögeln muss, nur um sich mal wieder für ein paar Stunden lebendig zu fühlen.«

»Vielen Dank.«

»Nicht böse sein.«

»Bin ich nicht.«

»Meinst du, ich könnte eine Weile bei dir bleiben?«

»Natürlich. Du kannst das Gästezimmer haben. Fühl dich wie zu Hause.«

*

Während wir auf dem Küchenboden sitzen und uns leise unterhalten, den sanft vibrierenden Kühlschrank im Rücken, legt sich draußen das Dämmerlicht wie ein Vorhang über die Fenster. Ich höre in den Vorgärten Kinder schreien und lachen, beschäftigt mit wichtigen Kindheitsangelegenheiten. Sie sind noch jung und unbeschwert, und natürlich glauben sie, dass das immer so bleiben wird.

Wenn ich als Junge traurig war, setzte Claire immer so eine hohe weiße Kochhaube auf und stellte unmögliche Eisbecher zusammen. Anschließend zwangen wir uns, sie gemeinsam zu verputzen, und zwar bis auf den letzten Löffel. Bananensplits mit Schokosoße, Götterspeise und Gummibärchen, Eisbecher mit heißem Fondant, übergossen mit Limonade, Eistüten mit vier Kugeln, dazwischen jeweils ein Marshmallow. Es machte wirklich Spaß, ihr dabei zuzusehen, wenn sie wie eine Irre durch die Küche schoss, aufs Geratewohl irgendwelche Zutaten zusammensuchte und das Ganze gleichzeitig so professionell kommentierte, dass selbst die legendäre Fernsehköchin Julia Child neidisch geworden wäre.

»Denkst du noch manchmal an unsere lustigen Eisbecher?«, frage ich sie.

Claire lässt den Kopf auf meine Schulter sinken, legt das Gesicht an meinen Hals und beginnt leise zu weinen.

10

Vom richtigen Umgang mit Witwern

Von Doug Parker

Da ich in letzter Zeit so eine Art emotionales Tourette-Syndrom entwickelt habe und dazu neige, meine Mitmenschen mit unvermittelten Ausbrüchen blanken und unverfälschten Schmerzes zu erschrecken, es gleichzeitig aber nicht ertragen kann, von jemand anderem bemitleidet zu werden als von mir selbst, bleibe ich meist zu Hause.

Der Nachteil an dieser Lösung ist, dass sich das Haus als Minenfeld entpuppt hat und ich nie weiß, wann mir die nächste Erinnerung an Hailey den Boden unter den Füßen wegreißen wird. Obwohl inzwischen viel Zeit vergangen ist, spüre ich sie nach wie vor überall. Auf ihrem Nachttisch liegt noch das letzte Buch, das sie gelesen hat, irgendein Frauenroman mit einem lippenstiftroten Cover, in dem es um übergewichtige Schlaumeierinnen und die sie betrügenden Männer geht. Als ich es in die Hand nehme, entdecke ich auf der letzten Seite, die sie gelesen hat, eine kleine Zeichnung, ein Comic-Männchen mit Knopfaugen, einem gezwirbelten Schnauzbart und finsteren Augenbrauen. Bei seinem Anblick muss ich lächeln. Gleichzeitig spüre ich, wie mir die Tränen in die Augen treten.

Ich hatte eine Frau. Ihr Name war Hailey. Ich habe sie verloren – und mich dazu.

Im Bad hängt noch ihr roter BH am Türknauf. Sie hatte zweifellos vor, ihn in den Wäschekorb zu werfen, kam dann aber nicht mehr dazu. Das habe ich ihr beigebracht: einfache Hausarbeiten eine Weile liegenzulassen und solche Sachen erst dann zu erledigen, wenn der richtige Zeitpunkt dafür gekommen ist.

In unserem Schlafzimmer bewege ich mich wie ein Geist, um die zufällig zurückgebliebenen Beweise ihrer Existenz auf keinen Fall zu verändern: das Buch, den BH, die Bürste, in der immer noch ein paar ihrer blonden Haare hängen, die Parfümfläschchen und Schminksachen, die auf der Ablage über dem Waschbecken verteilt sind, den Wasserfleck eines schwitzendes Glases, das sie irgendwann auf ihrer Kommode abgestellt hatte, die Seidenbluse über dem Stuhl neben ihrem Bett, die sie am Ende dann doch nicht für ihre Reise einpackte, den ausgefransten Plüschelefanten namens Bazooka, den sie schon als kleines Mädchen zwischen ihr Kissen und das Kopfteil des Bettes geklemmt hatte.

Nachdem sie gestorben war, brachte ich es eine Zeitlang nicht einmal übers Herz, das Bett frisch zu beziehen, weil die Bettwäsche noch nach ihr roch. Irgendwann roch sie dann aber nicht mehr nach ihr, und nachdem ich ein paar Wochen länger gewartet hatte, roch sie nur noch widerlich. So ähnlich geht es mir auch mit den tausend anderen Erinnerungen an sie, auf die ich tagtäglich stoße. Man klammert sich verzweifelt an jede einzelne Erinnerung und sorgt gerade dadurch dafür, dass sie irgendwann einen schalen, unguten Beigeschmack bekommen, wie die Laken auf meinem Bett.

Trotzdem tat es mir weh, das Bett frisch zu beziehen, es war einfach ein weiterer Schritt, mit dem ich Hailey in die Vergangenheit verbannte, ein weiterer Schritt über die unvermeidliche Trennlinie. Deswegen bringe ich es auch nicht fertig, die restlichen Sachen wegzuräumen. Jedes kleine Ding, das ich wegräume, ist eine weitere Spur von ihr, die ich damit unweigerlich auslösche. Am liebsten würde ich Pfosten mit Absperrseilen aus rotem Samt anbringen, wie es in historischen Gebäuden gemacht wird, um die Touristen davon abzuhalten, auf Tuchfühlung mit der Vergangenheit zu gehen - was wir ja alle gerne tun würden, wenn wir die Möglichkeit dazu hätten. So wie ich, als wir in der siebten Klasse nach Philadelphia fahren durften und ich im Rahmen einer Mutprobe klammheimlich eine abgesperrte Treppe im Haus von Benjamin Franklin hinaufschlich. Ich glaubte, mir einen festen Platz in der Geschichte erobern zu können, indem ich einmal im Leben in Bens alte Toilette pinkelte. Leider wurde ich dabei erwischt. Man zerrte mich aus dem Haus und verdammte mich dazu, den Rest des Nachmittags im Bus zu verbringen. Allerdings war der Fahrer ziemlich cool. Er holte mir was von McDonald's und ließ mich in der großen und gut erhaltenen *Playboy*-Sammlung schmökern, die er in einer Pappschachtel unter seinem Sitz stehen hatte. Noch heute assoziiere ich den Klang der Liberty Bell mit dem Schmollmund und den konischen, airgebrushten Brüsten des damaligen April-Playmates. Ihr Name war Janelle, und ihre Hobbys waren Klettern, Wassersport und Männer, die keine Angst davor hatten, ins Schwitzen zu geraten. Womit ich nur zum Ausdruck bringen will, dass man manche Dinge, die sich hinter Absperrungen befinden, besser in Ruhe lassen sollte.

Obwohl mich alles im Haus an Hailey erinnert, verlasse ich es nur selten. Der Schmerz, den ich dort empfinde, ist meine letzte Verbindung zu ihr. Ich hülle mich in diesen Schmerz ein wie in eine Decke, genieße meinen Masochismus wie ein Mädchen im Teenageralter, das sich mit einer Rasierklinge Zackenmuster in die Innenseite der Oberschenkel ritzt. Ich füge mir den Schmerz selbst zu, weil ich das Gefühl brauche, irgendetwas zu spüren. Ich bin noch nicht dazu bereit, die Wunde verheilen zu lassen, auch wenn ich weiß, dass ich es auf Dauer nicht verhindern kann.

Genau dieses Wissen aber zwingt mich dazu, noch verzweifelter an dem Schmerz festzuhalten und mich in dieser Tragödie zu verankern, solange sie noch frisch ist. Deswegen kratze ich wie ein Hund immer wieder die Krusten von meinen Wunden und versuche krampfhaft, sie erneut zum Bluten zu bringen, bin mir jedoch gleichzeitig der Tatsache bewusst, dass ich eines Tages kein Blut mehr unter der Kruste vorfinden werde, sondern nur noch eine zarte, rosarote Fläche jungfräulicher Haut. Wenn es irgendwann so weit ist und die Zeit mich besiegt hat, dann werde ich wissen, dass Hailey mich endgültig verlassen hat. Ich weiß auch, dass es irgendwann in der Zukunft eine andere für mich geben wird. Sie wird klug und schön sein und ihre eigenen Macken haben, und wir werden einander verstehen und uns verlieben. Ich werde mich schuldig fühlen, weil ich wieder glücklich bin. Deswegen werde ich auch jedes Mal, wenn ich das Gefühl habe, dass es zu gut läuft, kleine Aktionen starten, um unser Glück zu sabotieren. Sie wird eine Weile Geduld mit mir haben, aber dann, wenn sie mein Verhalten nicht länger ertragen kann, wird sich die Spannung in lauten Auseinandersetzungen entladen. Wahrscheinlich wird sie mir unter Tränen ein Ultimatum stellen, und wenn das verstrichen ist, werden wir einen neuen Versuch wagen. Ich werde immer noch Schuldgefühle haben, doch Schritt für Schritt darüber hinwegkommen. Mit jedem dieser Schritte wird Hailey mehr verblassen, ein Stück weiter in die Vergangenheit rücken, bis sie irgendwann nur noch eine Fußnote in der Geschichte meines Lebens sein wird. Und eines Tages wird eine ältere

Version von mir seinen Kindern erzählen, dass er schon einmal verheiratet war, bevor er ihre Mutter kennenlernte, dass diese Frau aber bei einem Flugzeugabsturz ums Leben kam. Hailey wird für sie keine Person sein, sondern nur eine kleine biographische Störung, unter der sie sich wenig vorstellen können, eine traurige Episode, die ihr Vater auf dem Weg zu seinem Lebensglück durchmachen musste. Das Schlimmste wird allerdings sein, dass ich selbst es bis dahin vielleicht auch so sehen werde.
Niemand braucht mir zu sagen, dass es genau so kommen wird, weil das einfach unvermeidlich ist. Ich mache mir da nichts vor. Was aber nicht heißt, dass ich schon bereit bin, mich dieser Tatsache zu stellen. Manchmal ist die einzige Wahrheit, mit der man klarkommt, diejenige, mit der man am Morgen aufwacht. Und ich bin heute Morgen - wie jeden Morgen - mit meinem Schmerz aufgewacht. Also tut mir einen Gefallen und bleibt hinter der Absperrung.

11

Von: Kyle.Evans@EvansLitAgents.com
An: Doug.Parker@mmag.com
Datum: Mittwoch, 13. September 2006
Betreff: Vom richtigen Umgang mit Witwern

Du bist ein Star! Laut den Leuten von *M* hat deine letzte Kolumne den Rekord in Sachen Leserbriefe gebrochen – den Rekord, den du selbst letzten Monat mit deiner Kolumne aufgestellt hast. Ich schicke dir einen weiteren Sack voll Post, die du wie üblich nicht öffnen wirst. Das Magazin hat mir eine Liste von Leuten zukommen lassen, die deinetwegen angerufen haben: Mehrere Fernsehsender wollen dich interviewen, und es gab Anfragen von einigen Talkshows. Außerdem verhandele ich bereits mit verschiedenen Zeitungen, sowohl amerikanischen als auch europäischen. Von NBC hat ebenfalls jemand angerufen, sie wollen dich für ein Porträt in der *Today Show*. Wenn es nach mir geht, wird Matt Lauer das Interview führen, er ist nicht der typische Talkshow-Schwätzer, sondern wirkt ernsthafter. Und Oprah Winfreys Redakteure haben auch schon die Fühler nach dir ausgestreckt. (!!!)
Nun aber das Wichtigste: Ich habe mit einigen Verlagsleuten gesprochen, es besteht in mehreren großen Häusern beträchtliches Interesse. Das riecht nach einem Herz-Schmerz-Best-

seller! Du brauchst bloß ein Konzept zu schreiben. Das ist die Chance, auf die wir die ganze Zeit gewartet haben! Wir müssen dringend reden. Ich habe versucht, dich telefonisch zu erreichen, und ungefähr dreißig Nachrichten hinterlassen. Warum rufst du nicht zurück? Mailen ist so unzivilisiert.
K.

Von:	Doug.Parker@mmag.com
An:	Kyle.Evans@EvansLitAgents.com
Datum:	Mittwoch, 13. September 2006
Betreff:	Nein danke

Sorry wegen des Telefons, Kyle. Technische Probleme. Bin nicht wirklich daran interessiert, Matt Lauer oder Oprah Winfrey kennenzulernen. Ich freue mich, dass die Kolumne ankommt, aber wie gesagt, ich habe nicht vor, das Aushängeschild der jungen amerikanischen Witwer zu werden.
D.

Von:	Kyle.Evans@EvansLitAgents.com
An:	Doug.Parker@mmag.com
Datum:	Mittwoch, 13. September 2006
Betreff:	Sei kein Idiot!!!

Wie oft hast du mir vorgejammert, du müsstest immer denselben sinnlosen, masturbationsmäßigen Mist über selbstverliebte, geistlose Filmstars schreiben. Sie war in der Highschool linkisch und mager! Er möchte nur seine Arbeit als Schauspieler machen und legt auf den ganzen Promikult keinen Wert! Das interessiert doch niemanden! Jetzt schreibst du endlich über etwas Reales und berührst damit Menschen im ganzen Land. Du bist auf ein bedeutsames Thema gestoßen, und du bist es dir selbst

schuldig, das Ganze durchzuziehen. Außerdem hat Bernie von *M* verlauten lassen, das Magazin wolle über die Exklusivnebenrechte für Vorabdrucke verhandeln. Sie werden für dein Buch werben und dir auch noch Geld dafür zahlen! Nun komm schon, Doug, das ist deine große Chance! Das Beste, was dir passieren konnte!
K.

Von: Doug.Parker@mmag.com
An: Kyle.Evans@EvansLitAgents.com
Datum: Mittwoch, 13. September 2006
Betreff: Du kannst mich mal, Kyle

Ich weiß, dass du stolz darauf bist, ein Arschloch zu sein, aber bist du allen Ernstes der Meinung, der Tod meiner Frau sei das Beste, was mir passieren konnte? Nicht einmal ein so schrecklicher und egozentrischer Mensch wie du kann derart herzlos und beschränkt sein.
D.

Von: Kyle.Evans@EvansLitAgents.com
An: Doug.Parker@mmag.com
Datum: Mittwoch, 13. September 2006
Betreff: Komm verdammt noch mal wieder runter!

Erstens sind wir hier in Amerika, ich kann also so herzlos und beschränkt sein, wie ich will. Zweitens habe ich damit nicht Haileys Tod gemeint, sondern dein Schreiben darüber. Als du mit der Witwerkolumne angefangen hast, war niemand bei *M* besonders begeistert über dein neues Thema, aber ich habe Bernie schwer bedrängt, es zu bringen – in erster Linie, weil ich dachte, je eher du deinen Kummer verarbeitet hättest, desto

eher wärst du wieder in der Lage, es den jungen Starlets zu besorgen.
Wie sich herausgestellt hat, bist du dadurch zu einem besseren Autor geworden, und nun finden deine Texte großen Anklang bei den Lesern der Zeitschrift. Das sind schon mal um die 300 000 potenzielle Käufer für dein Buch, und diese Tatsache macht dich zum feuchten Traum jedes Verlegers. Alle wissen jetzt, wer du bist. Wenn du unbedingt weiter an der irrigen Vorstellung festhalten möchtest, du würdest auf irgendeine Weise von Haileys Tod profitieren, dann bleib ruhig bei deiner Meinung, aber mir kannst du nichts vormachen. In Wirklichkeit hast du nur Angst vor deinem Erfolg, und glaub mir, mein Freund, diese Angst hattest du schon lange, bevor deine Frau starb.
K.
PS: Die psychotherapeutische Beratung ist übrigens in meinem Honorar inbegriffen.

Von:	Doug.Parker@mmag.com
An:	Kyle.Evans@EvansLitAgents.com
Datum:	Mittwoch, 13. September 2006
Betreff:	Möglich, aber …

Ob du recht hast oder nicht, spielt sowieso keine Rolle mehr. Diejenigen von uns, die Buch führen, wissen, dass ich soeben die Ein-Jahres-Marke überschritten habe. Wie lange kann man berechtigterweise über dieses Thema schreiben? Irgendwann muss man zu neuen Ufern aufbrechen, oder zumindest nach außen hin so tun, nicht wahr? Und das bedeutet, dass ich nicht länger über meinem Schmerz brüten und somit – in meinem speziellen Fall – auch nicht mehr darüber schreiben darf. Also her mit den Filmstars …
D.

Von: Kyle.Evans@EvansLitAgents.com
An: Doug.Parker@mmag.com
Datum: Mittwoch, 13. September 2006
Betreff: Witzig, dass du das erwähnst …

Das passt nämlich perfekt, denn mir ist auch schon durch den Kopf gegangen, dass wir das Ganze ein wenig ausweiten sollten, und nun schreibst du selbst davon, zu neuen Ufern aufzubrechen. Da dürfte es eine Menge schönes, herzzerreißendes Material geben. Denk doch nur daran, was du auf deine alten Tage noch mal erleben wirst: dein erstes Rendezvous, deinen ersten Sex, deine erste Freundin … es ist, als würdest du neu geboren. Wenn du darüber mit genauso viel Witz und Pathos schreibst, kann ich bestimmt bei einem namhaften Verlag einen schönen Zweibuchvertrag für dich an Land ziehen. Nun komm schon, Doug, du weißt, das könnte der Hit werden!
K.

Von: Doug.Parker@mmag.com
An: Kyle.Evans@EvansLitAgents.com
Datum: Mittwoch, 13. September 2006
Betreff: Du bist ein erbärmliches, bedauernswertes Exemplar der Spezies Mensch

Tut mir leid, Kyle. Nächsten Monat kommt meine letzte Witwerkolumne heraus, und dann heißt es wieder zurück nach Hollywood.
D.

Von: Kyle.Evans@EvansLitAgents.com
An: Doug.Parker@mmag.com
Datum: Mittwoch, 13. September 2006
Betreff: Darüber solltest du noch mal nachdenken

Offensichtlich hast du die Zeitschrift in letzter Zeit nicht gelesen. Während deiner Abwesenheit haben sie Hollywood an Krause übergeben. Falls du weiterhin eine Kolumne schreiben willst, wirst du dir ein anderes Thema einfallen lassen müssen. Du hast für ein Jahr ausgesetzt, was hätten sie da deiner Meinung nach tun sollen?
K.

Von: Doug.Parker@mmag.com
An: Kyle.Evans@EvansLitAgents.com
Datum: Mittwoch, 13. September 2006
Betreff: Krause ist ein Idiot

Definitiv.
D.

Von: Kyle.Evans@EvansLitAgents.com
An: Doug.Parker@mmag.com
Datum: Mittwoch, 13. September 2006
Betreff: Es ist ja auch ein Idiotenjob

Wollen wir das nun durchziehen oder nicht? Man muss das Eisen schmieden, solange es heiß ist.
K.

Von: Doug.Parker@mmag.com
An: Kyle.Evans@EvansLitAgents.com
Datum: Mittwoch, 13. September 2006
Betreff: Nein

D.

Von: Kyle.Evans@EvansLitAgents.com
An: Doug.Parker@mmag.com
Datum: Mittwoch, 13. September 2006
Betreff: Du treibst mich in den Wahnsinn!

Na schön. Ich gebe dir ein paar Wochen Bedenkzeit.
K.

12

Wenn man in nördlicher Richtung durch New Radford fährt, spürt man richtig, wie um einen herum die Immobilienpreise sprunghaft ansteigen. Aus den Grundstücken mit tausend werden welche mit zweitausend und dann viertausend Quadratmetern, die Häuser sind größer und weiter zurückgesetzt, die Minivans und japanischen Limousinen werden von luxuriösen Geländewagen und deutschen Nobelkarossen abgelöst, die Straßen sind breiter und von Bäumen gesäumt.

Dann fährt man durch ein weißes Steintor in die Ortschaft Forest Heights, wo alles noch mal um ein paar Einkommensstufen höher springt, und im Bereich dieser Steuerklassen findet sich auch das große und imposante rote Ziegelhaus im Kolonialstil, das Stan und Eva Parker gehört. Ich war fest entschlossen, nicht zu diesem Abendessen zu erscheinen, aber in den zwei Tagen, seit Claire bei mir wohnt, haben sich die alten Verhaltensmuster bereits wieder eingespielt, und sie hat wie selbstverständlich das Kommando übernommen.

Claire biegt in die Zufahrt ein, als handelte es sich dabei um eine ganz normale Straße, drosselt ihr Tempo erst, als es sich nicht mehr vermeiden lässt, und kommt in allerletzter Sekunde zum Stehen, nur wenige Zentimeter von Mutters Audi entfernt. Auf dem Rücksitz stößt Russ, der sich uns nur angeschlossen hat, weil in seinen Augen alles besser ist, als einen weiteren Abend zu Hause bei Jim und Angie zu verbringen, erleichtert die Luft aus.

»Fuck!« Wenn es ums Fluchen geht, ist Russ ein versierter Linguist, der diesem Wort jede von ihm gewünschte Bedeutung verleihen kann. In diesem Fall ist es ein »Fuck« der Erleichterung darüber, dass Claire uns nicht umgebracht hat und die nervenaufreibende Fahrt vorüber ist.

»Wenn du ein Problem mit meinem Fahrstil hast, kannst du gerne mit dem Bus nach Hause fahren«, meint Claire, während sie sich nach hinten umdreht, um ihm neckend durchs Haar zu wuscheln.

»Als ob in diesem Nobelort Busse fahren würden!«, entgegnet Russ und schlägt ihre Hand weg. Aus seiner Stimme spricht ein komplexer pubertärer Mix aus Neid und Verachtung.

»Was glaubst du, wie das Personal herkommt?«, kontert Claire.

»Seht mal!« Russ deutet aus dem Fenster. »Ist das nicht euer Dad?«

Mein Vater steht im Vorgarten, wo ihn das Gegenlicht der Spätnachmittagssonne wie eine Erscheinung wirken lässt. Nur mit hellblauen Boxershorts, weißen Turnschuhen und schwarzen Socken bekleidet, macht er sich gerade bereit, einen Baseball gegen die Hauswand zu werfen und ihn mit einem alten, wettergegerbten Baseballhandschuh von mir wieder zu fangen. Dabei zieht er eine Show ab wie ein Oberligaspieler, und als er endlich wirft, wabbelt sein Speck wie Wackelpudding. Sein silbergraues Haar klebt ihm schweißnass an der Stirn. Ein paar Schritte von ihm entfernt steht sein Pfleger Rudy und hält ihm einen Bademantel hin. Offenbar versucht der Ärmste gerade verzweifelt, meinen Vater dazu zu bewegen, hineinzugehen und sich anzuziehen.

»Bitte, Dr. Parker!«, jammert er. »Ich finde das gar nicht so lustig!«

»Hallo, Dad!«

Bei meinem Anblick hellt sich seine Miene auf. Er kommt breit grinsend zu mir herüber, während Rudy, der aussieht, als stünde er kurz vor dem Nervenzusammenbruch, hinter ihm herrennt und ihm erneut den Bademantel hinhält. Mit flehender Stimme sagt er: »Dr. Parker, bitte! Ziehen Sie doch wenigstens den Bademantel an!«

Rudy neigt dazu, wegen jeder Kleinigkeit in helle Aufregung zu geraten. Er ist in meinem Alter, mager, kahlköpfig und kein ebenbürtiger Gegner für meinen bulligen Vater, der siebzig Pfund mehr wiegt als er und ihn genauso mühelos aus dem Weg schiebt, wie ein Elefant mit dem Schwanz Fliegen erschlägt.

Mein Vater lässt den Fanghandschuh ins Gras fallen und nimmt mich fest in den Arm, was er vor seinem Schlaganfall nie getan hat. Er riecht nach Gras und Schweiß. Sein Rücken fühlt sich unter meinen Händen rauh und haarig an.

»Doug!« Er drückt mich so fest, dass ich fast keine Luft mehr bekomme. »Was treibt dich denn hierher?«

Das ist inzwischen seine Standardbegrüßung, in Wirklichkeit aber eine echte Frage, die er nur geschickt als Begrüßung tarnt, weil er oft keinen blassen Schimmer hat, was gerade vor sich geht, ja meist nicht einmal weiß, welches Jahr wir haben. An manchen Tagen scheint er auf dem Laufenden zu sein, an anderen hält er mich wieder für einen Jungen, der gerade aus der Schule heimkommt.

Vor zwei Jahren fand ihn meine Mutter, nachdem er in der Dusche zusammengebrochen war. Er lag drei Tage im Koma, aus dem er quicklebendig und scheinbar gesund wieder erwachte, aber irgendwie hatte sich dabei wohl sein Gehirn ein wenig zusammengefaltet, denn er ist seitdem oft so impulsiv wie ein Achtjähriger. Die Ärzte sprachen von zerebrovaskulärer Insuffizienz, doch wie sich herausstellte, war das nur ihre hochtrabende Art, uns zu sagen, dass sie nichts tun konnten. An manchen Tagen hat er den Durchblick, an anderen ist er völlig verwirrt, aber selbst an den guten Tagen ist er sich nie ganz sicher, was die Details betrifft. Er befindet sich ständig auf der Suche nach dem genaueren Zusammenhang.

Eine positive Nebenwirkung ist, dass er mich jetzt dauernd umarmt. Anscheinend musste sein Gehirn erst mal durchgebraten werden, bevor er anfangen konnte, mich zu lieben. In meinen verworreneren Momenten empfinde ich das sogar als ausgleichende Gerechtigkeit, aber das sagt sich leicht, solange man nicht derjenige ist, der in Boxershorts mit offenem Hosenschlitz in seinem Vorgarten herumstolziert.

Er tritt einen Schritt zurück, lässt jedoch die Hände auf meinen Schultern. Ich frage mich, für wie alt er mich heute wohl hält. »Wo ist Hailey?«, erkundigt er sich.

Damit lässt sich die Altersfrage schon ein wenig eingrenzen. Ich wende mich ab, damit er nicht sieht, wie mir vor lauter Schmerz vorübergehend die Gesichtszüge entgleisen. In der Welt, in der er heute Morgen aufgewacht ist, liebt er mich, und Hailey ist noch am Leben. Plötzlich fühle ich mich, als würde ich draußen im Regen stehen und durchs Fenster zu ihm hineinspähen, und ich wünschte, ich könnte die Kälte verlassen und meine durchgefrorenen Knochen am Feuer seiner Demenz wärmen.

»Sie kommt bestimmt bald«, sage ich.

»Hallo, Daddy!«, unterbricht Claire uns rasch, indem sie zwischen uns tritt und ihn umarmt.

»Hallo, Süße, was treibt dich denn her?«

»Ich bin gekommen, um Debbie zu sehen«, antwortet Claire. »Wie du weißt, heiratet sie demnächst.«

Seine Miene wirkt plötzlich fragend, mit gerunzelter Stirn versucht er eine bestimmte Erinnerung zu fassen zu bekommen, verirrt sich dabei allerdings im Chaos der Gedankenrevolte, die sich in seinem Kopf abspielt. »Mazel Tov«, sagt er bedauernd, den Blick auf seine Füße gerichtet.

»Er muss jetzt wirklich ins Haus und sich frisch machen lassen«, startet Rudy einen neuen Versuch.

Mein Vater ignoriert ihn. »Wer ist das?«, fragt er mit Blick auf Russ, der verlegen ein wenig abseits stehengeblieben ist.

»Das ist Russ«, antworte ich. »Du erinnerst dich doch an Russ, Haileys Sohn?«

»Natürlich erinnere ich mich an ihn.« Er tritt auf Russ zu, um ihn zu umarmen. Obwohl dem Jungen anzusehen ist, dass er einen Moment mit sich kämpft, ob er stehenbleiben oder davonlaufen soll, lässt er die Umarmung meines stark schwitzenden Vaters tapfer über sich ergehen und klopft ihm dabei sogar lässig mit der Faust auf den Rücken.

»Hallo, Dr. Parker.«

Mein Vater tritt einen Schritt zurück und mustert ihn von oben bis unten. »Du bist ja richtig erwachsen geworden. Spielst du Baseball, Russ?«

»Manchmal.«

Er wirft ihm den Ball zu. »Du machst den Werfer.«

»Na, dann mal los, Schlagmann!«, antwortet Russ grinsend und hebt den Handschuh vom Boden auf.

»Ich halte das für gar keine gute Idee«, sagt Rudy.

»Wir haben es zur Kenntnis genommen, Rudy«, erklärt mein Vater freundlich, ehe er zum Haus hinübertrabt, um den Baseballschläger zu holen, der dort an der Wand lehnt.

»Mr. Parker! Sie müssen sich zum Essen fertigmachen. Sie haben noch nicht mal geduscht.«

»Zieh Leine, Rudy«, antwortet mein Dad, der bereits den Schläger schwingt und mit gebeugten Knien in Positur geht.

»Ja, Rudy«, meint Claire grinsend. »Zieh Leine.«

Mein Dad sieht sie an. »Kannst du unseren Punktrichter machen?«

Claire geht zu ihm hinüber und drückt ihm einen Kuss auf die Schulter. »Ich bin wie geschaffen für den Job.«

*

Meine Mutter ist auf ihrem Posten in der Küche, wo sie – auf einem hohen Barhocker thronend, vor sich eine halb volle Flasche Rotwein, bei der es sich hoffentlich um ihre erste handelt – mit Debbie über Hochzeitsdetails diskutiert und gelegentlich eine Anweisung zu ihrer Haushälterin Portia hinüberbellt, die gerade hektisch mit einem Rostbraten herumhantiert. Auf der Theke ist alles wie für einen Fototermin mit *Bon Appétit* angerichtet: bildschön dekorierte Salate und Beilagen, ein glasiertes Huhn, paniertes Lammfleisch und der Rostbraten, den Portia soeben auf eine silberne Servierplatte schiebt. Mein Eltern mögen sich oft benehmen, als wären sie in Greenwich ausgesetzt und von protestantischen Stiefeltern großgezogen worden, aber wenn es ums Essen geht, sind wir plötzlich wieder das auserwählte Volk.

»Douglas!« Meine Mutter stellt ihr Weinglas auf der Marmorplatte ab. »Liebling!« Sie lehnt sich vor, um in unmittelbarer Nähe meines Gesichts die Luft zu küssen und auf diese Weise zu verhindern, dass die vielen Schichten Lippenstift, die ihren Mund wie ein Dichtungsmittel überziehen, Schaden nehmen.

»Hallo, Pooh«, begrüße ich Debbie und küsse sie auf die

Wange. Sie trägt einen kurzen schwarzen Rock und einen himmelblauen Pulli und wirkt mal wieder wie aus dem Ei gepellt. Das Haar hat sie wie üblich streng nach hinten hochgesteckt. Sie ist auf eine kühle Weise schön, wie eine auf Hochglanz polierte Skulptur. Ich wünschte, sie würde ihr Haar manchmal offen tragen. Vielleicht würde sie dann nicht ganz so steif wirken. Mir kommt sie immer vor, als hätte sie vergessen auszuatmen – als wäre sie kurz davor, sich fürchterlich über irgendetwas aufzuregen.

»Du bist gekommen«, stellt sie fest.

»Warum hätte ich nicht kommen sollen?«

»Weil du mich hasst?«

»Hass ist ein so starkes Wort.«

Sie lächelt säuerlich. »Du kannst mich mal!«

»Achte auf deine Ausdrucksweise, Deborah«, ermahnt meine Mutter sie in strengem Ton. »Lieber Himmel, schließlich heiratest du demnächst. Versuch wenigstens, so zu klingen, als wärst du eine Dame.«

»Du siehst ziemlich dürr aus«, stelle ich fest.

Debbie bewegt sich immer hart an der Grenze zur Magersucht, enthusiastisch unterstützt von meiner Mutter.

»Ich muss in das Kleid passen.«

»Sie sieht wunderbar aus!«, faucht meine Mutter mich an. »Du meine Güte, Portia, Sie sollen das Bruststück garnieren, nicht lebendig begraben!« Sie wendet sich wieder mir zu. »Wie geht es dir, Douglas?«

»Wie immer.«

»Ich habe mir Sorgen gemacht, weil ich dich telefonisch nicht erreichen konnte.«

»Es geht mir gut.«

Über ihr Weinglas hinweg mustert sie mich mit ihrem typischen Mir-kannst-du-nichts-vormachen-Blick. Wenn ich an meine Mutter denke, sehe ich immer genau dieses Bild vor mir: große, wissende Augen, die körperlos über dem Rand eines Weinglases schweben. »Hast du Russell mitgebracht?«

»Er spielt draußen mit Dad Baseball.« Sie nickt und wendet den Blick ab. »Wie geht es Dad?«, frage ich.

Ihre Miene verdüstert sich. Mit einer wegwerfenden Handbewegung antwortet sie: »Jeder Tag ist ein Abenteuer. Neuerdings hat er seine Begeisterung für Sex wiederentdeckt.«

»Mom!«

»Er will es die ganze Zeit. Es ist ein Wunder, dass ich überhaupt noch gehen kann.«

»Herrgott noch mal!«, stöhnt Debbie.

»Deine Ausdrucksweise!«, rügt meine Mutter sie geistesabwesend und schnippt dabei zweimal mit den Fingern in ihre Richtung. »Kürzlich hat mich euer Vater eine halbe Stunde lang durchs ganze Haus gejagt, ehe Rudy ihn beruhigen konnte.«

»Wie läuft es denn mit Rudy?«, frage ich.

»Ich gebe ihm noch zwei Wochen.« Obwohl ihr Glas halb voll ist, schenkt sie sich laut seufzend Wein nach. Wie immer handelt es sich um ein hochdramatisches, oscarverdächtiges Seufzen. »Ich liebe diesen Mann von Herzen, das dürft ihr mir glauben. Aber er bringt mich noch ins Grab.«

»Apropos«, wendet sich Debbie an mich. »Ich habe mir da etwas überlegt. Wie wäre es, wenn du mich zum Altar führen würdest?«

»Das ist doch Dads Aufgabe.«

»Dad ist geisteskrank, falls dir das noch nicht aufgefallen sein sollte.«

»Er ist nur hin und wieder ein bisschen verwirrt. Er macht das bestimmt ganz wunderbar.«

»Das ist mir zu riskant.«

»So ist er nun mal, Deb. Falls er ein bisschen aus der Rolle fällt, werden die Leute sicher Verständnis dafür haben.«

»Und das von dem Mann, der seit einem Jahr das Haus nicht mehr verlässt.« Meine kleine Schwester schüttelt angewidert den Kopf.

»Was willst du damit sagen, Debbie?«

»Nichts. Ich will damit gar nichts sagen.«

Meine Mutter stellt nervös ihr Weinglas ab, weil sie mit einer Explosion rechnet, aber genau im richtigen Moment kommt Claire herein.

»Hallo, Ma.« Sie küsst unsere Mutter zur Begrüßung auf die Wange und schnappt sich gleichzeitig ihr Weinglas.

»Wo ist Stephen?«, fragt Mutter.

»Er musste geschäftlich verreisen.«

»Das ist aber schade.«

»Er wird es überleben.« Claire nimmt einen großen Schluck von dem Wein. Da sie das in ihrem Zustand besser nicht tun sollte, werfe ich ihr einen vielsagenden Blick zu, um sie daran zu erinnern, woraufhin sie mir mit einem trotzigen Hochziehen der Augenbrauen zu verstehen gibt, dass ich mich um meine eigenen Angelegenheiten kümmern soll. »Hallo, Pooh«, wendet sie sich an Debbie.

»Ich wünschte, ihr beide würdet endlich aufhören, mich so zu nennen«, antwortet Debbie leise.

»Ja«, sagt Claire und nickt dabei mitfühlend. »Aber wahrscheinlich werden wir das nicht schaffen. Habe ich recht, Doug?«

»Witzig, dass das gerade jetzt zur Sprache kommt«, antworte ich. »Ich habe mir vorhin nämlich erst gedacht, dass es eigentlich an der Zeit wäre, dich nicht mehr so zu nennen, aber dann hast du diesen zickigen Kommentar darüber losgelassen, dass ich nicht mehr aus dem Haus gehe …«

»Wir sind uns also einig«, fällt Claire mir fröhlich ins Wort.

»Sie will nicht, dass Dad sie zum Altar führt.«

»Wieso denn nicht, Debbie? Er ist verdammt noch mal dein Vater!«

»Claire!« Meine Mutter unterstreicht ihre Rüge mit einem Fingerschnippen. Sie selbst flucht wie ein Landsknecht, wenn die Situation es erfordert, kann es aber nicht ausstehen, wenn ihre Kinder es tun, weil sie sich dann irgendwie alt fühlt.

»Gottverdammt noch mal!«, sagt Debbie. »Hast du Dad schon gesehen? Er ist der Kerl, der halb nackt draußen im Vorgarten herumrennt.«

»Er ist trotzdem dein Vater.«

»Ach, du kannst mich mal, Claire!«

Wenn meine Mutter noch ein bisschen fester schnippt, werden ihre Finger Feuer fangen.

Meine Schwestern und ich beginnen es ihr nachzumachen, nur viel schneller und mit dreifacher Lautstärke, so dass das Schnippen meiner Mutter völlig untergeht. Sie setzt dem Ganzen ein Ende, indem sie mit der Faust so fest auf die Theke schlägt, dass über uns die Hängelampen klirren.

»Du warst ein extrem hässliches Baby, Deborah«, verkündet sie.

»Wie bitte?«

»Glaub mir, es stimmt.« Meine Mutter lehnt sich zurück und schließt die Augen. »Du hast ausgesehen wie ein Troll. Ein dunkelhäutiger kleiner Troll. Ich habe mich geschämt, mit dir unter die Leute zu gehen. Aber dein Vater, der hat dich geliebt. In seinen Augen warst du das schönste Kind auf Gottes grüner Erde. Er konnte es kaum erwarten, bis du wach warst und er dich aus deinem Gitterbett nehmen und dir etwas vorsingen konnte. Er hat dich jedem gezeigt, als wärst du ein Kronjuwel.

Ihm war dein Aussehen völlig egal. Du warst sein schönes kleines Baby.«

Wir starren alle unsere Mutter an. Sie hat uns das noch nie erzählt, und es ist durchaus möglich, ja sogar ziemlich wahrscheinlich, dass sie es gerade erst erfunden hat. Sie war sich noch nie zu schade dafür, auf kreative Weise zu improvisieren, wenn es ihrer Darbietung förderlich war. Jetzt schlägt sie die Augen wieder auf und fixiert Debbie mit stählernem Blick. »Sein Verstand mag inzwischen ein wenig beeinträchtigt sein, aber er ist immer noch derselbe Mann, der beim Anblick dieses hässlichen Babys seine schöne Tochter gesehen hat. Deswegen ist es auch sein gutes Recht, dich zum Traualtar zu führen.«

Debbie, die vor Verzweiflung schon einen ganz roten Kopf hat, starrt sie an. »Ihr seid doch alle irre!«

»Wir sind deine Familie, Liebling. Finde dich damit ab.«

»Das ist keine Familie, sondern ein Monsterkabinett!«

»Jetzt hör aber auf, Pooh«, sage ich sanft. »Er ist dein Dad. Was kann denn schlimmstenfalls passieren?«

Genau in dem Moment kracht der Baseball durchs Küchenfenster herein. Portia stößt ein panisches Kreischen aus und wirft sich auf den Boden, Claire lässt ihr Weinglas auf die importierten Küchenfliesen fallen, wo es klirrend zerspringt, während gleichzeitig kleine Splitter des in tausend Scherben geborstenen Küchenfensters auf die Theke mit dem Essen herunterrieseln. Draußen kreischt Rudy hysterisch auf. Wenige Augenblicke später taucht das schweißnasse Gesicht meines Vaters vor dem kaputten Fenster auf.

»Alles in Ordnung bei euch da drinnen?«, fragt er leicht keuchend.

»Ja, Dad«, antwortet Claire erschüttert.

Portia rappelt sich wieder hoch. Mit einem Stoßgebet an die

Jungfrau Maria beginnt sie, sich die Scherben von der Kleidung zu klopfen.

Russ taucht neben meinem Vater am Fenster auf. Er wirkt nervös und schuldbewusst. »Fuck!«, sagt er.

Der Blick meines Vaters ruht einen Moment auf dem Baseball, der mitten im Wildreissalat liegt wie in einem Nest. Dann sieht er mich hilfesuchend an. »Könntest du vielleicht, Doug?«

Ich nehme den Ball aus dem Salat, schnippe ein paar daran klebende Reiskörner weg und werfe ihn durch den Fensterrahmen. Dad fängt ihn mit dem Handschuh auf und lächelt mich an. »Der Junge kann werfen!«, sagt er voller Begeisterung, ehe er wieder im Garten verschwindet.

Ich glaube, in einer normalen Familie wäre das jetzt die Stelle, an der die Braut wegen der vermasselten Feier in Tränen ausbricht und die Mutter der Braut herbeistürzt, um sie zu trösten und ihr zu versichern, dass alles wieder gut werden wird. Vielleicht täusche ich mich aber auch. Im Grunde weiß ich nicht sehr viel über normale Familien und muss mich daher auf das stützen, was ich im Fernsehen gesehen habe.

»Allmächtiger!«, sagt meine Mutter. Dann stößt sie laut die Luft aus und nimmt einen Schluck Wein direkt aus der Flasche. »Der Mann wird keine Ruhe geben, bis er mich ins Grab gebracht hat!« Sie greift nach der übergroßen Designertasche auf dem Stuhl neben ihr und durchwühlt sie, bis ihre Faust schließlich mit ihrem getreuen Vil-Pillen-Fläschchen wieder zum Vorschein kommt. »Vergessen Sie es!«, wendet sie sich an Portia, die unser Festessen inspiziert, um zu sehen, was davon noch zu retten ist. »Werfen Sie einfach alles weg!« Sie schiebt sich eine von den gelben Pillen in den Mund und spült sie mit einem weiteren Schluck aus der Flasche hinunter. »Bei uns kommt kein Essen mit Glassplittern auf den Tisch. Wir sind hier doch nicht im Gefängnis.«

Auf einmal macht Debbie ganz auf coole Geschäftsfrau. Sie zückt ihr Handy, als wäre es ein sechsschüssiger Revolver, und dreht uns den Rücken zu. »Hallo, Mike, ich bin's ... nein, nur ein ganz normaler Tag im Irrenhaus. Hör zu, Programmänderung. Mein Dad hat sozusagen unser Essen zerbombt ... Ja. Nein, er hat Baseball gespielt, frag lieber nicht ... Ja. Du solltest sie vielleicht darauf vorbereiten ... Mike, es wäre wirklich besser, wenn du dieses Thema ausgerechnet jetzt *nicht* zur Sprache bringen würdest, okay? Wir werden improvisieren müssen. Reserviere uns doch einfach einen Tisch im Surf Club. Ja. Für halb acht. Ruf mich kurz an, ob das mit der Reservierung in Ordnung geht ... Ja, gut ... Ich mich auch. Ich warte auf deinen Anruf.«

Sie klappt energisch ihr Handy zu und dreht sich wieder zu uns um. »Problem gelöst«, erklärt sie mit einem leicht gequälten, aber selbstzufriedenen Lächeln.

»Deshalb verdienst du ja auch so gut«, bemerkt Claire.

»Das letzte Mal, als ich im Surf Club war, habe ich eine Lebensmittelvergiftung bekommen«, erklärt meine Mutter.

»Mom!« Debbies Stimme klingt leise und drohend, wie fernes Donnergrollen.

Meine Mutter zuckt mit den Achseln. »Ich meine ja nur. Jedenfalls bin ich die ganze Nacht nicht aus dem Bad herausgekommen. Das Essen ist aus mir herausgeschossen wie die Niagarafälle, und zwar an beiden Enden.«

»Mom!«, stöhne ich.

»Manchmal sogar gleichzeitig«, fährt sie gedankenverloren fort.

»Wir hätten uns einfach absetzen sollen.« Debbie lässt sich niedergeschlagen auf einen Stuhl sinken. »Wir hätten nach Las Vegas fliegen und uns von einem Elvis-Double trauen lassen sollen.«

»Mach dir keine Sorgen, Pooh«, versuche ich sie zu trösten. »Wenn es so weitergeht, haben sich schon alle völlig verausgabt, bis du heiratest, so dass die Hochzeit ruhig und gesittet ablaufen wird.«

Debbie wirft mir einen finsteren Blick zu. »Von wegen! Ihr lauft euch doch gerade erst warm.«

Einen Moment lang tut sie mir fast leid. Aber nur fast. Dann kehre ich wieder zu meiner Meinung zurück, dass ihr das alles recht geschieht, weil sie meine Totenwache dazu missbraucht hat, sich einen Mann zu angeln. Ich spüre, wie mich wieder diese nagende Wut auf sie packt.

»Ich werde Dad beim Fertigmachen helfen«, erkläre ich, weil ich plötzlich das dringende Bedürfnis habe, von meiner kleinen Schwester wegzukommen.

»Und ich werde dir helfen, ihm zu helfen«, meint Claire und kneift Debbie auf dem Weg nach draußen in die Wange. »Ist es ein Wunder, dass wir alle am Rad drehen?«, murmelt sie mir einen Moment später leise zu.

»Bestellt bloß keinen Fisch!«, ruft uns meine Mutter nach. »Hört auf eure Mutter!«

13

Der Kristalllüster, der im höhlenartigen Speisesaal des Surf Club hängt, ist so weit heruntergedimmt, dass er für eine angenehme Atmosphäre sorgt und gerade genug Licht spendet, um die diamantenbesetzten Eheringe und goldenen Uhren der Gäste zum Funkeln zu bringen wie Sterne am Abendhimmel. Die Gesichter der Speisenden sind in das weiche, bernsteinfarbene Licht der Tischkerzen getaucht, so dass alle aussehen, als wären sie schön gebräunt. Das gedämpfte Gemurmel der Gespräche wird begleitet vom fast musikalisch anmutenden Klirren edlen Porzellans und den Klängen einer Jazzcombo, die auf einer Seite des Raumes spielt.

Wir kommen zwanzig Minuten zu spät, weil Dad sich unbedingt noch die *Seinfeld*-Wiederholung ansehen wollte, auf die er beim Anziehen gestoßen ist. Daraufhin hat er sich beharrlich geweigert, in seine Schuhe zu schlüpfen, bevor die Sendung zu Ende war.

Mr. und Mrs. Sandleman, Mikes Eltern, die anlässlich des Essens aus West Hartford angereist sind, warten bereits mit Mike an der Bar. Alle stehen ein wenig verlegen herum, während Debbie Russ und mich vorstellt. Nachdem ich zu der Verlobungsparty vor ein paar Monaten nicht erschienen bin, weil ich bereits etwas anderes vorhatte – nämlich mich zu betrinken und den ganzen Abend lang vor Wut zu kochen –, bin ich der Einzige aus der Familie, den sie noch nicht kennen.

»Das ist mein älterer Bruder Doug«, erklärt Debbie. »Ihr wisst ja, dass seine Frau bei einem Flugzeugabsturz ums Leben gekommen ist. Seitdem ist er ein totales Wrack und vor lauter Selbstmitleid nicht in der Lage, sein Leben wieder in den Griff zu kriegen.«

Zwar sagt sie es nicht mit genau diesen Worten, aber es ist definitiv das, was sie meint.

»Es freut mich, Sie kennenzulernen«, sagt Mr. Sandleman. Seine Hand fühlt sich feucht und kalt an, weil er die ganze Zeit sein Glas gehalten hat. Er ist klein und untersetzt und sieht mit seinen dicken Brillengläsern und dem buschigen Schnurrbart aus wie eine politische Karikatur.

Mrs. Sandleman nimmt mich in den Arm. Sie fühlt sich weich und füllig an und riecht frisch wie ein Raumduft. »Wir lesen Ihre Kolumne jeden Monat im Internet«, erklärt sie. »Sie ist wirklich sehr ergreifend.«

»Und gut geschrieben«, fügt Mr. Sandleman hinzu. Zumindest glaube ich, dass er das gesagt hat, denn wegen seines buschigen Barts kann man nicht erkennen, ob seine Lippen sich bewegen.

»Es freut mich, Sie beide kennenzulernen.« Das Mitleid, das wie Schlamm aus ihren Augen quillt, macht es mir unmöglich, sie direkt anzusehen. Ich habe inzwischen gelernt, dass Mitleid wie ein Furz ist. Man kann es bei sich selbst tolerieren, von anderen dagegen nicht ertragen.

»Das ist Russ«, sage ich. »Der Sohn meiner verstorbenen Frau, der offenbar fest entschlossen ist, sich um jeden Preis sein junges Leben zu versauen, und dem ich offenbar nicht helfen kann.« Oder so ähnlich.

»Hallo«, sagt Russ.

»Doug.« Mike schüttelt mir verlegen die Hand und klopft mir gleichzeitig auf den Rücken. Wir haben nicht mehr miteinander gesprochen, seit ich die Verlobungsparty boykottiert habe. Er hat sämtliche Verhandlungen Debbie überlassen. Ein großer Fehler. »Danke, dass du gekommen bist. Das bedeutet uns wirklich sehr viel.«

»Nicht der Rede wert«, antworte ich.

»Hör zu, ich weiß, dass unser Timing damals wirklich daneben war. Und glaube mir …«

»Ich will nichts davon hören, Mike«, falle ich ihm ins Wort. Mein Ton klingt schärfer als beabsichtigt. »Ich meine das ernst. Keine Silbe!«

Er sieht mich an, als wollte er trotzdem noch etwas sagen, aber irgendetwas in meiner Miene, dessen ich mir selbst nicht bewusst bin, lässt ihn doch lieber schweigen. Ich werfe einen raschen Blick in den Spiegel hinter der Bar, um mir meinen Gesichtsausdruck genau einzuprägen, damit ich ihn für künftige Einsätze parat habe, aber der Oberkellner ist vor mich getreten, um uns zu unserem Tisch zu führen, so dass ich nur meine Augen sehen kann. Ich finde nicht, dass sie besonders bedrohlich wirken.

Nachdem wir alle im Speisesaal Platz genommen haben, vollzieht sich bei meinem Vater eine wundersame Wandlung. Am Kopfende des Tisches sitzend, wirkt er plötzlich ganz souverän. Er sieht in seinem eleganten Nadelstreifenanzug sehr gut aus, sein dichtes silbergraues Haar ist ordentlich zurückgebürstet, und er hat seine Lesebrille mit Goldrand aufgesetzt, um die Weinkarte zu studieren. Er spricht fachkundig mit dem Sommelier, stellt ihm ein paar Fragen zu den Jahrgängen und bestellt dann zwei Weine für den Tisch. Anschließend faltet er seine Brille wieder zusammen und schiebt sie in seine Brusttasche. Kein Mensch würde vermuten, dass er noch vor einer Stunde halb nackt in seinem Vorgarten herumgesprungen ist.

»Liebling«, sagt er gerade zu meiner Mutter und führt ihre Hand an seine Lippen. »Du bist heute genauso schön wie an dem Tag, an dem ich dich kennengelernt habe.«

»Das sagst du nur, weil es stimmt«, gibt meine Mutter zurück und lächelt.

Vor dem Schlaganfall stellte Stan seine Gefühle niemals öffentlich zur Schau, er war sein Leben lang ein eher kühler, zurückhaltender Typ, so dass mich die unverhohlene Zuneigung, die nun aus seiner Stimme spricht, immer noch ein wenig irritiert.

»Das erste Mal haben wir uns im Keller ihrer Eltern geliebt«, verkündet er und sieht dabei Mrs. Sandleman an, die einen hochroten Kopf bekommt und nicht so recht zu wissen scheint, was sie mit dieser besonderen Information anfangen soll.

Russ prustet in sein Wasserglas. Claire greift nach einem Buttermesser und tut, als wollte sie Harakiri begehen.

»Schon gut, Stan.« Meine Mutter drückt seinen Arm.

Er sieht sie an. »Du hattest an dem Tag eine weiße Seidenbluse an, aber keinen BH, und wir haben eine von den Sinatra-Platten deines Vaters gehört.«

Meine Mutter nickt und nimmt lächelnd seine Hand. »Ja, ich erinnere mich. *In the Wee Small Hours*.«

»*That's the time you miss her most of all*«, singt er heiser und küsst wieder ihre Hand.

»Er liebt Sinatra«, sagt meine Mutter, die inzwischen ebenfalls rot geworden ist, zu den Sandlemans.

»Themenwechsel, bitte!«, meldet Debbie sich zu Wort.

Mein Vater nickt. Er wendet sich an Mr. Sandleman. »Phil, nicht wahr?«

»Howard.«

»Dann also Howard. Was machst du noch mal beruflich?«

»Ich bin in der Immobilienbranche tätig.«

»Ach ja, genau.«

Phil war der Name von Vaters jüngerem Bruder, der in Vietnam ums Leben gekommen war, und wann immer meinem Vater ein Name nicht einfällt, ist Phil seine erste Wahl.

Als der Sommelier den Wein bringt, kostet mein Vater und nickt dann zustimmend. Nachdem alle Gläser gefüllt sind, erhebt er sein Glas. »Ich möchte gerne einen Toast auf das glückliche Paar aussprechen.«

Wir tun es ihm alle nach – bis auf Claire, die mich einen Moment mit hochgezogenen Augenbrauen ansieht, ehe sie demonstrativ zu einem Wasserglas greift.

»Debbie.« Mein Vater stellt sich so hin, dass er sie im Blick hat. »Du bist mein kleines Mädchen, und egal wie weit du weggehst oder wie groß du wirst, das wird sich nie ändern. Nun, da der Tag deiner Hochzeit naht, möchte ich, dass du weißt, wie stolz deine Mom und ich auf dich sind – nicht wegen all der Dinge, die du bisher erreicht hast, sondern weil du ein so wunderbarer Mensch bist. Ich sehe dich noch vor mir, wie du dich in deinem rosafarbenen Pyjama auf meinen Schoß gekuschelt und mir das Lied von der kleinen Spinne vorgesungen hast. Es kommt mir vor, als wäre es erst gestern gewesen ...« Er verstummt für einen Moment, und seine Augen glänzen feucht. »Manchmal, wenn ich morgens aufwache, rechne ich immer noch damit, dass mein kleines Mädchen in unser Schlafzimmer gerannt kommt, den Plüschfrosch im Schlepptau, den du damals hattest, und Anlauf nimmt, um zu uns ins Bett zu springen und mit mir zu kuscheln.« Er nimmt eine Stoffserviette vom Tisch, und während er sich damit die Tränen aus dem Gesicht wischt, lässt er den Blick in die Runde schweifen. »Ich bin immer noch da!«, sagt er plötzlich mit Nachdruck und ohne erkennbaren Zusammenhang.

Ich sehe, dass Claire und Debbie beide weinen, und spüre, wie mir ebenfalls die Tränen in die Augen steigen.

»Stan«, sagt meine Mutter leise. Auch ihre Augen schimmern feucht.

»Schon gut, Evie.« Mein Vater greift mit seiner freien Hand nach der ihren und räuspert sich. »Ich schätze, ich wollte damit nur sagen, dass ihr drei immer meine Kinder sein werdet, egal wie alt wir alle sind, und dass du, Debbie, immer mein kleines Baby sein wirst.« Er hebt sein Glas noch höher. »Auf Debbie und Phil!«

»Mike!«, faucht Debbie ihn an. Am liebsten würde ich meinen Teller wie einen Bumerang in ihre Richtung werfen und ihr damit den Kopf abreißen.

»Richtig«, sagt mein Vater. »Auf Debbie und Mike.«

Das Essen zieht sich ziemlich hin, wie das bei solchen Feiern meist der Fall ist. Debbie spricht mit Claire und Mrs. Sandleman über die Blumen und die Band, während meine Mutter ein Glas Wein nach dem anderen trinkt und Mr. Sandleman mit wilden Geschichten aus dem Theater bezaubert, die wir alle schon tausendmal gehört haben. Russ entschuldigt sich für eine Minute, bleibt dann aber eine Viertelstunde weg und kehrt mit glasigen Augen zurück.

»Musstest du dich unbedingt zukiffen?«, frage ich ihn im Flüsterton. »War es wirklich so dringend?«

»Mein Körper hat danach verlangt, Mann. Wie soll man das hier sonst aushalten?«

»Es ist doch bloß ein Abendessen mit der Familie.«

»Von wegen, Mann. Es ist, als wäre eine riesige C4-Rakete

um den Tisch geschnallt. Und wir warten alle bloß darauf, dass sie explodiert. Ich kann einfach nicht glauben, dass du mich hier hergeschleppt hast.«

»Du hast dich selbst eingeladen. Hast du das schon wieder vergessen?«

»Du hättest mich abwimmeln sollen, wie du es sonst auch immer tust.«

»Ich wimmle dich nicht ab.«

»Von wegen!«

»Ich habe keinen Zweifel daran gelassen, wie übel das hier werden würde. Du hast behauptet, du wolltest Debbie sehen.«

Er starrt zu meiner kleinen Schwester hinüber und nickt. »Ich weiß, dass du das nicht nachempfinden kannst, weil sie ja deine Schwester ist und so, aber ich finde sie mehr als heiß.«

»Sie ist deine Tante.«

»Stieftante, wenn überhaupt. Du hast mich schließlich nicht adoptiert. Erinnerst du dich? An die Grauzone? Dein kolossales Versagen, als du einspringen solltest?«

»Verdammt, Russ! Kannst du mir bitte mal eine Pause gönnen?«

»Keine Sorge, mein Freund. Ich bin viel zu bekifft, um dich jetzt weiter zu nerven.« Den Blick immer noch auf Debbie gerichtet, stößt er einen langen, tiefen Seufzer aus. »Wenn ich nicht so ein Feigling wäre, würde ich ihr jetzt auf der Stelle sagen, was ich für sie empfinde.«

»Dir ist schon klar, dass sie demnächst heiratet?«

Sein Blick wandert zu Mike, der gerade mit der Spitze seines Steakmessers Muster in ein Häufchen verschüttetes Salz zeichnet. Er schüttelt traurig den Kopf. »Was für eine Verschwendung!«

Während Russ wieder Debbie anstarrt, beobachte ich meinen Vater, der seelenruhig auf seinem Steak herumkaut und mit einem glücklichen Lächeln den Blick über seine Familie schweifen lässt. Es setzt mir irgendwie zu, ihn so zu sehen, so souverän und formvollendet, so … anwesend. Es ist, als würde man einen längst verstorbenen Verwandten wiedersehen. Ich empfinde bei seinem Anblick ein Gefühl von Traurigkeit, das mir wie Blei im Magen liegt. Wir haben uns nie sehr nahegestanden, aber seit dem Schlaganfall mag er mich viel lieber als früher, und deswegen fehlt er mir plötzlich auf eine Weise, die ich selbst nicht ganz verstehe, denn wie kann einem etwas fehlen, das man nie so richtig hatte?

Völlig auf meinen Vater fixiert, bekomme ich überhaupt nicht mit, dass mich Mike, der mir direkt gegenübersitzt, zweimal anspricht. »Doug!«, schreit er schließlich, woraufhin der ganze Tisch verstummt.

»Was ist?«, frage ich genervt.

»Ich habe gerade zu dir gesagt, dass ich dich gerne bei den Vorbereitungen dabeihätte.«

»Was?«

»Ich möchte, dass du mir hilfst, die Hochzeit auszurichten.«

Gegen meinen Willen muss ich lachen. »Das kann nicht dein Ernst sein.«

»Nun komm schon, Doug.« Er wirft einen nervösen Blick in die Runde. »Du kannst mir das doch nicht ewig nachtragen, also warum begraben wir unser Kriegsbeil nicht gleich hier und jetzt? Wir waren schließlich mal gute Freunde, und nun gehöre ich bald zur Familie.« Er streckt mir mit einem breiten Grinsen die Hand hin. »Also, was sagst du?«

Aus dem Augenwinkel sehe ich, dass Debbie – ebenfalls aus dem Augenwinkel – die Szene beobachtet, und auf einmal ist mir klar, dass das Ganze ein abgekartetes Spiel ist, eine öffentliche Bekundung von gutem Willen, die meinen Widerstand brechen soll.

Ich lasse seine Hand, wo sie ist. »Ich sage nein.«

Mit beleidigter Miene zieht Mike die Hand zurück, und Debbie wirft ihr Besteck auf den Tisch. »Was ist eigentlich los mit dir?«, fragt sie.

»Gar nichts.«

»Wenn du schon vorhattest, dich so blöd zu benehmen, warum bist du dann überhaupt hier?«

»Claire hat mich genötigt. Sie wollte nicht allein kommen.«

Seufzend wechselt sie die Taktik. »Ich weiß, du bist traurig. Du trauerst immer noch um deine Frau. Das verstehe ich ja, auch wenn ich vielleicht nicht in der Lage bin, mich so richtig in deine Situation hineinzuversetzen. Aber findest du nicht, dass du das Ganze mal für einen einzigen Tag beiseite schieben könntest? Hör einfach mal auf, um dich selbst zu kreisen, und freue dich für mich!«

»So, wie du deine Gefühle für Mike beiseite geschoben und mit mir getrauert hast, als meine Frau gestorben ist?«

»Das ist nicht fair, Doug.«

»Womit du ausnahmsweise mal recht hast.«

Ich spüre Claires Blick. »Entspann dich, Doug«, sagt sie.

»Ich kann doch nichts dafür, dass ich Mike bei dir kennen. gelernt habe«, fährt Debbie fort. »Das war einfach … Schicksal. Alles passiert aus einem bestimmten Grund.«

»Du selbstverliebtes kleines Miststück!«, fauche ich sie an. Debbie zuckt zurück, als hätte ich ihr eine Ohrfeige verpasst.

»Doug!«, warnt mich Claire, aber es ist zu spät. Wenn sie wollte, dass ich nett zu den Leuten bin, hätte sie mich nicht mitnehmen dürfen.

»Du glaubst das wahrscheinlich wirklich, oder?«, schreie ich Debbie an, die sichtlich schockiert ist und mich mit offenem Mund anstarrt. »Dass Haileys Tod Teil eines großen göttlichen Plans war, damit Mike dich oben im Arbeitszimmer vögeln konnte, während ich unten Schiva gesessen habe?«

»Douglas!«, zischt meine Mutter. Erst jetzt wird mir bewusst, dass es im ganzen Restaurant mucksmäuschenstill geworden ist.

»Das wollte ich damit nicht sagen«, erklärt Debbie mit zitternder Stimme.

»Du meinst, du wolltest es nicht laut sagen, auch wenn es im Grunde deine Meinung ist.«

»Vielleicht solltet ihr beide nach draußen gehen«, mischt Mike sich ein.

»Vielleicht solltest du das Maul halten«, antworte ich.

»Douglas, deine Ausdrucksweise!«, ermahnt mich meine Mutter und schnippt mit den Fingern zu mir herüber.

»Du bist so ein Arschloch!«, schluchzt Debbie.

»Und du bist eine egozentrische kleine Schlampe!«

»Hört mal alle her, es gibt Neuigkeiten!«, verkündet Claire plötzlich in fröhlichem Ton. »Ich bin schwanger. Und ich habe Stephen verlassen.« Alle starren sie an. Sie sitzt zurückgelehnt an ihrem Platz und dreht Däumchen. »Bitte nicht alle gleichzeitig gratulieren!«

Meine Mutter packt mit einer Hand den Unterarm meines Vaters und presst die andere gegen die Brust. »Könntest du das bitte wiederholen?«

»Den ersten oder den zweiten Teil?«, fragt Claire.

»Alles.«

»Ich bin schwanger, und ich lasse mich scheiden.«

»Rums!«, sagt Russ laut. Ich nehme an, dass die Wirkung des Marihuanas einsetzt, jedenfalls fängt er plötzlich zu lachen an. Sein Gelächter wird immer lauter und hysterischer, bis es ihn regelrecht schüttelt. Sein Mund ist weit aufgerissen, während ihm Tränen übers Gesicht laufen.

»Russ«, sage ich und stoße ihn unter dem Tisch an. »Hör auf!« Aber das bringt ihn nur noch mehr zum Lachen.

Gleichzeitig trommelt er wie ein Wahnsinniger mit den Fäusten auf der Tischplatte herum. »Rums!«, brüllt er noch einmal, so laut er kann, und fuchtelt mit den Armen wild durch die Luft, während er von einem weiteren Lachkrampf übermannt wird. Eine Minute lang schweigen wir alle verblüfft, starren Russ wie hypnotisiert an. Alle warten darauf, dass er endlich aufhört, aber dann fängt mein Vater plötzlich ebenfalls zu lachen an, laut und herzlich, und nach ein paar weiteren Sekunden folgt Claire seinem Beispiel, und dann ich. Das Ganze breitet sich über den Tisch aus wie eine Welle, bis wir schließlich alle wie verrückt lachen, während Mike und seine Eltern uns verwundert anstarren und sich wahrscheinlich fragen, was daran so lustig sein soll.

Wenn ich in dem Moment vor lauter Lachen sprechen könnte, würde ich ihnen antworten, dass nichts daran lustig ist, nicht das Geringste, ganz im Gegenteil, es ist trauriger, als man sich überhaupt vorstellen kann, und dann würde ich sagen, willkommen in unserer Familie.

Als die Nachspeise serviert wird, scheint wieder alles seinen normalen Gang zu gehen, was in unserem Fall bedeutet, dass meine Mutter sich ihre Vil-Pillen einwirft, als wären es Bonbons, Mr. Sandleman meinem Vater ein endloses Gespräch über Zinssätze aufs Ohr drückt, Russ schweigend und systematisch alle noch im Brotkorb liegenden Brötchen buttert und isst und Mike stillschweigend, aber nicht sonderlich diskret unter dem Tisch an Debbie herumfummelt.

»Es muss sich immer alles um dich drehen, nicht wahr, Claire?«, stellt Debbie in bitterem Ton fest. »Ich hätte wissen müssen, dass du für heute Abend irgendwas auf Lager hast.«

»Stimmt, Pooh. Ich ruiniere mir mein Leben nur, um dir die Show zu stehlen.«

»Nein. Du ruinierst dir dein Leben, weil das deine Lieblingsbeschäftigung ist. Aber verkünden musst du es ausgerechnet hier, weil sonst – Gott bewahre! – zehn Minuten vergehen könnten, ohne dass jemand auf dich achtet.«

»Alles passiert aus einem bestimmten Grund, nicht wahr?«

»Ach, fahr zur Hölle, Claire!«

»Deine Ausdrucksweise, Deborah!«, ermahnt meine Mutter meine kleine Schwester geistesabwesend. Sie versucht zu schnippen, aber anscheinend wollen ihre Finger nicht mehr so wie sie – was wohl daran liegt, dass sie ihre Pillen mit Weißwein hinuntergespült hat und davon völlig benebelt ist. Wenigstens spürt sie jetzt keinen Schmerz mehr.

»Weißt du schon, ob es ein Junge oder ein Mädchen wird?«, wendet sich Mrs. Sandleman mit einer kühnen Gesprächseröffnung an Claire.

»Entschuldigung?«

»Das Baby.«

Claire schüttelt den Kopf. »Keine Ahnung.«

»Typisch«, sagt Debbie mit düsterer Miene. »Alles dreht sich mal wieder nur um Claire. Aber das muss wohl so sein. Wer weiß, was ihr als Nächstes einfallen würde, wenn es nicht so wäre. Vielleicht eine Geschlechtsumwandlung.«

»Mach dir nichts draus, Schatz.«

»Halt den Mund, Mike.«

»Sinatra!«, ruft mein Vater und springt auf. Tatsächlich hat die Band gerade angefangen, einen alten Sinatra-Song zu spielen. »Darf ich bitten?« Er streckt meiner Mutter die Hand hin.

»O nein«, antwortet sie und schiebt seine Hand weg. »Ich glaube, im Moment kann ich nicht einmal geradeaus gehen.«

»Debbie?«

»Jetzt nicht, Dad.«

»Bitte!«

»Kein Mensch tanzt, Dad.«

»Irrtum!« Er tritt zwischen den beiden Tischen hinter uns hindurch und fängt an, entlang der langen Fensterfront mit Blick auf den Long-Island-Sund zu tanzen. Während er sich im Takt der Musik dreht und wiegt, geht draußen die Sonne unter. Die letzten Kreidestriche aus Licht färben den Himmel rosa.

»Lieber Himmel!« Debbie schiebt ihren Stuhl zurück und steht auf. Sie eilt zu meinem Vater hinüber und versucht ihn zurück an den Tisch zu ziehen, aber er reißt sie in seine Arme und beginnt fröhlich summend mit ihr zu tanzen. Anfangs wehrt sie sich, aber nach kurzer Zeit bricht ihr Widerstand, und sie lässt sich an seine Brust sinken, schlingt die Arme um seinen Hals und legt den Kopf an seine Schulter. Dann beginnt sie zu weinen – nicht still und leise, sondern so heftig, dass es sie richtig schüttelt. Er hält sie fest im Arm, fängt die kleinen Wellen des Kummers, die durch sie hindurchlaufen, mit seinem Körper auf und massiert ihr sanft den Nacken, die Lippen auf ihren Scheitel gepresst. Obwohl die Musik längst gewechselt hat, verharren sie lange Zeit in dieser Haltung und wiegen sich leicht hin und her, während draußen der Himmel dunkel wird und der Long-Island-Sund langsam verschwindet.

Nach dem Essen ist meine Mutter plötzlich verschwunden. Ich entdecke sie unten am Strand. Sie hat die Schuhe ausgezogen und blickt auf das dunkle Meer hinaus. Ihr schwarzes Kleid umschmeichelt ihren Körper. Ihr Haar, das sie von seinen Nadeln befreit hat, weht malerisch im Wind. Ich will nicht unbedingt behaupten, dass meine Mutter sich nur wegen des dramatischen Effekts in solche Posen wirft, aber außer ihr – und den Heldinnen in Kinofilmen – steht kein Mensch wirklich so da und starrt gedankenverloren auf den Horizont, bis sich jemand hinzugesellt und ein tiefschürfendes Gespräch beginnt.

Im richtigen Leben fehlt meist die Zeit für tiefgründige Gedanken, oder wir stehlen uns ein paar Momente, während wir essen, Auto fahren, auf der Toilette sitzen oder Schlange stehen. Aber da sich das im Film nicht so gut darstellen lässt, hat irgendein Regisseur, dessen Namen ich nicht kenne, die Pose des Zum-Horizont-Hinausstarrens erfunden. Meine Mutter, die die Grenze zwischen realem Verhalten und dessen schauspielerischer Darstellung sowieso längst aus den Augen verloren hat, ist an diesem Abend zusätzlich high von den Tabletten und dem Alkohol, so dass ihr Verhältnis zur Realität wahrscheinlich noch gespaltener ist als sonst.

»Als ihr noch klein wart, sind wir ständig zu diesem Strand herausgefahren.« Ihr Blick ist immer noch auf den schwarzen Sund gerichtet. »Erinnerst du dich?«

»Klar.«

Sie seufzt. »Ich war immer so gerne hier. Ihr drei habt es genossen, im Wasser herumzutollen. Das war so ziemlich das Einzige, worin ihr euch einig wart. Ich habe mich einfach auf meiner Decke zurückgelehnt und zugesehen, wie eure kleinen Köpfe auf und ab wippten, und mich darüber gefreut, dass es mir zumindest vorübergehend gelungen war, euch glücklich zu machen. Aber dann hast du angefangen, deinen Walkman mitzunehmen, und nur noch auf der Decke gelegen und deine aggressive Musik gehört. Claire bekam einen Busen, entdeckte den Bikini für sich und rannte mit all diesen schrecklichen Jungs auf und davon. Deborah hatte niemanden mehr, der mit ihr spielte. Meist hat sie dich dann so lange genervt, bis du sie zum Weinen gebracht hast oder einfach gegangen bist, und das Ganze endete damit, dass ich sie anschrie. Ab dem Zeitpunkt bin ich nicht mehr so gerne mit euch an den Strand gefahren.«

Ich sage nichts, sondern warte wie ein Schauspieler in den Kulissen auf mein Stichwort.

»Findest du nicht, dass du ein bisschen hart zu deiner Schwester bist?«

»Nein, eigentlich nicht«, antworte ich.

Sie nickt. Das Flutlicht, das vom Restaurant herüberfällt, lässt ihre Gesichtszüge bläulich leuchten. »Mike ist ein guter Mann. Natürlich ist er geistig ein bisschen trüb, zumindest für einen Anwalt, und irgendwann werden wir seine Hand operativ von Deborahs Hintern entfernen lassen müssen, aber er liebt sie, und was noch wichtiger ist, sie liebt ihn auch. Ich sehe es in ihren Augen.«

»Sie tut, als wäre er ihr Eigentum.«

»Könntest du vielleicht mal für einen Moment von deinem hohen Ross heruntersteigen? Ihre Liebe ist deswegen nicht weniger echt. Sie liebt eben voller Dominanz, und du trauerst voller Feindseligkeit. Jedem das Seine.«

»Du hast recht.«

»Aber darauf wollte ich gar nicht hinaus. Hör mir mal gut zu.« Sie mustert mich mit strenger Miene. »Hab ein bisschen Nachsicht mit ihr. Bald ist ihr großer Tag. Mit ein wenig Glück wird sie nur ein einziges Mal heiraten. Also vermassle ihr das nicht. Im Grunde ist sie doch gar nicht diejenige, auf die du wütend bist.«

»Ach nein? Auf wen bin ich denn dann wütend?«

»Auf Hailey natürlich.« Sie blickt wieder aufs Meer hinaus. »Ich bin übrigens auch wütend auf sie, so wütend, wie man nur sein kann, weil sie dich einfach so alleingelassen hat. Aber das Thema hatten wir ja schon oft, und ich möchte nicht mehr darüber sprechen.«

»Ich auch nicht.«

Das Wasser klatscht gegen die Felsen zu unseren Füßen. Gischt spritzt hoch; ich spüre die kleinen kalten Tröpfchen wie nasse Nadelstiche auf meiner Haut.

»Was auch immer Deborah dir Schreckliches angetan hat, es war ein Verbrechen aus Liebe, und gerade du solltest dafür Verständnis haben.«

»Selbstliebe«, widerspreche ich.

»Ach, komm schon, Douglas. Gibt es denn eine andere Art von Liebe?«

»Also hör mal, Mom ...«

»Nein, jetzt hörst erst mal du zu. Hör dir an, was deine Mutter zu sagen hat. Ich mag ja eine Spinnerin sein, und im Moment sternhagelvoll, trotzdem gibt es mich schon ein bisschen länger als dich, und ich weiß ein, zwei Dinge, die du noch nicht weißt. Mir ist klar, dass Deborah eine verkrampfte Zicke sein kann, aber das ist genetisch bedingt, und deswegen kann sie im Grunde nichts dafür. Du solltest dir dennoch vor Augen führen, dass es kein Zuckerschlecken für sie war, mit dir und Claire aufzuwachsen. An euren guten Tagen habt ihr sie einfach nur links liegenlassen, aber es gab auch Zeiten, da wart ihr richtig grausam zu ihr.«

»Ach, hör auf. So schlimm waren wir auch wieder nicht.«

Sie zieht eine ihrer schmalen, perfekt gezupften Augenbrauen hoch. »Ihr wart schrecklich, und ihr seid es noch. Deborah ist eins von drei Kindern, aber sie war immer die

Außenseiterin, die nur zusehen und nicht an eurer Zweisamkeit teilhaben konnte. Wie oft habt ihr beide über Dinge gelacht, deren geheimer Sinn nur euch bekannt war, und euch nur durch Blicke verständigt. Sie hätte ihren rechten Arm dafür gegeben, zu euch zu gehören. Das täte sie wahrscheinlich heute noch. Vielleicht ist es meine Schuld, weil ich euch nicht gezwungen habe, sie mehr einzubeziehen. Sie wollte doch nie etwas anderes, als von dir und Claire geliebt werden.«

Es kommt selten vor, dass jemand mit wenigen Worten bewirkt, dass man sich selbst schlagartig aus einer ganz anderen Warte sieht.

»So habe ich das noch nie gesehen.« Ich fühle mich mit einem Mal richtig mies.

»Natürlich nicht. Du und Claire, ihr wart immer viel zu sehr in eure eigenen Dramen verstrickt, um irgendjemand anderen wahrzunehmen. Das ist wohl ebenfalls genetisch bedingt.« Sie sieht mich mit einem traurigen Grinsen an. »Ungezügelter Narzissmus ist praktisch euer Geburtsrecht.«

In der Ferne höre ich Russ vom Parkplatz aus nach mir rufen. »Sie warten auf uns«, sage ich.

Sie nickt und greift nach ihren Schuhen. Hand in Hand gehen wir über den Sand auf den Parkplatz zu, wo mein Vater und Claire im Licht der Neonröhren wie Fred Astaire und Ginger Rogers herumwirbeln. »Dad war heute gut drauf, nicht wahr?«

Meine Mutter hakt sich bei mir unter. »Ja. Und ich kann dir auch verraten, wie es weitergehen wird: Wenn wir nach Hause kommen, wird er mindestens zweimal mit mir schlafen wollen, und hinterher wird er mich im Arm halten und mir Geschichten von euch erzählen, als ihr noch Kinder wart, oder von unserem ersten Rendezvous. Ich werde mich an ihn kuscheln und so lange wach bleiben, wie ich nur kann, weil ich keine Minute davon versäumen möchte. Ich werde mir wünschen, es könnte für immer so bleiben, aber irgendwann werde ich dann doch einschlafen, während er immer noch erzählt. Wenn ich dann morgen früh aufwache, wird er gerade in die Blumenbeete pinkeln oder wieder halb nackt Ball spielen oder auf dem Wohnzimmerboden einen Turm aus den Kristallgläsern meiner Großmutter bauen oder Gott weiß was anstellen. Und mir wird nichts anderes übrigbleiben, als mich unter meiner Decke zu verstecken und zu weinen und mich zu fragen, wann ich meinen Mann wiedersehen werde – und ob überhaupt.« Sie bleibt stehen, sieht mich mit feuchten, wissenden Augen an und legt mir eine kalte Hand auf die Wange. »Du hast deine Frau verloren, Douglas, und es bricht mir das Herz, mit ansehen zu müssen, wie schlecht es dir geht. Aber ich verliere meinen Mann jeden Tag aufs Neue. Und ich kann noch nicht einmal um ihn trauern.«

»Mein Gott, Mom«, sage ich mit brüchiger Stimme, doch meine Mutter hat sich bereits wieder in Bewegung gesetzt. Das ist eine Lieblingstaktik von ihr. Ein gezielter Stich – und dann nichts wie weg. Stich – und weg.

»Komm schon, Doug.« Nun klingt ihre Stimme wieder munter, und sie zieht mich energisch weiter. »Das Leben ist ein Luder, daran besteht kein Zweifel. Aber man muss auch die positiven Seiten sehen: Zumindest einer von uns beiden hat heute Abend noch Sex.«

Als wir den Parkplatz erreichen, eilt mein Vater sofort auf meine Mutter zu und legt erst seine Anzugjacke und dann seinen Arm um ihre zitternden Schultern. Sie verabschieden sich von den Sandlemans, die nach der ganzen Horrorshow immer noch leicht schockiert wirken und es wahrscheinlich kaum erwarten können, in ihr Auto zu kommen und über uns abzulästern. Nachdem sie aufgebrochen sind, verabschieden wir anderen uns, indem wir uns umarmen oder die Hand geben, und für einen unbeteiligten Beobachter, der uns nicht näher kennt, sehen wir wahrscheinlich aus wie eine richtige Familie.

14

Vom richtigen Umgang mit Witwern

Von Doug Parker

Es gibt drei Dinge, die die Leute unweigerlich zu dir sagen werden, sobald sie dir gegenüberstehen, auch wenn du dir noch so sehr wünschst, sie würden es nicht tun: drei schwachsinnige Floskeln, die mit Sicherheit dafür sorgen werden, dass du Magenkrämpfe bekommst und dir vor Wut das Blut in die Ohren schießt. Du kannst dich noch so sehr dagegen wappnen, doch wenn du sie hörst, wirst du trotzdem gegen den unbändigen Drang ankämpfen müssen, Obszönitäten von dir zu geben und große zerbrechliche Gegenstände zu werfen. Insgeheim wirst du danach lechzen, diesen wohlmeinenden Menschen in ihre mitfühlend in Falten gelegten Gesichter zu schlagen, um ihre splitternden Knochen unter deiner Faust zu spüren und zu sehen, wie ein Geysir aus warmem rotem Blut aus ihren Nasenlöchern hervorbricht.

»Es tut mir leid.«

Ich weiß, es handelt sich um eine von allen verwendete Verlegenheitsfloskel, aber das Problem daran ist, dass die erste, kniereflexartige Reaktion auf diese Floskel meist lautet: »Schon gut.« Bereits im Kindergarten, wenn zum ersten Mal der unvermeidliche Fall eintritt, dass irgendein anderes, rotznäsiges Kind unsere Bauklötze umwirft, werden wir darauf programmiert, zu verzeihen. Dabei ist es überhaupt nicht »gut«, es ist alles andere als gut, aber nichtsdestotrotz verleitet uns eine nervöse soziolinguistische Zuckung zu der Behauptung, es sei »schon gut«. Doch damit nicht genug, denn plötzlich sind auch noch die Rollen vertauscht, so dass du tröstest, statt getröstet zu werden. Wobei du diese Art Trost sowieso nicht brauchst, du hast längst die Nase voll von all den Leuten, die dich vergeblich zu trösten versuchen. Du bist schließlich ein Mann, und als solcher ziehst du dich lieber zurück in deine vier Wände und suchst Trost im Alkohol oder schreist deine Wut vor dem Fernseher heraus, schlägst verzweifelt auf Mauern ein oder weinst in der Dusche, wo deine Tränen sofort wieder weggewaschen werden.
Unter keinen Umständen aber solltest du gezwungen sein, dumm auf der Straße herumzustehen und andere zu trösten, denn du hast gerade deine Frau verloren, weshalb wohl mit Recht behauptet werden kann, dass du genug eigene Probleme hast. Nachdem dir das ein paarmal passiert ist, gewöhnst du dir an, einfach »Danke« zu sagen,

kommst dir dabei aber irgendwie dämlich vor. Danke, dass es euch leidtut. Was zum Teufel soll das heißen? Es ist nur ein weiteres Beweisstück der Sinnlosigkeit in einem fast völlig sinnlos gewordenen Leben.

»Wie geht es dir?«
Auch in diesem Fall ist auf deinen ersten Impuls kein Verlass. Dein Mund möchte nämlich »gut« sagen – und die Leute erwarten das auch von dir, sie beten zu Gott, dass du »gut« sagen wirst, eventuell mit einem traurigen, resignierten Achselzucken, aber trotzdem »gut«. Sie haben mit einer Floskel kundgetan, dass du ihnen am Herzen liegst, und dein »gut« ist ihr Beleg fürs Finanzamt. Aber es geht dir nicht gut, sondern beschissen, du bist oft schon vormittags betrunken und redest viel mit dir selbst, weinst über Fotos, starrst stundenlang ins Leere und quälst dich mit unzähligen Wenn-nur-Szenarien. Du fühlst dich verloren, am Boden zerstört, wütend oder schuldig, oder alles auf einmal, was einen recht brisanten Cocktail ergibt. Du möchtest zwar ins Leben zurückkehren, aber dazu müsstest du deine Frau loslassen, und das willst du ja nicht. Du kehrst also nicht ins Leben zurück. Oder vielleicht tust du es doch, nur ein ganz kleines Stück, aber plötzlich hast du wieder das schmerzhafte Gefühl, sie ein weiteres Mal zu verlieren, und bekommst Schuldgefühle, weil du dir wünschst, dieser Schmerz möge endlich aufhören. Dann wirst du wütend,

weil du diese völlig unsinnigen Schuldgefühle hast, und fühlst dich prompt wieder schuldig, weil du wegen deiner verstorbenen Frau wütend geworden bist. Klingt das alles wirklich nach »gut«?

Indem du dieses Wort aussprichst, leugnest du im Grunde alles, was du gerade durchmachst, und in gewisser Hinsicht kommt es dir fast vor wie Verrat an deiner Frau, ein Zeichen dafür, dass deine Liebe gar nicht so groß war, denn sonst könntest du ja nicht behaupten, es gehe dir gut.

Die hässliche Wahrheit aber will niemand hören, und selbst wenn es doch jemand wollte, hättest du ein ungutes Gefühl dabei, deinen Schmerz auf diese Weise mit dem betreffenden Menschen zu teilen. Also sagst du doch wieder »gut« und atmest tief durch, bis der Drang, einen blutigen Ritualmord zu begehen, langsam nachlässt.

»Kann ich irgendetwas für dich tun?«

Ja, das könnt ihr in der Tat, wenn ihr schon so fragt. Dreht die Zeit zurück und haltet meine Frau davon ab, in dieses gottverdammte Flugzeug zu steigen. Das wäre mir wirklich eine große Hilfe. Ich wäre euch ewig dankbar. Was könntet ihr mir denn sonst anbieten, um meine Probleme zu lösen? Wollt ihr für mich kochen? Ich habe meine Frau verloren, nicht meine Mikrowelle.

Tut, was ihr wollt, aber versucht *nicht,* euch in

meine Lage zu versetzen. Verzichtet darauf, eure eigenen Tragödien hervorzukramen, als könntet ihr euch auf diese Weise mit mir verbrüdern. Mein Elend will keine Gesellschaft. Ich will nichts über den Autounfall eures Vaters hören, den Herzinfarkt eurer Mutter, das langsame Sterben eurer Schwester an Leukämie. Mein Kummer übertrumpft alle anderen, und ich möchte meine Nase genauso wenig in euer Leid stecken, wie ich möchte, dass ihr die eure in meines steckt.

Ich weiß, ihr meint es gut, aber das macht es auch nicht leichter, euch zuzuhören. Wenn ihr eure Freundschaft und Verbundenheit mit mir unter Beweis stellen wollt, dann tut doch einfach Folgendes: Redet nicht davon. Sprecht das Thema nicht direkt an. Ich weiß, ihr seid der Meinung, meinen Schmerz ein wenig lindern zu können, indem ihr etwas Positives über meine Frau sagt oder eine schöne Erinnerung mit mir teilt. Aber glaubt mir, dem ist nicht so. Wenn ihr es nicht fertigbringt, einfach den Kopf wegzudrehen, dann beschränkt euch auf eine schlichte Begrüßung. Das ist das Einzige, was ich im Moment ertragen kann. Wenn ihr unbedingt meint, ihr müsstet meiner Tragödie irgendwie Tribut zollen, dann tut es mit jenem ernsten Nicken, das für solche Gelegenheiten vorgesehen ist, die Lippen fest aufeinandergepresst, die Augenbrauen hochgezogen. Damit kann ich leben. Ansonsten haltet euch bitte zurück. Ihr könnt mich natürlich nach der Uhrzeit fragen. Ich werde einen Blick auf meine Uhr werfen und sie euch sagen. Ihr könnt mich auch fragen, ob ich vielleicht Lust hätte, mit euch ins Kino zu gehen. Ich werde nein sagen, aber dann habt ihr mich wenigstens gefragt, und wir haben ein paar Sätze gewechselt, die in mir nicht den Wunsch wecken, euch die Haut vom Gesicht zu reißen. Wer weiß, vielleicht brauche ich nur genug solcher schlichter kleiner Gespräche - ganz normalen menschlichen Kontakt, der mir nichts abverlangt -, um irgendwann wieder in der Lage zu sein, den Leuten offen in die Augen zu blicken und in meinem eigenen Tempo auf die Welt zuzugehen.

Wer weiß, was dann passieren wird. Vielleicht werdet ihr mich eines Tages genau im richtigen Moment erwischen, und ich werde eure Einladung ins Kino tatsächlich annehmen, weil es für mich eine gute Gelegenheit ist, mal wieder zwei Stunden aus dem Haus zu kommen, ohne anstrengende Konversation machen zu müssen. Hinterher können wir uns ja ein bisschen über den Film unterhalten. Ihr werdet mit dieser Einladung nichts verändern, mir nicht wirklich helfen, mit meinem Verlust fertig zu werden, aber je eher ihr euch von diesem Traum verabschiedet, desto besser. Heilung ist ein zutiefst persönlicher Prozess, und ehrlich gesagt will ich auch gar nicht, dass ihr daran Anteil habt. Trotzdem werdet ihr mir damit ermöglichen, für kurze Zeit aus dem dunklen, traurigen Gefängnis meiner Trauer zu entfliehen. Das allein ist schon ein wertvolles

Geschenk - und das Maximum an Hilfe, das ihr mir bieten könnt.
Ich brauche wohl nicht dazuzusagen, dass ich zuerst euch und dann mich selbst erschießen werde, falls ihr mich in eine romantische Komödie schleppt.

15

Von: Kyle.Evans@EvansLitAgents.com
An: Doug.Parker@mmag.com
Datum: Mittwoch, 27. September 2006
Betreff: Es geht los

Habe mit Simon & Schuster, Doubleday und Riverhead gesprochen. Alle drei Verlage sind interessiert. Sobald du mir ein Konzept lieferst, kann ich mit den Verhandlungen beginnen. Womöglich gibt es sogar eine Auktion! Komm schon, Doug, lass uns das durchziehen! Was zum Teufel willst du sonst machen? Däumchen drehen?
K.

Von: Doug.Parker@mmag.com
An: Kyle.Evans@EvansLitAgents.com
Datum: Mittwoch, 27. September 2006
Betreff: Nein danke

Tut mir leid, Kyle. Ich bin einfach noch nicht so weit.
D.

Von: Kyle.Evans@EvansLitAgents.com
An: Doug.Parker@mmag.com
Datum: Mittwoch, 27. September 2006
Betreff: Du hältst die Trümpfe in der Hand

Herrgott noch mal, Doug! Eine Auktion! Hast du schon vergessen, wie wir uns jahrelang abgemüht haben? Wie wir ein Konzept nach dem anderen eingereicht haben? Damals hättest du dein linkes Ei für eine solche Chance gegeben!
K.

Von: Doug.Parker@mmag.com
An: Kyle.Evans@EvansLitAgents.com
Datum: Mittwoch, 27. September 2006
Betreff: Das war damals

Jetzt ist jetzt. Bitte lass mich in Ruhe.
D.

Von: Kyle.Evans@EvansLitAgents.com
An: Doug.Parker@mmag.com
Datum: Mittwoch, 27. September 2006
Betreff: Strategie

Du zierst dich. Das gefällt mir. Aber denk daran, dass du das nicht zu lange bringen kannst. Wir müssen bald einen Vertrag abschließen.
K.

Von: Systemadministrator
An: Kyle.Evans@EvansLitAgents.com
Datum: Mittwoch, 27. September 2006
Betreff: Nicht gesendet

Ihre E-Mail konnte nicht gesendet werden. Ihre E-Mail-Adresse [Kyle.Evans@EvansLitAgents.com] wurde vom Empfänger geblockt.

16

Am späten Vormittag weckt Claire mich aus einem schönen Traum. Ich habe nichts Aufregendes geträumt, Hailey und ich waren nur mit dem Auto unterwegs und hörten Radio, während draußen orangerotes Herbstlaub an uns vorbeirauschte. In meinen Träumen ist es immer Herbst. Sie erzählte mir etwas, doch obwohl ich sie in dem Traum deutlich hörte, kann ich mich jetzt an kein einziges Wort mehr erinnern. Nicht einmal an den Klang ihrer Stimme.

Ich liege im Bett und spüre wieder diese große Leere, den vertrauten Druck im Magen, die Schwärze im Hinterkopf. Wenn ich aufwache, erlebe ich jedes Mal diesen Moment, diese kostbaren Sekunden, in denen ich mich so fühle wie früher, bevor ich der Mensch wurde, der ich jetzt bin. Aber dann klärt sich der Nebel meiner Schlaftrunkenheit, und gleichzeitig durchströmt mich ein Gefühl der Verzweiflung, dunkel und zäh wie Rohöl. Ich schließe die Augen und versuche, zurück in den Schlaf zu gleiten, zurück zu Hailey. Mein Gehirn hat jedoch bereits auf Wachzustand umgeschaltet. Ein elektrischer Impuls schießt mit Lichtgeschwindigkeit durch meinen ganzen Körper, so dass es kein Zurück mehr gibt.

»Komm schon«, sagt Claire. »Mach die Augen auf.«

Ich drehe mich um. Sie thront im Indianersitz am Fußende

meines Bettes, genau wie in alten Zeiten. Ihr Designer-Jogginganzug ist so leuchtend grün, dass es mir in den Augen weh tut. »Wie spät ist es?«, frage ich.

»Zehn Uhr dreiunddreißig. Ich habe dir Frühstück gemacht, inzwischen aber alles aufgegessen. Tut mir leid.«

»Schon gut«, sage ich. »Ich bin sowieso kein großer Fan davon.«

»Das Frühstück ist die wichtigste Mahlzeit des Tages«, belehrt sie mich fröhlich.

Ich schließe stöhnend die Augen. »Kannst du bitte später wiederkommen?«

»Nein. Aufwachen!« Sie zieht mir die Decke weg.

»So läuft das nicht«, sage ich. »Ich fürchte, wir müssen ein paar Hausregeln festlegen.«

»Wann habe ich mich je an Regeln gehalten?«

Seufzend hieve ich mich in eine sitzende Position und lehne mich gegen das Kopfteil des Bettes. »Was willst du, Claire?«

»Als Erstes möchte ich, dass du deinen Soldaten zurück ins Fort schickst.«

»Was? Oh. Selbst schuld, du musstest mir ja unbedingt die Decke wegreißen«, antworte ich, während ich meine Boxershorts zurechtziehe.

»Da ist was Wahres dran.« Sie schiebt mir die Decke wieder hin. »So, bist du jetzt bereit?«

»Wofür?«

Sie setzt ein breites Zahnpastalächeln auf, als müsste sie gleich eine Talkshow moderieren. »Für den Rest deines Lebens!« Sie sieht mich erwartungsvoll an.

»Was faselst du da eigentlich?«

»Hör zu, Doug. Ich sage dir jetzt mal, wie ich die Dinge sehe.« Sie tätschelt demonstrativ ihren Bauch. »In nächster

Zeit werde ich da drin ein neues menschliches Wesen produzieren. Noch dazu mehr oder weniger nebenbei, ohne mir große Mühe zu geben. Wenn ich aber in der Lage bin, innerhalb von neun Monaten ohne größere Anstrengung ein völlig neues Leben hinzubekommen, dann werden wir es mit vereinten Kräften doch wohl auch schaffen, in der gleichen Zeit dein Leben wieder auf die Reihe zu kriegen.«

Ich sehe sie an. »Klar. Nichts einfacher als das.«

Sie erwidert meinen Blick, ohne mit der Wimper zu zucken. »Das hängt ganz von dir ab. Du musst nur wissen, was du willst.«

»Ich weiß aber nicht, was ich will.«

Sie nickt. »Zum Glück hast du ja eine Zwillingsschwester, die dich besser kennt als du dich selbst. Wenn du eine Spenderniere oder eine Leber bräuchtest, wäre ich deine größte Chance, weil wir innerlich mehr oder weniger gleich sind. Deswegen versuche ich jetzt einfach, dasselbe Prinzip auf dein Herz anzuwenden. Ich werde dir also ein bisschen was von meinem Herzen abgeben, bis deines wieder zu schlagen anfängt.«

»Was genau schlägst du vor?«, frage ich.

»Dass du mir blind vertraust und alles tust, was ich dir sage.«

»Sonst noch was?«

»Ich meine es ernst, Doug. Du bist so mit deiner Trauer um Hailey beschäftigt, dass du gar keine Zeit mehr hast, an irgendetwas anderes zu denken. Trotzdem weißt du vom Verstand her, dass du irgendwann wieder anfangen musst zu leben. Da ist es doch am gescheitesten, du delegierst den Job an jemanden, dem du vertraust.«

»Was hast du vor? Willst du Blind Dates für mich arrangieren?«

Sie beugt sich vor und stützt die Arme auf, um auf Augenhöhe mit mir zu sein. »Ich werde dich dazu bringen, all das zu tun, was der alte Doug meiner Meinung nach gerne tun würde.«

»Aber der bin ich nicht mehr.«

»Du bist gar niemand mehr.«

Wir starren uns einen langen Augenblick an. Sie gewinnt. Wie immer.

»Was muss ich tun?«, frage ich.

»Zwei Dinge«, antwortet sie. »Das erste ist am schwersten.«

»Nämlich?«

Sie schiebt sich noch ein Stück weiter vor, setzt sich auf meine Beine und legt mir die Hände auf die Schultern. Nun kann ich ihr nicht mehr entkommen. Ihr Gesicht ist nur noch wenige Zentimeter von meinem entfernt. »Du musst mir sagen, dass du es willst.«

»Dass ich was will?«

»Dass du wieder leben willst. Dass du versuchen willst, nicht mehr ganz so oft traurig zu sein. Dass du bereit bist, zu neuen Ufern aufzubrechen, und ein bisschen Starthilfe brauchst. Dass du dir wenigstens die Chance geben willst, irgendwann wieder glücklich zu sein.«

»Natürlich will ich das.«

»Dann sag es.«

»Warum?«

»Weil es wichtig ist, dass du es laut aussprichst.«

»Claire.« Ich weiche ihrem Blick aus, aber sie nimmt mich am Kinn und zwingt mich, ihr direkt in die Augen zu sehen.

»Also gut«, sage ich. »Ich will wieder leben. Ich will wieder glücklich sein, wenigstens manchmal. Ich weiß ehrlich gesagt nicht, ob ich schon bereit bin, zu neuen Ufern aufzubrechen, aber ich weiß, dass ich es grundsätzlich möchte. Ich …« Meine Stimme versagt mir für einen Moment den Dienst, doch ich zwinge mich weiterzusprechen: »Ich weiß allerdings nicht, wie ich das schaffen soll.«

Sie fährt mir mit dem kleinen Finger sanft übers Gesicht, um eine einzelne Träne einzufangen, deren ich mir gar nicht bewusst war, und küsst dann ihre feuchte Fingerspitze. »Na ja«, sagt sie mit einem verschmitzten Grinsen. »Lassen wir es mal durchgehen.«

»Was ist das zweite?«

»Bitte?«

»Du hast gesagt, ich müsste zwei Dinge tun.«

»Ach ja, stimmt«, antwortet sie. »Das zweite ist ganz leicht.«

»Nämlich?«

»Sag einfach ja.«

»Wozu?«

»Zu allem.«

»Zu allem?«

»Genau.« Sie schiebt sich vom Bett. »Zu allem. Du hast nun ein Jahr lang zu allem und jedem, was dir unterkam, nein gesagt. Und was hat es dir gebracht?«

»Zu Laney Potter habe ich nicht nein gesagt.«

»Und die Folge war, dass sie mit dir geschlafen hat. Wie wäre es denn, wenn du öfter mal ja sagen würdest?«

»Ich weiß nicht, ob ich so viel Aufregung verkraften würde.«

»Das werden wir herausfinden. Die neue Regel lautet: Sag einfach ja.«

»Ich dachte, du hältst nichts von Regeln.«

»Wenn ich sie selbst aufstelle, schon. Jetzt hör endlich auf, mir auszuweichen, und sag einfach ja.«

»Soll ich mein Leben wirklich in die Hände einer Frau legen, die gerade dabei ist, ihr eigenes auf so spektakuläre Weise zu ruinieren?«

»Kein falsches Wort bitte!«, braust sie auf. »In Wirklichkeit bin ich gerade dabei, mein Leben zu ent-ruinieren. Möglich, dass diese beiden Prozesse für das ungeübte Auge nur schwer zu unterscheiden sind, aber glaub mir, das Ergebnis ist ein völlig anderes.«

»Irgendwie vermute ich, dass Stephen das nicht so sehen wird.«

Sie zuckt mit den Achseln. »Was soll ich sagen? Wenn man ein Omelett essen will, muss man ein paar Eier opfern. Und jetzt lenk nicht länger vom Thema ab, über mich können wir später reden. Bist du jetzt dabei oder nicht?«

Ich muss an das lächelnde Gesicht meines Vaters denken. Daran, wie klar im Kopf er beim gestrigen Abendessen war und wie glücklich darüber, im Kreise seiner traurigen, gestörten Kinder zu sein. Ich muss auch daran denken, wie Debbie an seiner Schulter weinte und meine Mutter ihn nicht aus den Augen ließ, während er tanzte. Dann muss ich noch an Hailey denken, wie sie mich im Riesenrad langsam küsste, während sich die Dämmerung wie eine Decke um uns legte. »Ich bin dabei«, antworte ich.

»Gut.« Claire lächelt boshaft. »Lass uns loslegen.«

»Was passiert als Nächstes?«, frage ich.

»Jetzt ziehst du dich an und bewegst deinen jämmerlichen Arsch rüber zur Radford Township Highschool.«

»Was zum Teufel soll ich da?«

»Sie haben vor einer Stunde angerufen. Russ war an einer Rauferei beteiligt. Er ist vorübergehend vom Unterricht ausgeschlossen.«

»O Mist! Warum hast du das denn nicht eher gesagt?«

»Es stand auf meiner Liste erst an zweiter Stelle. Man muss schließlich Prioritäten setzen.«

»Warum haben sie nicht einfach bei Jim angerufen?«

»Hör zu«, antwortet Claire entnervt, »noch mal zum Mitschreiben: Jemand von der Schule hat bei dir angerufen, weil sie Russ vom Unterricht ausgeschlossen haben. Sie hätten gerne, dass du vorbeikommst und ihn abholst. Wirst du hinfahren?« Sie mustert mich mit strenger Miene.

»Ja.«

Sie beugt sich zu mir herunter und küsst mich auf die Wange. »Siehst du, es geht doch!«, sagt sie, bereits im Gehen begriffen. »War das denn so schwer?«

17

Vorsichtig zieht Russ das feuchte, blutige Papiertuch weg, das er um seine rechte Hand gewickelt hatte. Zum Vorschein kommen vier aufgesprungene, blutende Knöchel. Sein linkes Auge ist halb zugeschwollen, und ein pflaumenfarbener Bluterguss zieht sich vom Augenwinkel bis zum Wangenknochen hinunter. Die linke Seite seines Gesichts hat ein paar kleinere Schrammen und Kratzer abbekommen.

»Beeindruckend«, stelle ich fest. »Wie hat denn der andere ausgesehen?«

»Wie ein riesiger Typ, der seine Knie auf meine Brust gepresst und wie ein Irrer auf mich eingedroschen hat.«

Ich nicke. »Möchtest du darüber reden?«

»Es war nur eine blöde Rauferei, Doug. Deswegen brauchst du nicht gleich einen auf Doktor Phil zu machen.«

Wir sitzen vor dem Büro der Schulpsychologin auf dem Gang, wo insgesamt vier Stühle angebracht sind. »Ich soll jetzt also da reingehen und mit der Dame sprechen?«

Er nickt gleichmütig. »Sie wartet schon auf dich.«

»Da bin ich ja richtig erleichtert. Ich dachte schon, ich müsste zum Direktor.«

»Mit einer toten Mutter landet man immer erst mal beim Seelenklempner.«

»Verstehe.« Drei süße Mädchen stolzieren in superkurzen Hüftröcken und engen, bauchfreien T-Shirts an uns vorbei. Sie unterhalten sich mit rasender Geschwindigkeit und brechen immer wieder in lautes Gelächter aus. Wir wenden synchron den Kopf und starren ihnen hinterher. »Als ich an der Highschool war, konnte ich von solchen Mädchen nur träumen«, sage ich.

»Geht mir genauso«, antwortet Russ und blickt niedergeschlagen zu Boden. Ich mustere ihn. Mit seinen Schrammen und Blutergüssen macht er einen ziemlich ramponierten Eindruck. Mir geht durch den Kopf, dass auch er immer noch wortlos trauert, im Gegensatz zu mir jedoch jeden Tag in die Welt hinausmuss – dazu verdammt, nach unerreichbaren Mädchen zu schmachten und sich auf menschenfeindlichen Schulfluren zu prügeln, um am Ende des Tages in ein Haus heimzukehren, in dem niemand auf ihn wartet. Plötzlich komme ich mir vor wie ein egoistischer, vor Selbstmitleid blinder Vollidiot.

»Wir reden nicht sehr viel miteinander, oder?«

Er blickt zu mir hoch. »Nein. Tun wir nicht.«

»Das ist wahrscheinlich meine Schuld.«

»Ja, wahrscheinlich«, antwortet er achselzuckend. Dann hält er seine blutige Hand ins Licht und betrachtet seine aufgeschlagene Haut. »Jimbo und Angie ziehen nach Florida.«

»Was?«

Er nickt traurig. »Sie haben die Bombe gestern Abend platzen lassen. Bei ihnen ist jetzt der Sunshine State angesagt.«

»Oje. Das ist ja übel. Wann soll der Umzug stattfinden?«

»Nach Weihnachten.«

Diese Neuigkeit muss ich erst einmal verdauen. »Was zum Teufel wollen sie in Florida?«

»Ich glaube, es ist wegen eines Jobs oder so. Nach dem Wort Florida habe ich gar nicht mehr richtig zugehört.«

»Gehst du auch mit?«

»Habe ich eine andere Wahl?« Er wirft mir einen bösen Blick zu. »Ich kann ja sonst nirgendwo bleiben.«

Seufzend lasse ich den Kopf auf die Hände sinken. »So einfach ist das nicht, Russ.«

»Aus meiner Sicht schon.«

»Hör zu«, sage ich, von der Neuigkeit immer noch ganz erschüttert. »Er ist dein Vater und damit dein einziger Erziehungsberechtigter. Es steht nicht in meiner Macht, ihm vorzuschreiben, was er zu tun oder zu lassen hat.«

»Super. Dann sind wir ja schon zu zweit.«

Nun heißt es, ein wichtiges Gespräch mit ihm zu führen, ihm die richtigen Fragen zu stellen und ihm ein Gefühl von Sicherheit zu vermitteln, aber ich weiß beim besten Willen nicht, wie ich das anstellen soll. »Lass mich erst mal da reingehen und die Kaution für dich bezahlen – oder was immer ich tun muss –, und dann gehen wir was essen und besprechen das Ganze. In Ordnung?«

»Da gibt es nichts mehr zu besprechen.«

Ich stehe auf. »Dann essen wir eben, ohne etwas zu sagen. Auch kein Problem. Daran bin ich gewöhnt.«

»Doug«, sagt er, als ich die Bürotür öffne.

»Ja?«

»Könntest du bitte mit ihm reden?« Sein unverletztes Auge ist weit aufgerissen, rot und ernst.

Schlagartig übermannt mich eine ungeheure Zuneigung für diesen traurigen, am Boden zerstörten Jungen, und das plötzliche Zittern in meiner Brust sagt mir, dass es in meinem Herzen immer noch äußerst empfindliche Teile gibt.

»Meinetwegen«, antworte ich, obwohl ich wie immer, wenn

es um ein Gespräch mit Jim geht, das frustrierende Gefühl habe, dass nichts Gutes dabei herauskommen wird.

Die Schulpsychologin, Miss Hayes, ist jünger, als ich erwartet habe. Sie hat glattes schwarzes Haar und eine milchweiße Haut.

»Mr. Parker.« Sie schüttelt mir die Hand. »Danke, dass Sie gekommen sind. Ich bin Brooke Hayes.«

Als sie wieder Platz nimmt, schwingt ihr Haar nach hinten, und ich sehe, dass sich darunter ganze Sternbilder aus Ohrringen, Kreolen und Steckern befinden, was bestimmt nicht der gängigen Kleiderordnung für Highschool-Psychologinnen entspricht.

»Sie sind die Schulpsychologin?«, frage ich.

»Diese Frage bekomme ich oft gestellt.« Sie hat die coole, leicht rauchige Stimme einer Rocksängerin, als würde sie nur rasch ein paar Worte zwischen zwei Titeln sprechen und dann eine Ballade über eine verlorene Liebe anstimmen.

»Sie wirken nur recht jung, das ist alles.«

Ihr Lächeln breitet sich wie ein Buschfeuer über ihr Gesicht aus. »Danke, ich nehme an, das war ein Kompliment. Seien Sie versichert, dass ich trotzdem über alle für diesen Job nötigen Qualifikationen verfüge. Im Übrigen sehen Sie für Russ' Stiefvater auch recht jung aus. Wie alt sind Sie? Dreißig?«

»Neunundzwanzig.«

»Ich bin siebenundzwanzig. Wahrscheinlich hat man mich in der Hoffnung eingestellt, dass sich die Kids einer jungen Psychologin leichter öffnen.«

»Und, tun sie es?«

»Manchmal.« Sie deutet auf den Stuhl, der vor mir steht.

»Also«, sage ich, während ich mich setze. »Worum geht es?«

»Es geht darum, dass Russ sich heute Morgen mit dem halben Footballteam geprügelt hat. Wie Sie gerade sehen konnten, haben die Jungs ihm eine ziemliche Abreibung verpasst.«

»Die anderen haben sich gegen ihn zusammengetan?« Bei der Vorstellung steigt sofort ein Gefühl von Wut in mir hoch.

»Zeugen zufolge hat einer der Jungs eine Bemerkung gemacht, woraufhin Russ einfach auf ihn losgegangen ist. Die anderen haben nur versucht, die beiden zu trennen«, erklärt sie.

»Oje. Was hat der Knabe gesagt?«

»Das hat mir noch keiner verraten.«

»Wurde jemand ernsthaft verletzt?«

Sie schüttelt den Kopf. »Die üblichen Kratzer. Russ hat nur das Pech, dass die Highschool in puncto Gewalttätigkeit eine sehr strenge Politik verfolgt. Er ist drei Tage vom Unterricht ausgeschlossen.«

»Miss Hayes …«

»Bitte nennen Sie mich Brooke. Und ich darf Doug zu Ihnen sagen, ja? Schließlich sind wir beide noch unter dreißig.«

»Ja.« Ihre lockere Art irritiert mich ein wenig. »Brooke. Ihnen ist sicher bekannt, dass ich, was Russ betrifft, nicht erziehungsberechtigt bin. Er lebt bei seinem Vater.«

»Ja, das ist mir bekannt«, antwortet sie langsam und kaut dann einen Moment auf ihrer Unterlippe herum, während sie mich nachdenklich betrachtet. »Als Russ das letzte Mal in eine Schlägerei verwickelt war, habe ich anschließend mit Jim gesprochen.«

»So etwas ist schon öfter passiert?«

Sie sieht mich mit einem seltsamen Gesichtsausdruck an. »Es kommt in letzter Zeit ziemlich regelmäßig vor«, antwortet sie dann. »Jedenfalls hat Jim mir einen reichlich unzusammenhängenden Vortrag darüber gehalten, dass Teenager ihre Schlachten selbst schlagen müssten und dass er seinen Sohn nicht dazu erzogen habe, sich von irgendwelchen Rüpeln einschüchtern zu lassen.«

»Er hat ihn gar nicht erzogen«, stelle ich richtig.

Sie nickt und mustert mich dabei eindringlich. »Dann hat er mich gefragt, worauf ich im Bett besonders abfahre.«

»Herr im Himmel!«

»Deswegen hielt ich es dieses Mal für sinnvoller, es auf einem anderen Weg zu versuchen. Russ hält große Stücke auf Sie.«

»Tut er das?«

Sie hebt lächelnd die Hände. »Na ja, vielleicht habe ich ein bisschen zwischen den Zeilen gelesen. Das muss man bei einem Jungen wie Russ. Er redet nicht sehr viel. Aber aus dem wenigen, was er gesagt hat, schließe ich, dass er Sie mag. Außerdem lese ich Ihre Kolumne in M – ich hoffe, Sie nehmen es mir nicht übel, dass ich das in diesem Zusammenhang erwähne –, und …« Sie spricht den Satz nicht zu Ende. »Vergessen Sie diesen Teil. Das ist nicht relevant.«

»Was?«

»Ich möchte meine Grenzen nicht überschreiten.«

»Sie scheinen mir nicht der Typ Mensch zu sein, der ein großes Problem mit Grenzen hat, Brooke.«

»Sensibel und intuitiv«, stellt sie mit einem zustimmenden Lächeln fest. »Also gut. Ich wollte sagen, dass Sie nicht nur intelligent und traurig klingen, sondern mir darüber hinaus auch ein zutiefst wütender Mensch zu sein scheinen.«

»Wütend«, wiederhole ich. »Auf wen bin ich denn Ihrer Meinung nach wütend?«

»Suchen Sie es sich aus. Auf die Welt, weil sie zugelassen

hat, dass Ihnen das passiert ist, oder auf Gott, falls das Ihr Ding ist. Oder vielleicht auf Ihre Frau, weil sie die Frechheit besessen hat, zu sterben, oder auf sich selbst, weil Sie sie nicht daran gehindert haben.«

»Sie analysieren mich aufgrund meiner Kolumne?«

»Allein schon die Tatsache, dass Sie diese Kolumne schreiben, ist Beweis genug. Sie schießen darin ganz schön scharf, versuchen die Welt zur Rechenschaft zu ziehen. Übrigens eine völlig natürliche Reaktion.«

»Ach ja? Da bin ich aber froh. Können wir uns jetzt vielleicht wieder Russ zuwenden?«

»Aber ich spreche doch schon von Russ.« Sie ignoriert meinen feindseligen Ton. »Wenn wir uns in der Wutphase der Trauer befinden, schieben wir oft unbewusst alles von uns, was uns an die verstorbene Person erinnert. Das Tragische an dem Ganzen ist, dass Sie beide das Gleiche durchmachen. Er ist genauso traurig, wütend, verwirrt und allein wie Sie, und zu allem Überfluss auch noch ein Teenager, was bedeutet, dass sein Leben sogar an guten Tagen ein ziemlicher Alptraum ist. Er braucht jemanden, mit dem er reden kann und der ihm hilft, diese Phase durchzustehen. Niemand ist dafür geeigneter als Sie, weil Sie ihn am besten verstehen können.«

»Sie behaupten, ich schiebe Russ von mir weg?«, frage ich verärgert. »Sie wissen nicht das Geringste über mich!«

»Sie haben recht«, antwortet sie und beugt sich ein Stück vor. »Ich weiß nur, dass er von seinem Vater nicht die Hilfe bekommen wird, die er braucht, und dass er sich mir nicht öffnen wird. Er ist ein guter Junge, das wissen Sie ja bestimmt. Ein bisschen introvertiert, aber sehr klug und mitfühlend. Wenn ein solcher Junge anfängt, sich derart aufzuführen und um sich zu schlagen, dann versucht er in der Regel jemandes Aufmerksamkeit zu erregen, und Sie dürfen verdammt sicher sein, dass es sich dabei nicht um die von Jim handelt.«

Durch das Fenster hinter ihr sehe ich eine Gruppe von jungen Leuten draußen auf dem Parkplatz herumhängen. Sie lachen und flirten miteinander, jagen, küssen und begrapschen sich. Wie gerne wäre ich jetzt einer von ihnen, und sei es nur für ein paar Minuten. Wie schön wäre es, noch einmal das Gefühl zu haben, dass die ganze Zukunft noch vor einem liegt, eine unberührte Fläche, soweit das Auge reicht.

»Doug«, höre ich sie plötzlich sagen, und mir wird bewusst, dass ich für eine Weile weggetreten war.

»Was?«

»Sie sind wütend.«

»Zumindest behaupten Sie das.«

»Nein, ich meine jetzt. Auf mich.«

»Nein«, antworte ich leise. »Sie haben wahrscheinlich den Nagel auf den Kopf getroffen. Ich habe es vermasselt. Ich bin nicht für ihn da gewesen. Ich wollte es, aber es ist mir nicht gelungen.«

»Sie können nichts dafür«, antwortet sie. »Sie waren mit Ihrer eigenen Trauer beschäftigt. Außerdem ist es noch nicht zu spät. Reichen Sie ihm die Hand. Lassen Sie ihn wissen, dass Sie für ihn da sind.«

»Jim zieht mit seiner Familie nach Florida, und Russ muss mit.«

Sie reißt Augen und Mund auf. Ihre Lippen bilden ein kleines, überraschtes ›o‹. »Was?«

»In den Sunshine State«, antworte ich dümmlich.

»Ich habe regelmäßig einmal die Woche mit Russ gesprochen. Er hat davon nie ein Wort erwähnt.«

»Er hat es gerade erst erfahren.«

»Na, das erklärt dann ja wohl, warum er sich heute geprügelt hat.« Benommen lehnt Brooke sich zurück. »Um Himmels willen, Doug! Kein Mensch unter achtzig zieht nach Florida. Gibt es da nicht sogar ein Gesetz oder so was?«

»Jim tut es«, entgegne ich.

»Wenn Sie mich fragten, was die beste Methode wäre, diesem Jungen endgültig den Rest zu geben – wissen Sie, was ich Ihnen riete?«

»Was?«

»Ihn mit diesem Volltrottel von Vater in einen anderen Bundesstaat ziehen zu lassen. Ihm seine Freunde und sein gewohntes Zuhause wegzunehmen und darüber hinaus auch noch alles, was ihn an seine Mutter erinnert.«

»Irgendwie habe ich geahnt, dass Sie das sagen werden.«

»Was gedenken Sie dagegen zu unternehmen?«

»Ich glaube nicht, dass ich etwas dagegen unternehmen kann.«

»Irgendwie habe ich auch geahnt, dass Sie das sagen werden.«

»Ja«, antworte ich traurig und stehe auf. »Ich bin eben ziemlich berechenbar.«

»Wer weiß?«, antwortet sie und steht ebenfalls auf. »Vielleicht werden Sie sich ja eines Tages selbst überraschen.«

»Vielleicht.«

»Doug«, sagt sie zögernd, während sie hinter ihrem Schreibtisch hervorkommt. »Sie haben die Trauer nicht erfunden. Das hat mein Psychiater mal zu mir gesagt.«

»Tatsächlich? Ihr Psychiater hat mit Ihnen über mich gesprochen?«

Ihr Lachen kommt tief aus dem Bauch. Es ist ein lautes, melodisches und völlig ungehemmtes Lachen. »Das Problem ist, dass die Menschen irgendwann einen Besitzanspruch auf ihren Kummer entwickeln, fast schon eine Art Stolz. Sie reden sich ein, dass ihr Schmerz schlimmer ist als der aller anderen. Aber das ist er nicht. Er ist bei allen gleich schlimm. Mit der Trauer ist es wie mit dem Hai. Den Hai gibt es schon eine Ewigkeit, und er hat sich während der ganzen Zeit kaum verändert. Und wissen Sie, warum?«

»Warum?«

»Weil er perfekt ist, so wie er ist.« Sie lächelt mitfühlend. Bei der Gelegenheit sehe ich, dass ihr Lidschatten einen Hauch von Glimmer enthält, was ich irgendwie süß finde. Es gibt mir das Gefühl, einen Blick auf das kleine Mädchen in ihr zu erhaschen, das immer noch an Feen und Prinzessinnen glaubt.

»Warum hat er das zu Ihnen gesagt?«

»Bitte?«

»Wieso haben Sie getrauert?«

Sie grinst. »Was für eine Art Psychologin wäre ich, wenn ich jetzt mein Privatleben mit Ihnen diskutieren würde?«

»Dann gibt es für Sie wohl doch ein paar Grenzen.«

»Wenn sie mir in den Kram passen.« Sie sieht mich an. »Vielleicht erzähle ich es Ihnen mal in einem anderen Rahmen. Hier in diesem beruflichen Kontext würde ich mich dadurch nur kompromittieren.«

Was die letzten zwei Sätze betrifft, gibt es höchstens eine Handvoll Möglichkeiten der Interpretation oder Fehlinterpretation. Allerdings habe ich das Spiel zu lange nicht mehr gespielt, um einen Versuch zu wagen, egal wie laut die Claire in meinem Kopf mich einen Angsthasen schimpft.

»Also dann«, sage ich und halte ihr die Hand hin. »Danke für das Gespräch oder die Sitzung oder was immer es war.«

»Gern geschehen.«

Der Türknauf lässt sich nicht drehen. »Sie müssen ihn nach oben ziehen.« Während sie sich an mir vorbeiquetscht, um die

Tür zu öffnen, steigt mir ein Hauch von ihrem Duft in die Nase, eine angenehme Mischung aus föngetrocknetem Zitronenshampoo, Pfefferminzkaugummi und Zigarettenrauch. Schlagartig empfinde ich so etwas wie Heimweh, eine Sehnsucht nach etwas, was ich nicht ganz identifizieren kann. Was aber nicht heißen soll, dass ich bewusst versucht habe, sie zu riechen.

18

Als ich wieder hinaus auf den Gang trete, sieht Russ mich erwartungsvoll an. »Und?«

»Was und?« Ich lasse mich neben ihm nieder.

»Wie ist es gelaufen?«

»Anders, als ich es mir vorgestellt habe.«

»Ich weiß. Es lohnt sich fast, ein Versager zu sein, wenn man dafür einmal die Woche zu ihr geschickt wird.«

»Du bist kein Versager. Du bist der gescheiteste Junge, den ich kenne.«

»Ich bin ja auch der einzige Junge, den du kennst.«

»Dann trägst du den Titel eben außer Konkurrenz.«

»Wie auch immer«, meint er achselzuckend. »Bin ich jetzt vom Unterricht ausgeschlossen?«

»Ja«.

»Großartig. Bezahlter Urlaub.«

»Aber wer bezahlt dafür?«

Er streicht sich das Haar aus der Stirn und fährt mit den Fingern über sein geschwollenes Auge. »Sieh dir mein Gesicht an, Mann. Dafür ist schon bezahlt.« Er steht auf und reckt die Hände nach oben, um sich zu strecken. »Lass uns von hier verschwinden!«

»Wo genau soll's denn hingehen?«

»Weiß ich noch nicht, aber ich fahre.«

Am Himmel haben sich inzwischen dicke, aschefarbene Wolken zusammengeballt, und während sich Russ den Sitz und die Spiegel einstellt, landen bereits die ersten Tropfen auf der Windschutzscheibe.

»Sieh in den Spiegel, bevor du rausfährst.«

»Hab ich doch!«

»Aber du hast nicht geblinkt.«

»Kein Mensch blinkt.«

»Du wirst durch die Führerscheinprüfung rasseln, wenn du nicht blinkst. Und beide Hände ans Lenkrad bitte!«

»Ich fahre aber besser mit einer.«

»Und ich fühle mich besser, wenn du mit beiden fährst. Pass auf!«

Russ hat einen kleinen Schlenker gemacht, und ein entgegenkommender Lieferwagen muss ausweichen. Der Fahrer hupt wütend, woraufhin ihm Russ lässig den Stinkefinger zeigt. »Ich habe ihn gesehen.«

»Natürlich.«

»Soll ich auf die Autobahn fahren?«

»Gern, aber halte vorher bitte an der roten Ampel da.«

Er steigt auf die Bremse, und wir kommen schlitternd zum Stehen, unsanft aufgefangen von unseren Sicherheitsgurten.

»Sie ist ziemlich süß, stimmt's?«

»Wer?«, frage ich.

»Miss Hayes.«

»Wenn man auf diesen Typ Frau steht.«

Russ wirft mir einen spöttischen Blick zu. »Auf diesen Typ Frau steht jeder.«

»Wahrscheinlich war ich zu sehr damit beschäftigt, mir deine Rauferei schildern zu lassen. Worum ging es dabei überhaupt?«

»Er hat sich über mein Tattoo lustig gemacht.«

»Was hat er denn gesagt?«

»So genau habe ich es gar nicht mitbekommen.«

»Aber du hast ihm trotzdem eine verpasst.«

»Er hatte es verdient.«

Die Ampel schaltet auf Grün, und Russ beschleunigt ein bisschen zu heftig, so dass es mich leicht in den Sitz drückt. »Lass dir Zeit!« Inzwischen regnet es stärker, die Tropfen prasseln laut auf die Windschutzscheibe. Russ schaltet den Scheibenwischer ein und biegt Richtung Autobahn ab. »Bist du schon mal bei Regen gefahren?«, frage ich ihn.

»Keine Sorge«, antwortet er. Sobald wir auf der Autobahn sind, gibt er Gas.

»Achte auf deine Geschwindigkeit.«

»Das kannst du übernehmen. Ich achte auf den Verkehr.« Er wechselt auf die linke Fahrspur und pendelt sich bei knapp hundert Stundenkilometern ein.

»Wohin fahren wir?«

»Das wirst du schon sehen.«

Vor uns ist ein Sattelschlepper, dessen Reifen eine Menge Gischt aufwirbeln. Er fährt auf der Mittelspur, kommt aber immer wieder gefährlich weit auf unsere Fahrspur herüber. »Beweg gefälligst deinen Arsch zur Seite!« Russ drückt auf die Hupe.

»Fahr einfach langsamer«, sage ich. »Du kannst ihn jetzt nicht überholen.«

»Und ob ich das kann!«

Vor uns macht die Autobahn eine Biegung. Ausgerechnet in der Kurve gibt Russ Gas und versucht sich langsam an dem Schlepper vorbeizuschieben. Dessen riesige Reifen kommen meinem Fenster viel zu nahe und hüllen unsere Windschutzscheibe in eine dicke Wolke aus Wasserdampf. »Russ!«, schreie ich ihn an.

»Halt den Mund!«, schreit er zurück.

Ich spüre, wie wir auf dem regennassen Fahrbahnbelag ins Rutschen kommen. Nur noch wenige Zentimeter trennen uns von dem Lastwagen, dessen Schmutzfänger im Fahrtwind wie Peitschen knallen. Während wir weiter auf sein Fahrgestell zuschlittern, schreien wir beide auf, aber unsere Stimmen werden vom lauten Hupen des Schleppers übertönt. Und dann, eine Sekunde vor dem Aufprall, gibt Russ Vollgas, und wir schießen an dem Truck vorbei, der noch immer hupt und uns zusätzlich per Lichthupe unter Beschuss nimmt wie mit einem Maschinengewehr.

»Gottverdammt noch mal, Russ!«, stöhne ich, immer noch für den Aufprall gewappnet.

»Das war ziemlich knapp!«, gibt er mit weit aufgerissenen Augen zu. »Aber wenigstens wissen wir jetzt ganz sicher, dass du nicht mehr sterben willst.«

»Sehr witzig.«

Er blinkt rechts und wechselt die Spur, um die Autobahn wieder zu verlassen.

»Wohin fahren wir?«, frage ich, obwohl ich es bereits weiß.

Russ sieht mich lächelnd an. »Mom die gute Nachricht überbringen.«

Ich weiß inzwischen, dass Besuche auf dem Friedhof nichts für mich sind. Die morbide Körperlichkeit des Ganzen nimmt mich einfach zu sehr mit. In den Wochen nach Haileys Tod versuchte ich mich daran zu gewöhnen. Ich fuhr mehrmals hinaus und setzte mich auf den Rasen neben ihrem Grab, um einseitige – und immer wieder stockende – Unterhaltungen mit ihr zu beginnen, schaffte es aber einfach nicht, mir einzureden, dass mir jemand zuhörte. Selbst wenn ich es geschafft hätte – Gespräche mit einem Grab erschienen mir noch nie sehr sinnvoll. Falls es tatsächlich ein Leben nach dem Tod gibt und sie uns hören können, sollten sie dann nicht in der Lage sein, uns von überall zu hören? Oder welche Theorie steckt sonst dahinter? Dass Gespräche mit den Toten so eine Art Basisstation erfordern, wie bei einem schnurlosen Telefon, und der Empfang immer schlechter wird, je weiter man sich wegbewegt? Eins weiß ich jedenfalls sicher: Wäre ich ein Geist, dann wäre mein Grab der letzte Ort, an dem ich herumspuken würde. Wer möchte schon den eigenen Körper verrotten sehen? Ich blicke selbst an meinen guten Tagen nicht gern in den Spiegel.

Deswegen endet das Ganze auch jedes Mal unweigerlich damit, dass ich ins Gras starre und mir ihren Sarg vorstelle, der sich knapp zwei Meter weiter unten befindet und dessen lackierte Oberfläche – einst auf Hochglanz poliert wie der Lack eines Cadillac – nun mit Erde und Dreck verklebt ist. Das wiederum führt dazu, dass ich mir den Inhalt des Sarges vorstelle, so dass ich, statt mit Hailey zu kommunizieren, an die scheußlichen Überreste dessen denken muss, was einmal meine Frau war. Ich weiß nicht, was wir beerdigt haben, aber nach dem Aufprall des Flugzeugs und dem anschließenden Inferno können es nicht mehr als ein paar Einzelteile von ihr gewesen sein. Nichts als Knochensplitter, verkohltes Fleisch und Haar, verschmolzen zu einer grässlichen Collage, einer Art Horrorfilmrequisite, die nicht einmal mehr eine entfernte Ähnlichkeit mit irgendetwas Menschlichem hatte. Eines hat mir diese ganze Erfahrung vielleicht doch gebracht: die Erkenntnis, dass die Einäscherung die einzig wahre Art ist, sich zu verabschieden. Sie ist sauber, effektiv, und – was noch wichtiger ist – sie überlässt nichts der Fantasie. Außerdem könnten wir dann all die Friedhöfe in Wälder und Spielplätze umwandeln.

Russ und ich stehen traurig im Regen, umgeben von weißen

und grauen Granitsteinen, die wie zerklüftete Zähne aus dem Boden ragen, so weit das Auge reicht. Beharrlich betrachten wir die Inschrift auf dem Grab von Hailey, als könnte seit unserem letzten Besuch etwas verändert oder hinzugefügt worden sein. »Ich kann einfach nicht fassen, dass es schon über ein Jahr her ist«, sagt Russ.

»Ich weiß.«

»Manchmal kommt es mir vor wie eine Woche, und dann wieder scheint es mir so lange her zu sein, dass ich mich kaum daran erinnern kann, wie sich das Leben angefühlt hat, als sie noch da war.«

»Kommst du oft hierher?«, frage ich ihn.

»Sooft mich jemand mitnimmt.«

»Du hast mich nie gebeten, dich zu fahren.«

Russ nickt. Das Haar klebt ihm feucht am Kopf. »Ich wollte dich nicht noch mehr runterziehen.«

»Das müsstest du erst mal schaffen – so weit unten, wie ich schon bin.«

»Redest du manchmal mit ihr?«, fragt er.

»Ich höre sie den ganzen Tag in meinem Kopf.«

»Ja, aber redest du richtig mit ihr?« Er sieht mich an.

Ich streiche mir das regennasse Haar aus den Augen. »Nicht richtig, nein«, antworte ich.

»Ich hoffe, es stört dich nicht, wenn ich es tue.«

»Natürlich nicht.«

Russ tritt neben den Grabstein, zupft ein paar Blätter von der niedrigen, ordentlich getrimmten Hecke am Fuß des Grabes und kniet sich dann hin. Er lässt den Kopf gegen den Stein sinken und schließt die Augen. Das alles tut er ohne die geringste Spur seiner üblichen Befangenheit.

Da ich weiß, dass ich es nicht ertragen werde, ihn mit ihr sprechen zu hören, trete ich ein paar Schritte zurück und drehe mich um. Auf der anderen Seite des Friedhofs ist gerade ein Trauerzug eingetroffen. Irgendwie hat es fast etwas Fröhliches, wie die kleine Parade aus roten und schwarzen Schirmen zwischen den Gräbern entlangwippt, angeführt von den Sargträgern, die sich gemessenen Schrittes durch die geometrische Landschaft aus schimmernden Grabsteinen bewegen.

Ich hatte eine Frau. Ihr Name war Hailey. Ich habe sie verloren – und mich dazu.

Ich beobachte den Trauerzug noch eine Weile, bis ich hinter mir ein krächzendes Geräusch höre. Als ich mich umdrehe, sehe ich, dass Russ inzwischen heftig weinend an Haileys Grabstein lehnt, das Gesicht vor Kummer verzogen, und sich dabei vor und zurück wiegt, als hätte ihn ein unsichtbarer Sturm in der Gewalt.

»Russ«, sage ich und gehe zu ihm hinüber. »Ist schon gut!«

Aber natürlich ist es nicht gut, und das weiß er auch. Verzweifelt presst er die Fingerspitzen gegen den Stein – in der Hoffnung, etwas anderes zu spüren als den kalten, feuchten Granit. Ich beuge mich zu ihm hinunter, unsicher, wie ich mich ihm nähern soll, aber sobald ich ihn an der Schulter berühre, fällt er mir auch schon entgegen und zieht mich zu sich hinunter, bis ich wie er im nassen Gras knie. Das Gesicht in meiner Armbeuge, klammert er sich an meinen Arm und weint in dieser Haltung lange und heftig weiter. Während wir beide von seinem Schluchzen geschüttelt werden, fällt sein Haar nach hinten und gibt den Blick auf seinen Hals frei, so dass ich den Kometen auf seiner regennassen Haut glänzen sehe. Haileys Kometen. Anklagend starrt er mir entgegen. Auf der Stelle beschließe ich, dass es höchste Zeit ist für ein Gespräch mit Jim.

19

Die Schamhaare waren der erste Hinweis gewesen. Hailey stand an jenem Morgen nackt im Badezimmer und wollte gerade in die Dusche steigen, als plötzlich ein Fellbällchen im Mülleimer ihre Aufmerksamkeit erregte. Sie stieß vor Schreck einen spitzen Schrei aus, weil sie im ersten Moment an eine Maus dachte. Dann wurde ihr jedoch rasch klar, dass sich der kleine Haarhaufen, der auf einer weggeworfenen Seifenschachtel gelandet war, nicht bewegte.

Während sie immer noch ein wenig schlaftrunken in den Mülleimer spähte, versuchte sie zu begreifen, was sie da eigentlich sah. Zunächst hielt sie es für ein Furby, einen jener Plüschtierroboter, die ein paar Jahre zuvor ein beliebtes Weihnachtsgeschenk gewesen waren. Vielleicht war Russ' Exemplar kaputtgegangen und deswegen im Müll gelandet. Sie ging in die Knie, um sich die Sache genauer anzusehen, und stellte erst jetzt fest, dass das seltsame Häufchen in Wirklichkeit aus Schamhaaren bestand. Jims Schamhaaren, um genau zu sein. Es war für sie eine seltsame Vorstellung, dass Jim nackt über dem Mülleimer gestanden und sich die Schamregion rasiert hatte. Immer noch völlig verblüfft, starrte sie auf das dunkle, krause Knäuel, das, wie sie jetzt feststellte, rötlich schimmerte. Sie war nun schon zehn Jahre mit Jim verheiratet und hatte nie bemerkt, dass seine Schamhaare rötlich schimmerten. Hieß das, sie hatte als Ehefrau versagt? Bemerkten andere Ehefrauen solche Dinge? Mit leicht gerunzelter Stirn trat sie einen Schritt zurück. Warum fing Jim nach all den Jahren plötzlich an, sich die Schamhaare abzurasieren? Vor ihrem geistigen Auge sah sie die möglichen Gründe wie bei einem Multiple-Choice-Test aufgelistet.

a) Er hatte zu viele davon, und das störte ihn.
b) Er hatte sich irgendwie Filzläuse zugezogen.
c) Er wollte, dass sein Penis größer wirkte.
d) Keiner der oben genannten Gründe.

Sie spürte, wie sich ihr Magen verkrampfte. Da sie ziemlich sicher war, dass es sich bei a) nicht um die korrekte Antwort handelte – Jim war kein besonders behaarter Typ –, und da b), c) und d) alle drei in dieselbe, höchst beunruhigende Richtung wiesen, eilte sie aus dem Bad, um sich ihr schnurloses Telefon zu schnappen und ihre Freundin Sally anzurufen.

»O mein Gott!«, keuchte Sally, die gerade auf ihrem Stepper trainierte.

»Was meinst du mit ›o mein Gott‹?«

»Er hat eine Affäre.«

»Das glaube ich nicht«, widersprach Hailey.

»Ist Jim untenherum schwach gebaut?«

»Bitte?«

»Ich werde mich später entschuldigen«, sagte Sally. »Du hast mich ja wohl nicht angerufen, um höfliche Konversation zu betreiben.«

»Nein«, antwortete Hailey zögernd. »Er hat Normalgröße, würde ich sagen.«

»Warum sollte ein glücklich verheirateter Mann dann plötzlich das Bedürfnis haben, größer zu wirken?«

»Keine Ahnung.«

»Tja, entweder er ist ins Pornogeschäft eingestiegen, was wir meiner Meinung nach ausschließen können, oder er will jemanden beeindrucken, und dich, meine Liebe, braucht er nicht mehr zu beeindrucken. Oprah hat mal eine Sendung über dieses Thema gemacht, und ihr zufolge sind auffallende Veränderungen im Bereich Körperpflege definitiv ein Warnsignal.«

Hailey runzelte leicht genervt die Stirn. Wenn Sally erst mal Oprah Winfrey ins Spiel gebracht hatte, duldete sie keinen Widerspruch mehr. »Es könnte doch auch tausend andere Gründe haben.«

»Stimmt«, antwortete Sally, die sich weiter auf dem Stepper quälte, mit gepresster Stimme. »Aber, Hailey …«

»Was?«

Sally zögerte. »Nichts.«

»Was?«, wiederholte Hailey mit Nachdruck. Übers Telefon konnte sie hören, wie der Stepper zum Stillstand kam, nachdem ihre Freundin keuchend heruntergestiegen war.

»Ich weiß nicht«, sagte Sally, »es ist nur … na ja, er hat es doch schon mal getan.«

»Ach du lieber Himmel, damals waren wir doch noch gar nicht verheiratet!«

»Ich meine ja nur.«

»Da gibt es nichts zu meinen!«, fauchte Hailey aufgebracht. Ihre Augen füllten sich mit Tränen. »Das war eine einmalige Sache, eine alte Freundin, über die er nie ganz hinweggekommen war. Wir haben das damals ein für alle Mal geklärt. Jetzt sind wir schon seit fast zehn Jahren verheiratet, und solche Verdächtigungen hat er nicht verdient. Im Zweifel für den Angeklagten, würde ich sagen.«

»Genau darauf hofft er wahrscheinlich.«

»Du bist so gemein!«, schrie Hailey.

Sally seufzte. »Hör zu, Schätzchen, wenn du jemanden brauchst, der dir bestätigt, dass alles in bester Ordnung ist, dann hättest du Laney anrufen sollen. Die hätte dich bestimmt beruhigt. Aber du hast mich angerufen, und du weißt, dass Schönrederei nicht mein Ding ist. Und außerdem solltest du darüber eigentlich nicht mit mir sprechen. Du solltest dich lieber fragen, warum du nicht einfach Jim angerufen hast.«

Also rief Hailey Jim an, und er erklärte ihr, er habe sich nur rasiert, weil es ihn an der Stelle so schlimm gejuckt habe. An sich eine durchaus plausible Erklärung. Wenn man mal von der Tatsache absah, dass er das bisher mit keinem Wort erwähnt hatte. Dabei jammerte Jim sonst schon beim kleinsten Wehwehchen, einem eingerissenen Nagel, einem gezerrten Muskel, einer leichten Allergie. Und Salben oder Puder gegen Pilzbefall konnte sie in ihrem vollgestopften Bad auch nirgendwo entdecken. Immer noch mit ihrem schnurlosen Telefon bewaffnet, das sie tatsächlich wie eine Waffe umklammert hielt, ließ sie sich auf den Klodeckel sinken und blieb dort – nackt und zitternd – lange Zeit sitzen, den Blick auf die braunen Haare im Mülleimer gerichtet.

*

Das alles erzählte Hailey mir, nachdem wir das erste Mal miteinander Sex gehabt hatten. Dieses Ereignis war viel erfreulicher ausgefallen als erwartet, und das trotz ihrer Bedenken wegen ihres sechsunddreißigjährigen Körpers und meiner nicht unerheblichen Angst, zu versagen. Schließlich musste ich dem Klischee vom jungen Hengst gerecht werden, der fit, potent und ausdauernd genug war, um sie in allen möglichen Stellungen bis in die frühen Morgenstunden hinein zu vögeln. Diese Art von Erwartungsdruck kann einem Mann mental ganz schön zusetzen und führt in vielen Fällen zu dem berühmten »Das-kann-doch-jedem-mal-passieren/Aber-mir-nicht«-Gespräch.

Wir kannten uns zu dem Zeitpunkt bereits über einen Monat und verbrachten sehr viel Zeit miteinander, so dass das Ganze bereits eine gewisse Form entwickelt hatte: lange, intime Telefonate, die wir zu später Stunde oft nur noch im Flüsterton führten, Rosen, andere Blumen und süße E-Mails während der Arbeit und im Anschluss an gemeinsame Unternehmungen stundenlanges Schmusen in ihrem Auto, bevor sie schließlich nach Hause fuhr. An Tagen, an denen wir verabredet waren, kam Hailey grundsätzlich mit dem Wagen zur Arbeit statt wie sonst mit der U-Bahn, angeblich, weil sie so spät nicht mehr mit den Öffentlichen fahren wollte. In Wirklichkeit hatte sich der Wagen, den sie immer neben dem Hydranten vor meinem Wohnblock parkte, als perfekte Oase für unsere ausgedehnten Verabschiedungen entpuppt. Es war dort viel gemütlicher als in meinem schlecht isolierten Treppenhaus, wo es außerdem nach Fußschweiß und verschütteter Milch roch.

Ich kann mich nicht erinnern, wann ich das letzte Mal so viel Zeit darauf verwandt habe, eine Frau einfach nur zu küssen. Ich hatte immer das Gefühl, dass jegliches Küssen, das nicht in textilienfreies Vorspiel mündete, nach spätestens zehn Minuten einen schalen Beigeschmack bekam, weil ihm die Zielrichtung fehlte. Hailey und ich dagegen konnten uns stundenlang küssen, bis unsere Lippen wund und geschwollen waren, unsere Zungen taub und unsere Kieferknochen ausgerenkt.

Wenn ich hinterher in meine Wohnung hinaufstieg, um meine schmerzenden Eier zu kühlen, konnte ich sie noch erfreulich lange in meinem ausgetrockneten Hals schmecken und hatte ihren Duft so tief eingeatmet, dass er mein ganzes Gehirn durchdrang und mich lavendelfarbene Wolkenbrüche sehen ließ, wenn ich die Augen schloss. Im Grunde hatte es etwas Pubertäres, wenn ein Mann in meinem Alter es gerade mal bis zur zweiten Vorstufe schaffte, aber gleichzeitig war es auch unglaublich aufregend. Obwohl wir wussten, dass wir irgendwann zwangsläufig Sex haben würden, weil das die Triebfeder hinter dem Ganzen war, veranlasste mich die Tatsache, dass ich mich um eine alleinerziehende Mutter bemühte, zu besonderer Vorsicht. Ich empfand deswegen eine gewisse Verantwortung und wollte warten, bis ich mir meiner Gefühle für sie ganz sicher war. Außerdem war sie eine schöne Frau und als solche an Männer gewöhnt, die es ihrerseits gewöhnt waren, schöne Frauen flachzulegen, und offen gestanden hatte ich Angst, dem Vergleich nicht standzuhalten.

Letztendlich aber trägt unsere angeborene Geilheit stets den Sieg davon, weshalb es dann doch nicht mehr allzu lange dauerte, bis wir nackt und schwitzend in meinem Bett landeten. Wir machten unserem Begehren, das sich einen Monat lang aufgestaut hatte, in einer wilden, beispiellosen Session Luft und ließen dabei kein sexuelles Blatt unbeschrieben. Als es schließlich vorbei war, lagen wir reglos und keuchend nebeneinander wie zwei verwundete Soldaten auf dem Schlachtfeld, umgeben von meinem verwüsteten Laken. Es dauerte eine ganze Weile, bis der Schweiß auf unserer Haut abgekühlt und getrocknet war.

»O mein Gott!«, keuchte Hailey leise und sah mich im schwachen Licht meines Schlafzimmers mit großen, ungläubigen Augen an.

»Wer hätte das gedacht?«, pflichtete ich ihr bei.

»Na ja, ich hatte schon so einen Verdacht«, antwortete sie und wandte sich mir zu, um mir einen Rest Schweiß vom Hals zu lecken. Als ich den Arm nach ihr ausstreckte, rollte sie sich lässig zu mir herüber, warf ihren Oberschenkel über meinen und legte den Kopf an meine Brust. »Wir passen perfekt zusammen«, sagte sie. Ich küsste sie auf den Scheitel.

In dem Moment schossen mir plötzlich ohne besonderen Grund Tränen in die Augen. Da ich das schon andersherum erlebt hatte, wusste ich, dass Tränen nach dem Sex vom Partner negativ aufgefasst werden können. Deswegen schloss ich in der Hoffnung, Hailey möge es nicht mitbekommen, ganz schnell die Augen. Sie merkte es wohl trotzdem, aber statt mir Fragen zu stellen, drückte sie mir einfach einen Kuss auf die Brust und breitete ihre Finger über die schmale Haarspur, die meinen Bauch in zwei Hälften teilt.

Erst nach einer ganzen Weile fragte sie: »Alles in Ordnung?«

»Ich bin wohl doch ein bisschen verliebter, als ich dachte«, antwortete ich zu unserer beider Überraschung. Erst Tränen, jetzt auch noch Liebe. Ich spürte richtig, wie das Testosteron durch meine Poren entwich.

Sie nickte. Wieder küsste sie meine Brust, diesmal aber auf eine Weise, die mich erzittern ließ. »Kein Grund, in Panik zu geraten.«

»Das tue ich nicht – wenn du es auch nicht tust.«

Sie blickte lächelnd zu mir hoch. »Nach allem, was Jim mir angetan hat, gerate ich nicht mehr so leicht in Panik.«

»Möchtest du es mir erzählen?«

Sie schob sich ein wenig höher und schmiegte den Kopf an meinen Hals. »Unsere Geschichte beginnt mit den Schamhaaren im Mülleimer.«

»Was bei solchen Geschichten ja häufig der Fall ist«, antwortete ich. Daraufhin verpasste sie mir einen spielerischen Schubs. Wir mussten beide lachen. Und es war gut.

20

Wenn zwei Hunde sich treffen, beschnüffeln sie sich am Hinterteil. Wenn sich zwei Frauen treffen, mustern sie einander von Kopf bis Fuß, um festzustellen, welche die hübschere ist. Treffen sich zwei Männer, dann ist die ausschlaggebende Frage, welcher von beiden im Falle eines Kampfes der stärkere wäre.

Als Jim kurz nach meinem Einzug bei Hailey vorbeikam, um mich in Augenschein zu nehmen, brauchten wir über diese Frage gar nicht erst zu diskutieren. Jim ist groß und kräftig – so groß und kräftig, dass ich mich sofort klein und unsicher fühlte. Als Hailey ihn mir beschrieb, hatte sie wohl irgendwie vergessen, seine Ausmaße zu erwähnen, sein markantes Superhelden-Kinn, den dicken, sehnigen Ringerhals, die imposante, bärenhafte Gestalt und die überdimensionalen Schraubstockfinger, die sich wie eine Klaue um die meinen schlossen, als wir uns zur Begrüßung die Hand reichten. Dicke, hervorstehende Venen schlängelten sich wie die ländlichen Nebenstraßen auf einer Landkarte seinen Unterarm hinauf, um schließlich alle am Wal-Mart seines sich wölbenden Bizeps zusammenzulaufen.

Mein erster Impuls war, Gewalt mit Gewalt zu begegnen, aber dazu hätte ich einfach ein wenig mehr Kraft gebraucht, so dass ich mich stattdessen für die elegantere Lösung entschied und meine Hand locker ließ, um auf diese Weise zu demonstrieren, dass ich bei Jims Macho-Mist nicht mitmachte. Dann fiel mir allerdings ein, dass ich mit dieser Taktik womöglich als Schlappschwanz rüberkam, und ich versuchte deshalb, meine Hand so zu halten, dass ich Jims Druck zwar nicht richtig erwiderte, er aber trotzdem das Gefühl hatte, dass ich seiner Kraft standhielt. Letztendlich ging das mit dem Handschlag ziemlich in die Hose. Keiner von uns beiden würde es je erwähnen, doch ich wusste es genauso gut wie er, und das allein zählte. Schon bald nämlich sollte ich lernen, dass im Umgang mit dem Exmann meiner Frau tatsächlich nur das zählte, was ungesagt blieb.

»Wie geht's?«, fragte Jim mit einem selbstgefälligen Kopfnicken, während er mich von oben bis unten musterte, in erster Linie aber von oben herab. *Mir dir wische ich den Fußboden, du kleiner Scheißer.*

»Ziemlich gut«, antwortete ich. *Du hast vielleicht beim Handschlag gewonnen, aber dafür schlafe ich mit deiner Exfrau. Rate mal, was mehr zählt, du Großmaul.*

»Du bist also richtig eingezogen?« *In das Haus, das gottverdammt noch mal mir gehört?*

»Mehr oder weniger.« *Wie gewonnen, so zerronnen.*

»Vielleicht kannst du die Bude ja ein bisschen auf Vordermann bringen.« *So wie du aussiehst, erkennst du ein Elektrowerkzeug nicht mal, wenn ich es dir in deinen mageren Arsch schiebe.*

»Ich bin kein besonders begeisterter Heimwerker.« *Wenn du hin und wieder mal den Unterhalt für deinen Sohn bezahlen würdest, könnte Hailey es sich vielleicht leisten, die Hütte wenigstens notdürftig renovieren zu lassen. Versager!*

»Muss eine ziemliche Umstellung sein, plötzlich mit einem Kind zusammenzuleben.« *Mit meinem Kind, du Scheißkerl. Also nimm dich in Acht!*

»Oh, kein Problem.« *Ein kleiner Preis für das Vergnügen, mit deiner Exfrau zu schlafen. Habe ich überhaupt schon erwähnt, dass ich mit deiner Exfrau schlafe? O ja, das tue ich. Sehr oft sogar. Immer wieder. Eigentlich ständig. Mit allem, was ich sonst so mache, vertreibe ich mir im Grunde nur die Zeit, bis ich wieder Sex mit ihr habe.*

»Er ist ein großartiger Junge.« *Also halte dich verdammt noch mal von ihm fern.*

»Ich weiß.« *Aber das ist bestimmt nicht dein Verdienst, du schamhaarrasierender Blödmann.*

»Wie ich höre, bist du Autor.« *Schwuchtel.* »Was schreibst du denn so?«

»Hauptsächlich für Zeitschriften.« *Kannst du denn überhaupt lesen?*

»Oh.« *Eine Schwuchtel ohne Geld.*

Wir starrten uns über den Abgrund hinweg an und grinsten dabei wie zwei Macho-Idioten. Hätten wir Geweihe gehabt, wären sie längst ineinander verkeilt gewesen, und an der Highschool hätte er mir in der Cafeteria ein Bein gestellt und wäre mir anschließend auf den Kopf gestiegen.

*

Zwei langhaarige Mädchen in engen Hüftjeans und bauchfreien Oberteilen schieben sich an uns vorbei, und Jim verrenkt sich kurz den Hals, um sie von hinten sehen zu können, während sie in den hinteren Teil der Kneipe gehen. Es ist ziemlich viel los, aber Jim hat es irgendwie geschafft, einen Seitentisch zu ergattern. Natürlich hat er den Platz an der Wand gewählt, damit er sich die vorüberziehende Hinternparade ansehen kann, während wir reden.

Ich habe ihm am Telefon angeboten, zu ihm ins Büro zu kommen, aber er machte bereits Feierabend und meinte, wir könnten uns doch im Clover treffen. Inzwischen vermute ich, dass er hier regelmäßig seine Feierabende verbringt. Keine Ahnung, ob er der Meinung war, dass es ein freundlicherer Rahmen für unser Treffen wäre, oder ob er nur gern die College-Mädchen begafft, die achtzig Prozent der Gäste ausmachen. Auf jeden Fall dachte ich mir, dass es nicht schaden könnte, vorab meine Kehle ein wenig zu ölen. Ich war also früher gekommen und hatte schon mal für eine Grundlage aus zwei Whiskey-Cola gesorgt. Mittlerweile sitze ich hier mit meinem kleinen Schwips und trinke eine Runde mit Jim, der lüstern die Mädels beäugt, während er mit den Fingern zu dem Gwen-Stefani-Song aus der Jukebox trommelt.

Ich habe Jim schon eine Weile nicht mehr gesehen und befinde mich gerade in jenem frühen, klarsichtigen Stadium der Betrunkenheit, in dem alle Sinne geschärft sind und man die Welt um sich herum besonders deutlich wahrnimmt.

Deswegen beschließe ich, mein Gegenüber einer kurzen visuellen Prüfung zu unterziehen. Er trägt eine Khakihose und ein Kurzarm-Poloshirt, das sowohl über seinen großen Bizepsen als auch über seiner beeindruckenden Wampe spannt, was sich gegenseitig irgendwie aufhebt. Sein einst so dunkles, dichtes Haar wird an den Schläfen langsam grau und an der Stirn schütter, und die fahle Haut unter seinen Augen hat die unebene Struktur einer Orangenschale. Auch sein Gesicht als Ganzes ist nicht mehr so straff wie früher, sondern eher weich und teigig. Ein Ansatz von Hängebacken beginnt die kantigen Konturen seines Superhelden-Kinns zu verwischen. Trotzdem wirkt er immer noch relativ sportlich und attraktiv, wie ein pensionierter Footballspieler, der allmählich ein wenig Speck ansetzt.

Jim wendet sich von den Mädchen ab und mustert mich mit dem nachdenklichen Blick eines Handelsvertreters, der gerade abzuschätzen versucht, welchen Ton er anschlagen soll. »Wir beide konnten nie besonders gut miteinander«, beginnt er.

»Da sagst du was Wahres.«

»Aber wenn man mal darüber nachdenkt, gab es dafür nur einen einzigen Grund.«

Dass du ein riesengroßes Arschloch bist? »Nämlich?«

Jim nimmt einen Schluck von seinem Bier. »Hailey«, sagt er. »Es war eine schwierige Situation. Sie war deine Frau und meine Ex. Ich bezweifle nicht, dass du dir einiges über mich anhören musstest und deswegen schon Vorurteile gegen mich hattest, bevor wir uns überhaupt kennengelernt haben.«

»Wenn du dich dann besser fühlst, verrate ich dir, dass ich dich wahrscheinlich auch so nicht besonders sympathisch gefunden hätte.«

Jim betrachtet mein Gesicht, als versuchte er abzuschätzen, welcher von uns beiden die größere Abneigung gegen den anderen hat, er oder ich. »Nette Antwort«, meint er schließlich mit einem leisen Lachen. *Du kleiner Scheißer.*

So läuft das jedes Mal, wenn Jim und ich gezwungen sind, einigermaßen höflich miteinander umzugehen. Jim hasst mich, weil er es noch heute als persönliche Beleidigung auffasst, dass Hailey sich in mich verliebt hat, auch wenn es erst passierte, als die beiden längst geschieden waren. Genauso fasse ich es noch heute als persönliche Beleidigung auf, dass Jim Hailey damals betrogen hat, obwohl das lange vor meiner Zeit war. Die Chronologie der ganzen Geschichte hätte unsere instinktive Feindseligkeit eigentlich beheben oder zumindest abschwächen müssen, aber sowohl Jim als auch ich sind im Besitz eines Penis, und deshalb ist rationales Denken für uns keine wirkliche Option. Die uns zugeteilten Rollen stehen fest, auch wenn keinem von uns klar ist, warum wir an der Eigendynamik des Ganzen nichts ändern können.

Immerhin ist zumindest mir klar, dass Jim im Moment nichts lieber täte, als mir eine zu verpassen. In einer vollkommenen Welt würde Jim jetzt aufstehen, den störenden Tisch zwischen uns zur Seite schleudern und mich an der Gurgel packen. Er ist größer und stärker als ich, und zweifellos hat er auch mehr Kampferfahrung, doch ich bin furchtlos und schnell wie ein geölter Blitz, so dass es kein Problem für mich sein wird, seinen ungeschickten Schwingern auszuweichen. Ich werde hin und her tänzeln und immer mal wieder eine kurze Gerade landen, ihn langsam, aber treffsicher blutig schlagen, bis seine Augen immer mehr zuschwellen und ihm das Blut aus dem Mund tropft.

Irgendwann wird er dann so benommen sein, dass ich endlich vorpreschen kann. Ich werde die Arme hochreißen und mit dem Rhythmus des geborenen Boxers mit den Schultern kreisen, um anschließend den Aufwärtshaken zu landen, der ihn endgültig k. o. schlagen wird. Dann werde ich mich bei der hübschen Bardame entschuldigen, die mich mit neuem Respekt betrachten und mir ein mit Eiswürfeln gefülltes Handtuch reichen wird. Während ich auf meinem Hocker sitze und lässig meine blutigen Knöchel kühle, wird man Jim ein wenig hochziehen und ihm ins Gesicht klatschen, bis er wieder zu Bewusstsein kommt.

»Wie viele Finger halte ich hoch?«, wird der zufällig anwesende Sanitäter ihn fragen.

»Donnerstag«, wird Jim antworten und dabei die Augen verdrehen.

Aber leider ist dies keine vollkommene Welt, und falls Sie dafür weitere Beweise brauchen, finden Sie die Beweisstücke A und B für jedermann zugänglich hier an diesem klebrigen Tisch, der überzogen ist mit Generationen verschütteten Biers.

Jim und ich sind gezwungen, unsere instinktive gegenseitige Antipathie zu unterdrücken und sozusagen auf unseren Händen zu sitzen, während sich der Moloch der Aggression in unserem Inneren wie verrückt um die eigene Achse dreht und dabei Dinge aufwirbelt, die nirgendwohin entweichen können.

»Hat Russ gestern Nacht bei dir geschlafen?«, fragt er schließlich.

»Ja.«

»Dachte ich's mir doch.« Er kippt einen kleinen Whiskey hinunter und spült sofort mit Bier nach. »Ich könnte das Zimmer des Jungen von allen Seiten verrammeln, er würde trotzdem einen Weg finden, aus dem Haus zu verschwinden.« Die Tatsache scheint ihn eher zu amüsieren als traurig zu stimmen, deswegen spare ich mir eine Antwort.

»Hat er dir von Boca Raton erzählt?«

»Ja, er hat es erwähnt.« Ich nehme einen Schluck von meinem Bier.

»Er ist nicht allzu glücklich darüber, oder?«

»Nein, ist er nicht.«

Jim nickt mit düsterer Miene. »Angies Bruder handelt da unten mit Schutzvorrichtungen gegen Wirbelstürme. Seit der Katastrophe in New Orleans kommen sie mit der Arbeit nicht mehr nach.«

»Kennst du dich denn mit solchen Schutzvorrichtungen aus?«

Er zuckt mit den Achseln. »Das kann nicht so schwer sein.«

Da hat er wahrscheinlich recht. Jim ist es gewöhnt, vom Unglück anderer zu leben. Er hat es zu seinem Beruf gemacht, hinter Krankenwagen herzuhetzen, seine Arbeit als Anwalt besteht hauptsächlich darin, den großen Einwandereranteil der Bevölkerung von Radford zu vertreten, wenn es darum geht, aufgrund von Personenschäden Ansprüche geltend zu machen. Im Lauf der Jahre hat er eine Nische für sich geschaffen, indem er seine Visitenkarten an die unzähligen Arbeitskräfte verteilte, die tagtäglich nach New Radford kamen: Kindermädchen, Putzfrauen, Gärtner und Bauarbeiter. Er hat in allen Notaufnahmen der Gegend seine Informanten sitzen, so dass er und seine Übersetzerin Lucia, die sich stets auf Abruf bereithält, meist schon zur Stelle sind, bevor die Patienten die Triage hinter sich haben. Er handelt Vergleiche aus und setzt sich mit den Versicherungen in Verbindung. Landet ein Fall wider Erwarten doch einmal vor Gericht, gibt er ihn gegen eine kleine Beteiligung an einen qualifizierteren Kollegen ab. Jim geht nicht vor Gericht. Im Ökosystem der Juristengemeinde ist Jim Klein ein Bodenfresser in der Schlammschicht. Aus den potenziellen Ängsten seiner Klienten Profit zu schlagen statt aus deren realem Unglück ist für Jim wahrscheinlich bereits ein Schritt nach vorne.

»Ich glaube, für Russ wird das ziemlich hart«, sage ich.

»Offen gestanden bin ich der Meinung, dass es langfristig gesehen sogar gut für ihn ist.«

Ein hübsches Mädchen in kurzen Shorts und einem ärmellosen Top lächelt entschuldigend, als es sich an unserem Tisch vorbeiquetscht. Sie hat großartige Beine und eine unglaublich seidig schimmernde Haut. Natürlich verrenken wir uns beide den Hals nach ihr.

Als Jim sich wieder umdreht und mich dabei ertappt, wie ich ihr nachsehe, meint er mit einem Augenzwinkern: »Mann, diesen Hintern würde man am liebsten mit dem Löffel essen.«

Aber ich werde mich von ihm nicht in ein schlüpfriges Männergespräch verwickeln lassen. Ich gebe zwar zu, dass ich ihr auch nachgestarrt habe, doch im Gegensatz zu Jim bin ich nicht verheiratet und falle wenigstens noch annähernd in ihre Altersklasse, so dass sie mir zwangsläufig auffallen muss. Wenn ich mich jetzt aber auf Jims Niveau herablasse, der sich doch tatsächlich gerade die Lippen leckt, dann mache ich mich dadurch zu einem lüsternen alten Mann, wie er einer ist.

Deswegen sage ich stattdessen: »Du glaubst also, dass es nach allem, was Russ im vergangenen Jahr durchgemacht hat, gut für ihn ist, in eine andere Stadt umzuziehen und fern von allen seinen Freunden eine neue Schule zu besuchen?«

Jim hält stirnrunzelnd sein Bierglas ins Licht, als müsste er sich erst mal eine Antwort überlegen, ehe er einen weiteren Schluck nehmen kann. »Er ist momentan mit ein paar üblen Jungs unterwegs. Laut der Schulpsychologin macht er ständig blau, und seine Noten sind im Keller.«

»In schlechte Gesellschaft kann er an jeder Highschool geraten«, gebe ich zu bedenken.

»Genau«, antwortet Jim, ehe er sich kurz abwendet, um einer weiteren Gruppe von Mädchen hinterherzustarren. »Deswegen spielt es auch keine Rolle, ob er hier oder in Florida die Schule besucht.«

»Es geht ihm nicht gut, Jim. Er trauert immer noch um seine Mutter und muss das erst mal verarbeiten. Wenn du mit ihm nach Florida umziehst, wird er noch mehr Grund haben, wütend zu sein. Könnt ihr beide, du und Angie, damit nicht noch ein bisschen warten? In ein paar Jahren ist er sowieso auf dem College. Dann könnt ihr immer noch umziehen.«

»Wir haben es wegen Russ sowieso schon hinausgeschoben. Eigentlich sollte der Umzug letztes Jahr stattfinden, wir waren schon so gut wie weg, aber dann ist Hailey gestorben …«

»Wie schrecklich unangenehm für dich.« Ich wünschte, ich wäre der Typ Mann, der jetzt einfach sein Glas nehmen und es

Jim ins Gesicht schleudern könnte. Wahrscheinlich würde er mich mit seinen riesigen Händen zu Tode prügeln und anschließend meine Leiche verklagen. Diese verdammten Anwälte.

Jim hebt entschuldigend die Pranken. »Zugegeben, das ist jetzt falsch rübergekommen. Ich wollte damit nur sagen, dass Haileys Tod und die Tatsache, dass ich jetzt die Verantwortung für Russ trage … nun ja, das alles hat für Angie und mich große Veränderungen mit sich gebracht. Das mussten wir auch erst mal verarbeiten.«

»Und wenn jemand bei einem Flugzeugabsturz seine Mutter verliert? Wo würdest du das auf deiner Skala der zu verarbeitenden Veränderungen einordnen?«

Jim senkt den Kopf, um einen großen Schluck Bier zu trinken, und als er ihn wieder hebt, hat er einen Tupfer Schaum auf der Nasenspitze. »Komm runter von deinem hohen Ross, Doug. Hailey hat Russ jahrelang gegen mich aufgehetzt, das weißt du genau. Glaubst du, es ist leicht, einen Jungen, der dazu erzogen wurde, seinen Vater zu hassen, bei sich aufzunehmen und in eine neue Familie zu integrieren? Ich habe bereits eine Ehe in den Sand gesetzt, und glaub mir, das passiert mir nicht noch einmal.«

»Russ ist dir also egal.«

»Nein, natürlich nicht. Aber Angie ist mir auch wichtig.« Wieder hält er abwehrend beide Hände hoch. »Ich bin in dieser Angelegenheit nicht der Böse.«

»Nein. Du bist ein gottverdammter Held.«

Jim knallt sein Glas auf den Tisch. Die Knöchel der Hand, mit der er den Henkel umklammert, treten weiß hervor, und sein Gesicht leuchtet plötzlich so rot und heiß, dass der Lack der Höflichkeit, den es bisher getragen hat, rasch wegschmilzt.

»Hör zu, du kleiner Scheißer!«, sagt er mit tiefer, bedrohlicher Stimme. »Ich lasse dir sowieso schon viel durchgehen, weil du deine Frau verloren hast, aber langsam fängst du an, meine Geduld ein wenig zu strapazieren. Ich habe mir von Hailey eine Menge Mist angehört. Von einem Grünschnabel wie dir lasse ich mir das nicht gefallen. Ich liebe Russ, aber ob es dir passt oder nicht, ich habe eine neue Familie, an die ich denken muss, eine Frau und einen zweiten Sohn, und Russ bringt viele Probleme mit sich, die Angie und der Kleine nicht brauchen. Du weißt überhaupt nichts von meinem Leben, weil du erst viel später aufgetaucht bist, und ich werde mir ganz bestimmt nicht anhören, wie du hier über mich Gericht hältst. Du bist kein Mitglied dieser Familie, sondern ein Teil der alten Trümmer. Im Grunde hängst du doch nur noch hier herum, weil du nicht weißt, wo du sonst hinsollst.«

Wir starren uns über den Tisch hinweg an, und ganz weit hinten in seinen Augen sehe ich nackten Hass, der sich wie ein eingesperrtes Tier aus seinem Käfig zu befreien versucht. Ich habe zwei Jahre lang zusammen mit der Frau, die er liebte, und dem Kind, das er mit ihr zeugte, in dem Haus gewohnt, für das er bezahlte. Er tauschte seine Familie gegen Sex ein, und dann tauschte er diesen Sex gegen eine neue Familie ein, und ich habe manchmal den Verdacht, dass er diese neue Familie nicht besonders mag. Solange Hailey noch lebte, war Jim arrogant genug, zu glauben, das Einzige, was ihn davon abhalte, sein altes, besseres Leben wiederaufzunehmen, sei der Mann, der ihn auf irgendeine Weise ersetzt hatte. Das ist keine bloße Vermutung von mir. Ich weiß genau, dass es so war, denn hin und wieder hinterließ er mitten in der Nacht lange, betrunkene Nachrichten auf unserem Anrufbeantworter, in denen er Hailey weinend bat, ihn zurückzurufen.

»Ich halte nicht Gericht über dich, Jim.«

»Nein, ganz bestimmt nicht.«

»Es geht hier gar nicht um dich oder mich«, erkläre ich. »Ich überlege nur, was das Beste für Russ ist.«

Jim sieht mich einen Moment lang an. »Wenn du glaubst, dass das so einfach ist, warum behältst du ihn dann nicht?«

»Was?«

Jim zuckt mit den Achseln. »Er kann doch bei dir wohnen. Problem gelöst.«

»Er ist nicht mein Sohn.«

»Er könnte es aber sein.« Er lehnt sich zurück, trinkt sein Bier aus und schenkt sich sofort aus dem großen Krug nach. »Was würde Hailey deiner Meinung nach wollen?«

»Darum geht es jetzt nicht.«

»Nein?«

»Ich bin bei dem Ganzen außen vor. Wie du sehr richtig gesagt hast, hänge ich nur noch eine Weile hier herum.«

»Und wie du sehr richtig gesagt hast, sprechen wir gerade darüber, was für Russ am besten ist«, kontert Jim mit selbstgefälligem Grinsen. »Ich schätze, wir labern beide nur eine Menge Mist, oder?«

»Er ist dein Sohn, Herrgott noch mal! Du kannst ihn doch nicht einfach verschenken.«

Jim lehnt sich zurück, verschränkt die Hände hinter dem Kopf und lässt für die Damenwelt die Muskeln spielen. »Angie ist unglücklich, Russ ist es auch«, antwortet er. »Es ist meine Aufgabe, sie beide glücklich zu machen, und meiner Meinung nach lässt sich das Problem nur auf eine einzige Art lösen. Die Lösung bist du. Ich weiß, dass ich damit nur Öl ins Feuer gießen werde, weil mich sowieso schon alle für einen miserablen Vater halten. Aber letztendlich geht es nur darum, das Richtige für meinen Sohn zu tun, egal ob ich dann schlecht dastehe oder nicht, stimmt's?«

»Demnach hältst du es also für eine noble Tat, deinen Sohn aufzugeben?«

»Ich gebe ihn nicht auf, ich gebe ihm nur seine Freiheit.«

Ich starre Jim an, die Schweißflecken in seinem Poloshirt. Er wirkt sehr sicher, dass er die Oberhand hat. Dann muss ich an Hailey denken, die immer so große Augen machte, wenn sie mit mir über Russ sprach, und so streng mit sich selbst war, wenn es darum ging, eine gute Mutter zu sein. Plötzlich sehe ich Russ vor meinem geistigen Auge wieder an Haileys Grab weinen und dann in Jims feuchtem Keller liegen, wo er zuhören muss, wie sein Vater und Angie es über ihm treiben. Ich denke an meine eigene Einsamkeit, meine Verzweiflung, die sich wie ein Geschwür in mir ausbreitet, und höre Claires Stimme in meinem Kopf, auch wenn ich ziemlich sicher bin, dass es meine eigene Stimme ist, die da gerade sagt: »Ja.«

»Was soll das heißen, ›Ja‹?«

Sag einfach ja.

»Ich meine, in Ordnung. Er kann bei mir bleiben. Ich nehme ihn.«

Falls Jim überrascht ist, lässt er es sich nicht anmerken. Er sagt nur: »In Ordnung«, und hält mir die Hand zum Einschlagen hin, als hätte er mir gerade ein Auto verkauft. Aus Gründen, die mir selbst schleierhaft sind, schlage ich tatsächlich ein und lächle dabei wie ein Idiot. »Er kann uns ja in den Ferien unten in Boca Raton besuchen«, erklärt er.

»Er wird bestimmt begeistert sein, das zu hören.«

»Großartig«, sagt Jim und steht auf. »Bis zu unserem Umzug im Januar bleibt er noch bei uns. Vielleicht kann er sich jetzt, nachdem er nicht mitmuss, endlich entspannen und ein bisschen Spaß mit uns haben, vielleicht sogar Angie und seinen Bruder ein wenig besser kennenlernen.«

»Klingt gut«, sage ich.

»Also dann.« Jim klopft mir auf die Schulter. »Gutes Gespräch.« Und weg ist er. Eilig schiebt er sich durch die Menge, um nach Hause zu fahren und Angie die frohe Botschaft zu überbringen, zweifellos in der Hoffnung, dass ihm das heute Abend im Bett irgendeinen Bonus einbringen wird.

Nachdem er gegangen ist, bleibe ich noch eine ganze Weile sitzen und starre ins Leere. Ohne die Menschenmenge um mich herum wahrzunehmen, fahre ich mit der Zunge über den glatten Rand meines Bierglases. In der Jukebox läuft gerade ein alter Billy-Joel-Song, und ich bin plötzlich wieder fünfzehn und habe gerade einen gestohlenen Mercedes zu Schrott gefahren. Meine Zunge hat einen Schnitt abbekommen, ich schmecke das Blut in der Kehle. Während ich zusehe, wie die Polizisten im Zeitlupentempo auf mich zugelaufen kommen, dreht sich in meinem Kopf alles, und einmal mehr frage ich mich, wie ich es eigentlich schaffe, mich immer wieder in solche Situationen zu bringen.

21

Wenn die nächste Eiszeit diese Zivilisation längst unter sich begraben hat und eines Tages Archäologen das Ortszentrum von New Radford ausbuddeln, werden ihre Schaufeln als Erstes auf die riesige Starbucks-Kaffeetasse aus Fiberglas treffen, die im mittleren Teil der Haupteinkaufsstraße namens Broadway wie ein Festzugswagen der Thanksgiving-Day-Parade über dem Café aufgehängt ist. Sie bildet den höchsten Punkt der Straße und wird nur vom Glockenturm über der drei Kilometer entfernten Grundschule überragt. Aus der Tatsache, dass sich der Ort vom Broadway aus in konzentrischen Kreisen ausbreitet, werden besagte Archäologen vielleicht schließen, dass Starbucks unser Tempel war und der Kaffee unser Gott.

Ich persönlich glaube ebenso wenig an den Kaffee wie an Gott. Es ist mir egal, welches Aroma sie ihm geben und ob sie ihn mit Dampf zubereiten, karamellisieren, mit Sahnehäubchen servieren oder aufschäumen. Er verätzt trotzdem wie Säure die Magenschleimhaut, macht einen schlechten Atem und beraubt die Nerven ihrer Ummantelung, so dass sie ungeschützt frei liegen. Es konnte zwar noch nicht durch Studien nachgewiesen werden, dass Starbucks Krebs verursacht, aber es wird deswegen bestimmt irgendwann zu Prozessen kommen, da bin ich ganz sicher.

Das Problematische am Ortskern von New Radford ist, dass er nicht gerade viel zu bieten hat. Da die Stadtverwaltung mit fast manischer Besessenheit darauf achtet, den ländlichen Charakter zu bewahren, liegt das nächste echte Geschäftsviertel gut fünf Kilometer entfernt – dort, wo der Broadway in den South Broadway übergeht und New Radford einfach zum guten alten Radford wird. In New Radford selbst aber gibt es nur den einen Block mit Geschäften: Antonelli's Pizza, eine Drogerie, ein paar erstaunlich mittelmäßige Restaurants, einen kleinen, altmodischen Schreibwarenladen, die nebeneinander liegenden Büros der beiden konkurrierenden Immobilienmakler des Ortes, den Riviera Hair Salon, den Pink Petals Nail Salon, Mom's Homemade Ice Cream Shoppe und, natürlich, Starbucks. Gleich um die Ecke, in der Roaring Creek Road, liegen der Super Stop & Shop sowie Blockbuster Video. Eine Handvoll Investoren hatte die Absicht, ein Stück des Parkplatzes von Stop & Shop zu kaufen, um dort eine Einkaufspassage zu errichten, doch die für die Nutzungszuweisungen zuständige Behörde schob dem ebenso einen Riegel vor, wie sie es bei Ikea, Bed Bath & Beyond und den Ausbauplänen einer örtlichen Synagoge gemacht hatte. Wie in allen relativ wohlhabenden Vorstädten legt man hier mehr Wert auf die Erhaltung des Bestehenden als auf Wachstum.

Folglich ist es nahezu unmöglich, einen Ausflug ins Zentrum von New Radford zu machen, ohne Bekannten in die Arme zu laufen. Irgendwie muss man ja am Starbucks vorbei, und da spaziert immer gerade jemand heraus oder hinein. Ich hatte nie darüber nachgedacht, bis Hailey starb, aber danach wurde das einfache Besorgen von Seife oder Rasierklingen zu einem zermürbenden Hindernislauf im Zeichen des Mitleids und der unverhohlenen Neugier. Freunde und Bekannte konnten es kaum erwarten, meinen Arm zu drücken oder mich zu umarmen und zu fragen, wie es mir gehe. Manche bremsten im Vorüberfahren ab und deuteten mit dem Finger auf mich oder gafften mich auf dem Parkplatz an, als wäre ich ein liegengebliebener Sattelschlepper, der gerade an den Rand der Autobahn gezogen wurde.

Doch es ist Vormittag, und Claire lechzt nach ihrem Venti Nonfat Mocha Latte oder wie auch immer er heißt, also gehen wir hinein. Der morgendliche Ansturm der Berufstätigen ist bereits vorüber, deswegen ist das Café voller Frauen. Es sind hauptsächlich Frauen, die gerade aus dem Fitnessclub kommen oder auf dem Weg dorthin sind, und mehrere Grüppchen junger Mütter, alle in Hüftjeans oder Designer-Jogginghosen. Jedes Mal, wenn sich eine von ihnen über ihr Kind beugt, sieht man einen Tanga hervorblitzen. Ich nicke ein paar Leuten, die ich vom Sehen kenne, verlegen zu, woraufhin sie alle lächelnd zurücknicken und dann wahrscheinlich sofort den Blick abwenden. Was ich allerdings nicht mehr mitbekomme, weil ich schon vorher weggesehen habe.

»Ich gehöre nicht hierher«, murmle ich zwischen zusammengebissenen Zähnen zu Claire hinüber. »Ich trinke ja noch nicht mal Kaffee.«

»Wie ein Vegetarier in einem Steakhaus«, meint sie.

»Wie ein Atheist in einer Kirche.«

»Ein guter Vergleich«, sagt sie anerkennend. »Mit einem viel besseren Subtext.«

»Danke.«

Gerade betritt Mandy Seaver das Café, früher eine der vielen Hausfrauen von New Radford, inzwischen Immobilienmaklerin, eine pummelige Frau mit einem sympathischen Gesicht. Sie und Hailey waren zusammen im Elternbeirat, und nach Haileys Tod brachte sie mir jeden Donnerstag Lasagne, Gartensalat und unmenschlich große Kuchenstücke. Mandy hat Hailey mal unter Tränen erzählt, ihr Mann habe sie seit ihrem Kaiserschnitt nicht mehr angerührt. Bei der Beerdigung weinte sie so laut und lang, dass man hätte meinen können, ihre eigene Ehefrau würde zu Grabe getragen.

»Doug!«, schreit sie jetzt quer durch das ganze Café und stürmt mit großen Schritten auf mich zu – was wegen des Fliesenbodens für einen ziemlichen Lärmpegel sorgt. Sie packt mich an beiden Ellbogen, merkt dann aber, dass man mit den Ellbogen eines anderen Menschen nicht allzu viel anfangen kann, und lässt die Hände verlegen zurück an ihre Seiten sinken. »Wie schön, dass du mal wieder unterwegs bist!«

»Hallo, Mandy.«

»Du siehst gut aus«, sagt sie, kneift jedoch gleichzeitig voller Sorge die Augen zusammen.

»Er sieht fürchterlich aus«, entgegnet Claire, ehe sie an der Theke etwas bestellt, das nach sechs Getränken klingt und sich dann zum Glück nur als ein Kaffee entpuppt.

Mandy runzelt die Stirn und mustert meine Schwester von Kopf bis Fuß. Offenbar fragt sie sich gerade beunruhigt, welcher Art unsere Beziehung wohl ist. Ich vergesse manchmal, wie Claire auf andere Frauen wirkt: beängstigend gut aussehend und auf eine – für die Vorstadt – zu aggressive Art sexy.

»Keine Sorge«, sagt Claire. »Wenn ich nicht seine Schwester wäre, würde ich in einer anderen Liga spielen.«

»Oh«, antwortet Mandy, und gegen meinen Willen muss ich mich über den Ausdruck von Erleichterung ärgern, der über ihr Gesicht huscht. »Jetzt erkenne ich die Ähnlichkeit.«

»Hören Sie bloß auf!«

»Claire, Mandy, Mandy, Claire«, stelle ich die beiden vor.

»Nett, Sie kennenzulernen«, sagt Mandy und schüttelt Claire die Hand. »Wohnen Sie auch in der Gegend?«

»Nein, in Greenwich«, antwortet Claire. »Ich bin nur für

eine Weile zu Besuch, um Doug wieder auf die Beine zu helfen.«

»Das ist aber nett«, sagt Mandy.

»So«, mische ich mich ein und versuche meine Schwester ein wenig zur Seite zu schieben. »Das reicht jetzt.«

»Immerhin ist es nun schon ein Jahr her«, erklärt Claire, die mir lässig ausweicht.

»Was, so lange schon?« Mandy klingt überrascht. »Mein Gott. Mir kommt es viel kürzer vor. Ich habe Hailey immer noch in meinem Kurzwahlspeicher.« Plötzlich steigen ihr Tränen in die Augen.

Ich empfinde es immer als ein wenig geschmacklos, wenn jemand mehr Kummer an den Tag legt als die Hinterbliebenen. Das ist, als würde man seinen neuen Lexus einem Typen zeigen, der einen Ferrari fährt. *Sie halten das für ein starkes Auto? Sie haben ja keinen blassen Schimmer von starken Autos.*

»Wie auch immer«, wendet sich Claire in missbilligendem Ton an Mandy. »Es ist sogar noch ein wenig länger her. Deswegen ist es meiner Meinung nach auch allerhöchste Zeit, dass Doug sich endlich wieder in die Welt hinauswagt. Finden Sie nicht auch, Mandy?« Claire ist einer der wenigen Menschen, der so ziemlich jeden für sich gewinnen kann.

»Ich denke schon. Wenn er selber dazu bereit ist«, antwortet Mandy zögernd. Offenbar hat sie einen Heidenrespekt vor Claire.

»Claire ist jedenfalls dazu bereit«, erkläre ich trocken.

»Er ist noch nicht mal dreißig«, sagt meine Schwester. »Soll er etwa die besten Jahre seines Lebens allein verbringen?«

»Natürlich nicht«, antwortet Mandy.

»Sie wissen sicher, dass laut Statistik Menschen, die schon mal glücklich verheiratet waren, meist recht schnell wieder heiraten.«

»Ich habe davon gehört.« Mandy nickt wie einer dieser Plastikdackel, die man hin und wieder auf Kofferraumablagen sieht.

»Sagen Sie mal, Mandy.« Claire kommt langsam auf den Punkt. »Kennen Sie hier in der Gegend eigentlich ein paar Single-Frauen?«

Mandy grinst breit, sie lässt sich in diesem Fall gern manipulieren. »Ich bin Immobilienmaklerin. Ich habe Führungen durch die Häuser sämtlicher geschiedener Frauen der Stadt gemacht.«

»Mandy!«, ruft Claire lächelnd und hakt sich bei ihr unter. »Ich sehe schon, wir werden uns großartig verstehen!«

In dem Moment kommt Mike leicht keuchend zur Tür herein. »Hallo, Doug!« Er steuert geradewegs auf mich zu und schüttelt mir die Hand. »Entschuldige, dass ich zu spät bin. Ich musste unbedingt noch rasch einen dringenden Schriftsatz einreichen.«

»Zu spät wofür?« Es dauert einen Moment, bis ich begreife. Ich drehe mich zu Claire um, die mir zuzwinkert. »Sag einfach ja«, flüstert sie und strahlt mich mit ihrem schönsten Zahnpastalächeln an.

»Moment mal!«, sagt Mike. »Sie hat mir gegenüber behauptet, du wolltest mich hier treffen.«

»Sie hat gelogen. Das tut sie öfter.«

»Stimmt«, pflichtet mir Claire mit einem fröhlichen Grinsen bei, ehe sie Mandy an einen freien Tisch entführt.

Mike sieht mich verlegen an. »Nachdem wir nun schon mal hier sind, könnten wir wenigstens einen Kaffee miteinander trinken, oder?«

»Ich trinke keinen Kaffee.«

»Verdammt, Doug!« Er schüttelt verzweifelt den Kopf. »Ich habe mich schon so oft bei dir entschuldigt. Irgendwann verlieren die Worte einfach ihre Bedeutung.«

Ich atme langsam aus und nicke dann ergeben. »Na schön, ein Wasser.«

Mikes Lächeln wirkt nicht triumphierend, nur froh, und er wendet rasch den Kopf ab, bevor die Situation peinlich wird. Am liebsten würde ich ihn jetzt in den Arm nehmen.

Eine Folge meiner Heirat mit Hailey und meines Umzugs nach New Radford war, dass ich fast nur noch mit Männern Kontakt hatte, die ganz anders waren als meine jüngeren, wilderen und trinkfreudigeren Freunde in Manhattan. Die Männer, die ich in Haileys Umfeld kennenlernte, waren alle verheiratet und hatten Kinder und standen entweder kurz davor oder waren bereits im Begriff, in den Lebensabschnitt des mittleren Alters einzutauchen. Diese Männer bewegten sich alle in einer mir völlig fremden Landschaft, bestehend aus Hypotheken und zweiten Hypotheken, Ehen und zweiten Ehen, Kindern, Unterhaltszahlungen, Affären, Alimenten, Schulgeldern und Nachhilfen sowie einer endlosen Flut von gesellschaftlichen Verpflichtungen. Ihr ganzes Privatleben pferchten sie zwangsläufig in die Wochenenden, die wenigen Stunden, in denen sie sich nicht den Hintern aufrissen, um sich die ganze Bescherung leisten zu können.

Ich war immer davon ausgegangen, dass die Leute, die in den besseren Vororten lebten und ihre Kinder an gute Schulen schickten, finanziell besser dastanden als ich. Erst nachdem ich einer von ihnen geworden war, begriff ich, dass es sich bei alledem nur um eine kultiviertere und kompliziertere Art des Pleiteseins handelt. Es gilt die hohe Hypothekenrate zu bezahlen, die Neugestaltung der Küche und der Bäder, dazu die Raten für die zwei oder drei Luxusschlitten, und ehe man es sich versieht, hat man hundert Riesen seines Nettoeinkommens ausgegeben, noch bevor man das erste Stück Brot auf den Tisch gebracht hat. Der Fluch der Mittelklasse.

Dabei tun sie sich das alles selbst an, und zwar deswegen, weil sie eine von Hollywood-Weihnachtsfilmen geprägte Vorstellung davon haben, wie ihr Leben aussehen soll. Es ist eine unsichere Existenz, gebaut auf dem wackeligen Fundament enormer Schulden, und eine einzige Fehlkalkulation, magere Prämie, schlechte Investition oder unvorhergesehene Sonderausgabe kann das Ganze zusammenbrechen lassen. Mit der Zeit begriff ich, dass die idyllischen Straßen von New Radford zu einem großen Teil nur Fassade waren, und da in der Regel die Männer die Verantwortung dafür trugen, dass die Fassade gewahrt blieb, war nur allzu verständlich, dass selbst die gut erhaltenen unter ihnen mit der Zeit Ermüdungserscheinungen zeigten. Sie verloren ihr Haar, nahmen dafür aber an Gewicht zu. Ihre Augenlider wurden schwerer, ihr Gesicht blasser, ihre Laune schlechter.

Obwohl einige von ihnen recht intelligent, weltmännisch und sogar erstaunlich sympathisch waren – Männer, mit denen man durchaus mal einen über den Durst trinken und Pläne zur Rettung der Welt schmieden konnte –, machten sie mir trotzdem fürchterliche Angst, denn ich war jetzt theoretisch einer von ihnen, wenn auch eine Art Quereinsteiger. Wie es aussah, blieb mir nichts anderes übrig, als genauso zu werden wie sie. Ich wollte aber nicht fett und kahlköpfig werden und mich im Namen deutscher Luxuslimousinen und hochmoderner Fußbodenheizungen verschulden. Der größte Beweis meiner Liebe zu Hailey ist die Tatsache, dass ich nicht mein Zeug gepackt und mich aus dem Staub gemacht habe, zurück in die Sicherheit und Behaglichkeit meines alten Lebens und zu meinen jungen Freunden in der Stadt.

Stattdessen trat ich in den Fitnessclub ein und fing an, mit Mike Sandleman Squash zu spielen. Wir hatten uns ausgerechnet bei einer Bar-Mizwa kennengelernt. Er ist nur ein paar

Jahre älter als ich, gut in Form und so weit auf meiner Wellenlänge, dass er sogar meine ironischen Bemerkungen versteht. Wir betranken uns auf Kosten des Gastgebers und machten uns ein bisschen über die fetten alten Männer lustig. Er ist Anwalt, hat aber auch eine lässige, verantwortungslose Ader, die mir sehr entgegenkam, und da er solo war, konnte er den jüngeren Frauen schöne Augen machen und mit den Bedienungen flirten, ohne gleich wie ein Lustmolch zu wirken.

In seiner Gegenwart fühlte ich mich endlich wieder so alt, wie ich war. Ich hätte nie gedacht, dass das ein wichtiger Faktor für eine Freundschaft sein konnte, doch so war es. Ich verbrachte immer noch viel Zeit mit den Ehemännern von Haileys zahlreichen Freundinnen und konnte dem auch durchaus etwas abgewinnen – es sei denn, sie redeten über Aktien oder gaben nervtötende Beschreibungen der besten Scotch-Sorten, Golfplätze oder tropischen Ferienclubs zum Besten. Aber wenn ich jemanden brauchte, mit dem ich mir die Science-Fiction- und Action-Filme ansehen konnte, die Hailey nicht mochte, oder mich betrinken und über den ganzen existenziellen Mist reden wollte, über den man im Suff so gerne diskutierte, dann war Mike mein Mann.

Als Hailey starb, war Mike sofort zu Stelle, um sich mit mir und Claire zusammenzusetzen und mir bei meinen Verhandlungen mit der Fluglinie und den Vorbereitungen für die Beerdigung zu helfen. Außerdem hielt er mir alle vom Leib, die nach ihm eintrafen. Er hatte sich als guter und treuer Freund erwiesen, und unter normalen Umständen wäre ich begeistert darüber gewesen, ihn zum Schwager zu bekommen.

Doch die Umstände sind schon eine ganze Weile nicht mehr normal. Sie sind derart verrückt, dass ich sie gar nicht mehr wiedererkenne. Mir wird plötzlich klar, dass ich, wenn ich mich tatsächlich wieder in die Welt hinauswagen will, wahrscheinlich mehr tun muss, als nur zuzusehen, wie Claire aufs Geratewohl Single-Frauen für mich aufspürt, mit denen ich bestimmt nie ausgehen werde. Mich mit Mike zu versöhnen ist wenigstens eine Sache, zu der ich einfach ja sagen kann, ohne das Gefühl haben zu müssen, Hailey zu verraten. Vielleicht werde ich irgendwann auch wieder Lust darauf haben, mit einem Freund ins Kino zu gehen, statt wie zurzeit allein. Natürlich wird Mike bis dahin schon mit Debbie verheiratet sein, und sie wird es ihm bestimmt verbieten. Wahrscheinlich wird sie ihn auf der Stelle auspeitschen lassen, sobald er auch nur den Wunsch äußert, mit mir ins Kino zu gehen. Aber rein theoretisch könnten wir.

Wir setzen uns also hin, Mike trinkt seinen Kaffee – mit Magermilch und ohne Koffein, als ob das irgendeinen Unterschied macht – und ich meine zweieinhalb Dollar teure Flasche Wasser. Dass Männer selten lange aufeinander böse sind, liegt daran, dass sie so verdammt schlecht im Versöhnen sind. Wir sprechen keine tief empfundenen Entschuldigungen aus, um uns anschließend fest in den Arm zu nehmen, wie Frauen das tun, und uns dabei ins Haar zu lachen oder zu weinen, bis auch der letzte Rest von Feindseligkeit verschwunden ist. Wir sitzen einfach nur da, nicken unelegant, ohne uns dabei in die Augen zu sehen, und sagen achselzuckend Dinge wie: »Lass es uns einfach vergessen«, oder: »Dann sind wir jetzt also quitt«, oder andere sinnlose Klischees. All das soll uns davor bewahren, wirklich miteinander über unsere Wut und unsere verletzten Gefühle zu sprechen. In den meisten Fällen suchen wir uns lieber einen neuen Freund, als uns auf den peinlichen Prozess der Versöhnung mit einem bereits vorhandenen einzulassen.

In diesem Fall dagegen ist das nicht so einfach, schließlich gehört Mike bald zur Familie, und die vielen Abendessen und Feiertage, die vor uns liegen, lassen uns keine andere Wahl. Zumindest sind wir uns insofern einig, als wir uns beide wünschen, dieses Gespräch wäre schon wieder vorbei, bevor es überhaupt angefangen hat. Die Stimmung zwischen uns bleibt angespannt, aber dafür dauert das Ganze nicht lang. Zehn Minuten später habe ich mich gegen jeden Instinkt dazu bereit erklärt, mich an den Hochzeitsvorbereitungen zu beteiligen. In ein paar Tagen soll eine Smoking-Anprobe mit anschließender Junggesellenfeier stattfinden. Sein jüngerer Bruder Max wird sich wegen der Einzelheiten mit mir in Verbindung setzen.

Mike muss zurück ins Büro. Nachdem er mir zum Abschied herzlich die Hand gedrückt und dabei mit der anderen freudig auf die Schulter geklopft hat, steuere ich wieder auf Claire zu, die sich doch tatsächlich auf einer Serviette Notizen macht, während sie Mandy befragt.

»Wie viele Kinder?«

»Zwei.«

»Gewicht?«

»Keine Ahnung.«

»Ungefähr?«

Mandy schließt einen Moment die Augen. »Um die fünfundachtzig Kilo, würde ich sagen. Vielleicht auch neunzig.«

»Wie groß?«

»Eins sechzig oder so?«

»Was glaubt sie eigentlich? Die braucht keinen Freund, sondern die Telefonnummer der Weight Watchers. Die Nächste, bitte!«

»Seid ihr fertig?«, frage ich.

»Nein. Verschwinde.« Meine Schwester wendet sich wieder an Mandy. »Erzähl mir mehr von der Tänzerin.«

»Du meinst, von der Aerobic-Trainerin.«

»Egal.«

Das Starbucks ist inzwischen ziemlich voll geworden. Ich spüre, wie sich eine gewisse Beklemmung in mir breitmacht.

Ich kann größere Menschenmengen noch immer nicht ertragen, genauso wenig wie vertraute Gesichter, die mir lächelnd zunicken, mir ihre guten Wünsche und ihr Mitgefühl wie Pfeile an den Kopf schleudern. Ich will ihr Mitleid nicht, will meinen Kummer nicht noch einmal vor ihnen zur Schau stellen. Andererseits will ich aber auch nicht den Eindruck erwecken, als ginge es mir schon wieder richtig gut, denn in meinen Augen würde ich Haileys Andenken damit irgendwie schmälern, so als hätte sie mir gar nicht so viel bedeutet.

Am Ende weiß ich überhaupt nicht mehr, wie ich mich verhalten soll, und bekomme panische Platzangst, so dass ich am liebsten wie ein Zauberer in einer dicken Rauchwolke verschwinden würde. Ich frage mich, wie die Zauberer solche Rauchwolken wohl erzeugen, und mache mir im Geiste eine Notiz, mich im Internet darüber zu informieren, wenn ich wieder zu Hause bin. Dafür gibt es definitiv auch gute Einsatzmöglichkeiten in der Trauerbranche.

»Ich muss hier raus«, sage ich zu Claire.

»Lass dich nicht aufhalten. Ich bin sicher, Mandy kann mich heimfahren.«

»Klar«, antwortet Mandy und strahlt ihre neue Freundin an wie eine der Frauen von Stepford.

Ich flüchte aus dem Starbucks wie ein Vampir, der vom Sonnenaufgang überrascht wird und so schnell wie möglich die Sicherheit des fensterlosen Kellers zu erreichen versucht, in dem sein Sarg versteckt ist. In meinem Fall wird das örtliche Multiplex-Kino herhalten müssen.

22

Wenn man mitten am Tag in einem dunklen Kinosaal sitzt, kommt einem das Leben vor wie eine Unterrichtsstunde, die man gerade schwänzt. Die vielen leeren Sessel um einen herum erinnern einen daran, dass all die normalen, verantwortungsbewussten Leute nicht hier sind, sondern irgendwo dort draußen normale, verantwortungsbewusste Dinge tun. Was indirekt bedeutet, dass man selbst weder verantwortungsbewusst noch normal ist.

Tagsüber leistet einem im Kino meist nur ein zusammengewürfeltes Häufchen älterer Leute Gesellschaft. Damen mit Helmfrisuren, knittrigen fleischfarbenen Seidenkniestrümpfen und stupsnasigen orthopädischen Schuhen, meist in Zweier- oder Dreiergrüppchen und gebückter Haltung, beladen mit großen, knautschigen Handtaschen voller Knabbersachen und Getränkedosen, die sie im Supermarkt kaufen, um ihr festes Einkommen nicht für überteuerte Kinosnacks ausgeben zu müssen. Einsame, O-beinige Männer, die mit einem großen Becher Popcorn auf dem Schoß neben ihrem abgetragenen Mantel sitzen und recht traurig und klapprig aussehen, so dass man sich fragt, ob man selbst womöglich auch so traurig und klapprig aussieht.

Als Hailey noch am Leben war, kam es nur hin und wieder

vor, dass ich mich mitten am Tag ins Kino stahl, aber seit ihrem Tod ist eine Art Sucht daraus geworden, eine jede Woche neu aufflammende Sehnsucht nach dem wohltuenden, klimatisierten Vergessen im Multiplex-Kino.

Heute entscheide ich mich für einen Film, in dem es um gestohlene Nuklearsprengköpfe und den verbitterten Leiter eines Kommandotrupps geht, der – ursprünglich wegen angeblicher Verbrechen unehrenhaft entlassen – nun wieder eingesetzt wird. Er bekommt den Auftrag, sich den Bart abzurasieren und seine Elitetruppe zusammenzutrommeln, um Terroristen aufzuspüren und zu töten, ehe sie Chicago in die Luft jagen können. Ich bin früh dran, und das Kino ist noch fast leer. Nur eine einzelne Frau sitzt ziemlich weit hinten in der Mitte. Als ich den Gang entlanggehe, sehe ich, dass es Brooke Hayes ist, Russ' Schulpsychologin, und bevor ich die Flucht antreten kann, sieht sie mich auch.

»O mein Gott!«, sagt sie erschüttert. »Doug.«

»Hallo, Brooke.«

Wir lächeln beide dümmlich. Allein ins Kino zu gehen funktioniert nur in der anonymen Gesellschaft von Fremden. Kennt man dort aber jemanden, egal wie flüchtig, dann ist man bloßgestellt – als würde man im Wartezimmer eines Psychotherapeuten einem Freund in die Arme laufen. Zweifellos ist sie genau wie ich gekommen, um allein in der Dunkelheit zu sitzen und für eine Weile allem zu entfliehen. Wenn ich mich jetzt auf die andere Seite des Saales setze, ist sie womöglich beleidigt oder hält mich für unhöflich. Auf jeden Fall werden wir uns dann beide nicht wohl fühlen, sondern uns der Anwesenheit des anderen auf unangenehme Weise bewusst sein. Wir haben unsere Anonymität verloren, und es gibt keinen eleganten Weg aus dieser Situation.

»Meine Güte, wie peinlich!«, stöhnt Brooke errötend.

»Ich weiß«, antworte ich. »Aber ich glaube, wir werden es verkraften.«

»Sie haben mich allein im Kino angetroffen. Jetzt wissen Sie, wie erbärmlich ich bin.«

»Wenn Sie erbärmlich sind, was bin ich dann?«, frage ich. »Ich mache das hier einmal die Woche.«

»Einmal die Woche? Wirklich?«

»Das Mädchen an der Snack-Theke und ich duzen uns schon.«

»Wie heißt sie?«

»Carmen.«

»Das haben Sie gerade erfunden.«

»Stimmt. Sie sieht nun mal aus wie eine Carmen.« Ich trete verlegen von einem Fuß auf den anderen. »Sollten Sie jetzt nicht eigentlich drüben in der Schule sein und sich um gestörte Jugendliche kümmern?«

»Heute bin ich die gestörte Jugendliche«, antwortet sie munter und wirft die Beine über den Sitz vor ihr. Dabei rutscht ihre weite Jogginghose ein Stück hoch, so dass ich ihre wohlgeformten, glatten Waden sehen kann. Hailey hatte auch schöne Waden. Ich bin schon immer auf schöne Beine abgefahren. »Ich hoffe, Sie werden mich nicht verraten.«

»Ihr Geheimnis ist bei mir völlig sicher.«

»Danke. Dabei kennen Sie mein Geheimnis nicht mal.«

»Werden Sie es mir verraten?«

»Das kommt darauf an. Wollen Sie sich nicht setzen? Es macht mich nervös, wenn Sie da so rumstehen.«

»Ich dachte, Sie wollten vielleicht allein sein.«

»Das wollte ich auch.« Sie blickt zu mir hoch, und ich sehe den Glimmer auf ihren Augenlidern im schwachen Licht des Kinosaals funkeln. Sie klopft auf den Sitz neben sich. »Aber jetzt nicht mehr.« Dann wirkt ihre Miene plötzlich bekümmert. »Es sei denn, Sie wollen allein sein. Ich meine, wahrscheinlich sind Sie deswegen hergekommen, oder? Ich würde das absolut verstehen.«

»Ich wollte tatsächlich allein sein«, antworte ich, während ich mich in ihre Reihe hineinschiebe. »Aber jetzt nicht mehr.«

Aus der Nähe wirkt sie irgendwie kleiner, fast zierlich. Wieder fällt mir ihre makellose Haut auf. Mit großen Augen starrt sie mich an. Ich spüre richtig, wie mir die Angst, etwas Dummes zu sagen, die Brust zusammenschnürt.

Sie deutet auf meinen Popcornbecher. »Gebuttert?«

»Ja.«

»Großartig.«

Wir sitzen in der weichen, gewichtigen Stille, die nur großen, leeren Räumen eigen ist. Auf der Leinwand flimmern Werbespots und die durcheinandergewürfelten Namen von Filmstars.

»Also«, sagt Brooke, während sie Popcorn mampft.

»Also«, wiederhole ich.

»Also, nachdem wir uns kürzlich in der Schule kennengelernt hatten, dachte ich irgendwie, Sie würden mich vielleicht mal auf einen Drink einladen.«

Ich spucke den Schluck Cola, den ich im Mund habe, nicht aus und verschlucke mich auch nicht daran, wie sie es im Film immer tun, dabei ist es genau der richtige Moment dafür.

»Wirklich?«, antworte ich. »Das tut mir leid.«

»Ich hätte das jetzt nicht sagen sollen«, erklärt sie beschämt. »Das passiert mir immer wieder. Ich sage einfach, was ich denke, und schockiere damit die Leute. Ein Schock kann zwar manchmal heilsam sein, aber das ist natürlich keine Entschuldigung. Sie brauchen mir darauf nicht zu antworten.«

»Sie haben mir keine Frage gestellt.«

»Stimmt eigentlich.« Mit einem nachdenklichen Nicken greift sie erneut in meinen Popcornbecher. »Sprechen Sie folgenden Satz zu Ende«, sagt sie nach einer Weile. »Als ich Sie kennengelernt habe …«

»Bitte?«

»Ich gebe Ihnen sozusagen ein Stichwort. Mit meinen Kids mache ich das auch oft so. Auf diese Weise bringe ich sie dazu, über ihre Gefühle zu reden. Eine Frage zu beantworten ist manchmal schwer. Es fällt ihnen leichter, einen Satz zu Ende zu sprechen.«

»Sie behandeln mich also gerade wie einen gestörten Jugendlichen?«

Sie lächelt, ohne den Blick von der Leinwand abzuwenden. »Sollte ich das nicht?«

»Na ja, warum eigentlich nicht? Wie war die Frage noch mal?«

»Es war keine Frage, sondern ein unvollständiger Satz.«

»Ach ja, richtig. Könnten Sie den unvollständigen Satz bitte wiederholen?«

»Als ich Sie kennengelernt habe …«

»Als ich Sie kennengelernt habe, da habe ich überlegt, ob ich Sie auf einen Drink einladen soll.«

»Warum haben Sie es dann nicht getan?«

»Das ist ein bisschen kompliziert.«

»Das behaupten die Leute immer, dabei stimmt es so gut wie nie.«

»Da haben Sie wahrscheinlich recht.«

»Also, weiter«, sagt sie lächelnd. »Sprechen Sie den Satz zu Ende. Ich habe Sie nicht auf einen Drink eingeladen, weil …«

Wie sich herausstellt, hat Brooke so gut wie gar keine

Hemmungen, zu sagen, was sie denkt, aber ich bin zurzeit ja genauso, und wenn zwei solche Leute aufeinandertreffen, ist das wie Boxen ohne Handschuhe.

»Ich war nie besonders gut darin, bei Frauen den ersten Schritt zu machen«, erkläre ich. »Dafür bin ich großartig im Reagieren. Wenn Sie weinend in meinem Büro auftauchen, bin ich ein Goldschatz. Aber von mir aus aktiv zu werden ist mir immer schwergefallen. Denn egal was ich in so einem Fall sage, Sie wissen von vornherein, dass ich es nur sage, um das Eis zu brechen, damit ich Sie auf einen Drink einladen und dann später – falls das mit dem Drink gut gelaufen ist – mit Ihnen ins Bett steigen kann. Im Grunde verwandle ich mich dadurch also aus einem netten, planlosen Jungen in einen schäbigen Schweinehund, der schon mit Ihnen ins Bett möchte, bevor er Sie überhaupt kennt.«

»Finden Sie nicht, dass Sie das Ganze ein bisschen zu sehr zerdenken?«

»Das ist genau mein Problem«, antworte ich. »Und die tragische Ironie daran ist, dass ich der Meinung war, das alles hinter mir zu haben. Ich dachte, ich hätte zum letzten Mal das Eis gebrochen und es mir endlich verdient, nie wieder dieses Gefühl haben zu müssen. Dass dem nicht so ist, macht mich höllisch wütend auf meine verstorbene Frau, weil sie ihren Teil der Abmachung nicht eingehalten und mich hier allein zurückgelassen hat, so dass ich mich wieder mit alldem herumschlagen muss. Dann bekomme ich natürlich Schuldgefühle, weil ich wütend auf sie bin. Sie ist schließlich nicht absichtlich gestorben.«

»Verstehe«, sagt Brooke. »Sie sind immer noch am Ende, weil Ihre Frau gestorben ist. Das ist alles sehr gut nachvollziehbar. Ein Fall wie aus dem Lehrbuch. Wenn auch nicht besonders kompliziert, um ehrlich zu sein.«

»Ich mache mich doch gerade erst warm«, antworte ich. »Hinzu kommt meine fixe Idee, dass Hailey durch ihren Tod so vieles möglich gemacht hat, was sonst nicht passiert wäre.«

»Wie meinen Sie das?«

»Meine kleine Schwester wird demnächst einen Freund von mir heiraten, den sie bei meiner Totenwache für Hailey kennengelernt hat. Sie hat also ihren Ehemann, ihre ungeborenen Kinder, ja im Grunde ihre gesamte Zukunft ausschließlich Haileys Tod zu verdanken, und das will mir einfach nicht in den Schädel. Genauso ist es mit der Kolumne, die ich schreibe. Damit habe ich mir einen Namen gemacht, plötzlich öffnen sich mir alle Türen. Meine beruflichen Träume können tatsächlich wahr werden, und alles nur, weil Hailey gestorben ist. Meine Trauer um sie hat mich berühmt gemacht. Dann ist da noch das Geld von der Fluggesellschaft. Ich werde für meine Trauer also auch noch gut bezahlt. Ich werde reich und erfolgreich sein. Aber wenn ich die Zeit zurückdrehen und Hailey irgendwie retten, sie irgendwie davon abhalten könnte, in dieses Flugzeug zu steigen, dann würde ich es tun. Auf der Stelle.«

»Das ist doch klar«, pflichtet Brooke mir bei.

»Eines Tages werde ich mich wieder verlieben, nicht wahr? Ich werde mit einer anderen Frau noch mal neu anfangen. Vielleicht kaufen wir uns dann mit meinem vielen neuen Geld ein großes altes Haus und bekommen Kinder. Ich werde ein richtiger Autor, schreibe vielleicht sogar ein paar Bücher. Mein ganzes Leben wird richtig toll, und das alles nur, weil Hailey bei einem Flugzeugabsturz gestorben ist. Ich weiß nicht genau, wann es passieren wird, aber irgendwann wird der Tag kommen, an dem ich die Grenze überschreite. Dann werde ich vielleicht nicht mehr den Wunsch haben, die Zeit zurückzudrehen, um sie zu retten, weil ich weiß, dass ich die Familie, die ich liebe, und das tolle Leben, das ich führe, nur ihrem Tod zu verdanken habe. Der Gedanke, dass ich dieser Mensch werden könnte, der die Zeit nicht zurückdrehen will, selbst wenn er sie dadurch retten könnte …«

Ich möchte noch mehr sagen, doch mit meiner Stimme scheint irgendetwas nicht in Ordnung zu sein. Obwohl sich meine Lippen noch eine Weile weiterbewegen, kommt kein Ton mehr heraus, und dann spüre ich doch tatsächlich Tränen auf meinen Wangen.

Brooke nickt und legt mir eine Hand auf den Arm. »Aha«, sagt sie. »Demnach haben Sie also ein Problem mit der Kausalität.«

»Ich bin regelrecht besessen davon.« Ich wische über mein feuchtes Gesicht. »Es tut mir leid. Normalerweise weine ich immer erst während des Films.«

Sie drückt sanft meinen Arm und hält den Blick auf die Leinwand gerichtet, bis ich mich wieder im Griff habe. »Irgendwie ist Ihre Sichtweise gar nicht so schlecht, oder?«, bemerkt sie schließlich. »Ich meine, betrachten Sie es doch mal so: Letztendlich bleibt Ihre Frau auf diese Weise für immer bei Ihnen – indem sie dafür sorgt, dass es Ihnen gutgeht, nachdem sie gestorben ist. Es ist wie eine emotionale Lebensversicherung.«

»Eine emotionale Lebensversicherung«, wiederhole ich, während ich mir diesen Gedanken durch den Kopf gehen lasse. »So etwas lernt man also, wenn man Psychologie studiert?«

»Ich habe es gerade erst erfunden«, antwortet sie grinsend. »Sie sind soeben Zeuge meiner verworrenen Genialität geworden.«

»Wirklich kein schlechter Aspekt«, sage ich. »Darüber muss ich erst mal eine Weile nachdenken. Danke.«

»Keine Ursache.« Sie klopft mir freundschaftlich auf den Arm, ehe sie die Hand wieder wegnimmt. Ich spüre noch die warme Stelle, auf der sie gelegen hat. »Jedenfalls hatten Sie recht«, sagt sie.

»Womit? Dass es kompliziert ist?«

»Nein«, entgegnet sie mit einem warmherzigen Lächeln. »Dass Sie großartig im Reagieren sind.«

Ich nicke. »Was ist mit Ihnen? Was ist Ihre traurige Geschichte?«

»Wieso glauben Sie, dass ich auch eine traurige Geschichte habe?«

»Sie haben es schon mehr als einmal angedeutet. Außerdem haben Sie traurige Augen.«

»Mein Verlobter fand sie immer schön.«

»Ihr Verlobter.«

»Ja.«

»Was ist mit ihm passiert?«

»Das ist ein bisschen kompliziert.«

»Nun kommen Sie schon. Sprechen Sie den Satz zu Ende. Ich hatte mal einen Verlobten, aber …«

Aber dann geht das Licht aus, und die Filmvorschauen beginnen. Im Schein der Leinwand kann ich ihr schadenfrohes Lächeln sehen.

»Zu spät«, sagt sie. »Ich halte mich strikt an das Prinzip, während des Films nicht zu sprechen. Fragen Sie mich nächste Woche.«

»Woher wollen Sie wissen, dass wir uns nächste Woche sehen?«

Sie nimmt eine einzelne Popcorn-Flocke aus meinem Becher. »Nennen Sie es eine Vorahnung.«

So sitzen wir mitten an einem Arbeitstag in einem leeren Kinosaal, die Ellbogen auf unserer gemeinsamen Armlehne leicht aneinandergelegt – zwei Menschen, die der Welt vorübergehend abhandengekommen sind. Und während wir im flackernden Licht der Leinwand baden und in Gedanken unseren eigenen Sorgen nachhängen, rettet Nicolas Cage vor unseren Augen die Welt.

23

Als ich nach Hause komme, finde ich Stephen Ives auf meiner Veranda vor, wo er gerade wie ein Irrer versucht, sich gewaltsamen Zutritt zu meinem Haus zu verschaffen. Er nimmt von der Verandatreppe aus Anlauf, stürmt los und rammt die Schulter gegen meine Tür. Nach seinem erschöpften Keuchen und den dunklen Schweißflecken auf seinem Anzughemd aus edler ägyptischer Baumwolle zu urteilen, ist er schon länger auf diese Weise zugange.

»Claire!«, schreit er. »Du musst mit mir reden!«

»Fahr nach Hause, Stephen!«, ruft meine Schwester von einem der oberen Fenster herunter. »Du tust dir nur weh!«

Als ich hochblicke, sehe ich Claire und Russ gemütlich auf dem Fensterbrett vor seinem alten Zimmer sitzen.

»Hallo, Doug«, sagt Russ, der eine Cola in der Hand hat und die Show sichtlich genießt. Jedenfalls grinst er übers ganze Gesicht.

Claire begrüßt mich mit einer müden Handbewegung und zieht entschuldigend die Augenbrauen hoch. »Er will einfach nicht gehen.«

Ich wende mich wieder Stephen zu, der inzwischen versucht, die Tür wie ein Cop einzutreten, aber Cops tragen keine feinen Dreihundert-Dollar-Schuhe, die zwar hässliche, halbmondförmige Spuren auf meiner Tür hinterlassen, ihn seinem Ziel aber nicht viel näher bringen.

»Hallo, Stephen«, sage ich. »Was gibt es Neues?«

»Halte du dich da raus, Doug! Ich warne dich!«, faucht er mich an und wirft mir einen drohenden Blick zu, ehe er wieder Anlauf nimmt und der Tür den nächsten Tritt versetzt. Der sonst so perfekte Stephen, der sich stets wie ein Hugo-Boss-Model kleidet und für gewöhnlich nur in der Tennishalle oder der Sauna seines Country-Clubs schwitzt, gibt im Moment gerade ein Bild für Götter ab. Da er so heftig schwitzt, verliert sein stark gegeltes Haar langsam den Halt und fällt ihm in weichen Stacheln in die Stirn, so dass er aussieht wie Elvis. Nicht der fette Vegas-Elvis, sondern der schlanke Film-Elvis, nachdem er die Rüpel verprügelt hat, die ihn in dem Lokal am Straßenrand gezwungen haben, zur Jukebox zu singen.

»Du tust dir bloß weh«, sage ich.

»Ich tue höchstens dir weh, falls du auch nur einen Fuß auf diese Veranda setzt.«

»Es ist mein Haus, Stephen.«

Er dreht sich um. Sein markantes Kinn zittert vor Wut, und er funkelt mich aus weit aufgerissenen Augen wie irre an. »Sehe ich aus, als würde mich das interessieren?«

Nein, er sieht nicht so aus. Außerdem ist mir klar, dass er sowieso keinen allzu zwingenden Grund braucht, um mir endlich mal eine Abreibung zu verpassen. Stephen hasst mich schon fast so lange, wie er mich kennt, und das nicht nur wegen der Nummer auf seiner Hochzeit. Auf Claires Drängen hin bot er mir damals einen Job in seiner Firma an. Natürlich hätte ich ihm gleich sagen können, dass das kein gutes Ende nehmen würde. Innerhalb weniger Monate vermasselte ich das Ganze, indem ich mit einer seiner persönlichen Assistentinnen schlief. Wie sich herausstellte, hatte er vorgehabt, sie zu feuern, fürchtete aber nun juristische Konsequenzen. Als er daraufhin beschloss, statt sie mich zu feuern, plagten ihn allerdings keine Bedenken dieser Art.

So etwas passierte mir damals die ganze Zeit. Ich begriff nicht, was daran eigentlich so schlimm war. Heute weiß ich es, aber man geht ja nicht fünf Jahre nach dem betreffenden Ereignis zu jemandem hin und entschuldigt sich. Selbst wenn ich es täte, würde er das Ganze trotzdem nicht vergessen. Für ihn bleibt es auf ewig in mein Führungszeugnis eingemeißelt: Er wollte mir helfen, und ich habe ihm in die Hand gekackt. Kurze Zeit später hatte ich mich bei einem Thanksgiving-Abendessen volllaufen lassen und ihm im Suff eine auf die Nase gegeben. Jemand trennte uns, bevor er zurückschlagen konnte, und nichts brodelt in einem Mann schlimmer als ein unerwarteter Haken, für den er sich nicht revanchieren kann. Ich schulde ihm also eine Entschuldigung, und er schuldet mir einen Schlag ins Gesicht. Keine gute Voraussetzung für ein freundliches Gespräch.

Deswegen bleibe ich lieber am Fuß der Verandatreppe stehen und sage zu ihm: »Nur zu, schlag dich ruhig selbst k. o.«, woraufhin Stephen wieder anfängt, sich gegen meine Tür zu werfen und zu Claire hinaufzuschreien.

»Verschwinde endlich, Stephen! Ich meine das ernst, verdammt noch mal!«, ruft Claire.

»Ich will doch nur mit dir reden!«, antwortet er.

»Dann hättest du vorher anrufen sollen!«

»Du gehst ja nicht ans Telefon!«

»Du musst eben warten, bis ich bereit bin, mit dir zu reden. Ich arbeite nicht für dich, Stephen. Du kannst nicht einfach einen Termin festsetzen.«

»Komm endlich runter und mach diese gottverdammte Tür auf!«

Er tritt wieder zu. Diesmal höre ich das Holz ganz leise ächzen, als würden die ersten Fasern splittern, aber dann geben Stephens Beine unter ihm nach. Er sinkt auf die Knie und fasst sich mit einem Schmerzenslaut an die Schulter.

»Fehlt ihm was?«, ruft Claire zu mir hinunter.

»Er hat schon mal besser ausgesehen«, antworte ich. »Warum kommst du nicht runter und sprichst mit ihm?«

»Halt dich da raus, Doug.«

»Klar. Tut mir leid.«

Stephen rappelt sich wieder auf, die Hand immer noch an seiner angeschlagenen Schulter, und stolpert die Verandatreppe herunter und an mir vorbei, um vom Rasen aus zu Claire hinaufzublicken. Aus seinen Augen spricht Verzweiflung.

»Bitte, Claire«, fleht er mit rauher, tränenerstickter Stimme. »Tu mir das nicht an!«

»Ich kann nicht anders«, antwortet sie leise.

»Ich liebe dich!«

»Nein. Du liebst nur die Tatsache, dass du mich hast. Wer ich bin, interessiert dich eigentlich gar nicht. Und jetzt fahr nach Hause!«

»Hast du einen anderen? Ist es das?«

»Also gut. Ich sollte jetzt wohl wirklich anfangen, mit Sachen nach dir zu werfen«, erklärt Claire und hebt entnervt beide Hände, ehe sie vom Fenster verschwindet.

Stephen sieht mich an. »Das ist der Grund, oder? Sie hat eine Affäre.«

»Nein, das ist nicht der Grund.« Ich schüttele den Kopf. Dabei registriere ich aus dem Augenwinkel, dass von oben irgendein dunkler Fleck auf mich zukommt. Wir machen beide einen Satz zur Seite. Zwischen uns schlägt ein Paar Rollerblades auf dem Rasen auf.

»Gottverdammt noch mal … Claire!«

»Nein, Stephen!«, schreit sie zu ihm hinunter. »Ich habe keinen anderen! Bevor ich einen anderen haben könnte, müsste ich nämlich überhaupt mal einen haben, aber ich habe gar keinen, und deswegen verlasse ich dich.«

»Das ergibt doch keinen Sinn!«

Er macht ein paar Schritte auf das Fenster zu. Claire treibt ihn wieder zurück, indem sie ihm den Louisville-Slugger-Baseballschläger, den Russ ihr pflichtbewusst reicht, entgegenschleudert. Der Schläger landet auf dem Griff und reißt ein faustgroßes Stück aus dem Rasen.

»Um Gottes willen«, schreit Stephen, der sich gegen die Hauswand geworfen hat, »jetzt beruhige dich doch mal eine Minute!«

»Fahr nach Hause, Stephen. Ich schwöre bei Gott, dass ich die Polizei rufen werde.«

Was das betrifft, ist ihr bestimmt schon einer der zahlreichen Nachbarn zuvorgekommen, die das Spektakel mit wachsender Entrüstung von ihren Veranden aus verfolgen. Zumindest vermute ich das. In unserer Straße passieren solche Dinge normalerweise nicht.

Währenddessen murmelt Stephen irgendetwas Unverständliches vor sich hin und tritt wieder unter das Fenster. »Ich liebe dich, Claire!«, ruft er zu ihr hinauf. »Ich bin vielleicht nicht der aufregendste Mann der Welt, aber ich habe dich immer gut behandelt und stets versucht, dich glücklich zu machen. Ich kann dich nicht zwingen, bei mir zu bleiben, wenn du mich verlassen willst, aber ich glaube, nach sechs Jahren Ehe habe ich zumindest eine Erklärung verdient. Du kannst mir auf den Kopf werfen, was du willst.« Er fällt auf die Knie wie ein benommener Boxer in einer späten Phase des Kampfes. Keuchend blickt er zu ihr hinauf. Über sein schmutziges, schweißnasses Gesicht strömen Tränen, er versucht inzwischen nicht mal mehr, sie zu unterdrücken. »Ich werde mich nicht von der Stelle rühren, bis du runterkommst und mit mir sprichst, von Angesicht zu Angesicht. Ich weiche nicht mehr aus!«

Einen Moment herrscht Totenstille. Claire starrt zu ihm hinunter. Dann wirft sie den Schreibtischstuhl durchs Fenster. Zum Glück für Stephen stellt sich heraus, dass er doch noch genügend Kraft für einen weiteren Satz zur Seite hat. Während er sich mit einem erschrockenen Aufschrei nach rechts rollt, springe ich nach links. Der Stuhl landet mit einem heftigen metallischen Knirschen genau an der Stelle, wo eben noch Stephen kniete. Die Räder und andere Teile schießen wie Granatsplitter in alle Richtungen davon. Mehrere Kaninchen rennen um ihr Leben, und ich frage mich, warum ich nicht schon eher auf die Idee gekommen bin, einen Luftangriff auf sie zu starten. Stephen landet auf dem Rücken und stößt einen verzweifelten Schrei aus, der bis nächste Woche zu dauern scheint, während Claire oben in Tränen ausbricht und im Haus verschwindet.

Ich rappele mich hoch und gehe zu Stephen hinüber, der immer noch auf dem Rücken liegt und mit einem Ausdruck katatonischer Benommenheit in den Himmel hinaufstarrt. Einen solchen Gesichtsausdruck hat man sonst eigentlich nur, wenn man zugekifft ist und die Wolken plötzlich aussehen wie Comic-Figuren oder Exfreundinnen. Ich beuge mich hinunter, um eine der Stuhlrollen aufzuheben, und lasse mich dann neben ihm im Gras nieder. Gedankenverloren drehe ich an der Rolle herum.

»Das mit deiner Tür tut mir leid«, sagt Stephen nach einer Weile.

»Mach dir deswegen keine Gedanken, Mann. Du hattest deine Gründe. Mir tut es leid, dass meine Schwester so mit dir umspringt. Diesmal ist sie wirklich übers Ziel hinausgeschossen.«

»Sie will mich tatsächlich verlassen, oder?«

»Es hat ganz den Anschein, ja.«

Er sieht mich an. Seine Lippen zittern vor Aufregung. »Warum?«

Ich reibe das kühle Metall der Stuhlrolle über meine Handfläche und stoße einen tiefen Seufzer aus. »Weil sie Claire ist«, antworte ich. »Und weil Claire so etwas eben macht.«

Er denkt einen Moment über meine Worte nach und blickt dann wieder zum Himmel hinauf, wobei er langsam vor sich hin nickt. »Ich liebe sie wirklich. Das weißt du, oder?«

»Ja, das weiß ich.«

Er steht auf, vor Anstrengung stöhnend. Sein rechter Arm hängt schlaff herunter, als wäre in seinem Körper irgendeine wichtige Verbindung durchtrennt worden. Humpelnd steuert er auf seinen schwarzen, am Randstein parkenden Porsche zu.

»Bist du sicher, dass du noch schalten kannst?«, frage ich ihn.

Er bleibt stehen und dreht sich um. »Nein.«

»Soll ich dich heimfahren?«

»Wenn es dir nichts ausmacht.«

Da ich mich mit Schaltgetrieben nicht auskenne, fahre ich ihn mit meinem Saab. Er wird jemanden vorbeischicken, der den Porsche abholt. Wenn man so reich ist wie Stephen, hat man immer jemanden, den man in einer solchen Situation losschicken kann. Mit geschlossenen Augen sitzt er auf der Beifahrerseite, den Kopf ans Fenster gelehnt. Durch seinen geschlossenen Mund dringt ein leises Summen, als wollte er ein Duett mit dem Motor singen. Nach einer Weile werden die schmalen Straßen von breiteren und dann von der Autobahn abgelöst, und bald brausen wir wortlos nach Norden, den goldenen Wäldern von Greenwich entgegen. Es ist kurz vor Einbruch der Dämmerung, die einsamste Zeit des Nachmittags.

Stephen hat sich nicht angeschnallt, aber ich mache ihn nicht darauf aufmerksam. Er sieht aus, als würde er lieber durch die Windschutzscheibe fliegen, falls wir einen Unfall haben sollten. Ich kenne dieses Gefühl, bin sozusagen einer seiner Gründerväter. Meinen Schwager so zu erleben, so schlaff und geschlagen, löst in mir eine unerwartete Welle der Sympathie für ihn aus. Er hat die Frau geheiratet, die er liebte, er hat sie so gut behandelt, wie es ihm möglich war, und sie trotzdem verloren. Das ist unvorstellbar unfair, und auch dieses Gefühl kenne ich. Stephens einziger Fehler war, zu glauben, dass Claire nie aufhören würde, ihn zu lieben. Ein verständlicher Fehler, da er Claire ebenfalls unterlaufen war.

»Mir ist, als müsste ich sterben«, sagt er mit heiserer Stimme, als ich durch das große Tor in die Zufahrt zu seiner mediterran gestylten Villa einbiege.

Stephen ist reich, gut aussehend und athletisch gebaut. Mir geht durch den Kopf, dass er womöglich zum ersten Mal von einer Frau verlassen wird. Er hat Tränen in den Augen, und er tut mir auch wirklich leid, trotzdem bin ich der letzte Mensch, mit dem er über das Ganze sprechen sollte. Später wird er es bedauern, dass ich ihn in diesem verwundbaren Zustand erlebt habe, und da er es dann nicht mehr rückgängig machen kann, wird er mich dafür nur noch mehr hassen.

»Hör zu«, sage ich, während ich den Schalter auf Parken stelle. »Ich weiß, wie schrecklich dir das alles jetzt vorkommt, aber du stehst unter Schock. Ich meine, von Claire verlassen zu werden, und dann auch noch das Baby – das ist einfach eine

Menge zu verarbeiten. Du musst dir dafür ein bisschen Zeit geben.«

Er dreht sich im Zeitlupentempo zu mir um, mustert mich mit durchdringendem Blick. »Was für ein Baby?«

Ich lasse langsam den Kopf sinken, bis ich das Lenkrad unter meiner Stirn spüre, und kann nichts anderes denken als immer wieder: *Oh, Scheiße.*

24

Später, als sich der Tag bereits seinem Ende zuneigt, stehen Russ und ich draußen im Vorgarten und werfen im Dämmerlicht einen Baseball hin und her, während Claire drinnen ins Telefon schreit. Seit ich zurück bin, ruft Stephen ziemlich genau zu jeder vollen Stunde an und bittet um eine Audienz. Um uns herum sind die gedämpften abendlichen Geräusche der Vorstadt zu hören, das Zirpen der Grillen, das melodische Klirren von Hundeleinen, das leise Dröhnen von Klimaanlagenkompressoren und das schallende Klatschen von Leder auf Leder, mit dem der Baseball auf unsere Fanghandschuhe trifft. Das ist eigentlich meine Geisterstunde – die Phase des Tages, in der mich die absolute Sinnlosigkeit des Ganzen zu überwältigen droht. Normalerweise sitze ich um diese Zeit bereits mit meinem vierten Jack Daniel's auf der Veranda.

Ich brauche einfach ein bisschen Zeit, um mir über das alles klarzuwerden! Claires körperlose, halb weinende, halb schreiende Stimme weht durchs Fenster zu uns herüber.

»Klingt ziemlich übel«, bemerkt Russ.

Der Ball klatscht in meinen Handschuh.

»Allerdings.« Ich hole aus und werfe ihn zurück.

Ein bisschen zu weit, aber Russ erwischt ihn trotzdem noch leicht.

»Gibt es eigentlich gar keine Ehen mehr, die halten?«

Wurf … Klatsch.

»Ich weiß nicht.« Wurf … Klatsch. »Es scheint eine Art Epidemie zu sein.«

Hör auf, mit mir zu verhandeln, Stephen. Wir leben nicht im Mittelalter. Du kannst über eine Ehe nicht verhandeln!

»Glaubst du, dass es mit dir und meiner Mom geklappt hätte?«

Wurf … Klatsch.

»Ich rede es mir zumindest gerne ein. Es lief ziemlich gut mit uns.«

»Das stimmt. Allerdings wart ihr ja noch in der Flitterwochenphase.«

Wurf … Klatsch.

Ich halte einen Moment inne, um nachzudenken. »Bei uns war auch nicht alles perfekt. Ich meine, auch wir haben uns manchmal gestritten. Deine Mom war gut durchorganisiert, bei ihr musste immer alles wie am Schnürchen laufen, und ich bin ein totaler Chaot. Manchmal hatte sie außerdem ein Problem damit, dass sie so viel älter war als ich, und ich habe wohl nicht immer die richtigen Worte gefunden, um sie zu beruhigen. Hin und wieder habe ich sie sogar damit aufgezogen.«

»Warum?«

»Weil ich ein Arschloch bin«, antworte ich achselzuckend. »Ich weiß nicht. Wahrscheinlich hat mir die Vorstellung gefallen, dass eine Frau wie sie Angst hatte, sie könnte mich verlieren.«

Wurf … Klatsch.

»Das hat sie bestimmt ganz schön genervt.«

»Ich vermute, es hat sie eher traurig gemacht.«

Wurf … Klatsch.

»Wer weiß, wie es mit euch weitergegangen wäre«, sagt Russ.

Glaubst du, das macht mir Spaß? Glaubst du, ich bin eines Morgens aufgewacht und habe mir gesagt: Was für ein schöner Tag, um Stephens Leben zu ruinieren?

»Ich denke, wir hatten zumindest ganz gute Chancen«, antworte ich, während ich ihm erneut den Ball zuwerfe. »Deine Mom hatte ja schon eine gescheiterte Ehe hinter sich, und bestimmt hat sie gewusst, wo die Gefahren liegen. Falls es tatsächlich schiefgegangen wäre, dann nur, wenn ich es vermasselt hätte.«

Wurf … Klatsch.

»Und das hältst du für total unwahrscheinlich, oder?«, entgegnet Russ mit leicht höhnischem Grinsen.

»Genau«, antworte ich, obwohl ich mich plötzlich sehr niedergeschlagen fühle.

Ich erzähle Russ nichts davon, wie gut ich mich noch daran erinnern kann, dass ich Hailey manchmal angesehen und mich beschämt gefragt habe, wie ich mich wohl fühlen würde, wenn sie fünfzig und ich neununddreißig war. Ob ich es wirklich schaffen würde, bei einer älteren Frau zu bleiben, wenn sie tatsächlich einmal alt war. Ich erzähle ihm auch nicht, dass ich sogar jetzt noch hin und wieder ein dumpfes Gefühl von Erleichterung darüber empfinde, dass ich nie Gelegenheit haben werde, das Ganze zu vermasseln, weil Hailey gestorben ist, bevor ich unsere Ehe ruinieren konnte. Was ich bestimmt getan hätte.

Zumindest rede ich mir manchmal ein, dass es zwangsläufig so gekommen wäre. Schließlich ist es meine Spezialität, alles zu vermasseln. Ebenso wenig erzähle ich Russ, dass ich immer noch krampfhaft zu vergessen versuche, wie sie mich manchmal angesehen hat – als sähe sie mich zum ersten Mal und als fragte sie sich, wie sie mich anfangs nur so extrem überschätzen konnte. In solchen Momenten hatte ich das Gefühl – nein, ich wusste –, dass sie mich eines Tages zum Teufel schicken würde. Manche Dinge kann man einfach nicht laut aussprechen, nicht einmal vor sich selbst. Man muss solche gedanklichen Sünden in der Hoffnung ad acta legen, irgendwann später die Absolution dafür zu bekommen.

Im Moment kann ich nichts anderes tun, als das Gefühl von Verzweiflung abzuschütteln, das wie ein plötzlicher Platzregen über mich hereinzubrechen droht, und einladend gegen meinen Baseballhandschuh zu schlagen. Russ wirft mir grinsend den Ball herüber, und eine Weile sind nur noch die zirpenden Grillen, das Klatschen des Leders und die gelegentlichen Schreie von Claire zu hören. Irgendwie ist es schön, mit Russ zu spielen, und ich verstehe allmählich das Klischee von den Ball spielenden Vätern und Söhnen. Wir machen etwas zusammen, stehen aber so weit voneinander entfernt, dass wir persönliche Dinge miteinander besprechen können, ohne das unangenehme Gefühl von zu viel Nähe haben zu müssen. Anstelle der Dinge, die sich nicht laut aussprechen lassen, können wir uns diesen Ball zuwerfen, und wenn wir sein hartes Leder auf das weiche des Handschuhs klatschen hören, wissen wir, dass unsere Nachricht angekommen ist.

Ich lege jetzt auf, Stephen! Nein, ich lege jetzt auf!

»Danke, dass du mit Jim gesprochen hast«, sagt Russ. »Seit ich weiß, dass ich bald wieder hier einziehen kann, geht es mir viel besser. Jetzt fühle ich mich zumindest wieder ansatzweise normal.«

»Das freut mich.«

»So habe ich mich nicht mehr gefühlt, seit … du weißt schon.«

»Ja. Ich weiß.«

»Dann bist du jetzt wohl wieder mein Stiefvater.«

»Schätzungsweise.«

»Wie fühlt sich das an?«

Ich überlege einen Moment. »Ganz in Ordnung«, antworte ich.

»Gut.«

Wurf … Klatsch.

25

Laney Potter möchte, dass ich über ihre Vagina spreche. *Erzähl mir, wie gut dir meine feuchte Muschi gefällt.* Das sagt sie allen Ernstes, und anschließend versenkt sie ihre Zunge in meinem Ohr, während wir uns nackt auf dem Bett im Gästezimmer wälzen. Wenn Verbalsex angesagt ist, habe ich immer ein Problem mit der Vagina. Man kann sie ja wohl kaum tatsächlich Vagina nennen, aber jeder andere Name klingt zu derb oder einfach pubertär, so dass ich mir vorkomme wie in einem billigen Porno. Deshalb versuche ich das Ganze immer irgendwie zu umgehen.

Genau wie früher bei meiner Schwiegermutter. »Mom« kam nicht in Frage, aber Charlotte klang so lächerlich förmlich, daher machte ich statt einer Anrede meist nur eine Kopfbewegung in ihre Richtung oder sprach sie mit »Hey« an, beispielsweise: »Hey, darf ich dir noch eine Tasse Tee bringen?«

Warum muss ich ausgerechnet jetzt an meine Schwiegermutter denken? Einen wirkungsvolleren Erektionskiller gibt es nicht! Augenblicklich verbanne ich den Gedanken an sie wieder aus meinem Kopf und versuche mich auf die vor mir liegende Aufgabe zu konzentrieren. Die ist allerdings ein wenig schwieriger geworden, seit Laney sich in meiner Gegenwart so entspannt fühlt, dass sie Lust auf Verbalsex hat – was einfach eine Spur zu entspannt ist, wenn Sie mich fragen.

Laney genießt es, beim Sex zu reden. *Ja!*, sagt sie. *Du hast mir so gefehlt! O mein Gott, du bist so hart! Ich will dich sofort in mir spüren!* Wenn sie schließlich über der Landebahn ihres Orgasmus zu kreisen beginnt, bricht sie in einen detaillierten Live-Kommentar aus, der ihre Empfindungen höchst anschaulich wiedergibt: *O mein Gott, ich komme gleich! Nicht so schnell, nicht so schnell. Oooooooh! Du fühlst dich so gut in mir an, o mein Gott, o mein Gott, meine Muschi ist so nass, ich tropfe richtig! Ja, ja, hör nicht auf, nicht aufhören! Lass die Finger genau da, wo sie sind, o mein Gott, ja! Ich komme! Ich komme! Ich komme!*

Ich bin derartige Berichterstattungen beim Sex nicht gewöhnt und finde sie eher irritierend. Irgendwie frage ich mich dabei jedes Mal, ob der Kerl zwischen Laneys Beinen wirklich ich bin, denn falls ja, warum hält sie es dann für nötig, mir alles so genau zu erklären? Warum kann sie nicht einfach nur grunzen, stöhnen und schreien wie jeder andere normale Erwachsene?

Als wir fertig sind, schlingt sie die Beine um mich, knetet an meinem Hintern herum und knabbert spielerisch an meinem Hals. »Mmmmm«, schnurrt sie leise und beginnt, an meinem Kinn zu lecken wie an einer Eistüte. »Du hast mir so gefehlt!«

»Du hast mir auch gefehlt«, antworte ich.

Lächelnd sieht sie mich von unten herauf an. »Das ist zwar eine Lüge, aber trotzdem süß von dir.« Sie küsst mich auf die Nase und rollt uns dann beide so herum, dass wir uns seitlich gegenüberliegen. »Ich weiß, dass das für dich seltsam ist, Doug. Was auch immer wir hier tun, es bedeutet für dich etwas völlig anderes als für mich. Aber du bist ein attraktiver

Mann und ein phänomenaler Liebhaber, und ich möchte einfach nicht, dass du irgendwann das Gefühl hast, du müsstest mir etwas vormachen. Ich bin ein großes Mädchen, und ich werde mir alle Mühe geben, mich nicht in dich zu verlieben, okay?«

»Okay«, antworte ich und küsse sie auf die Lider.

»Trotzdem will ich dich momentan mehr als alles andere«, erklärt sie. »Ich kann an nichts anderes mehr denken.«

»Ich will dich auch«, antworte ich.

Sie beugt sich vor, um mich auf den Mund zu küssen. »Das glaube ich dir sogar.«

Wir liegen eine Weile schweigend da. Dann überrasche ich uns beide, indem ich sage: »Ich schätze, ich werde mich demnächst wieder auf die Piste begeben. Mir eine Freundin suchen.«

»Oh!« Sie kann ihre Entrüstung nicht ganz verbergen. »Glaubst du wirklich, du bist dafür schon bereit?«

»Keine Ahnung«, antworte ich. »Ich weiß nicht, wofür ich bereit bin.«

Sie leckt sich über die Finger und lässt sie dann zu meinen Lenden hinuntergleiten, umfasst mich mit ihrer feuchten Faust. »Für eins scheinst du durchaus schon wieder bereit zu sein.« Sie stützt sich ab und küsst sich zu meinem Bauch hinunter. »Kennst du das Sprichwort?«

»Welches Sprichwort?«, frage ich, während ich mich auf den Rücken rolle.

Sie ist inzwischen unter die Bettdecke abgetaucht, ich spüre, wie ihre Brüste gegen meine Oberschenkel klatschen und ihre Lippen an meiner neuen Erektion vibrieren, als sie mit gedämpfter Stimme antwortet: »Warum für die Kuh bezahlen, wenn man das Melken auch umsonst haben kann?«

Mit diesen Worten macht sie sich ernsthaft ans Werk, und ich schließe die Augen und überlasse mich ihrem heißen, feuchten Mund, während sie nach Kräften versucht, mich ganz zu verschlingen.

Als wir später nach oben gehen, treffen wir in der Küche auf Claire und Russ, die still und heimlich angefangen haben, Laneys Hackbraten direkt aus der Backform zu essen. »Hallo«, sage ich verlegen. »Ich wusste ja gar nicht, dass ihr zwei zu Hause seid.«

»Wir haben uns ruhig verhalten«, antwortet Russ. »Im Gegensatz zu gewissen anderen Leuten, deren Namen ich an dieser Stelle nicht erwähnen möchte.«

»Ich bin Claire«, sagt Claire und winkt Laney von ihrem Platz aus zu. »Die durchgeknallte Schwester. Bestimmt hat er Ihnen schon alles über mich erzählt.«

»Es freut mich, Sie kennenzulernen«, antwortet Laney, die so rot geworden ist, wie es nur Rothaarige können. Sie sieht aus, als würde sie jeden Moment in Flammen aufgehen. »Hallo, Russ.«

»Hallo, Mrs. Potter«, antwortet Russ. »Großartiger Hackbraten.«

»Es freut mich, dass er dir schmeckt.«

»Möchten Sie zum Essen bleiben?«, fragt Claire.

»Nein«, antwortet Laney lauter, als sie wahrscheinlich vorhatte. »Ich glaube, ich gehe jetzt besser. Ich muss … gehen. Trotzdem vielen Dank.«

»Ihnen vielen Dank, dass Sie meinem Bruder eine so gute Freundin sind«, erwidert Claire ohne eine Spur von Ironie.

»Nichts zu danken.« Laney flüchtet aus der Küche.

»Tut mir leid«, sage ich an der Haustür zu ihr.

»Ich zittere immer noch«, antwortet sie.

»Ein solcher Schreck lässt irgendwie die Seifenblase platzen, die einen nach dem Sex umgibt, nicht wahr?«

Sie nimmt mich kurz in den Arm und drückt mir die Lippen aufs Ohr. »Ich werde dir einfach eine neue blasen«, flüstert sie. Einen Moment später stürmt sie über den Rasen davon, als wäre eine Meute wilder Hunde hinter ihr her.

*

Als ich zurück in die Küche komme, ist für mich gedeckt, und Claire und Russ essen wieder schweigend ihren Hackbraten.

»So«, sage ich. »Sie ist weg.«

Sie essen einfach weiter, als würde sie das Ganze überhaupt nicht interessieren, bis Claire schließlich mit der Gabel auf mich deutet. »Das war's!«, erklärt sie. »Von jetzt an schlafe ich in Russ' Zimmer.«

Dann ist es mit der Beherrschung der beiden vorbei. Sie trommeln mit den Fäusten auf der Tischplatte herum und lachen, bis sie Tränen in den Augen haben. Am Ende kann ich nicht anders, als in ihr Lachen einzustimmen.

»Hör zu, Russ«, sage ich nach einer Weile. »Ich wünschte wirklich, du hättest uns nicht gesehen.«

»Sehen musste ich ja Gott sei Dank nichts«, entgegnet er und wischt sich über die Augen. »Nur hören.«

»Mir tun immer noch die Ohren weh«, sagt Claire.

»Ich möchte nicht, dass ihr einen falschen Eindruck habt.«

»Mein Eindruck war, dass du Mrs. Potter gepoppt hast, die ich übrigens immer schon für die heißeste Hausfrau von ganz New Radford gehalten habe«, erklärt Russ. »Oder sehe ich das irgendwie falsch?«

Ich lasse mich ihm gegenüber auf einen Stuhl plumpsen. »Total falsch«, antworte ich müde.

»Wenn du dich dabei nicht gut fühlst, dann schick sie ruhig zu mir, Mann. Ich trauere schließlich auch. Ich könnte diese Art Trost dringend gebrauchen.«

»Ganz egal ob wir das richtig oder falsch sehen«, meldet sich Claire zu Wort, »wenn sie so gut fickt, wie sie kocht, dann möchte ich auch mit ihr schlafen.« Sie schiebt mir einen Teller herüber. »Der Hackbraten ist köstlich.«

»Den hast du dir wirklich verdient«, meint Russ, woraufhin die beiden erneut in schallendes Gelächter ausbrechen.

»Hör zu«, sagt Claire nach einer Weile. »Es ist ja nichts dagegen einzuwenden, wenn diese Frau hin und wieder Lust auf einen Seitensprung hat. Aber Russ und ich sind der Meinung, dass es für dich höchste Zeit ist, nach geeigneteren Partnerinnen Ausschau zu halten.«

»Steckst du neuerdings mit ihr unter einer Decke?«, frage ich Russ.

»Ich finde, Sie hat völlig recht«, antwortet er mit einem verschmitzten Grinsen, während er sich eine weitere Scheibe von dem Hackbraten abschneidet.

»Meine umfassenden Recherchen haben ergeben, dass deine erste Wahl eine Frau namens Sabrina Barclay ist«, sagt Claire. »Kennst du sie?«

»Nicht dass ich wüsste.«

»Gut. Dann wird es eben ein Blind Date.«

»Nein, vielen Dank.«

»Dir bleibt keine andere Wahl, Doug. Vergiss nicht, dass du dich voll und ganz in meine Hände begeben hast. Die Sache ist bereits am Laufen. Also sag einfach ja.«

»Kann es sein, dass sich deine umfassenden Recherchen auf ein einziges Gespräch mit Mandy Seaver beschränken?«

»Die Frau ist Immobilienmaklerin. Sie hat einen Blick für Details.«

»Woher willst du wissen, ob diese Sabrina überhaupt Lust hat, mit mir auszugehen?«

»Du hast weder eine Exfrau noch Kinder an der Backe. Du hast eine Tragödie erlebt, bist Opfer höherer Gewalt geworden, aber nicht von einer schmutzigen Scheidung befleckt. Und du hast noch volles Haar. Du bist jung, schlank und traurig. Glaub mir«, fügt sie hinzu, während sie auf einem Stück Brot herumkaut, »du bist schön.«

»Jung, schlank und traurig«, wiederhole ich. »Wer hätte das gedacht?«

»Außerdem habe ich schon mit ihr gesprochen.«

»Du hast ein Rendezvous für mich arrangiert?«

Claire schiebt sich eine Gabel voll Hackbraten in den Mund. »Ich habe dir doch angekündigt, dass ich die Sache in die Hand nehme, Dougie.«

»Claire ...«

»Keine Widerrede. Schließlich hast du nichts zu verlieren. Schlimmstenfalls findest du sie ganz schrecklich und setzt sie nach dem Abendessen schnell wieder zu Hause ab. Bestenfalls landest du mit einer Frau im Bett, die nicht verheiratet ist – was definitiv ein Schritt in die richtige Richtung wäre. Da sind wir uns doch alle einig, oder?«

»Was weißt du über sie?«, frage ich seufzend.

»Sie ist Aerobic-Trainerin, gebaut wie ein Aktmodell und seit ihrer Scheidung finanziell unabhängig.«

»Also im Grunde gar nichts.«

»Es ist doch nur ein Date, Doug. Mir ist bekannt, dass dein Terminkalender voll ist, du musst immerhin viel schlafen, trinken und ins Leere starren, aber die paar Stunden wirst du schon noch erübrigen können. Außerdem habe ich es allein dir zu verdanken, dass Stephen jetzt über das Baby Bescheid weiß, also schuldest du mir was.«

»Meinst du nicht, dass er zwangsläufig davon erfahren musste?«

»Genauso zwangsläufig, wie du zu diesem Date musst.«

Mit einem Seufzen wende ich mich an Russ. »Und du hast mit dem Ganzen kein Problem?«

Er kaut einen Moment nachdenklich vor sich hin, dann schlägt er entschieden mit der Hand auf den Tisch. »Du hast mich vor Jimbo gerettet, Mann. In meinen Augen kannst du nichts falsch machen.«

»Jetzt mal ohne Scheiß«, sage ich. »Ich möchte wirklich wissen, was für ein Gefühl du dabei hast, wenn ich wieder auf die Suche gehe.«

Russ lehnt sich zurück und sieht mich an. Er wird ein bisschen rot. »So eine wie meine Mom gibt es sowieso kein zweites Mal, das ist dir hoffentlich klar. Es wird lange dauern, bis du eine findest, die auch nur annähernd gut genug ist, um ihren Platz einzunehmen. Deswegen bin ich der Meinung, dass du möglichst bald mit der Suche beginnen solltest.«

»Sicher?«

Er nickt. »Ja.«

»Na dann«, sage ich zu Claire. »Wann?«

»Freitagabend.«

»Also gut, Freitagabend.«

Claire hebt lächelnd ihr Glas. »Auf Sabrina Barclay. Möge sie auf traurige, magere Männer stehen und dir ihr Herz und ihre Schenkel öffnen!«

Russ hebt grinsend seine Coladose. »Auf Sabrina Barclay«, sagt er.

»Sabrina Barclay.« Ich erhebe ebenfalls das Glas, um mit ihnen anzustoßen. Aber während wir auf meine Verabredung trinken und Laney Potters Hackbraten essen, muss ich die ganze Zeit an Brooke Hayes denken, und mir wird vor lauter Frauen ganz schummrig im Kopf. Was entweder bedeutet, dass ich noch nicht im Entferntesten dazu bereit bin, mich wieder in die Welt hinauszuwagen – oder aber, dass ich dazu so bereit bin, wie ein Mann es nur sein kann.

26

Und da habe ich mir geschworen, mich nie wieder auf ein Blind Date einzulassen, aber deine Schwester hat mich einfach überredet. Du bist wirklich ein Glückspilz, weißt du das? Ich wünschte, ich hätte auch jemanden, der sich so um mich kümmert. Wenn man geschieden ist und hier draußen lebt, muss man wirklich für alles offen sein. Man muss bereit sein, neue Leute kennenzulernen. Ich meine, ich habe es übers Internet versucht, aber das ist wirklich eine einzige Katastrophe. Man sitzt stundenlang am Computer, um vorab alle Irren auszusortieren, und wenn man dann glaubt, endlich jemanden herausgefischt zu haben, mit dem sich ein Treffen lohnt, dann stellt man fest, dass er ein zehn Jahre altes Foto geschickt hat, auf dem er noch Haare hatte und dreißig Pfund leichter war, oder dass er bei seiner Mutter im Keller wohnt. Mancher entpuppt sich als verheiratet und sucht nur was für nebenbei – du glaubst gar nicht, wie viele verheiratete Männer übers Internet Frauenbekanntschaften suchen. Warum rufen sie nicht einfach bei einer Prostituierten an? Aber was wollte ich eigentlich sagen? Ach ja, dass man offen dafür sein muss, anständige Leute kennenzulernen, weil da draußen so viele Durchgeknallte herumlaufen … – Oh, tut mir leid, ja, natürlich. Ich hätte gern den Lachs, aber bitte gegrillt und ohne die Soße. Und kann ich statt der Kartoffeln gedünstetes Gemüse dazu haben? Ich esse zurzeit keine Kohlehydrate. Danke! – Jedenfalls hat mir deine Schwester erzählt, dass du nicht viel ausgegangen bist, seit deine Frau gestorben ist. Ist es in Ordnung, wenn ich deine Frau erwähne? Tut mir leid, eigentlich hatte ich mir geschworen, sie nicht zu erwähnen, ich kann es nämlich nicht ausstehen, wenn ich mit einem Typen unterwegs bin, der die ganze Zeit nur über seine Ex reden möchte. Das ist so langweilig, findest du nicht auch? Ich meine, jeder versucht sich in ein gutes Licht zu rücken und die Schuld an der Scheidung dem Partner in die Schuhe zu schieben, man selbst kann ja gar nichts dafür, blablabla. Ich habe eine Scheidung hinter mir und weiß, dass in den meisten Fällen keiner von beiden ganz unschuldig ist, und wenn mir einer etwas anderes weismachen will, dann traue ich ihm sowieso schon nicht über den Weg. Man muss den Partner nicht unbedingt betrügen, es gibt auch eine Menge anderer Möglichkeiten, eine Ehe zu ruinieren, nicht wahr? Es passiert einfach, und solange man aus seinen Erfahrungen lernt, spielt es keine große Rolle, ob man schuld war oder nicht. Mich interessiert weder die Vergangenheit noch die Zukunft, sondern nur das Hier und Jetzt, wer man heute ist und was man sich heute wünscht. Ich habe Gary nicht betrogen, obwohl ich weiß Gott Gelegenheit dazu gehabt hätte. Wenn man in einem Fitnessclub arbeitet und enge Sportsachen trägt, bekommt man genügend Angebote. Gary hat mich auch nicht betrogen, zumindest behauptet er das bis zum heutigen Tag, auch wenn er sich für meinen Geschmack ziemlich schnell in eine neue Beziehung gestürzt hat. Alle meine Freundinnen sind der Meinung, dass schon vor unserer Scheidung etwas zwischen den beiden gelaufen sein muss, aber weißt du was? Da stehe ich inzwischen drüber. Selbst wenn es so war, was soll's. Das mit uns war schon lange vorher vorbei. Ich glaube, nachdem wir Jason bekommen hatten, so heißt nämlich mein Sohn, er ist inzwischen sieben … Was? Ich weiß. Niemand glaubt mir, dass ich ein Kind habe. Das Geheimrezept heißt Sit-ups. Obwohl es bei mir auch genetisch bedingt ist, dass ich so dünn bin, glaube ich. Meine Mutter war früher auch so dünn, ich schlage ganz nach ihr, abgesehen von der Oberweite. Die Ärmste ist nämlich total flach, was man von mir ja Gott sei Dank nicht behaupten kann. Jedenfalls … worauf wollte ich eigentlich hinaus? Ach ja, nachdem Jason auf der Welt war, haben Gary und ich uns irgendwie auseinanderentwickelt. Wir hatten einfach unterschiedliche Vorstellungen. Er wollte noch mehr Kinder und einfach … na ja, du weißt schon, zu Hause bleiben und in Ruhe älter werden, aber ich wollte wieder raus und leben … – Oh, wunderbar, danke. Das sieht ja köstlich aus! Ist das hier das fettfreie Balsamico-Dressing? Sehr gut. – So, wovon habe ich gerade gesprochen? Ich weiß, ich erzähle zu viel. Reden wir doch mal ein bisschen von dir. Ich bin ganz begeistert von deiner Kolumne. Ich habe wirklich den größten Respekt vor Leuten, die schreiben können. Bei mir setzt es schon aus, wenn ich nach Jasons Geburtstagspartys kleine Dankesbriefe schreiben soll. Wolltest du immer schon Autor werden? Was hat eigentlich deine Frau beruflich gemacht, wenn ich fragen darf? O verdammt, jetzt habe ich es schon wieder getan! Dabei hatte ich mir doch geschworen, sie nicht zu erwähnen, wenn du es nicht tust. Es gibt nichts Schlimmeres, als wenn bei der ersten Verabredung beide die ganze Zeit von ihrer ersten Ehe erzählen. Wahrscheinlich liegt es daran, dass du der erste Witwer bist, mit dem ich ausgehe. Das ist natürlich eine völlig andere Situation. Du schleppst nicht wie wir Geschiedenen diese ganzen Altlasten mit dir herum. Oh, ich bin sicher, du hast auch dein Päckchen zu tragen, das hat schließlich jeder, nicht wahr? Trotzdem ist es für mich eine völlig neue Erfahrung, einem Typen gegenüberzusitzen, der schon mal verheiratet war, aber nicht voller Hass und Wut ist … Wirklich? Auf wen, Gott? Oh! Wirklich? Ich glaube nicht, dass ich schon mal einem Atheisten begegnet bin. Nach allem, was du durchgemacht hast, könnte ich gut verstehen, wenn du wütend auf ihn wärst … Nun ja, ich habe durchaus auch so meine Zweifel, die hat ja jeder, aber ich kann mir einfach nicht vorstellen, dass es ihn gar nicht gibt. In irgendeiner Form muss es ihn doch geben, schließlich passiert alles aus einem bestimmten Grund. Ich meine, wenn man daran nicht mehr glaubt, dann bleibt doch nur noch das Chaos. Ich bin kein Fan einer bestimmten Kirche, auch wenn ich an einer katholischen Schule war, aber da bin ich nur gelandet, weil meine Eltern dachten, ich würde dort eine bessere Ausbildung bekommen. Für mich ist das alles dasselbe. Jesus, Gott, Allah, Buddha, was auch immer. Irgendjemand muss das Raumschiff steuern, das ist alles. Was ist sonst der Sinn des Ganzen? … Ja, wahrscheinlich hast du recht, es muss nicht unbedingt einen Sinn geben, trotzdem glaube ich, dass es einen gibt, damit fühle ich mich einfach besser. Oje! Religion, Expartner … lauter Themen, über die man beim ersten Date auf keinen Fall reden soll, nicht wahr? Ich hoffe, du hältst mich nicht für eine totale Vollidiotin! Das bin ich nämlich wirklich nicht, ich finde es nur immer so schwierig, wenn man jemandem gegenübersitzt, den man überhaupt nicht kennt … Danke. Du siehst übrigens viel besser aus, als ich erwartet habe, obwohl du natürlich den Vorteil hast, dass alle anderen, mit denen ich mich bisher getroffen habe, ganz fürchterlich waren, so dass du im Vergleich zwangsläufig gut abschneidest. Sag mal, bin ich wirklich die Erste, mit der du dich triffst, seit … du weißt schon. Seit deine Frau gestorben ist. Wirklich? O mein Gott! Nun stehe ich ja total unter Druck! Das war jetzt ein Witz. Ich habe wirklich nur Spaß gemacht. Trotzdem fühle ich mich ein bisschen dafür verantwortlich, dass du den Abend in guter Erinnerung behältst. Ich meine, das erste Date vergisst man schließlich nicht so schnell wieder. Der erste Typ, mit dem ich mich nach meiner Scheidung traf, war ein gewisser Charlie, den ich aus dem Fitnessclub kannte. Der totale Reinfall! Er hat mir den ganzen Abend von seinem Sexualleben erzählt, angefangen bei seiner ersten Wichserfahrung bis hin zu der Frau, mit der er eine Woche zuvor geschlafen hatte, und dann wunderte er sich, warum ich nicht mit ihm ins Bett wollte. Jetzt bin ich dein erstes Date. Was wirst du wohl über mich sagen? … Was? Haha! Du bist wirklich sehr witzig, weißt du das? Oh, für mich keine Nachspeise, danke. Nein, wirklich nicht. Aber du kannst dir ja gerne noch etwas bestellen, wenn du möchtest.

Das war ein schöner Abend, vielen Dank. Oh, das ist ein Lieblingssong von mir, kannst du das Radio ein bisschen lauter drehen? Ich stehe total auf Beyoncé. Es ist gleich da vorne links, in der Blackstone. Ja. So, da wären wir. Danke. Ich weiß, es ist eigentlich zu groß für mich und Jason, aber irgendwie hänge ich an dem Haus. Außerdem muss ich die Hälfte von dem Geld Gary geben, wenn ich es verkaufe, und ich habe ganz bestimmt nicht vor, den neuen Mercedes seiner Verlobten zu bezahlen … Sag mal, hättest du Lust, noch ein bisschen mit hineinzukommen? Jason ist dieses Wochenende bei Gary … Hör zu, Doug, ich finde dich sehr sympathisch. Du bist nett und siehst gut aus, und ich weiß schon jetzt, dass du ein großes Herz hast. Ich gebe ganz offen zu, dass ich mich sehr zu dir hingezogen fühle. Wir könnten bestimmt eine Menge Spaß miteinander haben. Ich weiß, dass du gerade erst anfängst, dich wieder ein bisschen umzusehen, und bestimmt möchtest du dich nicht gleich festlegen. Damit habe ich kein Problem. Ich bin aber auch kein Flittchen, das sofort mit jedem Typen ins

Bett springt, der es zum Essen einlädt. Ich kann das nur, wenn ich einen besonderen Draht zu jemandem habe, und zu dir habe ich diesen Draht. Wenn du nicht magst, ist das natürlich auch in Ordnung, ich könnte das sehr gut verstehen. Ich wollte damit auch nur sagen, dass du herzlich eingeladen bist, noch mit hereinzukommen. Ohne jede Verpflichtung, und das meine ich wirklich so. Wenn wir nur Freunde werden, ist das für mich auch in Ordnung. Ich bin natürlich schon eine sehr sinnliche Frau, sehr leidenschaftlich, und ich habe mir sagen lassen, dass ich im Bett recht gut bin, also wenn du möchtest … Bist du sicher? Klar, das verstehe ich. Nein, kein Problem. Für solche Fälle hat Gott schließlich den Vibrator erfunden. Das war ein Witz. Das war ein Witz! Hör zu, ich hoffe, du hältst mich jetzt nicht für eine schreckliche Schlampe, das bin ich nämlich wirklich nicht. Aber glaub mir, gute Männer sind selten, und die paar, die es gibt, muss man erst mal treffen, deswegen verschwende ich keine Zeit mit Spielchen, wenn mir tatsächlich mal einer unterkommt … Kein Problem. Das ist schon in Ordnung. Glaub mir, ich verstehe das. Komm her, du kriegst noch einen Abschiedskuss … Mmmm. Vielleicht überlegst du es dir ja doch noch anders? Nein, ist schon gut. Es war wirklich toll, dich kennenzulernen, ganz ehrlich. Du meldest dich, ja? Ich würde sehr gern mal wieder mir dir essen gehen … Ja, ich auch. Natürlich. Gute Nacht. Könntest du vielleicht noch kurz warten, bis ich drinnen bin? Ich hasse es, wenn das Haus leer ist und niemand auf mich wartet. Danke. Also, bis dann. Gib mir noch einen Kuss … Mmmm. Mein Gott, du hast wirklich ganz erstaunliche Lippen. Gut. Ich gehe jetzt rein. Grüß deine Schwester von mir …«

27

In New Radford gibt es eine der besten Schulen im ganzen Land. Dazu gut ausgestattete Bibliotheken, schöne Parks, saubere Straßen, eine vorbildliche Polizei und tolle Einkaufsmöglichkeiten. Das Einzige, was es hier in der Gegend nicht gibt, ist ein anständiger Stripclub. Vor ein paar Jahren wollte mal jemand einen eröffnen, aber nichts lässt eine mittelständische Schlafvorstadt schneller aktiv werden als die Bedrohung durch nackte Titten und Ärsche.

Die ortsansässigen Anwälte erklärten sich sofort bereit, unentgeltlich alle notwendigen juristischen Schritte in die Wege zu leiten. Die reicheren der im Finanzwesen tätigen Ortsbewohner beschafften die für die Gegenmaßnahmen nötigen finanziellen Mittel. Die Minivan-Clique stellte rund um den vorgesehenen Bauplatz Streikposten auf, und die Familienverbände und religiösen Institutionen schlossen sich zusammen. Gemeinsam machten sie so viele Leute mobil, dass jedes Mal, wenn die für die Nutzungszuweisungen zuständige Behörde tagte, eine lärmende Menschenmenge den Saal füllte und dafür sorgte, dass der Antrag abgelehnt wurde und auch alle folgenden Anträge keine Chance hatten.

Die Ironie an dem Ganzen ist, dass nun genau die Männer, die ihre Zeit und ihr Geld dafür geopfert haben, den Stripclub zu verhindern, die vierzig Minuten bis nach Manhattan fahren müssen, um in den Genuss von barbusigen, nur mit einem String bekleideten Tänzerinnen zu kommen.

Schon bevor ich verheiratet war, bin ich nicht gern in solche Läden gegangen. Das hat nichts mit moralischen Bedenken oder der Tatsache zu tun, dass Frauen dort als Lustobjekte behandelt werden – ich glaube an das Recht der Frau, sich zum Lustobjekt degradieren zu lassen. Nein, der Grund ist, dass ich dort immer das in mir sehe, was auch die Tänzerinnen zwangsläufig in mir sehen müssen: einen dummen, unerotischen Gimpel, der zu erbärmlich ist, um aus eigener Kraft Kontakt mit Frauen aufzunehmen.

Aber nachdem Hailey gestorben war, lieferte ich den verheirateten Männern in meinem Bekanntenkreis plötzlich den perfekten Vorwand für solche Ausflüge. Der Besuch eines Stripclubs mochte an sich ein schäbiger und niederträchtiger Akt der Frauenfeindlichkeit sein, aber wenn sie mich mitnahmen, wurde daraus eine humanitäre Mission, ein nobler Akt der Freundschaft und des Mitgefühls: Eine Gruppe von Männern versammelte sich, um den traurigen, einsamen Witwer in ihrer Mitte zu stützen und aufzubauen. Es war eine lächerliche Rechtfertigung, aber wenn es um nackte Frauen geht, braucht ein Mann für gewöhnlich nicht mehr. Mit dem beruhigenden Gefühl, ein schlagkräftiges Argument für die imaginären Streitgespräche mit ihren Ehefrauen zu haben, die sie in Wirklichkeit nie führen würden, riefen sie mich an und versuchten mich davon zu überzeugen, dass es mir guttun würde, mit ihnen auf Tour zu gehen und Party zu machen.

Ich wusste, dass es mich eher noch mehr hinunterziehen würde, mit einer Gruppe verheirateter Männer mittleren Alters in einem Stripclub zu sitzen und zuzusehen, wie sie die nackten jungen Tänzerinnen auf ihrem Schoß volltexteten.

Manchmal aber war es leichter, etwas grinsend zu ertragen, als lange Erklärungen abzugeben. So kam es, dass ich mich eines Abends tatsächlich zu solch einem Ausflug mitschleppen ließ – nicht als Mitspieler, sondern eher als eine Art Mannschaftsmaskottchen, das den Teamgeist fördern sollte. Ich war davon ausgegangen, dass ich mich an der Bar oder auf irgendeiner Couch mit verwässerten Drinks zuschütten, zu Hard-Rock-Nummern aus den Achtzigern mit dem Fuß klopfen und ein mentales Nickerchen einlegen würde, bis das Ganze vorbei war. Dann aber erfuhr ich eine weitere unumstößliche Wahrheit über die Folgen eines schlimmen Verlustes in jungen Jahren: Jeder möchte dem Witwer einen Lap-Dance ausgeben. Als würde es meinen Schmerz lindern, wenn zwei gepuderte Titten vor meinem Gesicht herumwackeln. Aber plötzlich brüllte ich lauter als die anderen Männer meiner Gruppe, die den Mädels Geldscheine zuwarfen und sie aufforderten, mir eine besonders gute Show zu bieten. Die Folge war, dass sie erst einmal selbst die Annäherungsversuche der Stripperinnen abwehren mussten, die das Potenzial der ganzen Situation intuitiv spürten und fest entschlossen waren, das Beste daraus zu machen. Schließlich folgte ich der Tänzerin, die sie für mich ausgesucht hatten, über den schwach beleuchteten Gang zum VIP-Raum, aber sobald ich außer Sichtweite war, verließ ich den Club durch den nächsten Ausgang. Mit all den Zwanzigern, den mir meine wohlmeinenden Freunde für die Dienste der Tänzerin in die Hand gedrückt hatten, leistete ich mir dann ein Taxi zurück nach New Radford. Danach lud mich nie wieder jemand in einen Stripclub ein.

*

»Wir gehen in eine Tittenbar«, erklärt Max. »Sobald wir hier fertig sind.«

Max ist Mikes jüngerer Bruder, ein gut aussehender Kerl Mitte zwanzig, der noch gerne Ausdrücke wie »Tittenbar« gebraucht und mich zu einem früheren Zeitpunkt aus heiterem Himmel und ohne eine Spur von Verlegenheit darüber informiert hatte, dass einer aus seiner Burschenschaft »zum Poppen« ein Haus in den Hamptons hat. »Am Wochenende ist die Bude vollgestopft mit Models. Du musst unbedingt mal mitkommen. Dann besorge ich dir 'ne scharfe Braut, Mann.«

Seitdem sehe ich ihn immer, wenn er mit mir spricht, in seinem Burschenschafts-T-Shirt vor mir. Vor meinem geistigen Auge trinkt er Bier aus einem Schlauch, betatscht die nackten Hintern von Studienanfängerinnen oder vernascht mit seinen Kumpels ein paar halb bewusstlose Vertreterinnen einer Studentinnenverbindung.

Es ist Montagnachmittag, und wir haben uns im Ankleideraum eines Herrenausstatters im südlichen Manhattan versammelt, um uns dort graue Westen und Frackjacken anpassen zu lassen. Ich hatte gehofft, dass Mike darauf verzichten würde, seine Freunde einheitlich einzukleiden. Leider habe ich dabei nicht bedacht, dass Mike gar nichts zu melden hat und Debbie will, dass wir alle herausgeputzt sind wie die Kennedys. Außer Max und mir gehören zu Mikes Männerrunde noch Paul, ein Fachmann für Sicherungsfonds, und Rich, ein Investmentbanker. Sie sind beide aus der Nachbarschaft und ständig damit beschäftigt, Handyanrufe entgegenzunehmen und ihre BlackBerrys zu checken, als gäbe es nicht Dringenderes. Außerdem gehört zu unserer Runde peinlicherweise auch noch Dave Potter, Laneys Mann.

Eigentlich hätte ich mir das denken können, Mike und er sind schließlich Partner, aber aus irgendeinem Grund habe ich es verdrängt – wahrscheinlich, weil ich mir in letzter Zeit angewöhnt habe, die Tatsache seiner Existenz zu verdrängen.

Da Paul und Rich zu sehr damit beschäftigt sind, ihre Wichtigkeit unter Beweis zu stellen, indem sie in ihre Handys labern und so hektisch mit ihren BlackBerrys hantieren, dass man meinen könnte, sie müssten irgendeinen Rekord brechen, und ich abgesehen von Mike der Einzige in der Runde bin, den Dave kennt, kommt er während der Jackenanprobe herüber und unterhält sich mit mir.

»Ich lese immer deine Kolumne«, erklärt er. »Es ist wirklich erstaunlich, wie man etwas so Ehrliches, unter die Haut Gehendes schreiben und es trotzdem noch witzig verpacken kann. Du hast dafür wirklich ein Händchen.«

»Danke.«

»Ich hoffe, Laney treibt dich mit ihren ständigen Essenslieferungen nicht in den Wahnsinn.«

Es ist ein seltsames Gefühl, wenn er ihren Namen so beiläufig erwähnt.

»Nein«, antworte ich. »Es ist sehr nett von ihr.«

»Manchmal überspannt sie den Bogen ein bisschen.«

In Gedanken sehe ich Laneys Gesicht vor mir, umrahmt von ihrem wilden roten Haar, während sie auf mir sitzt und sich mit geschlossenen Augen und offenem Mund immer wieder aufbäumt, bis sie schreiend zum Orgasmus kommt. »Kein Problem«, sage ich. »Sie ist eine gute Freundin.«

Als er sein Anprobehemd auszieht und ich die Rettungsringe und hängenden Brustmuskeln des Mannes erblicke, der nicht weiß, dass ich mit seiner Frau schlafe, fühle ich mich noch viel schlimmer als ohnehin schon. Dave sieht für einen Mann seines Alters nicht schlecht aus, aber er hat eine junge Sexbombe geheiratet und sich seitdem gehenlassen. Am liebsten würde ich ihn packen und vor den Spiegel des Schneiders zerren, um ihm zu sagen: »Schau dich doch mal an, du Idiot! Was hast du erwartet?«

Einen verrückten Augenblick lang bin ich im Begriff, vorzutreten und ihm alles zu sagen, weil das langfristig gesehen besser für uns beide wäre. Aber dann kündigt Max das mit der Tittenbar an, und Dave nickt zufrieden.

»Jetzt wird es interessant«, sagt er und sieht mich dabei mit einem verschwörerischen Tittenbar-Grinsen an.

Ab dem Moment habe ich seinetwegen kein ganz so schlechtes Gewissen mehr, und mein Impuls, die Karten auf den Tisch zu legen, ist im Keim erstickt, bevor ich Gelegenheit habe, meine Situation noch schlimmer zu machen, als sie ohnehin schon ist.

Max führt uns zu einem noblen Herrenclub ein paar Häuserblocks weiter. Es ist einer von der Sorte, bei denen der Bereich vor dem Eingang mit Pfosten und roten Samtkordeln abgetrennt ist. Die Armani tragenden Schlägertypen an der Tür begrüßen Max mit Namen. Ich überlege krampfhaft, unter welchem Vorwand ich mich entschuldigen und verdrücken könnte, aber Mike und ich haben das Kriegsbeil gerade erst begraben, und ich möchte nichts tun, was zu einem neuen Missverständnis führen könnte.

Also sitze ich schon bald mit den anderen Jungs auf einer L-förmigen Couch des schwach beleuchteten Clubs. Max eilt hinüber zur Bar, um Getränke für uns zu organisieren, legt aber unterwegs einen kurzen Zwischenstopp ein, um die beiden Damen zu bewundern, die gerade an den Stangen tanzen. Ein paar von den anderen Tänzerinnen, die mit hochhackigen Schuhen und winzigen Spitzenoutfits im Raum unterwegs sind, beginnen uns wie Raubvögel zu umkreisen. Schon nach wenigen Minuten hat Rich ein Bündel Scheine herausgezogen und Mike seinen ersten Lap-Dance spendiert.

Eine Brünette mit kleinen Brüsten, hochtoupiertem Haar und einem Paillettenstring reckt ihm ihren nackten Oberkörper entgegen. Während sie sich langsam zur Musik bewegt, lässt sie eine Hand an seinem Oberschenkel hinuntergleiten und flüstert ihm etwas ins Ohr. Dass im Club eine Junggesellenfeier steigt, spricht sich schnell herum. Bald sind wir von mehr Tänzerinnen umgeben, als wir bewältigen können. Obwohl Paul immer noch mit dem Handy telefoniert, schnappt er sich nebenbei eine große Blonde und verschwindet mit ihr in Richtung Champagner-Raum. Mike, Max, Rich und Dave geben sich mit normalen Lap-Dances auf der Couch zufrieden.

Ich vermisse meine Frau.

»Hey!« Mike lugt hinter seiner Stripperin hervor, die inzwischen mit dem Rücken zu ihm auf seinem Schoß sitzt und sich mit kreisenden Bewegungen an seinen Lenden reibt. »Jemand muss sich um Doug kümmern!«

»Nicht nötig.« Ich hebe mein Getränk hoch. »Heute geht es um dich, nicht um mich.«

»Blödsinn«, sagt Mike. »Max, beschaffe diesem Mann ein Mädchen.«

»Ich bin gerade ziemlich beschäftigt«, erwidert Max, der mittlerweile halb liegend auf der Couch hängt und mit einem lasziven Blick die zierliche Rothaarige betrachtet, die auf seinem Schoß auf und ab wippt.

»Du bist heute Abend für die Betreuung meiner Gäste zuständig, Max«, sagt Mike. »Walte deines Amtes.«

»Bleib, wo du bist, Max.« Rasch stehe ich auf. »Ich schaffe das sehr gut allein.«

Ich gehe zu der Bar auf der anderen Seite des Raumes hinüber und bestelle mir einen Whiskey-Cola. Der Trick besteht darin, in Bewegung zu bleiben, damit die umherstreifenden

Tänzerinnen keine Möglichkeit zum Andocken haben. Während ich auf meinen Drink warte, beobachte ich Mike und die anderen Jungs im Spiegel über der Bar. Sie flüstern und flirten mit den Mädchen auf ihrem Schoß, reißen Witze und klatschen sich gegenseitig ab. Vor allem Dave scheint ganz hin und weg zu sein von seiner Tänzerin, einer Asiatin mit überproportional großen Brüsten. Seine Hände wandern immer wieder an ihren Hintern, was ein grober Verstoß gegen die Stripclub-Etikette ist, aber vermutlich hat er ihr viel Trinkgeld gegeben, denn sie scheint nichts dagegen zu haben.

Eine Brünette mit einem etwas groben Gesicht und langen Fohlenbeinen streift meine Schulter und lässt sich dann auf dem Hocker neben mir nieder. Sie trägt ein durchsichtiges rückenfreies Oberteil.

»Hallo«, sagt sie. »Ich bin Shawnie.«

»Hallo, Shawnie«, antworte ich.

»Wie heißt du?«

»Jack.« Sie hat schließlich mit dem Lügen angefangen.

»Hättest du Lust, mit mir in den Champagner-Raum zu gehen, Jack?«

»Nein danke.«

»Wie wär's mit einem Lap-Dance?«

Ich ziehe einen Zwanziger aus meiner Brieftasche. »Hier«, sage ich. »Siehst du den Typen da drüben? Den mit der Brünetten auf dem Schoß?«

»Ja.«

»Sein Name ist Mike. Mach einen Lap-Dance für ihn und richte ihm aus, dass er von mir ist.«

»Mike«, wiederholt sie.

»Richtig. Aber sage ihm, dass du Debbie heißt, ja?«

»Wer ist Debbie?«

»Wer ist Shawnie?«

Sie grinst. »Na schön, dann heiße ich eben Debbie.«

Ich kippe meinen Drink hinunter und bestelle mir noch einen. Dann drehe ich mich um und beobachte, wie sie ihr Oberteil auszieht und sich auf Mikes Schoß niederlässt. Als er zu mir herübersieht, hebe ich mein Glas. Er wirft mir einen fragenden Blick zu, aber in dem Moment beginnt ein neuer Song, irgendwas von den *Black Eyed Peas*, und Mike verschwindet hinter Shawnies kreisendem Rücken.

*

Zwanzig Minuten später stehe ich immer noch an der Bar. Ich ärgere mich über mich selbst, weil ich inzwischen zu viel getrunken habe, um noch fahren zu können. Dabei war ich fest entschlossen, nur so lange zu bleiben, bis ich guten Gewissens aufbrechen konnte.

Mike kommt zu mir herüber. »Doug.« Er klingt betrunken. »Ich möchte dir etwas sagen.«

»Schieß los«, antworte ich, selbst auch schon ganz schön benebelt.

»Es ist ein komisches Gefühl, mir dir hier zu sein.« Er lässt sich auf dem Barhocker neben mir nieder. »Schließlich heirate ich deine Schwester, und trotzdem treibe ich mich gerade in einem Stripclub herum.«

»Lass dir deswegen keine grauen Haare wachsen«, entgegne ich. »Das ist doch bloß ein harmloser Spaß.«

»Da hast du recht«, stimmt er mir zu. »Ich möchte nur, dass du weißt, wie sehr ich Debbie liebe. Ich würde nie etwas tun, womit ich sie kompromittieren würde.«

»Ich weiß.«

»Das Ganze ist nichts weiter als ein blöder Verbrüderungsscheiß unter Männern.«

»Ich weiß, Mike. Du brauchst dir deswegen wirklich keine Gedanken zu machen.«

»Debbie ist tausendmal heißer als diese Miezen hier«, erklärt er stolz und macht dabei eine großspurige, ausladende Handbewegung.

»Dasselbe gilt für Laney Potter, was Dave aber nicht weiter abzuhalten scheint«, stelle ich fest. Wir drehen uns um und starren zu Dave und seiner Stripperin hinüber. Das Gesicht zwischen ihren riesigen Brüsten vergraben, lässt er das Mädchen im Takt der Musik auf seinen Beinen auf und ab wippen. »Wenn eure Klienten ihn jetzt sehen könnten!«

»Du findest also, dass Laney Potter gut aussieht?«, hakt Mike nach.

Den Blick auf meinen Drink gerichtet, frage ich mich, warum ich ihren Namen überhaupt erwähnt habe. »Keine Ahnung«, antworte ich. »Aber darum geht es ja auch gar nicht.«

»Nein«, pflichtet mir Mike bei, während er mich von der Bar wegzieht. »Es geht darum, dass du mein Kumpel bist und viel durchgemacht hast. Deswegen wollen die Jungs und ich dir auch ein paar Lap-Dance-Runden ausgeben.«

»Das braucht ihr wirklich nicht.«

»Setz dich einfach hin und genieße es.«

Mike schiebt mich auf die Couch, wo mich die anderen, auch alle schon ziemlich betrunken, mit aufmunternden Zurufen begrüßen. Max beugt sich vor. Mit ernster Miene, als wollte er mir ein Staatsgeheimnis verraten, flüstert er mir zu, dass manche von den Mädchen für einen zusätzlichen Hunderter dazu bereit seien, einem im Champagner-Raum einen zu blasen.

Ehe ich es mich versehe, sitzt ein nacktes Mädchen mit wasserstoffblondem Haar und einem Metallstecker in der Zunge auf meinem Schoß. Sie riecht nach Gin, Lavendel-Bodylotion und Babypuder. Ihr stark geschwundenes Zahnfleisch ist Beweis genug, dass in Stripclubs wohl nicht viel Wert auf die Mundhygiene der Mitarbeiter gelegt wird.

»Hallo«, sagt sie. »Ich bin Vanessa.«

»Jack«, antworte ich, ohne ihr in die Augen zu sehen.

Sie ist höchstens zwanzig. Die Glanzpartikel in der Bodylotion, die ihren straffen Bauch metallisch schimmern lassen, erinnern mich einen traurigen Moment lang an Brookes Lidschatten. Dann fängt der nächste Song an, eine alte Van-Halen-Nummer. Während Vanessa auf meinen Oberschenkeln zu kreisen beginnt, schließe ich die Augen und denke an Julie Baskin, meine erste Freundin an der Highschool. Vor meinem geistigen Auge sehe ich Julie und mich eng umschlungen vor einem Haus stehen, in dem gerade eine Party steigt. Julie riecht frisch, nach parfümierter Seife, und sie schmeckt nach Fruchtkaugummi. Während wir uns küssen und streicheln, läuft drinnen dieser Song.

Ich weiß noch genau, wie verliebt ich damals war und wie wunderbar und aufregend ich es fand, in einer kühlen Frühlingsnacht draußen zu stehen und ein hübsches Mädchen zu küssen. Damals waren wir noch völlig unbelastet, unberührt vom Leben, und alles war so leicht, weil von vorneherein feststand, dass es nicht von Dauer sein würde. Wir trennten uns nie richtig, sondern gingen einfach friedlich auseinander, und ein paar Wochen später knutschten wir auf einer anderen Party mit jemand anderem, aufs Neue verliebt.

»Hey«, sagt Vanessa leise. Unbewusst kreist sie weiter mit den Hüften.

Ich öffne die Augen.

»Du weinst ja.«

»Eine Allergie«, sage ich und wische mir mit dem Handrücken übers Gesicht.

Vanessa hält ihr Gesicht so nahe vor meines, dass uns nur noch wenige Zentimeter voneinander trennen. Ich entdecke eine schmale, leicht erhabene Narbe, die entlang ihrer Augenbraue verläuft. Sie ist schon so verblasst, dass sie wahrscheinlich aus ihrer Kindheit stammt. Ich frage mich, woran sie sich wohl geschnitten hat. Vor meinem geistigen Auge sehe ich eine junge Mutter mit einem lieben Gesicht, die ein feuchtes Tuch an die Stirn ihrer Tochter drückt und dann rasch mit ihr zum Arzt fährt, wo sie ihre Hand hält, während die Wunde genäht wird. Dabei fühlt sie den Schmerz, als wäre es ihr eigener. Dann frage ich mich, was das hübsche kleine Mädchen mit der liebevollen Mutter wohl dazu veranlasst hat, den Weg einzuschlagen, der es hierher in diesen dunklen Club geführt hat, auf meinen traurigen, nicht reagierenden Schoß.

»Es tut mir leid«, sage ich und meine damit mehr, als sie wissen kann.

»Du bist nicht bei der Sache«, stellt sie sehr richtig fest. »Was ist los?«

Ehe ich weiß, wie mir geschieht, erzähle ich es ihr. »Ich muss die ganze Zeit an meine Frau denken«, platze ich so heftig heraus, dass wir mit den Köpfen aneinanderstoßen. »Sie fehlt mir so sehr, dass ich das Gefühl habe, als würde ein Steinblock in meiner Brust stecken und meine Lunge zerquetschen, so dass ich nicht mehr atmen kann.« Ich deute auf Dave, der den Kopf immer noch im üppigen Dekolleté der Asiatin hat. »Siehst du den Typen da drüben? Ich gehe mit seiner Frau ins Bett. Dabei hätte ich nie gedacht, dass ich mal der Typ Mann werden würde, der mit der Frau eines anderen ins Bett geht. Ein hübsches Mädchen dafür zu bezahlen, dass es auf meinem Schoß mit den Hüften kreist, ist an sich schon traurig genug. Jetzt aber ist es noch trauriger, denn verglichen mit allem anderen in meinem Leben, sind ein Paar Titten in meinem Gesicht gar nichts so fürchterlich Trauriges, und gerade das macht das Ganze umso trauriger. Ich möchte einfach nur, dass es nicht mehr weh tut, verstehst du? Ich möchte wieder atmen können. Ich bin es leid, schon beim Einschlafen Angst vor dem Aufwachen haben zu müssen. Gleichzeitig habe ich Angst davor, dass es irgendwann tatsächlich nicht mehr weh tun wird, weil das dann bedeutet, dass ich wieder lebe und sie für immer verloren habe.«

Während dieser ganzen Tirade kreist sie weiter sanft mit den Hüften, und als ich fertig bin, streicht sie mit der Hand leicht über meine Wange. Ich spüre, wie ihre zarten Finger über meine stoppelige Haut gleiten. Sanft zieht sie meine Stirn an die ihre. Während der Song ausklingt, bleiben wir einen Moment so sitzen.

»Jack«, sagt sie leise.

»Ja.«

Ich sehe in ihre großen grünen Augen, und noch bevor sie den Mund aufmacht, weiß ich, was sie gleich sagen wird.

»Hättest du Lust, mit mir in den Champagner-Raum zu gehen?«

28

Auf meinem Handy sind vier Nachrichten, alle von Laney. Ich bin inzwischen auf dem Heimweg, nach meinem abgebrochenen Lap-Dance habe ich es endlich geschafft, aus dem Stripclub zu flüchten. Als ich sie zurückrufe, geht sie gleich beim ersten Klingeln ran.

»Bist du noch mit Mike und den anderen Jungs unterwegs?«, fragt sie.

»Ich bin gerade aufgebrochen.«

»Dave hat eben angerufen und gesagt, dass es bei ihm ziemlich spät wird.«

Darauf wette ich. »Ja, wahrscheinlich«, sage ich.

»Und deswegen …«

»Und deswegen?«

»Möchte ich dich jetzt in meinem Bett haben.«

Laney öffnet mir die Tür in einem roten Satinbody. Ich weiß, dass ich das Ganze beenden sollte, aber sie sieht mit ihrer wilden rotbraunen Mähne einfach so verdammt schön aus, und nach dem Abend mit den Stripperinnen tut mir ihr Anblick richtig gut. Ich habe plötzlich das Gefühl, als käme ich gerade aus einem Krieg, und falle ihr praktisch in die Arme.

In ihrem Schlafzimmer flackern Duftkerzen, und nachdem sie mich zu ihrem hohen Himmelbett geführt hat, beginnt sie mich langsam auszuziehen. Dabei küsst sie erst meine Brust, den Bauch und dann, während sie mich von meiner Hose befreit, die Oberschenkel. Sobald ich nackt bin, setzt sie sich auf meinen Schoß, schlingt die Beine um mich und öffnet meinen Mund mit ihren Lippen. Ich versuche die ganze Zeit krampfhaft, nicht an den Lap-Dance zu denken, der gerade mal eine Stunde zurückliegt. Ohne den Blick abzuwenden, streift sie die Spaghettiträger ihres Bodys ab und zieht ihn nach unten, so dass ihre Brüste plötzlich in mein Gesicht schnellen. Während ich blind nach ihrem Hintern taste, muss ich gegen meinen Willen daran denken, wie Dave den Hintern der Stripperin betatscht und sein Gesicht hungrig zwischen ihren Brüsten vergraben hat. Deswegen sollte ich es eigentlich als gerechten Ausgleich empfinden, dass sich jetzt Laneys Brüste gegen mein Gesicht drücken, aber ich empfinde es nur als traurig.

Im Grunde sind wir alle gleich: Dave, die Stripperin, Laney und ich. Alle sind wir in derselben Pose gefangen, und alle wollen wir etwas anderes als das, was wir bekommen.

Als wir fertig sind, nickt Laney ein. Leise sammle ich meine Kleider vom Boden auf und ziehe mich wieder an. Während ich den mit Teppich ausgelegten Gang entlangschleiche, höre ich plötzlich die Klospülung. Ich erstarre vor Schreck. Laneys vierjährige Tochter Rebecca kommt aus dem Bad. Sie hat das rote Haar ihrer Mutter geerbt und sieht in ihrem rosa Schlafanzug wie ein kleiner Engel aus. Schlaftrunken blinzelt sie mich einen Moment an, dann trippelt sie zu mir herüber und streckt mir – unbegreiflicherweise – die Arme entgegen.

»Bring mich wieder ins Bett«, murmelt sie schläfrig.

Als ich sie hochnehme, schlingt sie die Arme fest um mich und vergräbt das Gesicht an meinem Hals. Ich spüre ihre glatte, pausbäckige Wange an meinem Kieferknochen. Im schwachen Schein ihres Nachtlichts sehe ich die rosa gestrichenen Wände, die kuschelige weiße Bettdecke mit dem rosa Herzmuster, die vielen Plüschtiere, die wie Wachposten um ihr Bett herum sitzen. Ich lege sie zurück ins Bett und packe sie in ihre Decke ein. Als ich mich wieder aufrichten will, hebt sie plötzlich den Kopf und küsst mich mit geschlossenen Augen aufs Kinn. »Ich hab dich lieb«, sagt sie, bevor sie sich zur Wand dreht. Das heiße Zittern in meiner Brust steigt mir bis in den Hals hinauf. Auf Zehenspitzen schleiche ich aus dem Zimmer und den Gang hinunter. Dann beginne ich zu rennen.

*

Als ich gegen Mitternacht nach Hause komme, steht der Wagen meiner Mutter in der Zufahrt. Schlagartig fühle ich mich wieder wie ein Sechzehnjähriger, der irgendetwas angestellt hat, von seinen Eltern dabei erwischt wird, wie er viel zu spät heimkommt, und sich nun fragt, was sie wissen. Sie döst bei laufendem Fernseher auf der Wohnzimmercouch vor sich hin, auf dem Schoß den Kopf der schlafenden Claire.

Ihr Haar steht auf einer Seite ab, auf der anderen ist es von der Couch platt gedrückt, und ihr verwischtes Make-up lässt ihr Gesicht leicht schief wirken. Die rechte Hand hat sie in Claires Haar geschoben, mit der linken hält sie ein halb volles Weinglas, das wie durch ein Wunder immer noch aufrecht an ihrer Brust lehnt. Als wäre sie eingeschlafen, als sie es gerade an den Mund führen wollte. Auf dem Tisch steht eine leere Flasche Merlot. Weitere Weingläser sind nicht zu sehen, was einerseits gut ist, weil es bedeutet, dass Claire mit ihrer Schwangerschaft verantwortungsbewusst umgeht, andererseits aber auch ein bisschen traurig, weil meine Mutter die ganze Flasche offenbar allein vernichtet hat.

Als ich vorsichtig versuche, ihr das Weinglas wegzunehmen, sträuben sich ihre Finger.

»Hol dir ein eigenes«, murmelt sie, ohne richtig wach zu werden.

»Hallo, Ma.«

Sie schlägt die Augen auf. »Du riechst nach Sex.«

»Was machst du hier?«

Sie trinkt ihren Wein aus und reicht mir das leere Glas. »Aber wenn du Sex hattest«, sagt sie und legt eine ausgiebige Gähnpause ein, »warum bist du dann nicht über Nacht geblieben?«

»Mom.«

»Mir fallen auf Anhieb ein paar Theorien ein, und keine davon verheißt wirklich Gutes für dich.«

»Es geht mir gut.« Ich lasse mich auf einen Sessel fallen.

»Man sieht es dir an«, meint sie hämisch und mustert mich dann mit strengem Blick. »Komm schon, Douglas, wir haben in unserer Familie doch keine Geheimnisse voreinander.«

Ich lache. »Wir haben in unserer Familie eine ganze Lastwagenladung Geheimnisse voreinander.«

»Nein, höchstens Lügen. Familien brauchen Lügen. Sonst wären wir gar nicht in der Lage, einander in die Augen zu sehen. Aber glaub mir, wir haben keine Geheimnisse.«

Auf dem Bildschirm hält Jay Leno mit winselnder Stimme einen Monolog. Er wirkt so aufgedreht, als hätte er kurz vor der Sendung Helium eingeatmet.

»Ich dachte, du kannst den Kerl nicht ausstehen«, bemerke ich.

»Ich sitze auf der Fernbedienung.«

Schweigend schalte ich den Fernseher aus. »So«, sage ich dann, »was führt dich her?«

Sanft streicht sie Claire ein paar Haarsträhnen aus dem Gesicht. »Deine Schwester hat jemanden zum Reden gebraucht.«

»Und da hat sie dich angerufen?«

»Ist das wirklich so schwer vorstellbar?«, fährt sie mich beleidigt an. »Sie macht gerade viel durch, und da hat sie eben ihre Mutter gebraucht.«

»Entschuldige. Natürlich.«

Sie wirft einen liebevollen Blick auf Claire hinunter. »Das arme Kind kann seit Tagen nicht mehr richtig schlafen. Sie war immer schon der Typ, der seine Sorgen erst mal in sich hineinfrisst, sogar schon als kleines Mädchen. Wenn es richtig schlimm wird, kann sie nur auf diese Weise einschlafen. Früher habe ich sie in ihrer Wohnung in der Stadt besucht, und dann in dem Haus, in dem sie mit Stephen gewohnt hat. Ich schaffe es immer, sie zu beruhigen.«

»Das wusste ich nicht.«

»Dann ist es jetzt also offiziell: Du weißt nicht alles.«

Ich lehne mich zurück und schließe die Augen. Mittlerweile fühle ich mich aus so vielen Gründen traurig und schuldig, dass ich langsam den Überblick verliere. »Es tut mir leid, Mom. Ich wollte nicht so sein.«

Sie sieht mich an. »Du brauchst dich bei mir nicht zu entschuldigen. Du bist mein kleiner Junge. Sei einfach ein bisschen weniger streng. Du hast den Herzschmerz schließlich nicht gepachtet.«

»Ich weiß.«

»Gut. Jetzt sei ein Engel und schenk mir noch was von dem Wein ein.«

Ich hebe die leere Flasche hoch und drehe sie um. »Ich glaube, du hattest genug.«

»Und ich glaube, dass ich dich gerade gebeten habe, nicht ganz so streng zu sein.«

»Bleibst du über Nacht?«

»Sobald es hell wird, fahre ich nach Hause. Wenn ich morgens nicht da bin, kennt sich euer Vater nicht mehr aus.«

»Du wirst müde sein.«

»Ich kann ja nachmittags ein Nickerchen machen. Das ist eine gute Übung fürs Pflegeheim.«

Sie schließt die Augen. In dem dunklen Raum sind ihre Falten nicht zu erkennen, und sie sieht wieder aus wie meine Mutter – die Frau, die abends bei mir im Bett lag und mir Geschichten erzählte, die immer mit den Worten begannen: »Als ich noch jung und schön war …« Jedes Mal unterbrach ich sie wie aufs Stichwort und sagte: »Das bist du doch immer noch«, woraufhin sie mich auf die Nase küsste und erwiderte: »Dann stell dir mal vor, wie ich damals ausgesehen habe.« Hinterher sang sie mich mit Liedern aus dem Theater in den Schlaf. Manchmal höre ich sie noch heute *Don't Cry for Me Argentina* singen, wenn ich in den Schlaf hinübergleite. Nun döst sie auf der Couch ihres verwitweten Sohnes, nachdem sie ihre zur Scheidung entschlossene Tochter in den Schlaf gewiegt hat, um im Morgengrauen rasch nach Hause zu eilen und dafür zu sorgen, dass ihr kranker Mann nicht vor lauter Panik alles verwüstet.

»Mom«, sage ich heiser und schüttele den Kopf.

Sie öffnet die Augen. »Ist schon gut, Douglas.«

»Gar nichts ist gut.«

»So ist das Leben nun mal. Es gibt keine Happy Ends, nur glückliche Tage, glückliche Momente. Das einzige Ende ist der Tod, und glaub mir, niemand stirbt glücklich. Solange man noch nicht sterben muss, zahlt man dafür eben den Preis, dass sich alles ständig ändert. Das Einzige, worauf man sich wirklich verlassen kann, ist die Tatsache, dass man sich auf nichts verlassen kann.«

»Es tut mir leid, dass wir alle so geworden sind«, sage ich. »Das muss dich sehr verletzen.«

Sie zuckt mit den Achseln. »Wenn alles so leicht wäre,

würdet ihr mich nicht brauchen. Wer würde mir dann noch Aufmerksamkeit schenken?«

»Es dreht sich alles immer nur um dich, oder?«

»Das Leben ist eine Bühne, und ich bin der Star.«

»Soll ich dir ein Bett herrichten?«

»Bring mir nur eine Decke, ich bleibe hier.« Als sie wieder zu Claire hinuntersieht, liegt in ihren Augen so viel Zärtlichkeit, dass ich den Blick abwenden muss. »Und Douglas?«

»Ja?«

»Vergiss meinen Wein nicht.«

29

Die Kunde, dass der örtliche Witwer wieder auf Freiersfüßen wandelt, verbreitet sich wie ein Virus, und bald ist mein Anrufbeantworter voll mit Nachrichten von Freunden und Nachbarn. Alle erzählen mir von irgendwelchen geschiedenen und verwitweten Frauen, die ich unbedingt kennenlernen müsse, oder von ihren unverheirateten Schwestern und Cousinen, die ich bestimmt ganz toll finden würde.

Claire engt das Feld gnadenlos ein, indem sie als Erstes sämtliche Nachrichten löscht, die ihren Auswahlkriterien nicht gerecht werden. Den Rest ruft sie zurück, wobei sie jedes Mal sofort zur Sache kommt und sich haarsträubend ausführlich beschreiben lässt, wie die jeweilige Kandidatin aussieht, zusätzlich ein Foto anfordert und dann auch noch einen detaillierten Bericht über alle früheren Beziehungen verlangt:

»Ich versuche doch nur zu vermeiden, dass sich hinterher jemand verletzt fühlt. Sie haben ja jetzt meine E-Mail-Adresse. Wenn ich mir die Fotos angesehen habe, reden wir weiter.«

»Von ihrem hübschen Gesicht haben Sie mir schon erzählt. Jetzt würde ich gerne wissen, ob sie auch einen knackigen Hintern hat. Das ist eine Ja/Nein-Frage. Holen Sie doch bitte mal Ihren Mann ans Telefon.«

»Ist das Kind durch Kaiserschnitt oder vaginale Entbindung

zur Welt gekommen? Verstehe. Dann finden Sie es bitte heraus und rufen mich zurück.«

»Das hat wirklich nichts mit mangelndem Vertrauen zu tun. Bei allem Respekt, Rabbi, aber Ihr Beruf ist keineswegs eine Garantie für Ihr ästhetisches Empfinden.«

Am Ende entscheidet sie sich für Suzanne Jasper, die Mike mir angepriesen hat. Sie ist geschieden, Anfang dreißig und seine Nachbarin. Wäre er nicht so wahnsinnig in Debbie verliebt, würde er sie wahrscheinlich selbst nehmen. Mir ist schnell klargeworden, dass die gebundenen Männer mich mit den Frauen zusammenbringen wollen, nach denen sie insgeheim selbst lechzen, um wenigstens auf diesem indirekten Weg – über mich – mit ihnen in Kontakt zu treten. Sie würden ja gerne selbst, aber da sie nicht können, soll ich.

Laut Mike brach vor ein paar Jahren Suzannes Welt zusammen, als herauskam, dass ihr Mann in einem Chatroom ein junges Mädchen kennengelernt und zu einem Rendezvous in ein Motel in Connecticut bestellt hatte. Dort entpuppte sich die vermeintlich Vierzehnjährige dann als FBI-Agentin auf der Jagd nach Sexualstraftätern.

Nach ihrem nervösen Verhalten bei unserem Abendessen beim Italiener zu urteilen, hat Suzanne den Schock noch immer nicht ganz verwunden. Ihr Lächeln wirkt angestrengt, als würde sie unter dem Tisch Gewichte stemmen, und sie lacht zu schnell, abgehackt und schrill. Dafür hat sie eine lange blonde Mähne, graublaue Augen und einen beißenden, selbstironischen Humor. Und sie mag mich auf Anhieb, weil ich noch volles Haar habe, aber keine Exfrau und auch keine eifersüchtigen Kinder. Außerdem bin ich das Opfer höherer Gewalt geworden und dadurch auf attraktive Weise angeschlagen – jung, schlank, traurig und schön.

Das Problem bei einem Date ist, dass man zwangsläufig darauf zu sprechen kommt, was man beruflich macht, in meinem Fall also auf meine Kolumne und somit auf Hailey, was ich jedoch nicht möchte. Deswegen sprechen wir stattdessen über unsere Kindheit und unsere Geschwister. Dass ich ein Zwilling bin, liefert meist eine Menge Gesprächsstoff. Anschließend unterhalten wir uns über Filme – was ebenfalls ein gutes Thema ist, weil ich so gut wie alles gesehen habe – und über die Universitäten, an denen wir studiert haben. Als uns schließlich gar nichts anderes mehr einfällt, tauschen wir schlimme Date-Erfahrungen aus.

In Anbetracht der Tatsache, dass wir beide gebeutelte, angeschlagene Menschen sind, deren früheres Leben über Nacht in die Brüche ging, läuft es eigentlich recht gut. Auf eine subtile Weise ist sie durchaus sexy, und ich frage mich gerade, wie es wohl wäre, sie zu küssen, und welche Art Unterwäsche sie wohl trägt, als plötzlich ihr Handy klingelt.

»Oh, Mist!«, sagt sie, während sie das Telefon wieder zuklappt. »Sam ist krank.«

Als ich Suzanne vor einer Stunde abholte, fand ich ihre beiden kleinen Söhne recht süß, aber als wir jetzt das Haus betreten, steht der fünfjährige Sam auf einem Stuhl und übergibt sich heftig würgend ins Spülbecken, während der dreijährige Mason auf dem Küchentisch sitzt und brüllt wie am Spieß. Die Babysitterin, eine pummelige Schülerin mit einer Zahnspange im Mund und riesigen Pickeln am Kinn, macht einen ziemlich aufgelösten Eindruck und wirft sich Suzanne quasi vor die Füße, als wir hereinkommen.

»O mein Gott! Wie kann er nur so viel erbrochen haben?«, fragt Suzanne und betrachtet erschrocken die große Pfütze auf dem Boden.

»Das war ich«, gesteht das Mädchen verlegen. »Sobald ich diesen Geruch rieche, muss ich mich auch sofort übergeben.«

»Na super«, bemerkt Suzanne grimmig. Sie zieht einen Zwanziger aus der Tasche. »Geh nach Hause, Dana.«

»Sind Sie sicher?«, fragt Dana, steckt das Geld allerdings bereits ein und steuert auf die Tür zu.

Suzanne eilt in die Küche und legt Sam die Hände auf die Schultern. »Ist ja gut, mein Schatz, Mommy ist da.«

Sam, dessen Gesicht und Shirt mit angetrocknetem Erbrochenem verkrustet ist, blickt zu ihr auf und stößt ein trauriges Wimmern aus, ehe er sich erneut ins Spülbecken übergibt.

»O mein Gott!«, ruft Suzanne, nachdem sie ihm eine Hand auf die Stirn gelegt hat. »Er glüht ja richtig!«

Währenddessen schreit Mason mit unverminderter Lautstärke weiter. Ich gehe einen Schritt auf ihn zu und versuche, ihn mit einem freundlichen Blick zu beschwichtigen, aber er weicht vor mir zurück, rutscht vom Tisch und schlägt sich an der Kante den Kopf an. Ich hätte nicht gedacht, dass er noch lauter brüllen kann, doch wie sich nun zeigt, hat Masons Stimme ein gewaltiges Volumen: Er holt tief Luft und stößt einen so markerschütternden Schrei aus, dass sich mir sämtliche Nackenhaare sträuben. Da der Schrei kein Ende nimmt, bekomme ich langsam Angst, er könnte das Atmen vergessen und ohnmächtig werden oder von irgendeinem Schlag getroffen werden.

Suzanne nimmt ihn auf den Arm und sagt: »Hol mal Luft, mein Schatz!«, während Sam weiter ins Spülbecken würgt. »Ist ja gut, Mason, der Mann wollte dir doch nur helfen!«

»Eis!«, schreit Mason.

»Könntest du ihm aus dem Gefrierschrank ein bisschen Eis bringen?«, fragt Suzanne.

»Klar«, antworte ich. »Obwohl er sich wirklich nicht fest angeschlagen hat.«

»Eis!«, kreischt Mason und funkelt mich über die Schulter seiner Mutter zornig an.

»Er hat ein Faible für Eis«, erklärt Suzanne, während sie ihm das Haar aus dem Gesicht streicht.

Im Gefrierschrank finde ich einen von den blauen Kühlakkus, die man normalerweise für Kühltaschen benutzt. Sobald er Masons Stirn berührt, hört der Junge zu weinen auf, als hätte jemand einen Schalter umgelegt. Suzanne reicht ihn mir, und zu meiner großen Überraschung leistet er keine Gegenwehr, sondern kuschelt sich bereitwillig an meine Brust. Mit ernster Miene presst er sich weiter den Kühlakku an den Kopf und kommt sich dabei sichtlich wichtig vor.

Suzanne feuchtet in der Zwischenzeit ein Geschirrtuch an und beginnt dann mit einer Hand Sams Nacken und Rücken zu massieren, während sie ihm mit der anderen sein verkrustetes Shirt auszieht und dabei in leisem, beruhigendem Ton auf ihn einredet. Da ich selbst mit einer alleinerziehenden Mutter verheiratet war, sollte gerade ich die Kompetenz, die sie dabei unter Beweis stellt – diese mütterliche Mischung aus Mitleid und Effektivität –, besonders attraktiv finden, aber sie lässt mich völlig kalt. Was unter Umständen an dem süßlichen Kotzegeruch liegen könnte, der auf widerwärtige Weise die Luft verpestet.

Sam hat vierzig Grad Fieber, und nach kurzer Rücksprache mit ihrem Kinderarzt beschließt Suzanne, mit ihm in die Notaufnahme zu fahren. Nachdem sie die Babysitterin mit der empfindlichen Nase so voreilig nach Hause geschickt hat, steckt sie nun in einer prekären Zwickmühle: Entweder sie muss Mason mitnehmen oder mich bitten, auf ihn aufzupassen.

»Ich frage dich äußerst ungern«, erklärt sie, während sie Sam ein frisches T-Shirt über den Kopf zieht. »Aber ich weiß nicht, was ich sonst tun soll.«

»Lass dir deswegen keine grauen Haare wachsen«, antworte ich. »Ich kann gut mit Kindern umgehen.«

»Er sollte längst schlafen. Ich bringe ihn noch rasch ins Bett, dann kannst du dich einfach ins Wohnzimmer setzen und fernsehen. Du wirst gar nicht merken, dass er da ist.«

»Kein Problem, ich helfe gerne. Sag mir nur, wo du den Schrubber hast.«

»Den Schrubber?«

»Normalerweise bin ich erst nach dem dritten Date bereit, Kotze aufzuwischen, aber nachdem wir uns auf Anhieb so gut verstanden haben, mache ich eine Ausnahme.«

Sie lächelt. »Es tut mir leid, dass unser Abend so unerfreulich endet. Ich werde es wiedergutmachen, das verspreche ich dir.« Als ihr bewusst wird, dass ich das auch als sexuelle Anspielung auffassen könnte, erblasst sie für einen Moment.

»Kein Problem«, beruhige ich sie.

»Du brauchst es wirklich nicht aufzuwischen.«

»Ich möchte aber. Glaub mir.«

Sie trägt Mason in sein Zimmer. Sam, der bei mir in der Diele zurückbleibt, lehnt währenddessen wie der weltjüngste Alkoholkranke an der Wand und reibt sich benommen die Augen.

»Ich weiß, wie es dir geht«, sage ich mitfühlend.

Ein paar Minuten später taucht Suzanne wieder auf, wirft Sam eilig einen Mantel über und steuert mit ihm auf die Tür zu.

»Fühl dich wie zu Hause«, sagt sie im Gehen zu mir. »Nimm dir alles, was du möchtest.« Und weg ist sie.

Kotze aufzuwischen dauert länger, als man glaubt. Mit dem Schrubber scheine ich das Zeug nur noch mehr über den Boden zu verteilen, deswegen verlege ich mich lieber auf Küchentücher, bis ich am Ende drei ganze Rollen aufgebraucht habe. Nach einem letzten Putzdurchgang mit dem Schrubber, der anschließend endgültig hinüber ist, stopfe ich ihn und sämtliche Küchentücher in eine Mülltüte und werfe sie in die Garage. Doch obwohl ich so gründlich geputzt und den Küchenboden danach auch noch mit Desinfektionsmittel eingesprüht habe, bekomme ich den süßlichen Geruch einfach nicht aus der Nase.

Erst jetzt bemerke ich den angetrockneten Fleck auf meiner Hose. Er befindet sich knapp unterhalb meines Knies und hat die Form von Italien. In einer Nische neben der Küche entdecke ich Suzannes Waschmaschine und Trockner, ziehe meine Hose aus und gebe sie mit ein wenig Waschmittel in die Maschine. Nachdem ich sie eingeschaltet habe, wandere ich eine Weile in Unterhosen durchs Haus und sehe mir Suzannes Fotos an. Alle Beweise für die Existenz ihres Exmannes sind chirurgisch entfernt worden. Als Nächstes durchforste ich auf der Suche nach einem Snack ihre Speisekammer und ihren Kühlschrank.

In einem Schrankfach über dem Kühlschrank stoße ich auf eine Flasche Johnnie Walker. Ich zögere einen Moment, aber da ich mit einer langen Nacht rechne und sie mich ausdrücklich aufgefordert hat, mir alles zu nehmen, was ich möchte, schnappe ich mir die Flasche, eine Packung Cracker und einen Karton Saft zum Nachspülen und lasse mich im Wohnzimmer vor dem Fernseher nieder. Ihr Programmangebot beschränkt sich auf die ganz normalen Kabelsender, was sie mir vorhin klugerweise verschwiegen hat, weil ich mich sonst wahrscheinlich nicht als Babysitter zur Verfügung gestellt hätte. Sämtliche Sender bringen entweder hochdramatische Arztfilme oder Krimis, in denen sich gut gekleidete Cops die Hälfte der Zeit in dämmrigen, wie Nachtclubs gestylten Hightech-Laboren aufhalten, wo sie auf möglichst dramatische Weise versuchen, ein Stück von einer Stofffaser zu analysieren.

Suzannes DVD-Sammlung scheint nur aus Disney-Zeichentrickfilmen zu bestehen. Nach einer halben Stunde erfolglosen Zappens stelle ich zu meiner eigenen Verwunderung fest, dass ich bereits ein Drittel von dem Johnnie Walker vernichtet habe. Als ich aufstehe, löst sich die Haut meiner Oberschenkel mit einem schmatzenden Geräusch vom Leder der Couch.

Leicht benebelt sehe ich nach meiner Hose, die schon fertig gewaschen ist. Nachdem ich sie in den Trockner geworfen habe, begebe ich mich auf die Suche nach einer Toilette. Im Erdgeschoss ist die Tür, die ins Bad führt, mit Plastikfolie abgeklebt, und die kahlen Wände, aus denen allerlei Anschlüsse und Drähte herausragen, lassen darauf schließen, dass hier Renovierungsarbeiten im Gange sind. Ich gehe also nach oben, wo ich mit meinen Socken tief im plüschigen Teppich versinke und mich dabei elektrisch auflade, so dass ich einen leichten Schlag verpasst bekomme, als ich mit den Fingern aus Versehen die Tapete streife. Im oberen Bad steht lauter Badewannenspielzeug herum, und über der Toilette ist eine seltsame, donutförmige Vorrichtung angebracht, die die Jungs wohl daran hindern soll, beim Kacken ins Klo zu fallen.

Da das Ganze nicht besonders hygienisch aussieht, beschließe ich, Suzannes Bad zu benutzen. Was bedeutet, dass ich durch ihr Schlafzimmer muss. Man könnte mir das als unbefugtes Eindringen in ihre Privatsphäre auslegen, aber da ich bereits die Kotze von ihrem Boden gewischt habe und für ihren Sohn den Babysitter spiele, haben wir dieses Stadium ja wohl schon hinter uns gelassen. Außerdem hat sie ausdrücklich gesagt, ich solle mich wie zu Hause fühlen, und zu Hause kacke ich auch nicht auf einen vollgepinkelten Plastik-Hämorrhoiden-Donut, von dem mir irgendein scheußliches Monster entgegengrinst.

Suzannes Schlafzimmer ist in Dunkelgrau gehalten, und sie hat ein französisches Bett mit einem Kopfteil aus abgestepptem Leder. Die Bettwäsche ist aus weinrotem Satin, inklusive Laken und Kissen. Dass sie ein so sexy Bett hat, lässt mich meine Meinung über sie ein wenig revidieren. Noch mehr revidiere ich diese Meinung, als ich in ihrer obersten Nachttischschublade, die ich rein zufällig herausziehe, nicht nur einen, sondern gleich zwei identische Vibratoren entdecke. Offenbar ist sie eine Frau, die ihre Orgasmen ernst genug nimmt, um sogar einen Plan C für ihren Plan B zu haben. »Suzanne!«, sage ich beeindruckt.

Nach einem weiteren großen Schluck aus der Whiskeyflasche gehe ich hinüber ins Bad, wo ich auf die Spuren ihrer Date-Vorbereitungen stoße: Fön, Haarclips, Bürsten, Eyeliner, Lippenstifte und andere Schönheitsutensilien sind über jedes zur Verfügung stehende Fleckchen verteilt. In meinem leicht angetrunkenen Zustand bin ich äußerst gerührt über den ganzen Aufwand, den sie betrieben hat, nur weil sie mit mir zum Abendessen verabredet war.

Als ich wieder aus dem Bad komme, lege ich mich für einen Moment auf das Bett. Ich lasse mich in die weiche Matratze sinken und genieße es, den kühlen Satinstoff an meinen nackten Beinen zu spüren. Auf dem Nachttisch steht ein gerahmtes Foto von Suzanne und einer Freundin von ihr. Es zeigt die beiden an einem tropischen Urlaubsort, wo sie im Bikini am Pool sitzen und farbenfrohe Schirmchendrinks hochhalten. Ich stelle das Foto auf meiner Brust ab und betrachte Suzanne eine Weile. Dabei drängt sich mir die Frage auf, ob wir wohl hier in diesem weichen, sexy Bett gelandet wären, wenn unser Rendezvous kein so abruptes Ende genommen hätte.

Beim Italiener hatte ich nicht das Gefühl, dass das zur Debatte stand, aber nun, da ich hier bin, erscheint es mir durchaus im

Bereich des Möglichen. Ich schließe die Augen und versuche mir ins Gedächtnis zu rufen, wie ihr Gesicht während des Essens ausgesehen hat. Sind mir etwa irgendwelche Signale entgangen, die auf eine unterschwellige Sinnlichkeit hindeuteten? Ich versuche mir eine plausible Sequenz von Ereignissen auszumalen, die nach der eher steifen Unterhaltung dazu hätten führen können, dass wir uns gegenseitig ausgezogen und auf dieses weiche rote Bett gelegt hätten. Suzanne. Es gibt einen alten Journey-Song mit diesem Titel, glaube ich. Ich summe ein paar Takte, kann mich aber nicht richtig an den Text erinnern. Journey ist schon so lange her.

»O mein Gott!« Ihre Stimme reißt mich aus dem Schlaf, als hätte sich plötzlich ein Angelhaken in mein Auge gebohrt.

Ich muss einen Moment blinzeln, weil mich das grelle Licht blendet, doch dann sehe ich, dass Suzanne in der Tür steht und Sams Gesicht gegen ihre Oberschenkel drückt, damit ihm mein Anblick erspart bleibt. Ihre Augen treten vor Schreck hervor, ihr Mund ist weit aufgerissen, ihr Kinn zittert.

»Suzanne«, sage ich, während ich mich mühsam aufsetze und dabei sowohl das Foto auf meiner Brust als auch die Whiskeyflasche umstoße, die ich zwischen meine Oberschenkel geklemmt hatte – auf eine ziemlich phallische Art, wie mir jetzt erst klar wird.

»Was zum Teufel machst du da?«, schreit sie.

»Hör zu«, sage ich, während ich mir die Augen reibe. Um mich herum dreht sich der ganze Raum wie ein Karussell. »Es ist alles in Ordnung!«

»Du Dreckskerl! Zieh sofort deine gottverdammte Hose an und verschwinde aus meinem Haus!«

Ihr Gesicht ist vor Wut und Abscheu verzerrt. Als ich mich vom Bett rolle und auf sie zutorkle, reißt sie abwehrend die

Hände hoch und drückt sich mit angeekelter Miene gegen die Wand.

»Bleib mir bloß vom Leib!« Draußen auf dem Gang beginnt Mason zu weinen. »O mein Gott, Mason!« Mit Sam im Schlepptau stürmt sie aus dem Raum.

Ich dagegen habe das Gefühl, mich wie in Zeitlupe zu bewegen, als ich schließlich mit benebeltem, heftig pochendem Kopf und wackeligen Beinen nach unten haste und den Wäschetrockner aufreiße. Meine Hose fällt mir schwer und nass entgegen. Offenbar habe ich vorhin vergessen, den Startknopf zu drücken. Ich ziehe sie trotzdem an und renne wieder nach oben. Masons Zimmertür steht offen, und ich sehe Suzanne auf seinem Bett sitzen, die beiden weinenden Jungs auf dem Schoß.

»Suzanne«, sage ich.

Sie schleudert mir einen vernichtenden Blick entgegen, dessen nukleare Bombenlast bewirkt, dass sich jedes Organ in meinem Körper wie ein Schwamm zusammenzieht. »Geh einfach«, antwortet sie.

Ich begreife, dass hier nichts mehr zu retten ist. Egal was ich zu meiner Verteidigung vorbringe, sie wird keine meiner Erklärungen akzeptieren. Ich bin nun für immer der Typ, den sie betrunken und ohne Hose in ihrem Bett vorgefunden hat. Wenn sie das nächste Mal einem anderen Mann von ihren schlimmen Date-Erfahrungen berichtet, werde ich auf ihrer Liste ganz oben stehen. Er wird mitfühlend den Kopf schütteln, und sie wird eine selbstironische Bemerkung über all die Mistkerle und Perversen machen, die sich offenbar von ihr angezogen fühlen.

Dass sie mich nun zu dieser Kategorie zählt, erscheint mir extrem unfair, aber wie es aussieht, habe ich keine Möglichkeit, Einspruch einzulegen. Da ist einfach nichts mehr zu retten, und mir bleibt nichts anderes übrig, als den schlackernden Bund meiner kalten, nassen Hose hochzuziehen und meiner rasch wachsenden Sammlung unehrenhafter Rückzüge einen weiteren hinzuzufügen.

Auf der Heimfahrt lache ich hysterisch, oder ich weine, so genau kann ich das hohe Bellen, das wie Geschützfeuer aus meiner Kehle hervorbricht, nicht einordnen. Jedenfalls spüre ich in meiner Brust scharfe, heiße Stiche – die zackigen Kanten all der Dinge in mir, die immer noch zerbrochen sind.

In den folgenden Wochen habe ich so viele lausige erste Dates, dass es eigentlich angebracht wäre, dem Thema eine musikalische Collage zu widmen. Stellen Sie sich vor, ein Popsong setzt ein, und Sie sehen Doug in verschiedenen Outfits vor einem großen Spiegel posieren. Eine lachende Claire führt vom Bett aus Regie. Als Nächstes werden Sie Zeuge, wie Doug diverse attraktive und weniger attraktive Frauen, die von der Casting-Zentrale ausgewählt wurden, in diverse Restaurants oder Cafés geleitet. In schneller Abfolge sehen Sie Aufnahmen der verschiedenen Frauen an Dougs Tisch. Einige sieht man sprechen, einige schweigen, eine kratzt mühsam das Dressing von einem Salatblatt, eine andere unterstreicht ein wichtiges Argument mit einer heftigen Bewegung ihres Zeigefingers, eine dritte weint hemmungslos, die nächste saugt an einem scheinbar endlosen Spaghetto.

Eine weitere schnelle Abfolge von Aufnahmen zeigt Doug, wie er jede dieser Frauen vor ihrem Haus oder ihrer Wohnung absetzt und eine Hand nach der anderen schüttelt oder zwischen einem Händedruck und einem keuschen Gutenachtkuss linkisch vor und zurück wippt. Wenn er schließlich geht, verharrt die Kamera einen Moment auf der jeweiligen Frau im Hintergrund, aus deren Miene die traurige Gewissheit spricht, dass auch dieser Mann sich nie wieder melden wird. Anschließend sieht man Doug im Vordergrund zu seinem Wagen eilen, das Gesicht überschattet von der abgrundtiefen Nutzlosigkeit all seiner Bemühungen.

Die Wahl des Songs ist hier ganz entscheidend, es muss etwas Langsames sein, das trotzdem einen gewissen Rhythmus hat, und dazu sollte eine rauhe Raucherstimme romantische, mit Ironie gespickte Texte singen, die die absolute Sinnlosigkeit des Ganzen zum Ausdruck bringen. Die Langeweile und die Zeitverschwendung, die peinlichen Momente, mit denen solche Abende beginnen und enden, die klischeehaften Gespräche, die man gleich wieder vergessen kann, die tristen Lebensgeschichten, in die man eingeweiht wird, ohne es zu wollen. Der Song endet mit leise verklingenden Klavierakkorden in Moll, und die letzte Aufnahme zeigt Doug auf der Heimfahrt. Durchs offene Wagenfenster sieht man ihn traurig am Steuer sitzen und mit leerem Blick auf die einsame Straße starren, die vor ihm liegt.

*

In einer schlaflosen Nacht fische ich dann irgendwann die Visitenkarte von Brooke Hayes aus meiner Brieftasche und wähle ihre Handynummer. Nach dem fünften Klingeln geht sie ran.

»Hier ist Doug«, sage ich. »Parker.«

»Hallo, Doug Parker«, antwortet sie schlaftrunken.

»Ich habe Sie aufgeweckt. Entschuldigung.«

»Nein, ist schon gut. Was gibt's?«

»Nichts.«

»Wie spät ist es?«

»Ein Uhr.«

»Oh.«

»Hören Sie, das war dumm von mir. Es tut mir leid. Ich hoffe, Sie können gleich wieder einschlafen.«

»Sie klingen so komisch.«

»Ich bin ein bisschen betrunken.«

»Aber sonst ist alles in Ordnung?«

»Ja.«

»Dann ist es ja gut.«

»Das war jetzt gerade gelogen. Es ist nicht alles in Ordnung.«

»Was ist denn los?«

»Ich habe angefangen, wieder mit Frauen auszugehen.«

»Oh. Das ist doch ein positiver Schritt.«

»Keine Ahnung. Es fühlt sich irgendwie falsch an. Außerdem ist es peinlich und absolut hoffnungslos.«

»Sie gehen also wieder mit Frauen aus.«

Einen Moment lang schweigen wir beide. Ich kann sie atmen hören. Sie klingt, als wäre sie immer noch nicht richtig wach. »Hallo?«, sagt sie nach einer Weile.

»Ich wollte Ihnen nur sagen, dass ich morgen gegen Mittag ins Kino gehe. Nur für den Fall, dass Sie auch Lust haben.«

»Oh. In welchen Film?«

»Egal. Das überlasse ich Ihnen.«

Lachend antwortet sie: »Ich werde sehen, was ich tun kann.«

30

Brooke kommt tatsächlich ins Kino. Sie trägt zu einem langen, fließenden Zigeunerrock ein schlichtes kurzes T-Shirt und hat sich das Haar mit zwei Klammern aus dem Gesicht gesteckt, so dass die zahlreichen Ringe und Stecker an ihren Ohren zu sehen sind. Sie wirkt auf eine lässige, unaufwendige Weise hübsch und macht einen souveränen, entspannten Eindruck. Ich muss gegen den Drang ankämpfen, ihr mit den Fingern übers Gesicht zu streichen.

»Ich bin vergewaltigt worden.«

Sie sagt das ohne Vorwarnung, mitten in dem Zombie-Film, den wir uns anschauen. Es handelt sich um ein Remake irgendeines alten Zombie-Klassikers. Anscheinend gibt es keine neuen Zombie-Geschichten zu erzählen. Brooke hat den Film ausgesucht, und wir sind allein im Saal.

»Was?«, frage ich.

»Sie wollten doch, dass ich Ihnen mein Geheimnis verrate.« Das sagt sie ganz beiläufig, während sie nach meiner Coladose greift, um einen Schluck daraus zu nehmen. »Ich bin vergewaltigt worden. Vor ungefähr zwei Jahren.«

Ich mustere sie, aber sie starrt beharrlich auf die Leinwand, wo sich die Zombies gerade gegen die Glastüren des Einkaufszentrums drücken, in dem die letzten überlebenden Menschen festsitzen.

»Sollen wir gehen?«, frage ich. »Irgendwohin, wo wir besser reden können?«

»Nein«, antwortet sie. »Hier passt es mir gut.«

»Ich kann Sie vor lauter Maschinengewehrfeuer kaum hören.«

»Das ist mir ganz recht so.«

»Was ist passiert?«

»Es war ein Mann aus meinem Yogakurs. Benny. Einer von diesen großen, bulligen Gewichthebertypen, Sie wissen schon. Er hat mich nach dem Kurs immer nach Hause begleitet, wenn Greg mich nicht abholen konnte.«

»Greg?«

»Mein Verlobter.«

»Oh.«

»Benny hat immer mit mir geflirtet, aber auf eine harmlose Art. Ich war der Meinung, dass er in mir so etwas wie eine kleine Schwester gesehen und mich nie aus den Augen gelassen hat, weil er mich beschützen wollte. Schließlich war er fast doppelt so alt wie ich. Außerdem hat er schon seit Jahren Yoga gemacht. Was nicht heißen soll, dass das eine Rolle spielt, aber man stellt sich Männer, die Yoga machen, einfach nicht als potenzielle Vergewaltiger vor. Eines Abends brachte er mich nach Hause und fragte, ob er noch kurz mit hinaufkommen und meine Toilette benutzen könne. Ich dachte mir nichts dabei, doch kaum hatten wir die Wohnung betreten, drückte er mich gegen die Wand und eröffnete mir, dass er mich liebe und mir das endlich zeigen müsse. Als ich ihm sagte, er solle aufhören, reagierte er nicht, und als ich daraufhin versuchte, ihn von mir wegzuschieben, knallte er mir eine. Nicht allzu fest, allerdings fest genug, um mir klarzumachen, dass er notfalls auch härter zuschlagen würde. Wissen Sie, wie ich meine? Als könnte mir der nächste Schlag den Kopf wegreißen. Er war ein bulliger Typ, größer und kräftiger als die meisten Trainer. Dann sah er mir direkt in die Augen und knallte mir noch mal eine. Damit ich begriff, dass der erste Schlag kein Versehen war. Und dann brachte er mich in mein Schlafzimmer und vergewaltigte mich.«

»Scheiße!«

Brooke nickt. »Sie wollten es ja unbedingt wissen.«

»Was ist mit Greg passiert? Konnte er nicht damit umgehen?«

»O doch, für ihn war es kein Problem, dass ich vergewaltigt worden war.« Sie wendet sich mir zu. »Ich meine, natürlich war es ein Problem, aber er war bereit, sich damit auseinanderzusetzen. Womit er weniger gut umgehen konnte, war die Tatsache, dass ich nicht zusammengebrochen bin.«

»Wie meinen Sie das?«

Sie seufzt. »Ich schätze, ich war einfach kein typisches Vergewaltigungsopfer. Eigentlich hätte ich all die posttraumatischen Stresssymptome haben müssen, die man aus dem Fernsehen kennt: Alpträume, Heulkrämpfe, Gewichtsverlust, Paranoia. Bei mir ist das alles ausgeblieben, ich bin ziemlich schnell über das Ganze hinweggekommen. Ich versuchte nichts zu verdrängen. Ich wusste, was mir passiert war. Trotzdem war ich weder verletzt noch schwanger, ich hatte eine Menge gute Freunde, ich war verliebt, mein Leben lief gut. Ich war ein paar Tage traurig, aber dann hakte ich die Sache als Schicksalsschlag ab, vergleichbar mit einem Autounfall, und lebte mein Leben weiter. Ich hielt das eigentlich für eine ziemlich gesunde Einstellung. Das tue ich noch immer. Greg dagegen kam damit nicht klar. Es war, als fühlte er sich um seine Rolle als verständnisvoller Partner betrogen. Er wurde wütend auf mich und kam zu dem Schluss, dass ich die Vergewaltigung auf irgendeine Art genossen, Benny womöglich sogar dazu verführt hatte.

Plötzlich wurde ein großes Drama daraus. Er wollte nicht mehr mit mir schlafen und tat gar, als hätte ich ihn betrogen. Nach einer Weile fragte ich mich tatsächlich, ob er vielleicht recht hatte, was sich dann aber anfühlte, als würde ich von Neuem vergewaltigt. Wir kamen beiden nicht mehr heraus aus dieser abwärtsführenden, endlosen Spirale der Ironie: Er wäre nur über meine Vergewaltigung hinweggekommen, wenn es mir weniger gut gelungen wäre, darüber hinwegzukommen.«

»Sie haben sich also getrennt?«

Sie nickt. »Natürlich ist mir erst hinterher klargeworden, dass ich sehr wohl ein Trauma davongetragen und große Wut auf Greg empfunden habe, weil er nicht da war, um mich zu beschützen. Dass ich das Ganze nach außen hin so gut weggesteckt habe, war in Wirklichkeit nur meine Art, ihn zu bestrafen. Ich wusste, dass ihn das letztendlich in den Wahnsinn treiben würde. Erst nachdem er weg war, begriff ich so richtig, war mir passiert war. Dann ging es los: die Alpträume, die tagelangen Heulphasen, das volle Programm. Ich glaube, ich hatte einen richtigen Nervenzusammenbruch.«

»Wie sind Sie in New Radford gelandet?«

»Die Wohnung hat ihm gehört, und eine eigene konnte ich mir nicht leisten. Also bin ich wieder nach Hause gezogen.« Sie grinst. »Eine Siebenundzwanzigjährige, die noch bei ihren Eltern wohnt. Bin ich nicht ein wunderbares Vorbild für die Kids?«

»Hat es seit Greg jemanden in Ihrem Leben gegeben?«

Sie schüttelt den Kopf. »Ein paar Fehlversuche. Irgendwann hatte ich immer das Gefühl, ihnen von der Vergewaltigung erzählen zu müssen, und ab dem Zeitpunkt hatten sie dann entweder ein Problem damit, mich anzufassen, oder haben sich total machohaft und blöd benommen. Wenn ich es aber nicht erzählt habe – was ich auch ein paarmal ausprobiert habe –, stand es trotzdem zwischen uns, weil ich dann das Gefühl hatte, ihnen etwas zu verheimlichen.«

»Also ein richtiges Dilemma: zum Scheitern verurteilt, egal was Sie tun.«

»Es ist mir einfach wichtig, dass ich es einem Mann erzählen kann und er es versteht, ohne dass er mich anschließend mit anderen Augen sieht.«

»Nun haben Sie es ja mir erzählt.«

»Aber wir sind kein Liebespaar.«

»Könnte es nicht sein, dass wir gerade unser erstes Rendezvous haben?«

»Ein Vormittag mit Zombies und Popcorn?«

»Ich habe nicht gesagt, dass es ein besonders tolles Rendezvous ist.«

Sie wendet sich mir zu und sieht mich einen Moment lang an. Die Explosionen auf der Leinwand flackern wie Sternschnuppen über ihre dunklen Augen, und ihr wissendes Lächeln ist warm genug, um in meiner Brust etwas zum Schmelzen zu bringen. Mir ist bisher gar nicht aufgefallen, dass Brookes Oberlippe auf der linken Seite einen kleinen Krater aufweist, eine alte Aknenarbe. Ihre Lippenkontur ist an der Stelle mit etwas hellerem Narbengewebe unterbrochen. Doch das tut ihrer Schönheit keinen Abbruch, ganz im Gegenteil. Perfektion wirkt auf mich immer künstlich, kalt und hart. Wahre Schönheit ist ein Strom, der geerdet werden muss, und das geschieht durch kleine Makel. Man braucht etwas, woran man sich festhalten kann, einen Bezugspunkt. Die Narbe an ihrer Oberlippe ist der Haken, an dem man hängenbleibt, der unvollkommene Kern, von dem alles andere ausstrahlt.

»Nein«, antwortet sie. »Ich bin mir ziemlich sicher, dass das hier kein Rendezvous ist. Wenn es eines wäre, würden wir Händchen halten.«

Sie beobachtet, wie ich langsam die Hand ausstrecke. Dann schiebt sie ihre Finger zwischen meine und streicht mir sanft mit dem Daumen über den Handrücken, während sie gleichzeitig den Kopf an meine Schulter lehnt. »Lass uns einen anderen Film aussuchen«, sagt sie.

»Was denn für einen?«

»Den, der am längsten dauert.«

Nicht einmal auf dem grell beleuchteten Gang zwischen den Kinosälen lässt sie meine Hand los. Ich werte das als gutes Zeichen.

31

Als ich am nächsten Morgen nach unten komme, steht Claire gerade vor dem Spiegel in der Diele und begutachtet ihr Make-up. Sie trägt ein Kostüm und hochhackige Schuhe.

»Warum bist du denn so aufgestylt?«, frage ich, während ich mich auf der untersten Treppenstufe niederlasse.

»Ich bin nicht aufgestylt, sondern nur gut angezogen«, korrigiert sie mich, ohne den Blick von ihrem Spiegelbild abzuwenden. »Es kann sich nun mal nicht jeder erlauben, den ganzen Tag in zerknautschten Jeans und T-Shirt herumzulaufen.« Sie zupft an ihrem Haar herum, ohne wirklich etwas daran zu verändern, und lässt dann wie jede Frau, die gerade ihren Lippenstift aufgetragen hat, für einen Moment ihren Mund verschwinden, indem sie die Lippen aufeinanderpresst.

Ich dagegen sitze in meinen Boxershorts auf der Treppe und fühle mich auf einmal wieder wie ein kleiner Junge. Als hätte ich gerade meiner Mutter dabei zugesehen, wie sie sich für einen ihrer Vorsprechtermine zurechtmacht. Wenn sie mit ihrem Make-up fertig war, blieb sie oft noch lange vor dem Spiegel stehen, und wir gingen gemeinsam ihren Text durch. Sie ließ mich aus einem Drehbuch vorlesen, das ich nicht verstand, und überprüfte im Spiegel ihre Mimik und Kopfhaltung, während sie antwortete. Dann sagte sie: »Wünsch mir Glück!«, und ich sagte: »Hals- und Beinbruch!«, woraufhin sie die Luft neben meiner Wange küsste und zur Tür hinauseilte. Ich sprach dann jedes Mal ein kleines Stoßgebet – in der Hoffnung, dass sie die Rolle bekommen und damit den Durchbruch schaffen würde. Denn erst, wenn sie ein Star war, konnten wir nach Hollywood umziehen. Ich träumte davon, einer dieser coolen Jungs aus Hollywood zu werden, die lässig gekleidet zu Premieren gehen und hinterher mit schönen, verkorksten Mädchen in Nachtclubs herumhängen.

Während ich nun in die Gegenwart zurückkehre und wieder Claire betrachte, stelle ich schockiert fest, wie ähnlich sie unserer Mutter sieht. Ich bin nahe dran, es ihr zu sagen, doch obwohl die Schönheit unserer Mutter eine allgemein anerkannte Tatsache ist, bin ich nicht sicher, ob sie es als Kompliment auffassen würde.

»Was hast du vor?«

»Ich habe einen Termin bei meinem Gynäkologen.«

»Es ist doch alles in Ordnung, oder?«

»Keine Sorge. Es handelt sich nur um die übliche Routineuntersuchung mit Ultraschall.«

»Warum musst du für deinen Arzt so gut aussehen?«

»Für meinen Arzt lasse ich mich nur mit Wachs enthaaren. Gut aussehen tue ich für mich selbst.«

»Soll ich mitkommen?«

»Nein. Ich bin sowieso schon spät dran.«

»Ich brauche nur fünf Minuten.«

Sie dreht sich um und fährt mit den Fingern durch mein ungewaschenes, vom Schlaf strubbeliges Haar. »Du brauchst doch allein schon zehn Minuten, um deine Bettfrisur in den Griff zu bekommen.«

»Ich meine es ernst.«

»Ich auch. Hast du heute schon mal in den Spiegel geschaut?«

Von der Tür aus grinst sie mich noch einmal an.

Trotzdem habe ich ein ungutes Gefühl. Nachdem sie weg ist, lasse ich unser Gespräch im Geiste Revue passieren. Irgendetwas an ihrem Ton hat mir nicht gefallen. Ich rufe Debbie auf dem Handy an. »Ich bin gerade auf dem Weg in eine Besprechung«, erklärt sie leise.

»Ich muss dich etwas fragen.«

»Ruf mich später noch mal an.«

»Hätte ich Claire zu ihrem Gynäkologen begleiten sollen?«

»Was?«

»Sie hat sich gerade auf den Weg gemacht.«

»Moment mal …« Ich höre gedämpfte Stimmen und das Knallen einer Tür, dann ist Debbie wieder am Apparat. »Sie ist ganz alleine da hin?«

»Sie hat gesagt, es sei keine große Sache.«

»Und ob das eine große Sache ist! Wann ist sie los?«

»Gerade eben.«

»Weißt du, bei welchem Arzt sie ist?«

»Nein.«

»Ich rufe Mom an, die weiß es bestimmt. Dann treffen wir uns dort.«

»Was ist mit deiner Besprechung?«

»Claire geht es nicht gut, Doug«, antwortet sie. »Oder ist dir das entgangen?«

Ich muss daran denken, wie Claire zusammengerollt wie ein kleines Mädchen auf der Couch lag, den Kopf auf Mutters Schoß. Auf einmal frage ich mich, ob mir vielleicht wirklich ein paar Dinge entgangen sind. »Verdammter Mist!«, sage ich und fühle mich wie ein Idiot.

»Doug.« Debbies Stimme klingt sanft.

»Ich weiß«, antworte ich. »Ich versuche ja, für sie da zu sein.«

»Sie braucht dich.«

»Ja.«

»Und ich auch.«

»Ach, Pooh!«, sage ich, aber sie hat bereits aufgelegt.

Eine Stunde später treffen Debbie und ich uns in einer Gemeinschaftspraxis, die im Lenox Hill Hospital untergebracht ist. Auf der Milchglastür stehen die Namen von fünf Ärzten, und das Wartezimmer erscheint mir wie ein geheiligter Ort voller geduldig lächelnder, nur im Flüsterton sprechender Frauen. Ich war noch nie in einer Gynäkologenpraxis und habe das Gefühl, die Unmengen von Östrogen, die hier in der Luft hängen, förmlich greifen zu können.

Genau wie Claire sind auch alle anderen Frauen gut angezogen und geschminkt. Ich finde es zugleich süß und seltsam, dass sie sogar unter derart klinischen Bedingungen das Bedürfnis haben, attraktiv zu sein, wenn ihnen jemand an die Wäsche will – egal ob es sich bei der betreffenden Person um einen Mann oder eine Frau handelt. Viele der Frauen befinden sich in unterschiedlichen Stadien der Schwangerschaft, und neben ihnen sitzen verlegene, nervös wirkende Männer. Sie zappeln wie Kinder herum, sehen immer wieder auf die Uhr, lesen Zeitung, tippen planlos auf kabellosen elektronischen Geräten herum oder unterhalten sich in gedämpftem Ton mit ihren Gattinnen. Die blättern ihrerseits ziemlich gelassen in Frauenzeitschriften, antworten den Männern, ohne hochzublicken, oder summen leise zu der ruhigen Popmusik, die aus versteckt angebrachten Lautsprechern erklingt.

Wir versuchen schon eine ganze Weile, die zickige Sprechstundenhilfe dazu zu bewegen, uns zu Claire zu lassen, als plötzlich meine Mutter zur Tür hereinkommt. Sie wirkt erhitzt und ein wenig atemlos.

»Mom«, sage ich erstaunt. »Was machst du denn hier?«

»Wo ist Claire? Habe ich etwas verpasst?«

»Wir arbeiten noch daran«, antwortet Debbie und wendet sich wieder der mürrisch dreinblickenden Sprechstundenhilfe zu. Sie trägt falsche Wimpern, und ihr Mund scheint mehr aus Lippenstift als aus Lippen zu bestehen. Der kleine Diamantstecker an ihrem Nasenflügel sieht aus wie ein funkelnder Pickel, und ihre langen, stark gebogenen Fingernägel haben etwas von lackierten Krallen.

»Wenn die Untersuchung bereits begonnen hat, darf ich niemanden mehr hineinlassen«, erklärt sie in entschiedenem Ton.

»Das verstehe ich ja«, erwidert Debbie ebenso entschieden. »Aber wir sind ihre Familie, und sie will uns dabeihaben. Wir sind nur ein bisschen spät dran.«

»Davon hat sie mir nichts gesagt. Ich kann nur den Vater zu ihr lassen.«

»Einen Vater gibt es momentan nicht«, antwortet Debbie. »Im Grunde ist sie alleinerziehend, und deswegen verstehen Sie bestimmt, dass sie jetzt unseren Beistand braucht.«

»Es tut mir leid, aber ich kann Ihnen nicht helfen.«

Meine Mutter tritt an den Empfangstresen und blickt auf sie hinunter. »Ich bin Claires Mutter.«

Die Sprechstundenhilfe nickt unbeeindruckt und greift nach einem klingelnden Telefon. »Gynäkologische Gemeinschaftspraxis«, meldet sie sich, sieht dabei jedoch weiter meine Mutter an. Meine Mutter lächelt freundlich. Ohne den Blickkontakt zu unterbrechen, schreit sie plötzlich: »Claire!«, so laut sie kann.

Die Sprechstundenhilfe fällt vor Schreck fast vom Stuhl.

Meine Mutter wartet nicht, bis sie sich erholt hat, sondern macht auf dem Absatz kehrt und marschiert den langen Gang zu den Behandlungsräumen hinunter. Im Wartezimmer haben alle den Kopf hochgerissen.

Die junge Frau springt auf und ruft meiner Mutter hinterher: »Hey, Lady, das können Sie nicht machen!«

»Claire!«, schreit meine Mutter noch einmal, während sie weiter den Gang entlangeilt.

Debbie und ich sehen uns einen Moment an und folgen ihr dann rasch. Die Sprechstundenhilfe stürmt wütend hinter uns her.

»Sie dürfen da nicht rein!«, ruft sie und packt Debbie am Ellbogen.

Debbie fährt herum wie von der Tarantel gestochen und funkelt sie mit zornigen Augen an. »Sind Sie ganz sicher, dass Sie diese Hand nicht mehr brauchen?«

Die junge Frau nimmt die Hand weg und tritt mit einem resignierten Achselzucken den Rückzug an. »Machen Sie doch, was Sie wollen!«, sagt sie.

Ein Mann in meinem Alter, der wie ein Krankenpfleger gekleidet ist und ein Namensschild mit der Aufschrift »Medizinisch-technischer Assistent« trägt, kommt gerade aus einem der Untersuchungsräume. »Kann ich Ihnen helfen?«, fragt er uns.

»Claire!«, schreit ihm meine Mutter ins Gesicht.

»Hey!«, schreit er zurück.

Dann ist hinter einer der Türen plötzlich Claires Stimme zu hören. »Mom?«

»Wo bist du, mein Liebling?«

»Mom!«

Claires Stimme folgend, schiebe ich mich an dem Mann vorbei und öffne eine Tür. Die halb nackte Frau auf dem Gynäkologenstuhl schreit auf. Der Arzt, der zwischen ihren Beinen wie ein Mechaniker herumwerkelt, hebt den Kopf und rollt mit seinem Hocker ein Stück zurück. Dadurch gewährt er mir einen Einblick in ihre Vagina, der von dem Tag an wie ein Dämon durch meine Träume spuken wird. »Falsches Zimmer«, stammle ich und knalle die Tür rasch wieder zu, während die Frau entrüstet weiterschreit und der medizinisch-technische Assistent von hinten an mir zerrt.

Meine Mutter öffnet die nächste Tür. Drinnen liegt Claire ausgestreckt auf einer Untersuchungsliege. Sie trägt einen Papierkittel, der ihren Bauch frei lässt, und verrenkt sich den Hals, um einen möglichst guten Blick auf den Monitor zu haben. Der Arzt, der gerade mit dem Wandler über ihren Bauch fährt, dreht sich zu uns um.

»Hallo«, sagt er erstaunt. »Kann ich Ihnen irgendwie helfen?«

»Das ist meine Familie«, erklärt Claire und bricht ohne Vorwarnung in Tränen aus.

»Schätzchen!« Meine Mutter läuft zu ihr hinüber und nimmt sie in den Arm, wobei sie sich die ganze Bluse mit blauem Gel verschmiert.

»Ist schon gut, Will«, wendet sich der Arzt an den Assistenten, der mich daraufhin loslässt. »Kommen Sie herein.«

Nachdem wir uns alle um Claire versammelt haben, fährt der Arzt mit der Ultraschalluntersuchung fort. »Ich war gerade dabei, Claire das Herz ihres Babys zu zeigen«, erklärt er.

Auf dem Bildschirm ist ein größer werdendes Dreieck aus Licht zu sehen. Als hätte jemand eine Falltür geöffnet, durch die Licht in einen Keller fällt. In dem Lichtfeld scheinen sich zwei weiße Fäden zu kreuzen, und zwischen ihnen befindet sich eine kleine, pulsierende Bohne. Der Doktor fährt mit einem zweiten Gerät über Claires Bauch. Auf einmal ist der Raum erfüllt von Wasserrauschen, begleitet von einem schnellen, abgehackten Klopfen.

»O Kind!« Meine Mutter legt Claire eine Hand auf die Schulter. In ihren Augen glitzern Tränen.

»Ich weiß«, antwortet meine Schwester, immer noch weinend.

»Hört euch das kleine Kerlchen an«, sagt Debbie und greift nach Claires Hand.

Der Arzt bewegt den Wandler. Plötzlich können wir den Fötus im Profil sehen: den runden, überproportional großen Kopf, den Ansatz einer Nase, die dünnen Ärmchen, die sich nach vorne recken wie zum Gebet.

»O mein Gott!«, jauchzt Debbie.

»Sie dürften in der zwölften Woche sein«, erklärt der Arzt.

»Ich bekomme ein Baby.« Claire starrt verwundert auf den Bildschirm.

Ich folge ihrem Blick und werde plötzlich von der seltsamen Gewissheit überwältigt, dass ich das auch könnte. Auch ich könnte ein Baby zeugen und es im Schoß einer Frau heranwachsen sehen, bis es schließlich perfekt und unberührt zur Welt käme, und dann alles in meiner Macht Stehende tun, um diese Vollkommenheit und Unberührtheit möglichst lange zu erhalten. In diesem Moment spüre ich, dass es Wichtigeres und Tiefgreifenderes gibt, als glücklich oder traurig zu sein. Auch wenn ich noch immer am Boden zerstört bin, werden all der Schmerz und die Unsicherheit mit der Zeit vielleicht zu ein klein wenig Weisheit führen und mich zu einem guten Vater machen. Zum ersten Mal in meinem Leben scheint mir das eine wirklich wünschenswerte Option zu sein und nicht nur eine entfernte Möglichkeit, die mir allein schon als Hypothese den kalten Schweiß ausbrechen lässt.

»Ist es ein Junge oder ein Mädchen?«, frage ich.

»Das kann ich aus diesem Blickwinkel nicht sagen«, antwortet der Arzt.

»Es ist ein Mädchen.« Claire lächelt mich durch ihre Tränen an.

»Woher willst du das wissen?«

»Weil ich es Hailey nennen werde. Wenn es ein Junge wird, kann er sich schon mal auf einiges gefasst machen.«

Während Claire nach meiner Hand greift und mich zu sich hinunterzieht, verschwimmt mir alles vor den Augen, so dass ich sie schließen muss. Auf einmal ist da nur noch der Klang dieses brandneuen, gerade erst heranwachsenden Herzens, das mit dem unablässigen Rhythmus seines winzigen, hungrigen Lebens den ganzen Raum erfüllt.

32

Brookes Eltern wohnen in einem bescheidenen, kastenförmigen Haus mit Zwischengeschossen. Es liegt im südlichsten Teil von New Radford, wo die Häuser dichter beieinanderstehen und nicht so weit von der Straße zurückgesetzt sind. Nur ein paar Blocks von hier entfernt wohnen Jim und Angie. Brookes Vater ist Ingenieur, und ihre Mutter arbeitet für die Geschworenenkommission.

Beide sind noch in der Arbeit, als ich Brooke abhole. Sie trägt einen weißen Rippenpulli über einer dunklen Hose und hat das Haar zu einem hohen Pferdeschwanz zusammengebunden. Nachdem sie mir die Tür geöffnet hat, tritt sie einen kleinen Schritt zurück, um mich vorbeizulassen. Eine gute Gelegenheit, ihr zur Begrüßung einen Kuss auf die Wange zu geben, doch ich zögere zu lange, und der Moment ist vorbei. Es jetzt noch zu tun würde peinlich und gezwungen wirken. Ich weiß, dass es Männer gibt, die solche Situationen ganz locker meistern, aber genauso sicher weiß ich, dass ich nicht zu diesen Männern gehöre.

Stattdessen sage ich: »Ich kann mich gar nicht mehr daran erinnern, wann ich das letzte Mal eine Frau im Haus ihrer Eltern abgeholt habe.«

»Dieses Thema brauchen wir jetzt nicht zu vertiefen.«

»Wieso, das ist doch nett? Ich komme mir vor, als wäre ich wieder auf der Highschool.«

»Und meine Eltern sind nicht da.« Sie zieht gespielt verführerisch die Augenbrauen hoch. »Wir könnten runter in den Keller gehen und ein bisschen rummachen.«

Offenbar werde ich rot, denn sie klopft mir rasch auf die Schulter und sagt: »Das war ein Witz.«

»Ich weiß.«

Sie tritt einen Schritt auf mich zu und mustert mich. »Was ist los, Doug?«, fragt sie leise.

»Nichts.« Ich schüttele meine Verlegenheit ab. »Du siehst bloß sehr hübsch aus, das ist alles.«

Sie greift nach meinem Arm und stellt sich auf die Zehenspitzen, um mir einen Kuss auf die Wange zu geben. »Nettes Ablenkungsmanöver, trotzdem danke für das Kompliment.«

An der Stelle, die ihre Lippen berührt haben, pocht meine Haut wie nach einem Sonnenbrand.

Beim Essen erzählt sie mir von ihrer Kindheit. Dass ihre Eltern sich ständig stritten und es immer noch tun und dass sie als Kind jeden Abend betete, die beiden würden sich scheiden lassen. Dass ihr Vater regelmäßig ihren älteren Bruder Ron schlug und Ron später, als er größer wurde, zurückzuschlagen begann und die beiden – begleitet von den nutzlosen Schreien der Mutter – wie Boxer aufeinander losgingen und dabei Möbel zerstörten, Geschirr zerschlugen und jede Menge Sprünge, Dellen und faustgroße Krater in den Wänden hinterließen.

Brooke zufolge wurde es ihrer Mutter irgendwann zu dumm, die Löcher auszubessern, so dass sie nur noch Fotos darüber hängte. Am Ende waren die Wände mit lauter willkürlich zusammengewürfelten, in unregelmäßigen Abständen aufgehängten Bildern bedeckt, deren Rahmen meist nicht passten: Kinderfotos von Brooke mit rosigen Wangen, missbraucht zum Kaschieren vernarbter Wände – die hübschen Lügen der

Vergangenheit als Fassade für die hässliche Wahrheit. Brooke lernte schon als Kind, die Warnsignale zu deuten und sich rechtzeitig nach oben in ihr Zimmer zurückzuziehen, wo sie ihren Plattenspieler auf volle Lautstärke drehte, bis der Kampf vorüber war oder die Polizei kam.

Jedes Mal, wenn ihr Vater und Bruder unten gegen die Wand knallten, trug die Scheibe, die sie oben gerade abspielte, einen Kratzer davon, und nach einer Weile wurden die Stellen, an denen der Plattenspieler weitersprang, zu festen Bestandteilen ihrer Lieblingssongs. Selbst heute überrascht es sie noch manchmal, wenn sie beim Radiohören mitsingt und die Musik nicht an der üblichen Stelle springt, denn in ihrem Kopf ist die beschädigte Version die richtige. Obwohl ihr Bruder längst ausgezogen ist, kommt es immer noch bei jedem seiner Besuche zu Handgreiflichkeiten. Thanksgiving und Weihnachten enden für gewöhnlich damit, dass die Nachbarn die Polizei rufen.

»So eine Scheiße«, sage ich. »Wie hast du es bloß geschafft, dabei normal zu bleiben?«

»Der äußere Eindruck täuscht. Im Grunde bin ich total verrückt«, antwortet sie. »Jedenfalls habe ich es kaum erwarten können, bis ich endlich mit dem College fertig war. Ich wollte nur noch weg. Aber jetzt bin ich wieder am Ausgangspunkt angekommen.«

»Ich kenne das Gefühl«, erkläre ich. »Nachdem ich weg war, hätte ich auch nie gedacht, dass ich die Großstadt noch mal verlassen würde, und jetzt bin ich ausgerechnet wieder in Westchester gelandet.«

»Kommst du ursprünglich von hier?«

»Aus Forest Heights. Zwei Orte weiter.«

»Oh. Ein reicher Junge.«

»Es ging uns ganz gut, schätze ich.«

»Du benimmst dich gar nicht wie die Typen, die schon zur Geburt einen Treuhandfonds bekommen.«

»Wahrscheinlich, weil ich keinen bekommen habe. Mein Dad war fest entschlossen, uns nicht zu verziehen. Er sagte immer, Kinder mit Geld hätten Probleme damit, Verantwortungsbewusstsein zu entwickeln.«

»Da ist was dran.«

»Ich war als Junge trotzdem eine Katastrophe.«

»Schon möglich, aber eine Katastrophe mit Geld ist viel gefährlicher. Wer weiß, wie viel Schaden du angerichtet hättest, wenn Geld kein Thema gewesen wäre? In der Schule habe ich jeden Tag reiche Jugendliche in meinem Büro sitzen. Jugendliche, die in einer höheren Steuerklasse wären als ich, wenn sie ihr Taschengeld versteuern müssten. Sie glauben, ein uneingeschränktes Anrecht auf alles und jedes zu haben. Das ist wie eine Art Geburtsfehler. Dein Dad ist ein kluger Mann.«

»War.«

»Oh, ist er tot?«

»Nein, aber er ist ... nicht mehr der Mann, der er mal war.«

»Wie meinst du das?«

»Er hatte einen Schlaganfall, der sein Gehirn dauerhaft geschädigt hat.«

»Das tut mir leid.«

»Eigentlich verstehen wir uns seitdem viel besser.«

Brooke seufzt neiderfüllt. »Dann wünschte ich, mein Dad hätte auch so was.«

Ich muss loslachen, woraufhin sie grinsen muss. Wir essen ein bisschen weiter, und dann lachen wir wieder. Irgendwo hinter uns lässt ein Kellner ein Tablett fallen, eine Familie singt »Happy Birthday«, und draußen auf dem Gehsteig eilen die Leute vorbei: Jugendliche auf Skateboards, Hundebesitzer beim Abendspaziergang, Mütter und Väter mit Kinderwagen, händchenhaltende Paare. Während sie alle das milde Wetter genießen, wächst zwischen uns so etwas wie ein Magnetfeld. Unsichtbar, aber deutlich spürbar hüllt es uns ein, schirmt uns von unserer Umwelt ab, bis ich das Gefühl habe, dass da nur noch Brooke und ich sind. Wir beide, und draußen der Rest der Welt.

Ich muss an diese Grußkarten denken, die zu meiner Highschool-Zeit so angesagt waren: Auf der Vorderseite waren zwei gelbe Küken in einer halben Eierschale abgebildet oder zwei Kätzchen in einem abgeschnittenen Milchkarton oder zwei Babyäffchen auf einem Ast. Darunter stand: *Du und ich gegen den Rest der Welt.* Und auf der Innenseite: *Ich glaube, wir werden ordentlich Prügel beziehen.* Als ich jetzt Brooke betrachte, über deren glattes Porzellangesicht das Kerzenlicht tanzt, frage ich mich: Wäre sie damals wohl eins der Mädchen gewesen, denen ich gerne eine solche Karte gegeben hätte? Und hätte sie so eine Karte von mir haben wollen? Wahrscheinlich nicht. Aber das war damals, und jetzt ist jetzt.

Vielleicht sind wir beide erst durch das, was wir erlebt haben, zu den Menschen geworden, die wir heute sind. Weder mir noch ihr hätte so etwas passieren sollen, aber so ist es nun mal, und deswegen sitzen wir nun hier und essen und lachen miteinander, während die Leute kommen und gehen. Sie und ich gegen den Rest der Welt. Vielleicht werden wir Prügel beziehen, aber das wäre für uns beide ja nicht das erste Mal. Dieses Wissen hat etwas seltsam Tröstliches, und als ich sie ansehe, spüre ich die nackte Emotion, die – noch undefiniert und im Embryozustand – über mein Gesicht brennt, und ich erkenne das Spiegelbild dieser Emotion im dunklen Doppeluniversum ihrer Augen.

»Als ich dich vorhin abgeholt habe, hätte ich dich am liebsten sofort geküsst.«

»Und ich wollte von dir geküsst werden.«

Auf einmal ist es ganz still, als wäre das Restaurant voller Schauspieler, die Anweisung haben, nur so zu tun, als würden sie sich unterhalten.

»Ich war nervös. Warum, kann ich dir nicht genau sagen.«

»Ich weiß. Ist schon gut.«

»Jetzt bin ich nicht mehr nervös.«

Es ist so still.

»Ich mag die Art, wie du mich ansiehst«, flüstert sie.

»Komm näher«, sage ich.

Ihre weichen, feuchten Lippen finden meine, und während wir beide ein ganz klein wenig den Mund öffnen, spüre ich die Hitze der Tischkerze an der Unterseite meines Kinns. Brooke schmeckt nach Weißwein und dem Basilikum aus ihrem Salat, aber darunter schmecke ich noch etwas anderes, ihre ganz persönliche, natürliche Süße – den Geschmack, den ich immer schmecken werde, wenn wir uns küssen. Es ist ein sanfter Kuss ohne Eile, eher Bestätigung als Erkundung. Nachdem er geendet hat, bleiben wir nahe beieinander. Unsere Köpfe schweben wie Heliumballons über dem kleinen Tisch, und wir mustern uns mit weit aufgerissenen Augen und rotem Gesicht.

»Das war schön«, sagt sie.

»Ja«, antworte ich.

»Ich glaube, du solltest um die Rechnung bitten.«

»Du berechnest etwas dafür?«

Sie muss lachen und küsst mich noch einmal. Erst dann, als ich auf der Suche nach dem Kellner den Blick durch den Raum schweifen lasse, entdecke ich Laney Potter. Sie sitzt mit Dave und einem anderen Paar an einem Ecktisch im hinteren Teil des Restaurants und durchbohrt mich mit zornigen

Blicken, während sie es gleichzeitig irgendwie schafft, sich am Gespräch der anderen zu beteiligen. Ich hätte wissen müssen, dass es in einer Stadt, in der es nur drei anständige Restaurants gibt, zwangsläufig dazu kommen musste. Was die plötzliche Kälte in meinem Bauch allerdings nicht weniger eisig macht.

Ich versuche mich auf Brooke zu konzentrieren, aber ihre Stimme scheint aus weiter Ferne zu kommen. Ich merke, wie mir der intime Moment, den wir eben noch teilten, immer mehr entgleitet. Laneys Gegenwart macht mich nervös, als verspürte ich ein unangenehmes Jucken an einer Stelle, an der ich mich in der Öffentlichkeit nicht kratzen kann. Ihre Blicke brennen sich wie Laserstrahlen durch meine Haut, Schicht für Schicht, so dass es nur noch eine Frage der Zeit ist, bis ich in Flammen aufgehe.

Es ist eine Szene wie aus einer Sitcom: Der Junge, der eigentlich zu Hause über seinen Büchern sitzen sollte, hat heimlich ein Rendezvous, als plötzlich seine Eltern ins Restaurant kommen. Er geht hinter seiner Speisekarte in Deckung und versichert seiner Flamme, dass alles in Ordnung ist, obwohl er sie gleichzeitig unter den Tisch zerrt, um sich dort mit ihr zu verstecken.

Ich brauche einen Moment Ruhe, um mich wieder zu fangen, deshalb entschuldige ich mich und eile Richtung Toilette. Mein Weg führt mich durch eine Nische und dann einen Gang entlang, in dem Drucke von Pin-up-Girls aus den fünfziger Jahren an der Wand hängen. Auf der Herrentoilette ist nur ein einziger anderer Gast, ein kleiner, kahlköpfiger Mann im Anzug, der an einem Urinal steht und gleichzeitig mit dem Handy telefoniert.

»Zieh den Spitzentanga an, den ich so mag«, sagt er. »Den schwarzen.« Er spricht definitiv nicht mit seiner Ehefrau, denn die wartet an ihrem Tisch darauf, dass er zurückkommt und die Nachspeise bestellt.

Mir geht durch den Kopf, dass ich auch nicht besser bin als dieser Multitasking-Typ, der es fertig bringt, beim Pinkeln Telefonsex mit seiner Freundin zu haben und gleichzeitig seine Frau zum Essen auszuführen.

»Stimmt, Baby«, sagt er, während er auf den Zehenspitzen hin und her wackelt, um die letzten Tropfen abzuschütteln.

Ich gehe in die Kabine ganz hinten, wo ich mich an die Wand lehne, mir mit Klopapier den Schweiß vom Hals wische und versuche, einen zengleichen Zustand der Ruhe zu erreichen, indem ich tief ein- und ausatme. Ich höre den Handymann gehen, der Mistkerl wäscht sich nicht einmal die Hände, mit denen er erst die eine und dann die andere Frau befingern wird. Dann höre ich die Toilettentür erneut aufgehen und Absätze über die Fliesen klacken. Die Absätze von Frauenschuhen. Vor der Tür meiner Kabine kommen sie zum Stehen. Durch den Türspalt sehe ich einen Streifen roten Haars.

»Soll ich reinkommen, oder kommst du raus?«, fragt sie.

»Laney. Was tust du hier?«

»Ich nutze die Gelegenheit.«

»Bestimmt kommt gleich jemand.«

»Dann wäre es vielleicht besser, du würdest mich jetzt hineinlassen.«

Als ich die Kabinentür öffne, schlüpft sie schnell zu mir herein und schließt hinter sich ab. Dann dreht sie sich zu mir um. Ihre Wangen sind gerötet, ihre Augen blitzen. »Warum reagierst du nicht auf meine Anrufe?«

Während ich sie ansehe, überlege ich panisch, was ich Beruhigendes sagen könnte, damit sie nicht ausrastet. »Es ging mir nicht so gut«, erkläre ich.

»Ich dachte, wir wären Freunde, Doug. Egal was da sonst

noch zwischen uns war, ich dachte, wir wären Freunde. Ich habe etwas für dich empfunden. Du aber hast mich flachgelegt und bist dann einfach gegangen. Wegen dir fühle ich mich wie eine Hure.«

»Tut mir leid. Ich wollte das nicht.«

»Was ist passiert? Ist es die Frau da draußen?«

»Nein. Es hat nichts mit ihr zu tun.«

»Was war es dann? Glaubst du, ich weiß nicht, dass du wieder auf der Suche bist? Die ganze Stadt redet davon. Wo ich auch hingehe, muss ich mir von allen anhören, mit wem wir dich ihrer Meinung nach zusammenbringen sollten. Und ich kann nur immer lächeln und nicken, obwohl ich jedes Mal fast sterbe, wenn ich mir dich mit einer anderen vorstelle. Letzte Woche hast du noch mit mir Liebe gemacht, und jetzt gehst du dauernd mit Frauen zum Essen, die du kaum kennst, und ich muss dir auf die Herrentoilette hinterherlaufen. Ich hasse es, dass du mich dazu bringst! Bedeute ich dir denn gar nichts?«

»Natürlich bedeutest du mir etwas, aber was zum Teufel tun wir da eigentlich? Das führt doch zu nichts!«

Sie kommt noch einen Schritt näher, so dass wir in der engen Kabine praktisch Bauch an Bauch stehen. »Ich liebe dich«, sagt sie, und plötzlich ist sie den Tränen gefährlich nahe. »Ich weiß, dass ich gesagt habe, ich würde mich nicht verlieben, trotzdem ist es passiert.«

»Laney.« Ich greife nach ihrem Arm. »Du bist verheiratet.«

»Das hat dich bisher auch nicht abgehalten.«

»Aber jetzt hält es mich ab.«

»Ich muss ja nicht ewig verheiratet sein.«

Ich schüttele den Kopf. »Hör auf.«

»Ich wollte ihn sowieso verlassen.«

»Gut möglich, aber du darfst es nicht meinetwegen tun. Auf mich darfst du nicht setzen.«

»Du kannst also mit mir schlafen, aber du kannst keine Beziehung mit mir haben.«

»Ich kann weder mit dir schlafen noch eine Beziehung mit dir haben.«

»Du hast mich benutzt.«

»Du mich auch.«

Nun kann sie die Tränen nicht länger zurückhalten. Wie zwei dunkle Rinnsale laufen sie langsam ihre Wangen hinunter, und ich muss sie einfach mit beiden Daumen auffangen. Leider versteht Laney diese Geste falsch. Sie schlingt mir die Arme um die Taille und beginnt mir den Rücken zu massieren.

»Doug«, sagt sie, während sie sich an mich schmiegt.

Plötzlich geht die Toilettentür auf. Wir erstarren wie Kinder, die sich versteckt haben, und lauschen mit angehaltenem Atem. Jemand steuert auf die Urinale zu. Wenige Augenblicke später hören wir einen Strahl gegen das Porzellan prasseln. Laneys Arme wandern nach oben. Auf meine Schultern gestützt, stellt sie sich leise auf die Klobrille. In dieser Haltung verharren wir eine Weile reglos. Dann lässt Laney plötzlich ihre Zunge hinter mein Ohrläppchen gleiten und zupft mit den Zähnen daran.

»Doug«, flüstert sie.

Ich spüre ihren heißen, feuchten Atem in meinem Ohr. Ich versuche, den Kopf nach hinten zu biegen, aber in der engen Toilettenkabine ist dafür nicht genug Platz. Laney öffnet den Mund und lässt ihre Zunge langsam über mein Kinn gleiten, während ihre Hand nach unten wandert, über meinen Bauch und meinen Gürtel streicht und sich dann in meinem Schritt zu schaffen macht. Ich packe ihre Hand, um sie hochzuziehen, aber sie wehrt sich lächelnd dagegen, als wäre das Ganze ein Spiel. Als ich ihr die Hand daraufhin auf den Rücken drehe, hat das nur den unerwünschten Effekt, dass ihr Körper noch fester gegen meinen gepresst wird. Sie beugt sich zu mir herunter und beginnt meinen Hals zu küssen. »Du willst es doch auch«, flüstert sie.

Draußen wird die Spülung betätigt, anschließend hört man ganz kurz das Wasser im Waschbecken rauschen, dann geht die Tür auf und wieder zu. Erleichtert atme ich aus und versuche mich mit einer heftigen Bewegung von Laney zu befreien. Dabei rutscht sie mit einem Bein von der Klobrille und plumpst in die Schüssel.

»Mist!«, schreit sie und zieht das Bein rasch wieder heraus. Ein Teil des Wassers landet auf meinem Hosenbein.

»Scheiße!«, sage ich. Fluchtartig verlassen wir die Kabine.

»O mein Gott!« Laney hüpft wie eine Verrückte vor mir herum und schüttelt ihr Bein. »Mein Fuß ist klatschnass!«

»Das tut mir leid.«

Sie sieht mich einen Moment an und seufzt dann tief. »Ich schätze, das geschieht mir ganz recht.« Schlagartig ist alles Kämpferische aus ihrem Blick gewichen, und sie lehnt traurig, klein und besiegt an der Wand.

Natürlich fühle ich mich jetzt richtig mies. »Hör zu …« »Bitte nicht. Es ist auch so schon demütigend genug.« Sie zieht ihren Schuh aus, eine teuer aussehende sandfarbene Espadrille. »Ich werde ihn wirklich verlassen«, erklärt sie, während sie auf einem Bein zum Fön hinüberhüpft.

»Laney.« Ich gehe einen Schritt auf sie zu, aber sie hebt abwehrend die Hand.

»Geh einfach«, sagt sie und drückt auf den silbernen Knopf. Der Lärm des Föns erfüllt den Raum wie ein Düsentriebwerk.

*

Als ich später mit Brooke im Wagen sitze, entwickelt sich aus einem einfachen Kuss schnell mehr, etwas Heißes und Atemloses, das die Fenster meines Saab beschlagen lässt. Wir öffnen hungrig den Mund, pressen unsere Lippen aufeinander. Unsere Zungen beginnen miteinander zu tanzen, und wir streicheln uns im Gesicht. Dann gleiten unsere Hände wie von selbst unter das Shirt des anderen, um die heiße Haut darunter zu spüren. Das Ganze wird von leisem Keuchen und Stöhnen begleitet, dem universellen Dialog der Eskalation.

Wir enden in der Dunkelheit meiner Diele, wo wir eng umschlungen an der Wand lehnen und uns beim Küssen leicht hin und her wiegen. Ich habe das Gefühl, dass unsere Klamotten mit unserer Haut verschmelzen werden, wenn wir uns nicht bald ausziehen. Das Problem ist nur, dass ich nicht so recht weiß, wo ich mit ihr hinsoll. Ich möchte sie nicht wie Laney hinunter ins Gästezimmer führen, habe aber Angst davor, wie es sein wird, wenn ich sie mit nach oben in mein Schlafzimmer nehme. Denn damit würde ich das Siegel von Haileys letztem Heiligtum brechen, sozusagen mit Planierraupen in das letzte unberührte Stück Regenwald vorrücken und ganze Gattungen ausrotten, um Platz zu machen für Hotels und Einkaufsstraßen.

Hailey, denke ich. *Hailey*, *Hailey*, *Hailey*. Allein schon ihr Name, diese zwei kurzen Silben, bringt in mir etwas zum Klingen – so laut, dass es bestimmt auch draußen zu hören ist.

Aber Brooke ist süß und sexy und irgendwie ganz und gar sie selbst. Außerdem war da dieser Augenblick im Restaurant, dieser perfekte Kuss, bei dem ich das Gefühl hatte, dass gewisse Dinge in mir, die eben noch wild durcheinanderwirbelten, plötzlich genau dort einrasteten, wo sie hingehörten, und der ganze Planet für einen winzigen Sekundenbruchteil stillstand, *Hailey*, *Hailey*, *Hailey* …

und jetzt glänzen ihre feuchten Lippen in dem Licht, das

durchs Küchenfenster in die Diele fällt, und ihre halb geschlossenen Lider zittern unter der Last ihres Begehrens, während sie mich mit verhangenen Augen ansieht,

Hailey, Hailey, Hailey ...

und ihre Haut leuchtet wie von innen heraus. Wir sind beide jung und schön. Irgendwann wird sich das ändern, aber heute sind wir es noch, weich und hart, genau an den richtigen Stellen. Deswegen sind wir es der Welt schuldig, Sex miteinander zu haben, wie es sich für Mann und Frau gehört. Sie schmeckt nach Zimt und Sex, und, verdammt noch mal, dafür sind wir schließlich gemacht, jedes Molekül in unserem Körper verlangt danach, und wir sollten nirgendwo anders sein als hier und nichts anderes tun als das.

Deshalb führe ich sie nun hinauf in mein Schlafzimmer, wo unsere Shirts rasch auf dem Boden landen und ich die glatte Haut ihres Bauches weich und heiß unter meinen Lippen spüre. An den Stellen, an denen sich unsere Körper berühren, fließt elektrischer Strom, und ich denke nicht an Hailey und unsere letzte gemeinsame Nacht in diesem Bett, bevor sie in das Flugzeug stieg. Ich denke nicht daran, wie sie auf mir zum Höhepunkt kam, die Knie neben meinen Rippen, und mit erhitztem Gesicht durch den Nebel unseres langsam nachlassenden Sex-Deliriums zu mir herunterlächelte. Wie wir ineinander verschlungen dalagen, nackt, schwitzend und in dem falschen Glauben, es handle sich nur um einen weiteren schönen Tag in einem ewig währenden glücklichen Leben. *Ich hatte eine Frau. Ihr Name war Hailey.*

»Was ist los?«, fragt Brooke atemlos und lehnt sich ein wenig zurück, um mich ansehen zu können.

»Nichts«, antworte ich. Trotzdem hat sich irgendetwas verändert, irgendein winziges, aber wichtiges Element in unserer Chemie, und sie spürt das.

»Raus mit der Sprache. Was ist?«

»Ich weiß es nicht.«

»Möchtest du nicht?«

»Doch.«

»Vielleicht ist es zu früh.«

»Nein.«

»Bist du sicher?«

»Ganz sicher.«

»Wir müssen nämlich nicht.«

»Ich weiß.«

Nun ist es offiziell. Wir haben es geschafft, so lange darüber zu diskutieren, ob wir Sex haben sollen oder nicht, dass es nun nicht mehr möglich ist, einfach loszulegen. Ich spüre, wie Hormonspiegel nach unten schießen, innere Messgeräte rückwärtslaufen und Moleküle in sich zusammenfallen, während die Luft um uns herum ihre elektrische Ladung verliert.

»Es tut mir leid«, sage ich und rolle mich von ihr herunter.

»Du brauchst dich nicht zu entschuldigen.«

Wir liegen Seite an Seite auf dem Rücken und starren in die Dunkelheit. Während unser Herzklopfen und unsere Hoffnungen schwinden, ist nur unser ruhiger werdender Atem zu hören. Der Raum riecht immer noch nach Sex und Schweiß, aber da diese Gerüche nun nicht mehr zu uns gehören, stören sie mich.

»Sag mir nur, ob es an mir liegt.«

»Es hat nichts mit dir zu tun«, antworte ich. »Ich weiß selbst nicht, warum ich so bin.«

Sie dreht sich auf die Seite und legt mir eine Hand auf die Brust. »Bitte rede mit mir, Doug.«

Ich möchte jetzt nicht reden. Ich möchte mich nicht durch eine dieser schlimmen Nachbesprechungen quälen, die zwangsläufig auf abgebrochenen Sex folgen. Ich möchte, dass zwischen uns wieder alles in Ordnung ist, und ich weiß, dass das vielleicht schon morgen der Fall sein wird, aber heute Abend ist nichts mehr zu retten, egal was wir sagen. Deswegen sehe ich einfach keinen Sinn darin, uns noch mehr zu verletzen. Da mir nicht nach Reden zumute ist, bleibt uns nichts anderes übrig, als das Häufchen Klamotten am Fuße des Bettes auseinanderzusortieren und schweigend zurück zu Brookes Eltern zu fahren.

Vor ihrer Haustür nimmt sie mich in den Arm. »Rufst du mich an?«

»Natürlich.«

»Nur noch mal zum Mitschreiben: Es hat wirklich nichts damit zu tun, dass ich dir von der Vergewaltigung erzählt habe?«

»Es hat absolut nichts damit zu tun.«

»Warum kannst du mir dann nicht in die Augen schauen?«

Ich sehe sie an. Sie erwidert meinen Blick, und wir bleiben einen Moment so stehen, bis mich die tiefe Emotion in ihren Augen zum Wegsehen zwingt. Ich beuge mich vor, um ihr einen Gutenachtkuss zu geben. Ihre Lippen reagieren, aber zwischen uns ist keine Hitze mehr, nur noch die sanfte Zärtlichkeit des Abschiednehmens.

Als ich wieder in meine Auffahrt einbiege, tauchen im Licht meiner Scheinwerfer plötzlich zwei dunkle Augen auf, die wie polierte Steine glänzen, gefolgt vom hektischen Zickzack weißer Baumwolle, und bevor ich bremsen kann, knirscht es unter dem Wagen auf grauenhafte Weise. Es ist ein Knirschen, das ich mehr spüre als höre, und als ich aus dem Wagen springe, entdecke ich das Kaninchen ausgestreckt und sterbend auf dem bröckelnden Asphalt der Auffahrt. Es liegt auf der Seite und atmet angestrengt, sein weißer Bauch hebt und senkt sich noch, und eine zerquetschte Vorderpfote kratzt schwach über den Boden, wahrscheinlich in dem reflexartigen Bemühen, weiterzulaufen. Seine weit aufgerissenen Kaffeebohnenaugen starren ins Leere, sein Schnurrbart zittert.

Völlig verloren stehe ich neben dem sterbenden Tier. Mir ist speiübel, und ich fühle mich total hilflos. Ich sollte es töten, von seinem Leiden erlösen, aber ich besitze keine Waffe, und ich schaffe es auch nicht, ins Haus zu laufen und einen Baseballschläger zu holen, um ihm damit den Kopf einzuschlagen. Ich kann nichts anderes tun, als ihm in seinen letzten Momenten Gesellschaft leisten. Also kauere ich mich in der eisigen Nachtluft neben das Kaninchen, sehe ihm in die Augen und entschuldige mich immer wieder in beruhigendem Ton. Das Tier wirkt nicht sonderlich traumatisiert, es zuckt auch nicht vor Entsetzen oder Schmerz, sondern liegt einfach nur da und scheint sein Schicksal gefasst zu akzeptieren. Als wäre das Sterben nur irgendein Punkt auf einer Liste von Dingen, die es heute noch hinter sich bringen muss. Und ich kann nichts anderes tun, als danebenzusitzen und zuzusehen, wie seine Atemzüge immer kürzer werden, bis sie am Ende nur noch ein hechelndes Keuchen sind. Dann beginnt sein Körper zu zittern, seine Augen fallen zu, und es stirbt.

Ich hole eine schwere Gärtnerschaufel aus der Garage und beerdige das Kaninchen in einem flachen, namenlosen Grab am Rand des Gartens. Als ich die Schaufel zurück in die Garage tragen will, schießt plötzlich ohne jede Vorwarnung eine saure Welle in mir hoch. Ich falle auf die Knie und übergebe mich ausgiebig in die Hecke, bis sich mein ganzes Inneres nach außen gekehrt hat und nichts mehr übrig ist, was ich noch von mir geben könnte. Abschließend schüttelt mich ein so heftiges, trockenes Würgen, dass ich schon befürchte, lebenswichtige Organe könnten durcheinandergeworfen werden, aber dann bin ich fertig. Benommen stehe ich auf und wanke ins

Haus, wo ich den sauren Geschmack in meinem Mund mit Whiskey wegspüle und mich auf den Weg nach oben mache.

Die zurückgeschlagene Decke und das zerknitterte Laken meines Betts sind mehr, als ich im Moment ertragen kann, deswegen gehe ich in Russ' Zimmer hinüber, wo Claire im Bett liegt und einen von Haileys Kitschromanen liest. Ihre Augen sind gerötet, sie hat entweder schon geschlafen oder geweint.

»Hey«, sagt sie überrascht. »Wie ist dein Date mit Brooke gelaufen? Ich hatte bei ihr eigentlich ein recht gutes Gefühl.«

Langsam und traurig lasse ich den Kopf sinken.

»Oje«, meint Claire.

»Ja«, antworte ich müde, während ich ihre Decke zurückschlage. Sie rutscht zur Wand hinüber, um mir Platz zu machen. Ich ziehe die Schuhe aus und lege mich neben sie.

»Du zitterst ja«, stellt sie fest.

Ich muss an den Todeskampf des Kaninchens denken und frage mich, ob nun vielleicht ein Fluch auf mir lastet, so dass ich den Rest meines Lebens weiterzittern werde. Aber dann legt Claire einen Arm um mich und zieht mich an sich. Sie ist warm und riecht nach Creme und Tränen. Schon nach wenigen Sekunden höre ich zu zittern auf. Claire ist oft herrisch und eine gnadenlose Besserwisserin, die sich gerne in alles einmischt, doch wenn ich am Boden zerstört bin, ist sie die Einzige, die es schafft, mich wieder aufzurichten.

»Ich habe es vermasselt«, erkläre ich.

»Natürlich hast du es vermasselt«, antwortet sie in recht sanftem Ton. »Aber betrachte es doch mal so: Du hattest wenigstens etwas zu vermasseln. Kleine Schritte, Doug. Kleine Schritte.«

»Du siehst aus, als hättest du geweint.«

Sie zuckt mit den Achseln. »Die Hormone.«

»Ja«, antworte ich. »Was auch immer.«

Den Rest des Abends verbringen wir damit, abwechselnd zu weinen und uns gegenseitig in Grund und Boden zu quatschen. Wir reden, bis unsere Sätze keinen Sinn mehr ergeben, weil unser Mund ausgetrocknet ist, unsere Zunge sich in Gummi verwandelt hat und unser ganzer Vorrat an Worten aufgebraucht ist. Dann rollen wir uns beide schweigend in Embryohaltung zusammen, Yin und Yang in unserem behelfsmäßigen Schoß.

Ich spüre, wie sich eine angenehme Schwere in mir ausbreitet wie warme Melasse, und das Letzte, was ich sehe, bevor mich Claires leise Atemzüge in einen schwarzen, traumlosen Schlaf lullen, sind die ersten rosafarbenen Vorboten des Morgens, die sich wie tastende Finger über den Nachthimmel schieben.

33

Was zum Teufel …?« Da ich noch mehr oder weniger schlafe, räuspert sich Russ lautstark und sagt dann ein weiteres Mal: »Was zum Teufel …?«

Anscheinend hat die Menschheit zurzeit nichts Besseres zu tun, als mich ständig aufzuwecken. Ich wünschte, sie würden mich endlich mal schlafen lassen. Vielleicht würde ich dann irgendwann frisch und ausgeruht aufwachen, bereit, mit einer neuen, gesünderen Einstellung an mein Leben heranzugehen und meine unzähligen Probleme zu lösen. Vielleicht hängt meine ganze Misere gar nicht so sehr damit zusammen, dass ich ein trauriges, selbstzerstörerisches Wrack bin, sondern ist vielmehr darauf zurückzuführen, dass ich in einem Zustand endloser Erschöpfung feststecke.

»Verschwinde«, murmelt Claire mit einer Stimme, die vom Schlaf noch ganz rauh und heiser klingt.

»Ich versuche gerade eine plausible Erklärung dafür zu finden, warum ihr beide hier zusammen in meinem Bett liegt.« Russ steht immer noch in der Tür. »Ich versuche es, aber mir fällt nichts ein.«

»Wie spät ist es?«, frage ich.

»Kurz nach acht.«

»Gut. Komm morgen wieder.«

»Morgen ist definitiv zu spät.«

Ich rolle mich zu ihm herum und öffne die Augen. Es dauert einen Moment, bis ich ihn einigermaßen klar erkennen kann. »Was ist los?«

»Ich hoffe, ihr habt nichts dagegen, aber ich werde ein bisschen früher als geplant hier einziehen. Es sei denn, zwischen euch beiden läuft neuerdings irgendetwas Perverses. In dem Fall wäre ich gezwungen, die Stadt zu verlassen, mich einer Sekte anzuschließen und am Busbahnhof Blumen zu verkaufen oder so was in der Art.«

Ich hebe die Bettdecke, um ihm zu zeigen, dass ich noch die Klamotten von gestern Abend trage. »Gelobt sei Jesus Christus!«, sagt Russ.

»Wann genau willst du einziehen?«, frage ich, während ich mich vom Bett auf den Boden gleiten lasse.

Russ wirft einen Blick auf die Uhr. »Wie wär's mit jetzt gleich?«

»Nicht so laut!«, stöhnt Claire genervt und rollt sich zur Wand hinüber, wo sie sich prompt den Kopf anstößt.

»Was ist passiert?«

»Eine kleine Meinungsverschiedenheit mit meinem Herrn Vater.« Russ geht zu seinem Schreibtisch hinüber und lehnt sich gegen die Kante. Ich bin bisher nicht dazu gekommen, den Stuhl zu ersetzen, dessen Einzelteile immer noch auf dem Rasen vor dem Haus liegen.

»Wie schlimm?«

»Auf einer Skala von eins bis zehn?«

»Klar.«

»Fünfzig.«

»Das klingt ziemlich schlimm.«

»Du hast ja keine Ahnung.«

»Dann solltest du es mir vielleicht erzählen.«

»Das werde ich. Danach.«

»Wonach?«

Draußen knallen Wagentüren, und wenige Augenblicke später klingelt es gleich mehrmals hintereinander an der Tür. Claire zieht sich stöhnend ein Kissen über den Kopf.

Russ geht vor dem Fenster in Deckung und späht wie ein Heckenschütze hinaus. »Nachdem du Jimbo losgeworden bist.«

Ich folge ihm zum Fenster. Wegen des Vordachs über der Haustür kann ich Jim nicht sehen, höre ihn aber gegen die Tür schlagen. »Russ, beweg sofort deinen Arsch hier raus! Ich bringe dich um!«

Am Randstein steht Angie gegen den Wagen gelehnt und beobachtet ihren Mann mit leicht irritierter Miene. Wie üblich ist sie gekleidet wie ein Teenager. Sie trägt eine enge, tief sitzende Jogginghose und ein knappes, ärmelloses Top, das ihr bemerkenswertes Dekolleté ebenso gut zur Geltung bringt wie ihre ausgeprägten Bauchmuskeln und ihre wohlgeformten Arme, alles wie immer schön honigfarben gebräunt. Als sie mich am Fenster entdeckt, schenkt sie mir ein kokettes Lächeln und winkt dazu mit ihren manikürten Fingern – als wäre es das Normalste der Welt, dass ihr Mann gerade versucht, direkt unter mir die Tür aufzubrechen.

»Russ!«, schreit Jim. Ich sehe, dass einige meiner Nachbarn von ihren Auffahrten und Fenstern aus beobachten, wie in ihrem früher so ruhigen Viertel das nächste Drama seinen Lauf nimmt. »Komm raus!«

»Könnte einer von euch diesen Mann bitte einfach erschießen?«, jammert Claire mit gedämpfter Stimme unter ihrem Kissen. »So ein verdammter Vollidiot!«

»Jim!«, schreie ich durchs Fenster.

Er tritt von der Veranda herunter und starrt zu mir nach oben. Allem Anschein nach hat er sich heute noch nicht rasiert. Er trägt Jeans, Hausschuhe und ein schmutziges T-Shirt. Was auch immer heute früh passiert ist, es hat ihn offensichtlich von seiner Morgentoilette abgehalten.

»Ich weiß, dass er da oben ist, Doug!«

Russ, der immer noch unter dem Fenster kauert, schüttelt den Kopf und fuchtelt gleichzeitig hektisch mit den Armen. »Ja, er ist da«, sage ich, woraufhin Russ entsetzt die Hände vors Gesicht schlägt. »Was ist los?«

»Schick ihn sofort zu mir runter!«

»Jetzt komme erst mal ich runter, dann können wir in Ruhe darüber reden«, antworte ich.

»Halte du dich da raus!«

»Ganz wie du meinst.« Ich gehe vom Fenster weg.

»Doug!«, schreit Jim.

»Was zum Teufel hast du gemacht?«, frage ich Russ.

»Ich habe ein paar DVDs aus seiner Pornosammlung geklaut.«

Ich mustere ihn prüfend. »Er regt sich derart auf, nur weil du ihm irgendwelche Pornos geklaut hast?«

»Na ja …«

»Russ!«

»Es waren Eigenproduktionen.«

Claire streckt den Kopf unter ihrem Kissen hervor. »Was denn genau?«

»Nichts besonders Aufregendes.«

»Hast du sie da?«

»Claire!«

»Man wird ja wohl noch fragen dürfen.«

»Bitte misch dich da nicht ein«, sage ich. »Und diese DVD …«

»DVDs. Es waren mehrere.«

»Diese DVDs zeigen Jim und Angie?«

»Ja.«

»Es macht dich an, deinen Vater beim Sex zu beobachten?«, fragt Claire.

»Um Gottes willen, nein. Es sind fast nur Aufnahmen von Angie.«

»Angie allein?«, fragt Claire.

»Sie benutzt Sexspielzeug.«

»Wo sind diese DVDs jetzt?«

»Die Originale sind wieder in seiner Kommode.«

Unten beginnt Jim wieder gegen die Haustür zu hämmern. Dank Russ und Claire werden wir eine neue Tür brauchen. Irgendetwas Stabileres, Stahlverstärktes.

»Du hast Kopien davon gemacht?«

»Wenn ich die DVDs länger behalten hätte, wäre ihm bestimmt aufgefallen, dass welche fehlen.«

»Clever«, bemerkt Claire anerkennend.

»Halt den Mund, Claire. Wie viele Kopien?«

»Genug.«

»Komm schon, Russ. Ich versuche dir doch nur zu helfen.«

Seufzend fährt er sich mit beiden Händen durchs Haar. »Ich habe da so eine Website.«

»Oh … verdammt.«

Er zuckt mit den Achseln. »Meine Freunde sind alle ganz besessen von Angie. Sie wollten unbedingt, dass ich es mache. Außerdem hätte Jimbo nie davon erfahren, wenn er nicht an meinem Computer herumgeschnüffelt hätte. Geschieht ihm ganz recht. Wieso steckt er auch seine Nase in meine Privatangelegenheiten!«

»Du stellst Nacktaufnahmen von der Frau deines Vaters ins Internet und beschwerst dich darüber, dass er deine Privatsphäre nicht respektiert?«

»Doppeltes Unrecht ergibt noch lange kein Recht.«

Ich schüttele den Kopf. »Du musst mit mir nach unten kommen.«

»Für mich besteht da draußen Lebensgefahr.«

»Ich weiß. Du sollst ja nur die Tür hinter mir abschließen.«

*

Draußen versucht Jim gerade, an der Dachrinne zu Russ' Zimmer hinaufzuklettern, was fast schon komisch wäre, wenn es nicht danach aussähe, als würde er es tatsächlich schaffen.

»Jim!«, rufe ich zu ihm hinauf. »Komm sofort da runter!«

»Ich bringe den kleinen Scheißkerl um!«, keucht er, während er sich noch ein Stück höher zieht.

Er schwitzt inzwischen heftig und fuhrwerkt wie wild mit den Füßen an der Mauer herum, bis er schließlich an einem hervorstehenden Stück Mörtel und einer der Metallklammern, mit denen die Dachrinne befestigt ist, ein wenig Halt findet. Die Muskeln an seinen Armen wölben sich, als würden sie jeden Moment seine straffe Haut zum Platzen bringen. Ich wende mich hilfesuchend an Angie, aber ihr Plan besteht offenbar nur darin, lässig am Wagen zu lehnen und möglichst gut auszusehen. Mir geht durch den Kopf, dass sie die Vorstellung, ein paar geile Teenager könnten Nacktaufnahmen von ihr als Wichsvorlage benutzen, bestimmt nicht besonders aus der Fassung bringen dürfte.

»Die Nachbarn haben wahrscheinlich schon die Polizei gerufen«, sage ich zu Jims Hintern, der mittlerweile auf Augenhöhe mit mir ist. »Du willst doch wohl kaum wegen Einbruchs verhaftet werden.«

»Es ist mein Haus!«, antwortet er grunzend und zieht sich dabei noch ein Stück höher. Bald wird er sich auf das Vordach über der Haustür hieven können, und von dort aus ist es ein Leichtes, sich durch das offene Fenster zu schwingen.

»Angie«, sage ich. »Würdest du mir bitte helfen?«

»Komm runter, Jim, du machst dich bloß zum Narren!«, ruft sie ohne große Überzeugungskraft zu ihm hinauf. Dann sieht sie mich achselzuckend an. Was die Überreste von Jims erster Familie betrifft, spielte sie schon immer gern die Rolle der unbeteiligten Zuschauerin.

Jim hangelt sich weiter schwitzend die Dachrinne hinauf. Während er vor Anstrengung grunzt, grinst uns von der Rückseite seiner heruntergerutschten Jeans die Spalte seines Hinterns entgegen. Er ist jetzt schon knapp zwei Meter über dem Boden und nicht mehr weit vom Dach entfernt.

»Beweg deinen Arsch da runter, Jim!«, rufe ich. »Ich meine es ernst.«

Er wirft mir einen verächtlichen Blick zu. »Und wenn ich es nicht tue, Doug?«

»Dann hole ich dich runter!«

Jim verzieht das Gesicht zu einem spöttischen Grinsen. »Ich würde eine Menge Geld dafür geben, wenn ich das erleben dürfte«, antwortet er.

Ich weiß nicht, wohin diese bizarre Situation geführt hätte, wenn er mir nicht diesen *Wie-willst-du-Würstchen-das-denn-schaffen*-Blick zugeworfen hätte, aber plötzlich bin ich stinksauer. Sein spöttisches Grinsen lässt mir keine Wahl.

Ich steige auf das Geländer der Veranda, hole tief Luft und springe ihn an, bevor ich einen Rückzieher machen kann. Mein Plan ist eigentlich, ihm die Arme um die Schultern zu werfen, doch dafür bleibt mir nicht so viel Zeit, wie ich dachte, so dass ich nur einen Zipfel von seinem schweißnassen T-Shirt zu fassen bekomme. Während ich an seinem Rücken hinunterrutsche, reißt der Stoff mit einem lauten Ratsch, und erst in letzter Sekunde gelingt es mir, den anderen Arm um seinen Bauch zu schlingen und mich festzuhalten. Seine Beine verlieren sofort den Halt und schwingen frei in der Luft, seine Hausschuhe fallen zu Boden. Einzig und allein seine Arme sorgen noch dafür, dass wir nicht rückwärts von der Dachrinne stürzen.

»Du hirnverbrannter Vollidiot!«, schreit er und versucht mich abzuschütteln. Ich spüre, wie die Dachrinne wackelt, weil die Metallklammern, mit denen sie befestigt ist, unser Gewicht kaum aushalten. »Runter von mir, verdammt noch mal!«

»Runter von meinem Haus!«, grunze ich zurück. Dann gibt das gebogene Stück Dachrinne, an dem er sich festhält, wie ein Hühnchenknochen nach, und wir fliegen beide in hohem Bogen von der Wand. Jim landet auf mir, so dass ich quasi als Sandwichschinken zwischen ihm und dem Boden eingeklemmt bin. Ich spüre richtig, wie meine Lungenflügel zusammengepresst werden, während das letzte bisschen Luft aus ihnen entweicht. Bevor ich mich umdrehen kann, zerrt Jim mich hoch und schleudert mich dann erneut zu Boden.

»Du verdammter Hurensohn!«, bellt er mich an. Ich sehe nur noch seine nackten Füße auf mich zukommen, und schon fliege ich wieder durch die Luft. Ein weiteres Mal lande ich mit dem Gesicht im Gras, schmecke Erde in meinem Mund. Wenn der Garten nur aufhören würde, sich wie ein Karussell zu drehen, und mein Mund sich daran erinnern könnte, wie das mit dem Einatmen funktioniert, dann könnte ich mich vielleicht verteidigen. Schließlich habe ich als Teenager mal bei Sensei Goldberg Karate gelernt. Oben abblocken, Schlag nach hinten, Seitentritt gegen das Knie, Handkantenschlag gegen den Hals. Ich weiß, wie man dem Gegner Schmerz zufügt.

Aber die Welt dreht sich weiter wie wild, und ich sehe nur bruchstückhaft und aus wechselnden Blickwinkeln lauter einzelne Bilder, die nicht anhalten wollen – das Haus, den Himmel, Angies erschrockenes Gesicht, Jims blutende Nase. War ich das? Während er ein weiteres Mal auf mich losgeht, höre ich irgendwo über mir Claire schreien: »Lass ihn endlich in Ruhe, du Mistkerl!«

Ich rappele mich genau im falschen Moment hoch, so dass Jim mich nur am Kragen zu packen und gegen die Hauswand zu schleudern braucht. Ich hatte gar nicht gemerkt, dass wir so nahe am Haus waren, aber vielleicht waren wir das auch gar nicht, vielleicht hat er mich im Genick gepackt und ein Stück getragen. Über seine Schulter sehe ich das Gesicht von Angie, die gerade irgendetwas sagt.

Eigentlich dürfte mir das alles nicht passieren, schließlich bin ich in der Geschichte der Gute, ich bin der Witwer, und deswegen sollte ich nicht in meinem eigenen Garten vor den Augen sämtlicher Nachbarn verprügelt werden. Meine Beine geben für einen Moment nach, und ich kippe ein wenig zur Seite, so dass Jims erster Schlag danebengeht, seine Faust pfeift haarscharf an meiner Nase vorbei, ohne ernsthaften Schaden anzurichten. Wie in Zeitlupe sehe ich ihn zum nächsten Schlag ausholen.

Ich weiß genau, wohin er zielen wird und dass er an dieser Hand seinen protzigen College-Ring trägt, der groß genug ist, um davor niederzuknien und einen Kuss darauf zu drücken – als wäre er der Papst des Rockland Community College. Trotzdem bin ich nicht in der Lage, die Hände hochzureißen, um den Schlag abzuwehren, und ich schaffe es auch nicht, den Kopf einzuziehen. Obwohl ich weiß, dass der Schlag kommt und dass es ein harter, gezielter Schlag mit der Wucht von Jims ganzer Körpermasse sein wird, ein für mein Gesicht verheerender, Knochen zersplitternder Schlag, hängen meine Hände immer noch schlaff an meinen Seiten.

Dann schießt plötzlich von irgendwoher ein dunkler Schatten durch die Luft, und ich liege wieder auf dem Boden, genau wie Jim – und Russ, der von der Veranda zu uns herübergesprungen ist. Wütend trommelt er mit beiden Fäusten auf seinen Vater ein, der auf dem Boden herumrollt und die Arme schützend über den Kopf hält. Die beiden kommen mir vor wie King Kong und Godzilla, und ich bin die blonde Tussi, die zwischen die Fronten geraten ist. Als ich versuche, Russ von Jim wegzuziehen, trifft mich seine Faust, mit der er gerade zum Schlag ausholt, mitten ins Gesicht. Schwarze Flecken tauchen in meinem Gesichtsfeld auf, und ich plumpse hart auf den Rasen. Russ hat mich knapp unter dem Auge erwischt.

Sofort lässt er von seinem Vater ab und stürmt fluchend und sich entschuldigend zu mir herüber. Angie nutzt die Gelegenheit und stürmt zu Jim. Alle sind jetzt auf dem Boden, jeder wirkt angeschlagen, und irgendwie ist der Kampf genauso schnell zu Ende, wie er begonnen hat – als hätten wir alle unter einem Bann gestanden, der nun gebrochen ist. Während ich krampfhaft nach Luft ringe, spüre ich, wie sich dort, wo mich Russ' Faust getroffen hat, ein heißer Bluterguss unter meiner Haut bildet, und ich schmecke das warme Blut in meinem Mund.

Sowohl Russ als auch Angie haben zu weinen begonnen. Jim liegt zitternd auf dem Boden, und in der Ferne sind Sirenen zu hören. Ich selbst ringe immer noch verzweifelt nach Luft. Das Karussell um mich herum dreht sich inzwischen langsamer, und wenn ich endlich Luft bekäme, könnte ich anfangen, mich um alles zu kümmern. Wenn ich es nur schaffen würde, den Mund zu öffnen und Luft in meine Lungen zu saugen, damit ein wenig Sauerstoff in mein Blut gelangt, dann könnte ich bestimmt alles regeln. Die Sirenen werden lauter, und auf einmal ist auch Claire im Garten, sie kniet neben meinem Gesicht und sagt etwas, aber ich kann sie nicht hören, weil das Blut in meinen Ohren wie ein Wasserfall rauscht. Dann liege ich plötzlich auf der Seite, ich kann an Claires Knien und Russ' Beinen vorbeisehen und auch an dem verschlungenen Haufen, der aus Jim und Angie besteht.

Auf der anderen Seite des Vorgartens sitzt ein braunes Kaninchen im Schatten der Lebensbäume, die das Grundstück säumen, und starrt zu mir herüber. Während es mich betrachtet, denkt es bestimmt schlimme Dinge von mir, fällt ein schweigendes Urteil über mich. Ich aber ringe weiter nach Luft. Ich versuche einfach nur, Luft zu bekommen.

*

Angie und Claire regeln das mit den Polizisten. Ihre vereinte Schönheit hat etwas Blendendes, und die beiden jungen Cops, die identische Bürstenhaarschnitte tragen, wissen gar nicht, welche der Ladys sie zuerst beeindrucken sollen. Unter kokettem Kichern, Lächeln und Nicken werden Entschuldigungen vorgebracht, Erklärungen abgegeben und Brüste bewundert. Die komplexen Beziehungen zwischen unseren beiden Familien werden vor den verwirrten Beamten ausgebreitet wie Blaupausen: der Vater, die Stiefmutter, der Stiefvater, die Schwester, die gerade zu Besuch ist.

Es sind mehrere Anläufe nötig, bis sich alles zu einem sinnvollen Ganzen zusammenfügt, aber letztendlich wird es keine Anzeige und auch keinen Polizeibericht geben. Finger legen sich auf Schultern, Wimpern klimpern, Hände werden dankbar gedrückt. Ein Familienstreit ist kurzfristig eskaliert, nun jedoch definitiv wieder unter Kontrolle. Die Polizisten richten den Blick auf Jim, Russ und mich. Wir sitzen alle drei noch dort, wo wir am Ende des Handgemenges gelandet sind, und bemühen uns nach Kräften, einen friedfertigen und reumütigen Eindruck zu machen. Da wir nicht so schön sind wie Claire und Angie, verzichten die Beamten darauf, mit uns zu sprechen. Vorher war kurz die Rede davon, einen Krankenwagen zu rufen, weil ich für einen Moment nicht bei Bewusstsein war, aber nachdem ich gleich wieder zu mir kam, hielt Claire es nicht mehr für nötig. Nun werfen die beiden Männer einen letzten, sehnsüchtigen Blick auf die vereinten Fronten von Claire und Angie und kehren dann widerstrebend in ihren Streifenwagen zurück.

Nachdem sie weg sind, verfrachtet Angie Jim auf den Beifahrersitz seines BMW, wo er die Hände vors Gesicht schlägt und heftig zu schluchzen beginnt. Russ und ich sehen weg, wie es alle Männer instinktiv tun, wenn andere Männer weinen.

Dann sind nur noch wir drei übrig. Noch immer schießt ein Überschuss an Endorphinen und Adrenalin durch unsere Adern. Wir setzen uns auf die Veranda und besprechen aufgeregt, was wir gerade erlebt haben. Dabei tun wir, was Menschen nach dramatischen Geschehnissen meistens tun: Wir verweben unsere drei persönlichen Sichtweisen zu einer gemeinsamen, zusammenhängenden Geschichte, die zur offiziellen Version werden wird, dem Quellenmaterial für alle zukünftigen Diskussionen über das Ereignis.

Claire geht hinein und holt zwei Plastikbeutel voll Eis für mein Gesicht und Russ' Faust.

»Das ist wirklich ein schönes Veilchen«, sagt Russ zu mir.

»Deswegen brauchst du aber nicht allzu stolz auf dich zu sein.«

»Es war ein Unfall. Du bist mir in die Faust gelaufen.«

»Eigentlich solltest du im Haus bleiben.«

»Ich konnte doch nicht tatenlos zusehen, wie er dich draußen fertigmacht. So bin ich nicht gestrickt, Mann.«

»Ich wäre schon klargekommen.«

»Keine Sorge, du brauchst dich nicht bei mir zu bedanken. Es war mir ein Vergnügen.«

»Also schön. Danke, dass du Jim so verärgert hast und mit deinem ganzen Schlamassel zu mir gekommen bist. Danke auch, dass du mir zwei Tage vor der Hochzeit meiner Schwester dieses Veilchen verpasst hast.«

»Und dass ich ganz nebenbei deinen Arsch gerettet habe. Sonst würden wir jetzt nämlich immer noch deine Zähne aus dem Rasen fischen.«

Ich seufze unter meiner Eistüte. »Und danke, dass du meinen Arsch gerettet hast.«

»Gern geschehen.«

Während wir so dasitzen, erwacht das Viertel um uns herum langsam zum Leben, und die alltäglichen Geräusche des Vorstadtmorgens setzen ein: das rhythmische Flüstern der Sprinkler, das Knattern der Rasenmäher, das Summen der Garagentore, das hydraulische Pfeifen bremsender Schulbusse. Begleitet von diesem Soundtrack, verlassen lauter frisch rasierte und shampoonierte Menschen ihre Häuser, um ihr Tagwerk zu beginnen. Sie alle sind mehr oder weniger erfolgreich und bereit, die Karriereleiter weiter hinaufzusteigen. Sie alle haben etwas zu tun, sie haben Ziele zu erreichen und Termine mit anderen Menschen einzuhalten. Diese Leute machen sich an die Aufgabe, ihr Leben zu leben, und wir drei sehen ihnen von unseren Parkettplätzen zu, als würden sie einen einstudierten Tanz aufführen – während wir selbst faul auf unserem Hintern sitzen und uns fragen, wo um alles in der Welt sie die Energie hernehmen.

34

Russ und ich fahren gemeinsam in den Supermarkt. Wir kaufen Cola, Chips, Pasta, Tomatensoße, riesige Mengen Weißbrot, Sandwichaufstriche und Tiefkühlgerichte. Alles, was in unserem Einkaufswagen landet, enthält ein Maximum an Chemikalien und erfordert ein Minimum an Zubereitung. Wir vergleichen weder die Preise der verschiedenen Marken, noch halten wir nach Angeboten Ausschau, denn wir werden bald Millionäre sein, so dass Geld für uns kein Thema ist. Wir kümmern uns auch nicht um den Nährwert dessen, was wir zu uns nehmen, denn wir sind jung, schlank, traurig und schön. Unsere Trauer lässt uns leuchten, und wir können ungestraft essen, was wir wollen und wann wir wollen.

Wir marschieren durch den Markt wie junge Prinzen, Piloten einer Elitetruppe, und greifen nach allem, was uns ins Auge sticht, berauscht von den unendlichen Möglichkeiten dieser neuen, alternativen Familie, zu der wir geworden sind. Ein schlimmer Schicksalsschlag hat uns getroffen wie ein Hammer, uns die Beine abgeschlagen, trotzdem sind wir nun hier. Wir haben uns über all das erhoben und bewegen uns mit unglaublicher Lässigkeit zwischen den vorstädtischen Hausfrauen, die nicht anders können, als uns bewundernde Blicke zuzuwerfen, während sie ihre Einkaufswägen mit frischem

Gemüse und Huhn füllen. Wir sind eine Familie wie aus einer Sitcom oder einem Disney-Film, ein kühnes neues Experiment des Zusammenlebens. Wir kaufen säckeweise tiefgefrorene Hähnchennuggets und Pommes. Wir werden einen zweiten Gefrierschrank brauchen.

Die linke Seite meines Gesichts ziert ein weinroter, nierenförmiger Bluterguss, der unaufhörlich pocht. Alle paar Minuten drängt es mich dazu, dieses neue Merkmal meines Gesichts mit den Fingern zu befühlen – so ähnlich wie bei einem lockeren Zahn, an dem man ständig mit der Zunge herummacht. Es hat etwas definitiv Befriedigendes, von den Spuren eines Kampfes gezeichnet zu sein, irgendwie fühlt man sich dadurch in seiner Männlichkeit bestätigt. Auch wenn es sich in meinem Fall um ein Versehen handelte und der Schlag ausgerechnet von dem Jungen kam, den ich eigentlich verteidigen sollte. Ich bin bei einem brutalen Übergangsritus mit Blut getauft worden und habe mir dadurch eine neue Stellung im Stamm verdient.

Unsere epische Schlacht mit Jim ist erst einen Tag her, aber alle beteiligten Parteien haben sich – mit mir als Sprachrohr – darauf geeinigt, dass es am besten ist, wenn Russ sofort bei mir einzieht. Nun bin ich also für diesen traurigen, verwirrten, zornigen Jungen verantwortlich, dieses langhaarige, tätowierte Bündel aus Wut und Unsicherheit. Ich als Stiefvater – das ist eigentlich ein schlechter Witz, eine schreckliche Schnapsidee, die nur in einer Katastrophe enden kann. Trotzdem – oder gerade deswegen – ist es perfekt.

Während wir einkaufen, scherzen wir miteinander. Wir tun das auf unsere ganze eigene, leicht ironische Weise, die witzig und zugleich liebevoll ist. Mit der Zeit werden wir diesen scherzhaften Schlagabtausch vervollkommnen, bis er irgendwann unser Markenzeichen sein wird, wie bei Katharine Hepburn und Spencer Tracy. Zwar habe ich die beiden nie so richtig gesehen, bin mir allerdings sicher, dass wir um Welten witziger sind. Ich ziehe irgendwelche Lebensmittel aus den Regalen und werfe sie Russ zu, als würden wir Football spielen. Wir verlieren keinen einzigen Ball, bis er am Ende eine zellophanumhüllte halbe Wassermelone nicht erwischt. Sie landet mit einem saftigen Knall auf dem Boden, und am Rand bricht ein Stück ab.

»Mist!«, sagt Russ.

»Ich kann einfach nicht glauben, dass du die nicht erwischt hast!«

»Deine Schuld, Mann. Du hast überhaupt nicht in meine Richtung geworfen.«

»Ich dachte, du wolltest nach links.«

»Das war nur angetäuscht.«

»Gut angetäuscht.«

»Lass uns eine andere nehmen.«

»Wir können sie nicht zurücklegen. Was man kaputt macht, muss man kaufen.«

»Wieso? Der Kunde ist König, dachte ich.«

»Was würde Jesus an unserer Stelle tun?«

»Jesus hätte nicht wie ein kleines Mädchen geworfen.«

»Leg sie einfach in den Wagen.«

Das ist der schwierige Teil. Wir können uns wie Kumpel unterhalten und wie Zimmergenossen zusammenleben, uns gegenseitig die Brüder sein, die wir nie hatten, aber an einem gewissen Punkt muss ich in meine Rolle als Erziehungsberechtigter schlüpfen. Wenn je ein Junge eine vernünftige Vaterfigur nötig hatte, dann Russ, und egal ob ich dafür geeignet bin oder nicht, ich habe den Job übernommen.

Zugegeben, meine Beförderung hat auf dem Schlachtfeld stattgefunden, und meine Referenzen lassen zu wünschen übrig. Trotzdem hoffe ich, dass es mir gelingen wird, mich selbst zu überraschen, indem ich eine bisher unentdeckte Quelle der Reife aufspüre, die sich irgendwo in meinem Inneren wie unangetasteter Zins angesammelt hat. Ich hoffe, dass sie mich dazu befähigen wird, eine Mischung aus Weisheit und Disziplin weiterzugeben, die meine grundsätzlich so coole, lässige Art nicht im Geringsten beeinträchtigen wird. Obwohl ich noch nicht so recht weiß, wie ich an derart schwierige Themen wie Sex, Drogen, Schuleschwänzen oder Internet-Pornographie herangehen soll, kann ich zumindest im Fall dieser lädierten Wassermelone das Richtige tun. Anschließend darf ich mir ein paar selbstzufriedene Sekunden gönnen, weil ich meinen Kurs von Anfang an konsequent durchziehe und unsere erste ethische Herausforderung mit Bravour gemeistert habe.

Während Russ uns nach Hause fährt, führen wir unser erstes offizielles Stiefvater-Stiefsohn-Gespräch.

»Kann ich einen eigenen Wagen bekommen?«, fragt er.

»Du hast doch noch gar keinen Führerschein.«

»Aber bald.«

»Lass uns dann darüber reden.«

»Geld wird zwischen uns ja kein Thema sein«, fährt er verlegen fort.

»Ehrlich gesagt befürchte ich, dass Geld zwischen uns sogar ein großes Thema sein wird.«

Wir haben noch nie über die unvorstellbar hohe Summe gesprochen, die wir beide von der Fluggesellschaft bekommen werden.

»Warum denn das?«

»Weil du ein trauriger, zorniger Junge bist, der seine Mutter verloren hat und seinen Vater hasst. Nun wirst du zu allem Überfluss auch noch reich. Wenn es je eine todsichere Methode gab, um einen Teenager in den Ruin zu treiben, dann ist es diese Kombination. Meine Aufgabe besteht darin, dafür zu sorgen, dass du nicht eines von diesen reichen Arschlöchern wirst, die mit anderen reichen Arschlöchern durch die Welt jetten, eine prominente Tussi nach der anderen abschleppen, in Nachtclubs investieren und mit fünfundzwanzig das erste Mal im Knast sitzen.«

»Es ist wirklich herzerwärmend, wie viel Vertrauen du in mich setzt.«

»Du bist noch ein Junge, Russ, und du hast viel durchgemacht. Es wäre vielleicht nicht schlecht, wenn du eine Therapie anfangen würdest. Bestimmt gibt es Fachleute, die sich genau auf solche Fälle spezialisiert haben.«

»Ich will doch bloß ein eigenes Auto, Doug, verdammt noch mal!«

»Pass auf, wo du hinfährst.«

»Tu ich doch.«

Ein paar Minuten schweigen wir beide. Ich spüre, wie sich das panische Gefühl in mir langsam legt. »Andererseits«, sage ich, »kann es durchaus sein, dass ich ein bisschen überreagiere. Lass mich eine Weile darüber nachdenken, ja?«

»Cool.«

Man schwört sich, dass man nie so werden will wie die eigenen Eltern. Man hört schräge Musik, trägt lässige Klamotten, hat Sex im Stehen oder auf Küchentischen und sagt ständig »Fuck« und »Shit«. Eines Tages aber ertappt man sich dabei, dass man auf einmal dieselben Dinge von sich gibt wie sie früher. Als hätten ihre Worte all die Jahre wie inaktive Spione in einem geschlummert, um nun unvermittelt aktiviert zu werden. Man ist immer noch jung genug, um diese Worte durch die Ohren des Teenagers zu hören, der neben einem sitzt, und man begreift auf einmal, wie erbärmlich und letztendlich sinnlos alle Erziehungsversuche sein werden. Ein paar schäbige Sandsäcke im Kampf gegen die Flutwelle der genetischen Bestimmung.

Zu Hause überwacht Claire das Ausladen der Einkäufe und die Umorganisation von Kühlschrank und Speisekammer. Dann begibt sich Russ nach oben, um den Wiedereinzug in sein altes Zimmer abzuschließen. Angie hat heute Morgen bei uns angerufen, sobald die Luft rein war, so dass Russ und ich seine Sachen holen konnten, während Jim in der Arbeit war. Auf meinem Handy sind neue Nachrichten von Brooke, Laney und Kyle Evans, der einfach nicht aufgibt, aber ich rufe nicht zurück. Ich bin gerade dabei, Stiefvater zu werden, und das erfordert meine volle Konzentration.

»Gönn ihm doch seinen eigenen Wagen«, meint Claire. »Ohne Auto kann ein Junge an der Highschool einfach keine Mädchen aufreißen.«

»Du möchtest, dass er Mädchen aufreißt?«

Sie deutet mit dem Zeigefinger auf meine Brust. »Spielverderber.« Ihr Ton klingt tadelnd.

»Ich versuche doch nur, mich verantwortungsbewusst zu verhalten.«

»Du bist trotzdem ein Spielverderber. Nur weil du an der Highschool keinen Sex hattest …«

»Und ob ich an der Highschool Sex hatte!«

»Genau das meine ich«, antwortet Claire. »Lass ihn seinen eigenen Wagen haben und fertig. Du kannst ihm ja Kondome und Aufklärungsbroschüren über Alkohol- und Drogensucht ins Handschuhfach legen, wenn du dich dann besser fühlst.«

»Danke. Du warst mir wirklich eine große Hilfe.«

»Das ist mein Job.«

*

Russ, Claire und ich sitzen im Esszimmer beim Abendessen zusammen. Es ist das erste Mal seit Haileys Tod, dass ich dort esse. Zum ersten Mal benutze ich wieder Tischsets und richtiges Geschirr, statt wie sonst einfach etwas aus einer Aluverpackung in eine Schüssel zu kippen und in der Mikrowelle heiß zu machen, um es anschließend vor dem Fernseher zu essen und mit zu viel Wein oder Bourbon hinunterzuspülen. Beim Essen unterhalten wir uns recht lebhaft, wir reißen Witze und necken uns gegenseitig. Uns ist bewusst, dass das, was wir gerade erleben, nicht nur ein Essen ist, sondern eine Art Einweihung, der Beginn von etwas Neuem. Auch wenn sich im Grunde gar nicht so viel verändert hat, herrscht zwischen uns dreien doch stummes Einvernehmen darüber, dass dort, wo früher einmal etwas war und dann eine Weile nichts mehr, nun wieder etwas ist. Zwar kleiner und trauriger als vorher, aber trotzdem warm und real und voller Möglichkeiten. Wenn wir es nicht vermasseln.

Bitte lass es uns nicht vermasseln.

35

In dem kleinen Wartebereich vor Brookes Büro sitzt mir eine auffallend hübsche Schülerin gegenüber. Dabei versucht sie nach Kräften, ihre Schönheit zu verbergen: Ihre Lippen sind schwarz geschminkt, ihre Augen mit dunklen, aggressiven Lidstrichen ummalt. Sie trägt einen Ring am Nasenflügel, und auf ihrer vollen Unterlippe thront ein runder Stecker wie eine Perle in einer Muschel. Das alles ändert jedoch nichts an der Tatsache, dass sie große, grüne Augen, hohe Wangenknochen und eine makellose Haut hat. Sie kann niemanden zum Narren halten, ihre Schönheit strahlt wie ein Nebelscheinwerfer durch ihre ganze Aufmachung hindurch. Ich frage mich, warum sie sich wohl solche Mühe gibt, sie zu verbergen.

Zwei Plätze neben ihr sitzt ein Junge mit langem, wirrem Haar, einem dünnen Ziegenbart und glasigen Kifferaugen. Er trägt eine zerfetzte Jeans und lümmelt betont lässig auf seinem Stuhl, die Arme vor der Brust verschränkt, den Blick auf die Neonbeleuchtung gerichtet. Seine Lässigkeit ist sorgfältig inszeniert, eine demonstrative Zurschaustellung kosmischer Coolness. Genau wie das Mädchen scheint er Probleme zu haben. Beide sind schräge Typen, die sich bereitwillig einen Platz an den Außenmauern dieser Schulgesellschaft gesucht haben. Trotzdem geben sie sich die größte Mühe, einander nicht zur

Kenntnis zu nehmen. Ihre verschiedenen Plätze in der Nahrungskette lassen ihnen keinen gemeinsamen Boden, auf dem sie sich treffen könnten. Genau das ist im Grunde das Geniale an diesem System: Indem es den jungen Leuten in den Randbereichen unterschiedliche Nischen bietet, nimmt es ihnen die Möglichkeit, miteinander in Verbindung zu treten. Dabei würde das ihre Zahl vergrößern und sie zu einer Bedrohung für die herrschende Klasse machen.

Ich sitze hier mit diesen beiden wütenden jungen Leuten, ein Außenseiter wie sie, und erlebe am eigenen Leib, welch erstaunliche Macht ihr Schweigen besitzt und wie leicht ich mich in ihre Regeln hineinziehen lasse. Hin und wieder werfen sie einen nervösen Blick in meine Richtung, sehen aber ganz schnell wieder weg, bevor ein Kontakt zustande kommen kann. Eigentlich ist es ein Wunder, dass an der Highschool überhaupt noch Leute miteinander reden.

»Doug«, sagt Brooke, die plötzlich im Türrahmen steht. »Was machst du denn hier?«

Sie trägt eine graue Hose und eine schwarze Seidenbluse. Ich finde, dass sie damit knackig und professionell aussieht. Allerdings wirkt sie über meinen Besuch nicht so begeistert, wie ich gehofft hatte. »Hättest du einen Moment Zeit für mich?«

»O mein Gott, was ist denn mit deinem Gesicht passiert?«

Ich reibe liebevoll über meinen dicken Bluterguss. »Das erzähle ich dir gleich.«

»Es dauert nur eine Minute«, sagt sie zu den beiden wartenden Teenagern, die das nicht weiter zu kümmern scheint, weil sie viel zu sehr damit beschäftigt sind, so zu tun, als würden sie gar nicht existieren.

»Das wegen neulich tut mir leid«, sage ich, sobald wir in ihrem Büro Platz genommen haben.

»Du brauchst dich dafür nicht zu entschuldigen«, antwortet Brooke.

»Ich fühle mich deswegen aber ziemlich mies.«

»Du solltest dich eher mies fühlen, weil du mich in den letzten Tagen nicht angerufen hast.«

»Ja, du hast recht.«

»Und weil du auf meine Anrufe nicht reagiert hast.«

»Das tut mir auch leid.«

»Und weil ich mir deswegen wie eine Idiotin vorgekommen bin.«

»Das wollte ich nicht. Entschuldigung.«

»Was ist mit deinem Gesicht passiert?«

»Ich hatte eine Schlägerei mit Jim.«

»Dann stammt das Veilchen also von ihm?«

»Nein, von Russ.«

»Russ hat dich geschlagen?«

»Ja, aber eigentlich wollte er Jim treffen.«

»Meinst du das jetzt im übertragenen Sinn?«

»Ich bin ihm direkt vor die Faust gelaufen.«

»Aha.«

»Um es kurz zu machen: Russ wohnt jetzt bei mir.«

Brooke lächelt. »Das ist doch endlich mal eine gute Nachricht. Was hast du dabei für ein Gefühl?«

»Ein erstaunlich gutes«, antworte ich. »Obwohl ich auch ein bisschen Angst habe. Große Angst, um ehrlich zu sein. Aber auf eine gute Art.«

»Du schaffst das schon.«

»Danke für dein Vertrauen.«

Wir sehen uns einen Moment an. »Du bist also gekommen, um mir das zu sagen?«

»Nein. Ich bin gekommen, um dich zu fragen, wie du zu Hochzeiten stehst.«

»Ich glaube nicht, dass ich schon zu einer solchen Bindung bereit bin.«

»Meine Schwester heiratet am Wochenende.«

»Und du brauchst eine Begleiterin.«

»Nein, brauche ich nicht. Russ und meine Schwester Claire sind Begleitung genug. Ich dachte einfach, dass es schön wäre, wenn du mitkämst.«

Sie seufzt tief und melancholisch, sichtlich hin und her gerissen. »Hör zu, Doug. Ich mag dich. Trotzdem würde ich gerne wissen, ob du gerade in der Phase steckst, in der man jedes Mal mit einer Panikattacke reagiert, wenn einem ein anderer Mensch zu nahekommt. Falls dem so ist, kann ich das durchaus verstehen. Ich möchte nur kein Teil dieses Prozesses sein.«

»Ich glaube, darüber bin ich inzwischen hinweg«, antworte ich.

»Einfach so?« Sie klingt skeptisch.

»Einfach so.«

»Doug.«

»Ich meine es ernst.«

»Die ganze Angelegenheit ist schon so schrecklich kompliziert. Dabei kennen wir uns kaum.«

»Ich weiß.«

Sie mustert mich einen Moment prüfend, kaut dabei nachdenklich auf ihrer Unterlippe. Plötzlich erscheint es mir unglaublich wichtig, dass sie jetzt ja sagt. Vor uns liegen unterschiedliche Schicksale, wir können wie bei einer Weggabelung entweder die eine oder die andere Richtung einschlagen. Alles, was von nun an mit uns geschehen wird, hängt davon ab, was in den nächsten fünf Sekunden passiert. Ich weiß, dass ich behauptet habe, es sei Schwachsinn, von so etwas wie Schicksal zu sprechen, aber ich habe mich schon öfter getäuscht.

Wenn ich an Gott glauben würde, dann würde ich jetzt ein Stoßgebet gen Himmel schicken, *Gott, du hast mich schon genug verarscht, deswegen gebe ich dir jetzt auf der Stelle die Chance, mit der Wiedergutmachung zu beginnen.* Da ich jedoch nicht an ihn glaube, kann ich mir das sparen. Mir bleibt nichts anderes übrig, als nervös abzuwarten, bis der Moment vorüber ist. Der Moment lässt sich allerdings ziemlich viel Zeit, er dehnt sich aus wie ein großer roter Ballon, und ich kann nur dasitzen und versuchen, möglichst verlockend auszusehen, bis er endlich platzt.

»Doug.«

»Brooke.«

Sie seufzt erneut, laut und langsam. Dann schüttelt sie den Kopf. »Ich habe nichts zum Anziehen.«

36

Debbies Hochzeit wird ein ganzes Wochenende in Anspruch nehmen und im Norwalk Inn and Country Club in Connecticut stattfinden. Für Freitagabend ist ein Essen im engen Familien- und Freundeskreis angesetzt, für Samstag die feierliche Trauungszeremonie bei Sonnenuntergang am Strand, gefolgt von einem aufwendigen Empfang im großen Ballsaal, zu dem fünfhundert Gäste erwartet werden. Es ist der Festakt, den meine Mutter schon ihr ganzes Leben lang plant.

Claires Hochzeit fand damals in Chappaqua statt, wo Stephens Eltern ihr riesiges Anwesen haben – in unserer Familie auch Pferdeapfelpalast genannt, wenn sonst niemand zuhört. Hailey und ich entschieden uns für eine kleine, formlose Feier mit Freunden und Verwandten im Tattinger's, unserem Lieblingsrestaurant in Manhattan. Meine Mutter ertrug diese unwürdigen Umstände mit dem vielsagenden, facettenreichen Schweigen einer tragischen Gestalt, die stumm eine unwürdige Situation erträgt. Bei Debbie, ihrem Nesthäkchen, hat es keine solchen Komplikationen gegeben, deswegen ist sie auch so richtig in die Vollen gegangen.

Als ich mich am Freitagnachmittag für das Abendessen anziehe, merke ich plötzlich, dass irgendetwas in der Tasche meiner Anzugjacke steckt. Zum Vorschein kommen ein Lippenstift und eine zusammengeknüllte Rechnung. Die Rechnung stammt aus der Hudson Tavern, dem Restaurant, in dem Hailey und ich an unserem letzten gemeinsamen Abend beim Essen waren. Eigentlich sollte so etwas inzwischen nicht mehr passieren, aber irgendwie schaffen es gerade diese kleinen Dinge, mich in Sekundenschnelle meilenweit zurückzuwerfen. Diese letzten kleinen Überreste ihres Lebens, die irgendwo verborgen liegen und nur darauf warten, wie archäologische Fundstücke ausgegraben zu werden: ihr Duft an einem Hemd, eine schnell hingekritzelte Einkaufsliste mitten in dem kleinen Notizblock neben dem Telefon, ihr Lippenstift und eine Restaurantrechnung in meiner Jackentasche. Die Überreste eines verschwundenen Lebens.

Wider besseres Wissen ziehe ich die Rechnung auseinander. Da steht es in verwischter blauer Tinte: die Suppen, die wir hatten, Haileys Salat, mein Fleischgericht, die Flasche Chianti, die Apfelpastete, die wir uns als Nachspeise geteilt haben. Schlagartig durchfluten mich die Erinnerungen an jenen Abend, klar und scharf, schmerzhaft wie Hiebe mit einer Rasierklinge: Haileys enges rotes Kleid, ihr hochgestecktes Haar über dem schlanken Nacken, die Art, wie sie beim Lachen den Kopf zurückwarf. Vor allem aber spüre ich wieder mit sämtlichen Sinnen, was für ein Gefühl es war, ihr zu gehören und ein ganzer Mensch zu sein – was für ein Gefühl es damals war, ich zu sein.

Gleichzeitig kehrt der vertraute, bebende Schmerz in meinen Bauch zurück, und die drückende Leere in meine Brust. Trotzdem werde ich nicht weinen. Als ich die Augen schließe, bin ich wieder dort, ich sitze ihr gegenüber und trinke ihren Anblick in mich hinein wie Wein, während sich in meinem Inneren Krusten lösen und Wunden neu aufbrechen. Der unerträgliche Schmerz, sie zu verlieren, brennt wieder so heftig wie am Anfang, als würde ein glühender Schürhaken in meinen Eingeweiden stochern. Aber ich weine nicht. *Ich hatte eine Frau, ihr Name war Hailey. Ich habe sie verloren – und mich dazu.*

Ein roter BH hängt am Knauf der Badezimmertür, wo Hailey ihn vor einer Ewigkeit hingehängt hat. Ich nehme ihn und werfe ihn in ein Fach ihrer Kommode. Dann beginne ich, die Sachen auf ihrem Nachttisch in die oberste Schublade zu räumen: Bücher, Kataloge, ein Parfümfläschchen, eine Haarspange. Nachdem ich auch den Lippenstift aus meiner Jackentasche hineingelegt habe, bekomme ich wackelige Knie und setze mich aufs Bett – auf Haileys Seite. Ich spüre, wie mir die Tränen in die Augen schießen, aber ich blinzle sie weg, denn selbst in meinem desolaten Zustand höre ich das gedämpfte Knallen der Schubladen in Russ' Zimmer, wo er sich gerade fertigmacht, und das Klacken von Claires hohen Absätzen auf dem Küchenboden.

Die Geräusche kommen aus einer Welt jenseits des Traums, in dem ich gerade gefangen bin, und rufen mich zurück ins wache Leben. Deswegen gestatte ich mir nur noch ein paar zittrige Atemzüge, ein paar letzte Momente, in denen ich mich ohne Hailey völlig verloren fühle. Dann hieve ich mich vom Bett hoch und gehe hinunter zu Claire, um sie zu bitten, mir bei meinem Krawattenknoten zu helfen.

*

Das Abendessen findet in einem der kleineren Bankettsäle des Clubs statt, wo der Catering-Service ein tolles Büfett aufgebaut hat. Auf der kleinen Bühne spielt eine Drei-Mann-Kapelle leise Dinnermusik. Die Lampen sind heruntergedimmt, und rund um den Essbereich sind große, auf dem Boden stehende

Kandelaber verteilt, die dem Raum ein warmes, leicht mittelalterliches Ambiente verleihen. In gewohnter Manier hat meine Mutter aus einem Abendessen im kleinen Kreis ein großes Ereignis gemacht.

Als wir eintreffen, wimmelt es im Raum bereits von Freunden meiner Eltern und Verwandten, die ich lieber nicht treffen würde. Claire deutet wie eine Stewardess, die den Passagieren die Notausgänge zeigt, auf die beiden Bars an den Seiten des Büfetts. Während sie mit Russ loszieht, um ausfindig zu machen, an welchem der vielen in der Mitte des Raumes angeordneten Tische wir sitzen, schleiche ich mich so unauffällig wie möglich um die ganze Meute herum, bis ich schließlich an einer der Bars stehe. Ich genehmige mir zwei kleine Whiskeys, um mir ein wenig Mut anzutrinken, und als das nichts hilft, zwei weitere, um Abstand zu gewinnen. Als Wegzehrung lasse ich mir noch einen starken Whiskey-Cola einschenken, dann wate ich widerwillig ins Meer der Gäste hinein.

Davor habe ich mich die ganze Zeit gefürchtet: schutzlos der prüfenden Musterung durch Menschen ausgesetzt zu sein, die mich schon eine Ewigkeit kennen und deshalb glauben, über mich Bescheid zu wissen. Zu spüren, wie sie mich durchdringend ansehen, mit feuchten Augen umarmen, mir gerührt die Hand drücken und mich mit ihrem Mitleid ersticken, das sich wie Milzbrand in der Luft ausbreitet. Durch das, was ich erlebt habe, bin ich zu einer Art Berühmtheit geworden, habe in ihren Augen überlebensgroße Dimensionen angenommen. Der Trick besteht nun darin, wie ein Filmstar beim Verlassen eines Nachtclubs nicht stehenzubleiben, sondern in die Kameras zu lächeln und gleichzeitig einfach weiterzugehen.

Ich setze eine leicht gehetzte Miene auf, als hätte ich gerade einen wichtigen Auftrag zu erledigen, und eile durch die Menge, wobei ich grüßend mal in diese, mal in jene Richtung nicke, dabei aber kein einziges Mal stehenbleibe, um mich mit jemandem zu unterhalten.

Rundherum tauchen wie böse Geister alle möglichen Verwandten auf, unter anderem Onkel Freddy, der wesentlich jüngere Bruder meines Vaters, den wir als Kinder so cool fanden, weil er Bikerstiefel trug und sein Haar wie Jon Bon Jovi stylte. Jetzt hat er eine Glatze, einen Bierbauch, drei Kinder mit zwei Exfrauen und unter den Augen dicke Tränensäcke, deren furchige Oberfläche an Alligatorhaut erinnert. Und meine Cousine Nicole, die sich nach dem College als Lesbe outete, es sich später aber wieder anders überlegte und ihre alte Highschool-Liebe Peter heiratete. Als Nächstes entdecke ich meinen Cousin Nate, der ein paar Jahre älter ist als ich und mir irgendwann mal erzählt hat, was für eine Nervensäge ich mit acht war. Er hat mich das allererste Mal an einer Zigarette ziehen lassen, als sein Bruder Barry seine Bar-Mizwa feierte – Barry, der Claire zwanzig Dollar zahlte, damit er ihren Busen sehen durfte, als wir vierzehn waren. Tante Abby, die Schwester meiner Mutter, ist ebenfalls da. Sie hat ihren Brustkrebs besiegt und im Selbstverlag ein praktisch unlesbares Buch darüber veröffentlicht, das sie immer noch bei jeder sich bietenden Gelegenheit verschenkt.

Die Blicke all dieser Leute durchschneiden den Raum wie die Infrarotstrahlen, mit denen Museen gesichert werden, und ich bin der gewiefte Kunstdieb, der durch den Raum wirbelt, ohne einen Alarm auszulösen. Natürlich schafft es eine Handvoll von ihnen doch, mich aufzuhalten, und nachdem sie mich zur Begrüßung umarmt haben, sagen sie mir kopfschüttelnd und mit herausfordernder Ehrlichkeit, wie wunderbar ich aussähe. Als wäre ich der fette Kerl, der fünfzig Pfund abgenommen und endlich wieder einen Hals hat. Auf einmal stürmen sie von allen Seiten auf mich ein. Kurz davor, in Panik zu geraten, halte ich nach einem Fluchtweg Ausschau. Zum Glück steuert gerade mein Vater durch die Menge auf mich zu.

»Doug!« Er nimmt mich in den Arm. Mit seinem nachtblauen Designeranzug und der lavendelfarbenen Krawatte sieht er mal wieder sehr schick aus. »Was machst du denn hier?«

»Hallo, Dad«, begrüße ich ihn, während er mich erneut an sich zieht.

Ich rieche den vertrauten Duft seines Rasierwassers und seines Schuppenshampoos, und auf einmal bin ich wieder der kleine Junge, der von ihm auf den Arm genommen werden möchte. Am liebsten würde ich jetzt den Kopf an seinem Hals vergraben und die Beine um seinen Bauch schlingen, um mich von ihm nach oben in mein Zimmer tragen und ins Bett bringen zu lassen.

»Komm.« Er nimmt mich an der Hand und führt mich durch die Menge. »Wir besorgen dir jetzt erst mal was zu essen.«

Debbie steht neben dem Büfett und unterhält sich angeregt mit einigen von ihren Brautjungfern. Sie hat sich richtig feingemacht: Ihr dunkles Haar ist zu einer komplizierten Flechtfrisur hochgesteckt, und sie trägt ein verführerisches schwarzes Abendkleid.

»Hallo, Pooh«, sage ich, während ich sie zur Begrüßung auf die Wange küsse. »Du siehst großartig aus.«

»Dein Gesicht ist ja ganz blau!«

»Was du nicht sagst.«

»Wie ist das denn passiert? Ach nein, vergiss es, ich will es gar nicht wissen.« Neugierig erkundet sie mein Veilchen mit dem Daumen.

»Autsch! Verdammt, Debbie!«

»Es wird auf allen Fotos zu sehen sein.«

»Der Fotograf kann es bestimmt wegretuschieren.«

»Meinst du wirklich? Es sieht schrecklich aus.«

»Seltsam. Eben noch haben mir alle gesagt, wie wunderbar ich aussehe.«

Sie zuckt mit den Achseln und zieht zynisch eine Augenbraue hoch. »Dir ist schon klar, dass hier jeder betrunken ist?«

Apropos. Mein Drink, den ich mir vor gerade mal fünf Minuten habe einschenken lassen, ist auf mysteriöse Weise verdampft. Ich schlendere zurück zur Bar, wo mir Russ mit einem Glas in der Hand entgegenkommt. »Hey«, sage ich. »Amüsieren wir uns schon gut?«

»Geht so.«

»Was trinkst du denn da?«

»Tonic-Water.«

»Aha.«

»Mit einem winzigen Spritzer Gin.«

Ich weiß, dass ich ihn keinen Alkohol trinken lassen dürfte und dass wir über dieses Thema reden müssen.

»Russ. Können wir mal für einen Moment ernst sein?«

»Doug, wenn wir es nicht schaffen, mal für einen Moment ernst zu sein, dann haben die Terroristen schon gewonnen.«

»Bei uns beiden gibt es nicht viele Regeln.«

»Das stimmt.«

»Ich kann nicht kontrollieren, was du tust, wenn du mit deinen Freunden unterwegs bist. Da muss ich einfach darauf vertrauen, dass du die richtigen Entscheidungen triffst. Aber ich möchte nicht, dass du in meiner Gegenwart Alkohol trinkst oder Drogen nimmst.«

Er betrachtet mich einen Moment nachdenklich und hebt dann lächelnd sein Glas. »Einverstanden. Ein Gläschen wird zur Feier des Tages doch erlaubt sein, oder? Noch dazu in Begleitung eines so wachsamen Erziehungsberechtigten.«

»Übertreib es nicht.«

»Ja, Sir!«

»Und jetzt erzähl mal.« Ich lege ihm den Arm um die Schulter. »Schon irgendwelche interessanten Frauen gesichtet?«

Seufzend sieht er zu der Stelle hinüber, wo sich Debbie lachend mit ihren Freundinnen unterhält. »Nur eine einzige.«

»Ich möchte ja nicht zu negativ klingen, aber …«

»Ich weiß«, antwortet er niedergeschlagen. »Liebe ist zum Heulen.«

»Amen!« Wir stoßen mit unseren Gläsern an.

An der Bar hat sich inzwischen eine Männerrunde versammelt, mit Mikes Bruder Max als ruppigem Moderator. Die Gesprächsthemen sind breit gefächert, es geht unter anderem um die besten Investitionsmöglichkeiten, um diverse Sportmannschaften und um die Schauspielerinnen, die sie flachlegen würden, wenn sie nicht zu sehr damit beschäftigt wären, fett, kahl und verheiratet zu sein. Ich habe leider nichts beizutragen, nutze aber die Gelegenheit, für ein paar Minuten zwischen ihnen unterzutauchen.

»Doug.« Max legt mir den Arm um die Schulter. »Ich glaube, ich habe mich gerade verliebt. Da, auf drei Uhr.«

»Was?«

»Da drüben. Die Kleine in dem schwarzen Kleid.« Er zeigt mit dem Finger auf sie.

»Sie ist sehr hübsch«, antworte ich.

»Soll das ein Witz sein? Sieh dir mal diesen Hintern an!« Er leckt sich über die Lippen. »Die muss ich mir unbedingt genehmigen!«

»Ihr Name ist Claire.«

»Du kennst sie?«

»Ja.«

»Wie ist sie denn so drauf?«

»Sie hat gerade ihren Mann verlassen«, antworte ich. »Sie kann es kaum erwarten, flachgelegt zu werden.«

»Du verarschst mich doch.«

»Wenn ich es dir sage. Da rennst du offene Türen ein.«

»Na gut.« Er lässt mich los. »Wünsch mir Glück.«

»Hals- und Beinbruch.«

Ich beobachte, wie er auf sie zugeht. Als er sie anspricht, werden Claires Augen ganz schmal, und dann holt sie tief Luft und fängt zu sprechen an. Obwohl Max ein richtiger Vollidiot ist, tut er mir in dem Moment fast ein bisschen leid. Zwei Minuten später kehrt er mit hochrotem Kopf zurück.

»Du bist so ein Depp, Doug!« Er klingt ziemlich frustriert.

»Du hast dich wackerer geschlagen als die meisten anderen.«

»Wenn du mich fragst, hat die Frau ein paar ganz gewaltige Probleme.«

Ich klopfe ihm auf den Rücken. »Nimm's nicht so tragisch. Ich hole uns einen Drink.«

»Doug.« Mike ist hinter uns getreten. »Hast du Potter irgendwo gesehen?«

»Nein.«

»Ich auch nicht. Dabei soll er doch die Tischrede halten. Ich hoffe, es ist nichts passiert.«

Dave und Laney. Mist. Ich habe völlig vergessen, dass die beiden auch hier sein werden. Als hätte ich nicht schon genug Probleme. Laney wird mir das ganze Wochenende böse Blicke zuwerfen, und ich werde so tun müssen, als würde ich es nicht bemerken.

»Es ist bestimmt alles in Ordnung.«

»Ich weiß wirklich nicht, wo er so lange bleibt. Wärst du vielleicht so lieb, für ihn einzuspringen, falls er tatsächlich nicht kommen sollte?«

Mein Leben ist der pure Hohn.

Nachdem alle ihre Plätze gefunden haben, ich selbst sicher zwischen Russ und Claire sitze und mein Alkoholpegel zu einem netten Schwips abgesunken ist, der mich auf angenehme Weise einhüllt, kann ich mich endlich entspannen. Meine Mutter, die in ihrem lachsfarbenen Abendkleid strahlend schön aussieht, nippt an ihrem Wein und lässt mit einem zufriedenen Lächeln den Blick durch den Raum schweifen. Sie lehnt sich an meinen Vater, der alle paar Minuten ihren Scheitel küsst, mit den Fingern im Takt der Musik klopft und fröhlich alle Gratulanten grüßt, die zu seinem Tisch kommen.

»Stan!«, sagen sie. »Wie schön, dich zu sehen!«

Worauf er antwortet: »Das finde ich auch, Phil, das finde ich auch.«

Meine Eltern strahlen beide, sie vibrieren regelrecht vor Glück, und ich liebe sie wie nie zuvor. Wir anderen unterhalten uns über dies und das, reißen Witze und tratschen über unsere versammelte Verwandtschaft. Alles läuft reibungslos, bis Mike anfängt, mit einem Messer gegen sein Wasserglas zu schlagen. Als er schließlich aufsteht, wird es im Raum still.

»Debbie und ich freuen uns riesig, dass ihr alle gekommen seid, um mit uns zu feiern. Ich selbst kann eigentlich nur Folgendes sagen: Nie im Leben hätte ich geglaubt, dass einmal eine so attraktive Frau bereit sein würde, den Bund der Ehe mit mir einzugehen.«

»Ich kann es immer noch nicht fassen!«, ruft Max, und alle lachen.

»Jedenfalls möchte ich jetzt einfach meinen guten Freund Doug, der zufällig auch noch der Bruder der Braut ist, darum bitten, einen Toast auszusprechen.«

Während alle zu klatschen anfangen, blicke ich entsetzt hoch. Ich kann mich dunkel daran erinnern, dass Mike mich gebeten hat, für Dave einzuspringen, bin jedoch davon ausgegangen, dass er mich noch einmal vorwarnen würde und ich mich dann irgendwie davor drücken könnte. Als der Beifall langsam verebbt, sitze ich immer noch mit eingezogenem Kopf an meinem Platz und frage mich, was zum Teufel ich jetzt tun soll.

»Doug?«, flüstert Debbie nervös zu mir herüber.

»Du bist dran, Mann«, sagt Russ.

Während ich langsam aufstehe und mich den etwa fünfzig Gästen zuwende, die mich alle erwartungsvoll ansehen, wird mir bewusst, dass ich wohl doch etwas mehr getrunken habe, als ich eigentlich vorhatte. Sie kommen mir alle so weit entfernt vor, was gut ist, aber leider komme ich mir selbst auch weit entfernt vor, und das könnte ein Problem werden.

»Du brauchst einen Drink«, sagt Claire.

»Und wie!«, antworte ich, worauf der ganze Raum spontan in Gelächter ausbricht.

»Ich meine für den Toast.« Sie reicht mir irgendein Weinglas.

Vor meinen Augen schwimmen die Gesichter der Gäste kaleidoskopartig ineinander, und im Nacken bricht mir der kalte Schweiß aus. »Wie die meisten von euch wissen, bin ich im Halten solcher Reden nicht sehr gut«, beginne ich. »Ich glaube, die letzte habe ich bei Claires Hochzeit gehalten, und wenn ihr da wart, dann wisst ihr, wie die Sache ausgegangen ist.«

Angespanntes Lachen flattert durch den Raum wie ein eingesperrter Vogel auf der Suche nach einem Fenster. Claire wirft mir einen alarmierten Blick zu.

»Ich habe natürlich den Toast gemeint, nicht die Ehe … Oje!«

Claire schüttelt den Kopf und schlägt die Hände vors Gesicht.

»Ich wollte damit nur sagen, dass mein Toast damals nicht so gut angekommen ist. Diesmal läuft es anscheinend ähnlich, deswegen höre ich wohl besser auf, bevor es zu spät ist.«

»Du machst das doch großartig, Mann!«, ruft Max, der sich vor Lachen krümmt.

»Hey!«, zischt Russ zu mir hinauf. »Du verpestest den Raum!«

»Du kannst gerne übernehmen!«, fauche ich zurück.

Zu meiner größten Überraschung schiebt Russ seinen Stuhl zurück und steht auf.

»Was soll das werden?«, stoße ich zwischen zusammengebissenen Zähnen hervor.

»Lass mich nur machen«, antwortet er. Nachdem er ein paarmal demonstrativ in die Hände geklatscht hat, sagt er: »Danke, Doug.«

Mir bleibt nichts anderes übrig, als mich zurück auf meinen Stuhl fallen zu lassen.

»Großartig«, flüstert Claire, die immer noch ungläubig den Kopf schüttelt.

»Tut mir leid«, flüstere ich zurück. »Es … es tut mir wirklich leid.«

Sie nickt zu Russ hinauf. »Unser Junge ist übrigens ganz schön betrunken.«

»Er hatte doch nur einen Drink.«

»Die Kellner haben ihm ständig Wein nachgeschenkt.«

»Oh«, sage ich. »Mist.«

»Meine Damen und Herren, für diejenigen unter Ihnen, die mich nicht kennen: Mein Name ist Russ Klein. Ich weiß, dass Sie sich nun alle fragen, was ich anlässlich dieses bedeutsamen Ereignisses zu sagen haben könnte.« Er wendet sich Debbie zu, die nervös lächelt. »Wissen Sie, ich kenne Debbie erst ein paar Jahre, aber schon bei unserer ersten Begegnung …« Er hält inne, um tief Luft zu holen. »… schon bei unserer ersten Begegnung habe ich mich unsterblich in sie verliebt.«

Debbies Kinnlade klappt nach unten. Alle anderen schnappen kollektiv nach Luft.

»Ich weiß, ich bin noch ein Junge«, fährt Russ fort, »aber ich habe mir immer vorgestellt, was ich zu dir sagen würde, wenn ich je Gelegenheit dazu hätte. Jedenfalls möchte ich gerne sagen, dass du bei weitem das schönste Mädchen bist, das mir jemals untergekommen ist. Du bist nett, klug, witzig und sexy und so hübsch, so unglaublich hübsch, dass ich ohne zu zögern zehn Jahre meines Lebens dafür geben würde, um alt genug zu sein, damit ich dich zur Freundin haben kann. Auch wenn du in einer ganz anderen Liga spielst als ich, werde ich jedes Mädchen, das ich in Zukunft treffe, an dir messen, und ich weiß schon jetzt, dass keine an dich herankommen wird. Na ja, wenigstens hast du mir etwas gegeben, wonach ich streben kann, nicht wahr? Wie auch immer, jetzt heiratest du, und ich werde darüber hinwegkommen müssen. Ich dachte, dass mir das leichter fallen wird, wenn ich das alles einmal laut ausgesprochen habe. Mike, nichts für ungut, du bist ein cooler Typ, und ich hoffe, du wirst nie vergessen, was für ein Glückspilz du bist. Dir, Debbie, wünsche ich nur das Allerbeste, du hast es verdient. Du sollst wissen, dass mir der Gedanke an dich geholfen hat, eine extrem beschissene Zeit meines Lebens zu überstehen – entschuldigen Sie bitte meine Ausdrucksweise –, und dafür werde ich dich immer lieben.« Plötzlich ein wenig unsicher, blickt er in die Runde und hebt mit einem verlegenen Grinsen sein Glas. »Ex, alle miteinander!«

Ein paar Leute klatschen schockiert, andere lachen nervös, die meisten aber reden wild durcheinander, während Russ sich setzt.

Debbie hat einen hochroten Kopf bekommen. Als sie

aufsteht, wird es im Raum wieder still. »Russ, ich weiß gar nicht, was ich sagen soll. Das war das Süßeste, was ich jemals …« Sie hält einen Moment inne, weil sie offenbar nicht recht weiß, wie sie fortfahren soll. »Wie auch immer, ich kann nur sagen, falls es mit Mike nicht klappt, wirst du der Erste sein, der es erfährt.«

Die Menge lacht. Russ sieht aus, als würde er ernsthaft darüber nachdenken, sich die Pulsadern aufzuschneiden.

»Ich Vollidiot!«, sagt er.

»Lass dir deswegen keine grauen Haare wachsen«, antworte ich. »Das war richtig mutig von dir.«

»Ich habe mich total zum Narren gemacht.«

»Du warst sehr süß«, widerspricht Claire. Sie lehnt sich zu ihm hinüber und küsst ihn auf die Wange. »Es gibt in diesem Raum keine einzige Frau, die sich nicht soeben in dich verliebt hat.«

Debbie räuspert sich. »Ich möchte gerne noch etwas sagen«, erklärt sie.

Dass sie dabei kurz zu mir herübersieht, den Blick aber gleich wieder abwendet, gefällt mir ganz und gar nicht. Man entwickelt mit der Zeit einen sechsten Sinn für so etwas.

»Unsere Familie hat in den letzten Jahren eine Menge durchgemacht«, beginnt sie. Alle im Raum halten wie hypnotisiert den Atem an, gespannt auf die nächste Wendung, die das Geschehen nehmen wird. »Ich möchte gerne eine kurze Gedenkminute für meine Schwägerin Hailey einlegen. Sie war nicht nur meine Schwägerin, sondern auch meine Freundin, und ich kann es noch immer nicht fassen, dass sie heute, am Vorabend meiner Hochzeit, nicht bei uns ist. Wir lieben dich, Hailey. Du wirst uns immer fehlen!«

Inzwischen haben sowohl meine Mutter als auch Claire zu weinen begonnen. Russ zittert, und die Leute an den anderen

Tischen reiben sich die Augen und putzen sich die Nase. Der Einzige, der nicht weint, ist mein Vater. Er wirkt sehr nachdenklich, als versuchte er sich gerade über etwas klarzuwerden. Alle Blicke sind auf mich gerichtet. Ich spüre, dass die Anwesenden auf meine Reaktion warten. So ähnlich muss sich ein Schauspieler fühlen, der für einen Preis nominiert war, ihn dann aber doch nicht bekommt.

Meine Haut kribbelt, mein Herz hämmert wie wild, und ich komme mir vor wie in der Sauna, mein Hemd ist schon ganz durchgeschwitzt. Debbies Stimme wird immer leiser, genau wie alle anderen Geräusche um mich herum. Der Raum besteht plötzlich nur noch aus einem schmalen schwarzen Gang, und das Einzige, was ich höre, ist das leise Flüstern meiner Sohlen auf dem weichen Blumenteppichboden, dessen Fasern bei jedem meiner eiligen Schritte unter meinen Schuhen niedergedrückt werden.

Ich weiß, dass mir jemand nachläuft, Claire oder Russ oder meine Mutter, ich spüre die Bewegung hinter mir, aber ich kann jetzt niemandem in die Augen sehen. Deswegen stemme ich mich gegen die schwere Tür des Notausgangs und stürme den Gang zur Lobby hinunter und durch die Glastür hinaus in die kühle Nachtluft. Im Neonlicht unter der Markise des Clubs bleibe ich stehen. Ich lehne mich an die Mauer und atme tief ein und aus, um meinem rasenden Herzen Gelegenheit zu geben, sich ein wenig zu beruhigen.

Hinter mir höre ich Schritte, und einen Moment später tritt mein Vater durch die Tür. »Doug!« Er kommt zu mir herüber und stellt sich vor mich hin.

»Hallo, Dad.«

Er legt eine Hand unter mein Kinn und hebt es ein wenig an, so dass ich ihm in die Augen sehen muss. Offenbar ist er ebenfalls gelaufen, denn er keucht noch ein bisschen, aber der

Blick seiner Augen wirkt scharf und klar. Ist mir jemals aufgefallen, dass er blaue Augen hat?

»Hailey«, sagt er zögernd. »Sie ist tot.«

»Ja, Dad. Sie ist tot.«

Er nickt. »Seit wann?«

»Seit dreizehn Monaten.«

»Habe ich davon gewusst?«

»Dad.«

Er schüttelt den Kopf. »Habe ich davon gewusst?«

»Manchmal weißt du es, aber die meiste Zeit nicht.«

Wieder schüttelt er den Kopf, und seine Augen füllen sich mit Tränen. »Was musst du durchgemacht haben! Was musst du durchgemacht haben!«

»Ist schon gut, Dad.«

»Und ich war nicht für dich da!«

»Das ist nicht deine Schuld.«

»Bitte verzeih mir, Doug.«

Ich schließe die Augen, und als ich sie wieder öffne, streckt er die Arme nach mir aus. Die Tränen schießen wie Pistolenkugeln zwischen meinen nassen Wimpern hervor, und ich falle mit einem krampfartigen Schluchzen in seine Arme. Er hält mich eine ganze Weile fest, wiegt sich mit mir sanft hin und her. Sein Kinn ruht auf meinem Kopf, seine Hand liegt warm und trocken an meinem Hals. Ich glaube, es ist das erste Mal seit Haileys Tod, dass ich wirklich an jemandes Schulter weine. Es fühlt sich ganz anders an als sonst, viel intensiver, und ich weine wie ein Irrer, lasse mein ganzes Tränenreservoir aus mir herausströmen. Als wären all die anderen Heulanfälle nur Kostümproben für diesen einen perfekten Weinkrampf an der weichen, aber starken Brust meines Vaters gewesen.

»Als Junge hast du nie geweint«, erklärt er, als ich fertig bin. Er tritt einen Schritt zurück, lässt aber die Hände an meinen

Schultern. »Wir waren immer der Meinung, dass mit dir irgendetwas nicht stimmte.«

»Ihr hattet recht«, antworte ich.

Er schüttelt den Kopf. »Komm wieder mit hinein, Doug.«

»Gleich. Ich brauche noch eine Minute.«

»Bist du sicher, dass es wieder geht?«, fragt er und mustert dabei aufmerksam mein Gesicht.

Ich nicke, zwinge mich zu einem matten Lächeln. »Irgendwie muss es ja gehen, nicht wahr?«

»Das ist die richtige Einstellung.« Er lächelt mich noch einmal mitfühlend an, ehe er sich zurückzieht.

Ein paar Minuten später stehe ich immer noch vor der Tür. Während ich in den blauschwarzen Himmel hinaufstarre und noch hin und wieder leise schluchze, tritt plötzlich eine Gestalt aus dem Schatten des Parkplatzes. Vom vielen Weinen ein bisschen benebelt, brauche ich einen zusätzlichen Moment, bis mir klarwird, dass es sich um Dave Potter handelt. Er trägt Jogginghosen und ein T-Shirt, und sein Haar sieht aus, als wäre er direkt aus der Dusche in einen Windkanal gestiegen.

»Doug«, sagt er.

»Du kommst zu spät«, antworte ich.

Erst jetzt sehe ich, dass er eine Pistole in der Hand hat.

37

Die Pistole ist ein Revolver mit sechs Schuss, eine .357 Magnum oder eine .38 Special, ich weiß es nicht genau, auf jeden Fall einer von den Revolvern, die man, um möglichst cool zu wirken, nach dem Laden ein paarmal wie ein Rad herumwirbelt, ehe man sie mit einer raschen Bewegung des Handgelenks zuschnappen lässt.

Ich stelle mir vor, wie Dave Potter an dem edlen Mahagonischreibtisch in seinem Arbeitszimmer steht und genau das tut. Wer zum Teufel braucht in einer Vorstadt eine solche Waffe? Der Mann hat Kinder im Haus. Hat er denn die Kriminalstatistiken nicht gelesen?

Er zielt nicht auf mich, sondern lässt die Pistole einfach an seiner Seite baumeln. Für einen Moment wage ich zu hoffen, dass er sie nicht auf mich richten wird, sondern es sich bereits anders überlegt hat. Dass er nach langem und intensivem Nachdenken während der Herfahrt zu dem Schluss gekommen ist, es lohnt sich nicht, mich zu erschießen. Ich frage mich, ob er während der Fahrt das Radio laufen hatte, ob er zur Musik gesummt, beim Abbiegen jedes Mal geblinkt hat.

Plötzlich stößt er ein leises, ersticktes Geräusch aus und zielt direkt auf meine Brust.

Ich bin noch nie zuvor mit einer Waffe bedroht worden, aber wie die meisten Menschen habe ich mir eine solche Situation schon des Öfteren ausgemalt. Ich habe mir verschiedene Varianten vorgestellt, verschiedene Entwaffnungstechniken in Betracht gezogen. Ich könnte wie Chuck Norris herumwirbeln und ihm die Waffe mit dem Fuß aus der Hand kicken oder rasch sein Handgelenk packen und verdrehen, einen Jiu-Jitsu-Griff anwenden, der es mir erlauben würde, ihn gleichzeitig zu entwaffnen und auf den Boden zu werfen. Dave ist älter und langsamer als ich, so dass ich ihm locker gewachsen sein müsste.

Das Problem ist nur, dass sich offenbar jemand an der Schwerkraft zu schaffen gemacht hat, denn ich wiege plötzlich tausend Pfund, meine Schuhe scheinen am Boden festgenagelt zu sein. Selbst meine Pobacken sind so fest zusammengekniffen, dass ich mich frage, ob ein operativer Eingriff nötig sein wird, um sie wieder voneinander zu lösen. Ich kann nichts anderes tun, als in den dunklen Lauf von Daves Waffe zu starren, während in meinem Magen das Chaos ausbricht, weil meine Eingeweide in Deckung zu gehen versuchen, indem sie mit dem Kopf voraus hinter Theken springen, Tische umwerfen oder sich angstvoll gegen Wände pressen.

»Doug«, sagt er noch einmal.

»Dave«, antworte ich. »Wie geht's?«

»Nicht so gut.« Er verzieht den Mund zu einem irren Grinsen, das mir mehr Angst macht als die Waffe. »Eigentlich sogar ziemlich schlecht, wenn du es genau wissen willst.«

Ich nicke. Sein Gesicht ist gerötet und schweißnass. Ich muss ihn zum Reden bringen, muss möglichst viele Worte zwischen diese Waffe und meine Brust packen. Es ist schwer, jemanden mitten im Satz zu erschießen. Auf diese Weise erkauft sich James Bond immer die paar Minuten, die er braucht, bis die Rettungskommandos auftauchen: Er plaudert einfach darauflos.

»Willst du mich wirklich erschießen, Dave?« Vielleicht wird ihm der Wahnsinn des Ganzen bewusst, wenn er die Worte laut ausgesprochen hört.

»Du hast sie flachgelegt, Doug!«, schreit er mich so laut an, dass ich zusammenzucke. »Du hast meine Frau flachgelegt!«

Ein paar verrückte Momente lang überlege ich, ob es nicht am besten wäre, alles abzustreiten. *Was?*, werde ich sagen und dabei schockiert und verletzt die Augen aufreißen. *Ich soll* was *getan haben? Hör zu, ich weiß ja nicht, was zwischen dir und Laney gerade läuft, ich habe sie jedenfalls nie angerührt, Dave! Nie!* Ich werde es mit lauter Stimme und absolut ehrlicher Miene sagen. Es reicht, wenn er dadurch ins Grübeln kommt. Ein Mann erschießt nicht gleich jemanden, der nur *vielleicht* mit seiner Frau geschlafen hat, oder? Bevor man sich zu diesem Schritt entscheidet, möchte man sich seiner Sache doch ziemlich sicher sein. Nehme ich zumindest an.

Aber mir ist inzwischen klar, dass er Bescheid weiß. Was auch immer Laney ihm erzählt haben mag, es hat ihm absolute Gewissheit verschafft, und mein Leugnen wird ihn nur noch mehr entzürnen, ihm den letzten Kick geben, den er braucht, um abzudrücken.

»Dave«, sage ich. »Ich glaube nicht, dass du mich wirklich erschießen willst.«

»Keiner von deinen Freunden hat jemals deine Frau flachgelegt, also woher willst du wissen, was ich will?«

»Du hast recht. Entschuldige.«

»Du bist ein verdammter Scheißkerl, Doug.«

Er kommt zwei Schritte näher – so nahe, dass ich sein vor Wut zitterndes Kinn und die dicken, hervorstehenden Adern an der Seite seines Halses erkennen kann – und richtet die Waffe auf mein Gesicht. Er ist jetzt nur noch drei, höchstens dreieinhalb Meter von mir entfernt. Er wird nicht danebenschießen.

»Du hast sie flachgelegt, Doug. Dass sie meine Frau ist, war dir völlig egal. Du hast aus der Mutter meiner Kinder eine Hure gemacht.«

»Ich habe einfach Scheiße gebaut, Dave. Ich war in einem katastrophalen Zustand und noch halb wahnsinnig von allem, was ich durchgemacht hatte, und …«

»Nur zu, heul mir ruhig weiter etwas vor!«, schreit er hysterisch, während er mit der Waffe hektische Bewegungen in meine Richtung macht. »Soll das eine neue Phase der Trauer sein? Erst will man es nicht wahrhaben, dann reagiert man mit Zorn, dann verhandelt man mit Gott, und dann vögelt man die Frau eines Freundes?«

»Beruhige dich, Dave. Bitte.«

»Zum Teufel mit dir!«

»Du hast Kinder, die dich brauchen.«

»Wie kannst du es wagen, meine Kinder zu erwähnen!«

»Verzeih.«

»Halt den Mund!«, schreit er in fast flehendem Ton.

Also halte ich den Mund. Die Lampen unter der Markise lassen Daves schweißnasses Gesicht glänzen. Er starrt mich jetzt wortlos an; ich starre auf den Lauf seiner Waffe. Sein Finger ist am Abzug, beginnt sich wie von selbst zu krümmen, und mit einem beklemmenden Gefühl von Angst wird mir klar, dass er tatsächlich im Begriff ist, mich zu erschießen. Ich schließe die Augen und versuche mir Haileys Gesicht vorzustellen. Wenn es so enden soll, dann soll es eben so enden, aber wenn ich schon sterben muss, dann mit ihrem Gesicht vor Augen, ihrem Namen auf den Lippen.

»Hailey«, flüstere ich wie ein Stoßgebet, und plötzlich kann ich sie auf der Innenseite meiner Augenlider sehen. Sie lächelt mich an, voller Liebe, und ich bin bereit. Glaube ich zumindest.

»Was zum Teufel geht hier vor?«

Die Stimme meines Vaters lässt mich die Augen aufreißen. Gleichzeitig stößt Claire einen lauten Schrei aus. Beide stehen mit offenem Mund in der Tür und starren uns fassungslos an.

»Das ist schon in Ordnung«, sage ich.

»In Ordnung?«, antwortet Claire. »Das kann doch nicht dein Ernst sein!«

»Legen Sie die Waffe weg, mein Junge«, sagt mein Vater, während er langsam auf Dave zugeht.

»Bleiben Sie mir vom Leib!« Dave schwingt die Pistole in seine Richtung.

Mein Vater hebt die Hände, weicht aber nicht zurück. »Ist schon gut, mein Junge«, sagt er.

»Er hat meine Frau flachgelegt!«, schreit Dave mit brüchiger Stimme.

»Oh, verdammt!«, sagt Claire.

»Stimmt das, Doug?«, fragt mein Vater, ohne Dave aus den Augen zu lassen.

»Ja«, antworte ich.

»Na schön.« Mein Vater geht einen weiteren Schritt auf Dave zu, der die Pistole nun wieder auf meinen Kopf gerichtet hat. »Ihnen ist übel mitgespielt worden. Sie sind verletzt. Sie wollen Gerechtigkeit. Das kann ich verstehen. Aber Sie wissen selbst, dass das nicht der richtige Weg ist.«

»Ich werde ihn umbringen.«

»Nein, das werden Sie nicht«, widerspricht mein Vater leise. »Sie würden es gerne tun, und diesen Wunsch kann Ihnen auch keiner verübeln, doch Sie sind klug genug, um zu wissen, dass das nicht die Lösung sein kann. Sie machen gerade eine schlimme Phase durch, mein Junge. Eine Zeit, in der Sie leiden und bluten und Ihr Bild von sich selbst revidieren müssen. Das Leben lässt uns alle irgendwann mal auf dem Hintern landen. Danach stehen wir wieder auf und nehmen ein paar Veränderungen vor. Wir Menschen können das, wir können uns auf die Gegebenheiten einstellen. Und wenn wir das getan haben, sind wir noch besser als vorher fürs Leben gewappnet. Anschließend können wir wieder wachsen und gedeihen.«

»Er verdient es nicht, weiterzuleben«, erklärt Dave. Er hat jetzt Tränen in den Augen, und die Pistole in seiner Hand beginnt zu zittern.

»Das haben nicht Sie zu entscheiden«, entgegnet mein Vater. »Für Sie gibt es wichtigere Dinge, über die Sie sich Gedanken machen müssen. Haben Sie Kinder?«

»Ja.« Inzwischen zittert Dave vor Anspannung am ganzen Körper, aber die Waffe ist immer noch auf mein Gesicht gerichtet.

»Dann sollten Sie zuerst an sie denken«, erklärt mein Vater in entschiedenem Ton. »Und dann an sich selbst, an die Veränderungen, die Sie vornehmen werden, um das alles zu überleben. Denn Sie werden es überleben. Falls Sie sich jedoch entscheiden abzudrücken, ist Überleben für Sie keine Option mehr. Dann bleibt Ihnen nichts anderes mehr übrig, als sich mit dieser Pistole selbst in den Mund zu schießen. Sind Sie dazu bereit?«

Dave starrt mich an, zitternd und schweißüberströmt. In dem Moment wünsche ich mir, er würde abdrücken, dann müsste ich wenigstens die Qual nicht mehr sehen, die sein Gesicht wie eine Strumpfmaske verzerrt – den Schmerz, den ich ihm zugefügt habe, weil ich zu sehr mit meinem eigenen Schmerz beschäftigt war, um mir seinetwegen Gedanken zu machen. »Doug«, sagt er, und es klingt fast wie ein Wimmern.

»Ist schon in Ordnung, Dave«, antworte ich und sehe ihm dabei in die Augen. »Ich verstehe dich. Ich bin bereit.«

»Halt verdammt noch mal den Mund, Doug! Du bist nicht bereit!«, schreit Claire mich weinend an. »Er ist nicht bereit!«

Dave betrachtet mich einen langen Augenblick. Dann entspannt sich sein Gesicht – unfassbarerweise – zu einem traurigen kleinen Lächeln. »So habe ich mir diesen Tag nicht vorgestellt, als ich heute Morgen aufgewacht bin.«

»Da sind wir schon zu zweit«, stelle ich fest.

Genau in dem Moment, als Dave langsam die Waffe sinken lässt, taucht plötzlich aus der Dunkelheit des Parkplatzes Russ auf und stürzt sich auf ihn. Mit ausgestreckten Armen greift er nach der Waffe, und kurz bevor die Wucht seines Aufpralls sie beide umwirft, ist ein ohrenbetäubendes Krachen zu hören, das jedes andere Geräusch auf der Welt schlagartig verstummen lässt. Gleichzeitig blitzt wie ein Magnesiumlicht ein kurzes Mündungsfeuer auf, und dann rollen Russ und Dave in einem Seemannsknoten aus Armen und Beinen über den Boden. Ich sehe die Waffe über das Kopfsteinpflaster der Zufahrt schlittern, ich sehe Claire kreischen und meinen Vater schreien und mit den Armen herumfuchteln, aber ich höre nichts, alles ist still, und ich frage mich, wo die Kugel gelandet ist.

Russ liegt auf dem Boden und bewegt sich nicht, Claire schreit immer noch, und mein Vater blickt sich verblüfft um. Dave steht benommen auf, aber Russ steht nicht auf, o Gott, er steht nicht auf! Ich spüre, wie sich in meiner Kehle ein Schrei formt, Russ muss doch aufstehen, es kann nicht sein, dass die Kugel ihn getroffen hat, so darf das Ganze nicht enden! Ich spüre, wie sich die Ziegelwand in meinem Rücken durch meine Anzugjacke drückt, während ich denke: Bitte beweg dich, Russ, steh endlich von dem verdammten Boden auf und zeig mir, dass du noch lebst. Ich kaufe dir ein Auto, ich kaufe dir einen verdammten Ferrari, wenn du dich jetzt bewegst!

Plötzlich bewegt er sich tatsächlich, ich kann es erst gar nicht glauben, er rollt sich auf den Bauch und stemmt sich hoch, steht langsam auf und sieht mich mit großen, erschrockenen Augen an. Ich bin so erleichtert, so wahnsinnig glücklich, dass für einen Moment nichts anderes mehr zählt. Nichts auf der ganzen Welt ist mehr wichtig, denn Russ geht es gut. Dann beginnt er plötzlich abzuheben und nach oben zu schweben, und Claire und mein Vater steigen ebenfalls auf wie Heliumballons, und es ist das Seltsamste und Magischste, was ich je gesehen habe: Meine Familie hebt einfach ab und schwebt hoch über mir.

Im nächsten Moment kehren mit einem lauten, verwirrenden Rauschen die Geräusche zurück, und ich spüre die heiße Feuchtigkeit, die sich an meiner Seite ausbreitet und deren Wärme über meinen Bauch bis hinauf zu meiner Brust ausstrahlt. Schlagartig wird mir klar, dass ich auf dem Kopfsteinpflaster der Auffahrt liege und zum Metallskelett der weißen Clubmarkise hinaufstarre.

»Doug!« Claire fällt neben mir auf die Knie und legt die Hände auf meine Schultern.

Am liebsten würde ich ihr sagen, dass sie sich beruhigen soll, weil ich mich erstaunlich gut fühle, auf eine angenehme Weise taub, als hätte ich zwei Vil-Pillen mit einer Flasche Wein hinuntergespült und anschließend noch drei Züge aus einer Wasserpfeife genommen. Ich sehe Claires Haare an den Wurzeln wachsen, und ich sehe den Schweiß aus den Poren meines Vaters strömen, während er ebenfalls auf die Knie sinkt und sich über mich beugt. Ich sehe die Ader an Russ' Schläfe im Rhythmus seines Herzens pochen, und alles ist gut.

Ganz am Rande bekomme ich mit, dass weitere Leute auftauchen und sich um uns herum eine Menschenmenge bildet.

»Ruf einen Krankenwagen«, sagt mein Vater zu Russ, der wie hypnotisiert auf mich herunterstarrt. »Russ!«, schreit mein Vater ihn an, und diesmal erwacht er blinzelnd aus seiner Starre und greift in seine Tasche, um sein Handy herauszuholen.

»Es geht mir gut«, sage ich, doch niemand scheint mich zu hören. Ich frage mich, ob ich es wirklich gesagt oder vielleicht nur gedacht habe.

Claire weint. Mein Vater nimmt ihre Hände und zieht sie von meinen Schultern. Dann schiebt er mir die Jacke zurück und knöpft mir das Hemd auf.

»Sehen wir uns die Bescherung doch mal an«, sagt er ruhig.

Seine Hand brennt auf meiner nackten Haut wie Feuer. Ich zucke so heftig zurück, dass ich mit dem Kopf auf das Kopfsteinpflaster knalle. Rasch legt mir mein Vater seine zweite, inzwischen blutige Hand auf die Brust.

»Halte still, Doug«, sagt er, während er mich fest auf den Boden drückt. Er reißt ein Stück von meinem Hemd ab und wischt damit einen Teil des Blutes weg, das sich auf meinem Bauch angesammelt hat. »Kannst du mich hören?«

»Ja«, antworte ich mit einer Stimme, die sogar in meinen eigenen Ohren hohl klingt.

»Gut. Hör mir zu. Du schaffst das. Ich muss dich nur für einen Moment herumrollen. Claire, leg die Hände unter seinen Kopf, damit er ihn sich nicht wieder anschlägt – Claire! Reiß dich zusammen und tu, was ich dir sage!«

Ich fühle seine Hände unter meinem Rücken, und als er mich herumdreht, spüre ich einen so unvermittelten, intensiven Schmerz, dass ich alle Farben des Regenbogens sehe. Dann rollt er mich zurück, und Claires tränenüberströmtes Gesicht taucht falsch herum über mir auf. Ihre Hände stützen meinen Hinterkopf, während mein Vater sanft irgendein Tuch an eine Stelle knapp über meiner rechten Hüfte drückt.

»Ein glatter Durchschuss«, erklärt er nickend. »Die Kugel ist vorne rein und hinten wieder raus.«

Einen Moment später liegt Russ weinend neben mir auf dem Boden. Ich möchte ihm sagen, dass er sich keine Sorgen machen soll, dass es mir gutgeht, aber meine Stimme scheint mir nicht mehr zu gehorchen. Claire weint immer noch, und ich höre auch die Stimme meiner Mutter, sie klingt schrill, fast schon hysterisch. Dann sind der Notarzt und die Sanitäter da. Mein Vater erteilt ihnen Anweisungen, ich höre ihn mit großer Autorität medizinische Fachausdrücke von sich geben und bin sehr stolz auf ihn.

Das blitzende, sich drehende Licht auf dem Dach des Krankenwagens taucht alles in ein kinetisches Rot. Obwohl ich die meisten Leute nicht sehen kann, weiß ich, dass sie alle um mich herumstehen: Debbie, die wie Claire weint, und Mike, der sie im Arm hält, und Mikes Vollidiot von Bruder und alle meine Verwandten, alle, die ich schon mein Leben lang kenne. Das scheint mir ein ziemlich guter Moment zu sein, um mich zu verdrücken, und als sich das rote Licht das nächste Mal an mir vorbeidreht, klammere ich mich an seinem Rand fest und reite darauf wie auf einer Welle in die Dunkelheit.

38

Ich wache auf, als sie mich gerade in die Notaufnahme rollen: zwei Sanitäter, der eine am vorderen, der andere am hinteren Ende meines Bettes, und dazwischen mein Vater, der die Hand besitzergreifend auf meinen Arm gelegt hat. Gleich nach der Schiebetür werden wir von einer jungen Ärztin im weißen Kittel in Empfang genommen.

»Was ist passiert?«, fragt sie den Sanitäter neben meinem Kopf.

»Es handelt sich um einen Durchschuss, verursacht durch eine Kugel, die im linken Unterbauchbereich deutlich sichtbare Ein- und Austrittswunden hinterlassen hat«, antwortet mein Vater. »Die Vitalfunktionen sind stabil, es gibt keine Anzeichen für innere Blutungen. Legen Sie einen intravenösen Zugang, spülen Sie mit fünfhundert Milliliter Kochsalzlösung und machen Sie mir eine CT von Bauch und Becken, damit wir eine Verletzung der Organe ausschließen können.«

»Was er gesagt hat«, bestätigt der Sanitäter und verdreht dabei die Augen.

»Bitte entschuldigen Sie«, wendet sich die Ärztin verwirrt an meinen Vater. »Wer sind Sie?«

»Doktor Stanley Parker.«

»Ich muss erst noch einen Chirurgen hinzuziehen, Doktor Parker.«

»Wie ist Ihr Name, junge Dame?«

»Doktor Holden. Stephanie Holden.«

»Sie haben soeben einen Chirurgen hinzugezogen, Doktor Holden. Wer hat Notdienst?«

»Doktor Morris.«

»Sanford Morris?«

»Ja.«

»Dann wecken Sie ihn. Sagen Sie ihm, der Sohn von Stanley Parker blutet seine ganze Notaufnahme voll.«

*

Während der Computertomographie soll ich mich möglichst wenig bewegen, aber meine Wunde hat inzwischen zu pochen begonnen, sie fühlt sich heiß an und juckt, so dass ich nicht stillhalten kann. Hinterher erklärt uns Doktor Morris, der Radiologe habe bestätigt, dass kein Organ verletzt worden sei, könne aber ein Eindringen der Kugel ins Bauchfell nicht ganz ausschließen, weil ich mich zu viel bewegt hätte. Deswegen wolle man mich über Nacht dabehalten und am Morgen vorsichtshalber noch einmal eine CT machen.

»Hier ist meine Nummer.« Doktor Morris reicht meinem Vater eine Karte. »Ich werde die ganze Nacht hierbleiben. Du funkst mich an, wenn ihr etwas braucht, ja?«

»Vielen Dank, Sandy.«

»Immer gern, Stan. Es war schön, dich wiederzusehen. Du fehlst uns hier.«

»Ihr fehlt mir auch.«

*

Als mich mein Vater in mein Zimmer fährt, werde ich dort bereits erwartet: Meine Mutter steht am Fenster, Claire und Debbie liegen auf dem Bett, Mike und Russ sitzen auf je einer Armlehne des großen Lehnstuhls in der Ecke. Russ wirkt immer noch blass und verängstigt. Seine Angst rührt mich, auch wenn mich sofort schlimme Gewissensbisse plagen, weil ich ihn dem allen ausgesetzt habe.

»Hey!« Meine Mutter stürzt sofort zu mir herüber. Sie beugt sich über mich, küsst mich und beginnt dann zu weinen.

»Es geht mir gut, Mom.«

»Ich hatte solche Angst!«

»Es geht ihm wirklich gut, Eva«, erklärt mein Vater und zieht sie sanft von mir weg.

»Er hätte sterben können!«

Mein Vater führt sie zum Fenster hinüber, wo sie sich weinend in seine Arme wirft. Er hält sie fest und murmelt ihr beruhigende Worte ins Ohr.

Debbie und Claire räumen das Bett, helfen mir hinein und legen sich anschließend wieder neben mich.

»Es muss sich immer alles um dich drehen, nicht wahr?«, meint Debbie und küsst mich auf die Wange.

»Es ist mir wirklich peinlich, Pooh. Ich habe dir dein Abendessen ruiniert.«

»Ich bin nur froh, dass es dir wieder gutgeht«, antwortet sie. »Gib's zu, du würdest wirklich alles tun, um nicht zur Hochzeit kommen zu müssen, stimmt's?«

»Die Polizei ist unten«, meldet sich Mike zu Wort. »Brauchst du einen Anwalt?«

»Sag ihnen, dass es ein Unfall war. Dass er mir die Waffe nur zeigen wollte und das Ding dabei irgendwie losgegangen ist.«

»Bist du sicher?«

»Ist er damit aus dem Schneider?«

»Vorausgesetzt, er hat einen Waffenschein für die Pistole. Dann müsste eigentlich alles im grünen Bereich sein.«

»Ich komme auch gleich runter!«, ruft Debbie ihm nach, als er geht.

»Du hättest Dad mal sehen sollen«, sage ich leise. »Er ist hier immer noch voll und ganz in seinem Element.«

»Vorhin im Club war er auch ziemlich beeindruckend. Er hat dir das Leben gerettet«, erwidert Claire.

»Ich schätze, er hat heute einen von seinen besseren Tagen.«

»Das kann man wohl sagen!«

»Gut zu wissen, dass er noch da ist«, meint Debbie.

»Und wie er noch da ist!«, antworte ich.

»Mein Magen bringt mich um«, wechselt Claire das Thema.

»Das Baby?«, fragt Debbie besorgt.

Claire schüttelt den Kopf. »Zwillingstelepathie.«

»Wirklich?«, fragt Russ. »Ihr beide spürt es, wenn der andere Schmerzen hat?«

»Zwischen uns gibt es keine Zwillingstelepathie«, antworte ich.

»Hör nicht auf ihn«, sagt Claire. »Er ist nur mal wieder total negativ.«

»Ich hatte eben keinen guten Tag«, erkläre ich. Mir fallen langsam die Augen zu. »Wie spät ist es?«

»Kurz nach eins«, antwortet Debbie. »Hey. Ich heirate heute.«

»Glückwunsch.«

»Wir sollten jetzt besser gehen.« Sie küsst mich auf die Stirn.

»Danke, Pooh.«

»Ich finde, heute wäre die perfekte Gelegenheit für euch, endlich damit aufzuhören, mich so zu nennen.«

Ich betrachte sie einen Moment nachdenklich. »Ich sehe da keinen Zusammenhang.«

Sie schüttelt lächelnd den Kopf. »Erhol dich erst mal.«

»Pooh.«

»Ja?«

»Ich liebe dich.«

»Das muss das Morphium sein, das aus dir spricht.«

Mein Vater beugt sich über mich und küsst mich auf die Stirn. »Gute Nacht, Doug.«

»Danke für alles, Dad. Du warst unglaublich.«

Er sieht mir in die Augen und streicht mir dabei mit den Fingern sanft übers Gesicht. Ich habe plötzlich einen heißen Kloß in der Kehle. »Du schaffst das schon«, sagt er.

»Dass du mir hier ja nichts isst«, ermahnt mich meine Mutter. »Es wimmelt hier nur so von Krankheiten. Wir bringen dir morgen Frühstück.«

Claire küsst mich und sagt: »Du bist eine Katastrophe.«

»Ich weiß.«

»Aber du bist *meine* Katastrophe, also schalte bitte mal einen Gang runter. Ich glaube, unser Bedarf an Action ist für eine Weile gedeckt.«

»Zumindest war es nicht langweilig.«

»Ich glaube, ein bisschen Langeweile würde uns im Moment richtig guttun.«

Russ macht die Tür hinter ihnen zu und will sich gerade zu mir umdrehen, als sie noch einmal aufgeht und Debbie hereinkommt. »Russ«, sagt sie leicht atemlos.

»Ja?«

»Deine Rede war unglaublich.«

Dann schlingt sie die Arme um ihn und küsst ihn mit leicht geöffneten Lippen lange und sanft auf den Mund. Anschließend küsst sie ihn gleich noch einmal, wenn auch kürzer, und beendet das Ganze mit einem Küsschen auf die Stirn. »Außerdem finde ich, dass du sehr attraktiv bist«, erklärt sie. »Also, bis dann.«

Nachdem sie gegangen ist, steht er eine Weile wie vom Donner gerührt da. Dann breitet sich langsam ein seliges Grinsen über sein stark gerötetes Gesicht aus.

»Geht's wieder?«, frage ich.

»Gib mir noch eine Minute«, antwortet er.

Kurz darauf springt er auf den Stuhl und vollführt einen kleinen Freudentanz. Anschließend rennt er zum Fenster hinüber, öffnet es und stößt einen langen, triumphierenden Schrei aus. Nachdem er es wieder geschlossen hat, kehrt er zum Bett zurück und legt sich neben mich. Atemlos und immer noch lächelnd, fragt er: »Ist heute vielleicht mein Glückstag oder so was?«

*

Mitten in der Nacht wache ich auf. Ich fühle mich ausgebrannt und verwirrt. Neben mir schläft Russ, der immer noch seinen Anzug trägt. Nicht einmal die Krawatte hat er abgenommen. Er schnarcht leise, und ich bin froh, dass er da ist und das Bett für mich wärmt. Ich merke, wie erledigt ich bin, spüre die Erschöpfung wie einen Rest von Glut in jeder Faser meines Körpers brennen. Ich bin ein Mann, der von einem eifersüchtigen Ehemann angeschossen worden ist. Ich bin jetzt einer von diesen Typen. Daran werde ich mich erst einmal gewöhnen müssen.

Mein Blick wandert in dem dunklen Krankenhauszimmer umher, ich versuche die Formen fremder Gegenstände einzuordnen, aber wohin ich auch sehe, starrt mir der dunkle, runde, wissende Lauf von Daves Waffe entgegen. Ich habe ihm gestern Abend in die Augen geblickt und erklärt, ich sei bereit, doch während ich nun hier liege, Russ' leises, gleichmäßiges Schnarchen im Ohr, wird mir klar, dass ich unrecht hatte. Ich bin alles andere als zum Sterben bereit. Ich bin schon genug gestorben. Jetzt ist erst einmal leben angesagt. Ich muss nur anfangen, es etwas vorsichtiger zu tun.

39

Als ich aufwache, sitzt Laney Potter neben meinem Bett. Sie wirkt müde und zerbrechlich. An ihren roten, verquollenen Augen sehe ich, dass sie geweint hat. »Hey«, sagt sie leise.

»Hey«, antworte ich.

»Russ holt gerade Frühstück für dich.«

»Oh. Das ist gut.«

Sie nickt. Dann öffnet sie den Mund, um etwas zu sagen, bringt aber nichts heraus.

»Laney«, sage ich.

»Es tut mir so leid, Doug.« Sie beginnt zu weinen. »Ich hätte nie gedacht, dass er so etwas tun würde.«

»Ich weiß.«

»Du hättest sterben können.«

»Ist schon gut.«

Sie beugt sich vor. »Es ist alles meine Schuld. Du warst in Trauer, und ich habe das ausgenutzt. Dabei wäre es meine Aufgabe gewesen, dir als Freundin beizustehen. Als du dann versucht hast, wieder in die Gänge zu kommen, konnte ich nicht damit umgehen. Wenn dir etwas passiert wäre …«

Mir *ist* etwas passiert, denke ich, während sie ein paar Augenblicke in ihre Hände hineinschluchzt und in ihrer Tasche nach einem Taschentuch sucht.

»Hör zu«, sage ich, »es war genauso meine Schuld. Ich schätze, ich habe das ganze letzte Jahr so getan, als hätte mir Haileys Tod eine Art Freibrief verschafft. Das war selbstsüchtig und dumm von mir. Ich habe beschlossen, dass das jetzt anders werden muss.«

Sie nickt und lehnt sich zurück. »Mike war gestern Abend noch bei uns, um mit uns abzusprechen, was wir zur Polizei sagen sollen. Dafür möchte ich dir danken.«

»Es war wirklich ein Unfall, Laney.«

Sie sieht mich eine Weile an und nickt dabei vor sich hin, ohne sich dessen bewusst zu sein. »Wie konnte es mit uns nur so weit kommen, Doug?«

Ich weiß darauf keine Antwort, deswegen schüttle ich nur den Kopf und schließe die Augen. Als ich sie wieder öffne, sitzt nicht mehr Laney, sondern Russ neben meinem Bett. Er kaut auf einem Bagel herum. »Da ist er ja wieder!«, begrüßt er mich.

*

In White Plains hat es eine Massenkarambolage gegeben, so dass die CT-Röhre den ganzen Vormittag besetzt ist und meine Entlassung sich verzögert. Meine Mutter schaut kurz vorbei, um mir ein paar Muffins zu bringen, ehe sie sich in den Tornado der Hochzeitsvorbereitungen stürzen muss. »Wo ist Dad?«, frage ich.

»Er ist heute mal wieder mit dem linken Bein aufgestanden.« Sie blickt auf ihre Hände hinunter.

»Wie meinst du das?«

»Du weißt doch ganz genau, wie ich das meine«, antwortet sie. »Er war schon beim Aufwachen wütend und hat nicht mit mir geredet. Als ich vorhin aufgebrochen bin, hat er gerade irgendwas nach Rudy geworfen.«

»Lieber Himmel!«, sage ich. »Nach gestern Abend dachte ich irgendwie …«

»Du dachtest, er wäre endgültig wieder der Alte.«

»Ja.«

Sie schüttelt den Kopf und lächelt dabei traurig. »Das wird nicht passieren, Doug.«

»Wie hältst du das nur aus?«, frage ich, plötzlich zutiefst deprimiert.

Sie zuckt traurig mit den Achseln. »Es ist wie mit allem anderen«, antwortet sie. »Ich hoffe einfach, dass wir mehr gute als schlechte Tage haben werden.«

»Ach, Mom.«

»Außerdem«, fügt sie hinzu, »weiß ich genau, welche Pille mir weiterhilft.«

*

Als das CT-Gerät mittags immer noch nicht frei ist, werde ich langsam ein bisschen unruhig. Russ hat einen Papierkorb aufs Fensterbrett gestellt, und wir versuchen abwechselnd, mit zusammengeknüllten Zeitschriftenseiten hineinzutreffen. Da ich beim Basketball eine absolute Niete und obendrein verletzt bin, liegt er weit in Führung. Als uns das Papier ausgeht, sammelt er alle unsere Bälle ein und stapelt sie auf dem Bett.

»Lass uns aus größerer Entfernung werfen«, schlägt er vor.

»Ich kann doch das Bett nicht verlassen.«

»Dann verlierst du eben.«

»Na schön. Du fängst an.«

Er legt sich hinter dem Bett auf den Boden und wirft von dort aus. Dann sucht er sich eine Wurfposition im Bad. Den nächsten Ball wirft er, indem er sich mit dem Rücken gegen die Wand drückt, so weit wie möglich vom Fensterbrett entfernt. »Ich bin ein Genie«, lobt er sich selbst. Als er die Tür öffnet, um vom Gang aus zu werfen, steht plötzlich Brooke vor ihm, die gerade im Begriff war zu klopfen.

»Miss Hayes«, sagt er verblüfft.

»Hallo, Russ.« Sie späht an ihm vorbei. »Ist es gerade ungünstig?«

»Nein, es passt wunderbar«, antworte ich. »Komm herein.«

Zögernd betritt sie den Raum. Sie trägt eine Jeans und einen schwarzen Pulli, über den sie ein graues T-Shirt gezogen hat, und wirkt morgendlich frisch.

»Ich wollte uns gerade eine Cola holen«, erklärt Russ. »Möchten Sie auch etwas?«

»Nein, danke.«

Nachdem er abgezogen ist, nimmt sie verlegen Platz. »Geht es dir einigermaßen?«, fragt sie.

»Ja. Ich glaube sogar, es geht mir besser als seit langem. Wahrscheinlich war so etwas nötig, um mir ein paar Dinge klarzumachen.«

»Wirst du es zur Hochzeit schaffen?«

»Im Moment sieht es nicht danach aus«, antworte ich. »Schade eigentlich. Ich habe mich so sehr darauf gefreut, dich mitzunehmen.«

»Ist wohl besser so.« In ihrer Stimme schwingt etwas mit, das ich nicht genau einordnen kann. Bedauern? Traurigkeit? Zorn? Doch auch wenn ich nicht genau weiß, was es ist, spüre ich instinktiv, dass es für mich nichts Gutes verheißt. »Was ist los, Brooke?«

Sie sieht mir einen Moment in die Augen, dann wendet sie den Blick wieder ab.

»Doug«, sagt sie leise.

»So schlimm?«

»Ich glaube schon, ja.«

Ich nicke. Das muss ich erst mal verarbeiten. Nach allem, was in den letzten vierundzwanzig Stunden passiert ist, kommt das nicht allzu überraschend. Ich rufe mir ins Gedächtnis, dass wir uns ja erst einige wenige Male getroffen haben, so dass es im Grunde noch nicht viel zu beenden gibt. Trotzdem spüre ich, dass sich unter der dicken Decke aus Schmerzmitteln etwas bewegt – als hätte ich mir gerade einen Muskel gezerrt, der später lange weh tun wird.

»Ich verstehe«, sage ich.

»Das glaube ich nicht«, entgegnet sie. »Nachdem du nicht mit mir schlafen wolltest, dachte ich zuerst, du wärst noch nicht wieder bereit für Sex. Aber wie sich nun herausstellt, hattest du in letzter Zeit jede Menge Sex. Du warst nur nicht bereit für Sex mit mir.«

»Weil du mir wichtig bist«, erkläre ich. »Ich schwöre dir, dass das die Wahrheit ist.«

»Ich weiß«, antwortet sie mit einem traurigen Lächeln. »Das glaube ich dir sogar. Ich bin deswegen auch nicht verletzt. Oder doch, natürlich bin ich verletzt, trotzdem werde ich darüber hinwegkommen. Schlimm ist vielmehr, dass du einerseits nicht mit mir intim werden konntest, weil ich dir wichtig bin, andererseits nicht das geringste Problem damit hattest, es mit einer verheirateten Frau zu treiben, die dir nicht wichtig war. Versteh mich bitte nicht falsch, Doug, ich will wirklich nicht über dich urteilen. Du warst ein einsamer, trauernder Witwer und sie eine mitfühlende Freundin. So etwas kommt vor. Tatsache ist, dass sich ein Mensch, der für eine richtige Beziehung bereit ist, nicht so verhält. Ich mag dich viel zu sehr, um mich von dir mit durch deine ganze Scheiße ziehen zu lassen.«

Manchmal kommt einem auf der Straße eine schöne Frau entgegen, und man entdeckt in ihrem Gesicht etwas, was über bloße Schönheit hinausgeht, etwas Warmes, Kluges, Sinnliches und Einladendes, und in den drei Sekunden, die man Zeit hat, sie anzusehen, verliebt man sich in sie. In diesen wenigen Augenblicken weiß man sogar, wie es sich anfühlen würde, sie zu küssen und ihre Haut zu spüren. Man weiß, was für ein wohltuendes Gefühl es wäre, sie lachen zu hören und ihr in die Augen zu sehen. Dann ist sie weg, und in den nächsten fünf Sekunden bedauert man, sie verloren zu haben, und ist deswegen trauriger, als man jemals zugeben würde. Brooke hat so ein Gesicht. Diesmal bin ich sogar nicht einfach weitergegangen, sondern stehengeblieben, und wir beide haben tatsächlich etwas gefunden, auch wenn ich sie nun trotzdem verlieren werde.

»Können wir wenigstens Freunde bleiben?«

»So wie du und Laney Potter?«

»Brooke!«

»Entschuldige, das war jetzt zickig von mir. Es ist nur … das Ganze nimmt mich ziemlich mit.«

»Du hättest nicht zu kommen brauchen.«

»Doch.« Sie steht auf. »Ich musste mich davon überzeugen, dass es dir gutgeht.«

»Zumindest ging es mir gut, bis du aufgetaucht bist.«

Mit einem traurigen Grinsen beugt sie sich über mich und küsst mich sanft auf die Schläfe. »Es tut mir leid.« Einen Moment lang ist sie mir ganz nah, und so wahnsinnig schön, dass es mir fast das Herz bricht, sie zu verlieren, auch wenn wir nie richtig zusammen waren.

»Weißt du, was das Tragische an der Sache ist?«, frage ich sie, als sie die Tür schon fast erreicht hat.

»Was?«

»Dass alles anders geworden wäre. Ich war endlich auf dem richtigen Weg. Der heutige Tag, mit dir, sollte der erste Tag meines neuen Lebens werden.«

Die Hand bereits an der Klinke, lehnt sie für einen Moment

die Stirn gegen die Tür. »Timing war noch nie meine Stärke«, antwortet sie. Dann lächelt sie mich ein letztes Mal an, und weg ist sie.

»Ach, verdammt!«, sagt Russ, als er zurückkommt und meine Miene sieht. »Ab jetzt gilt absolutes Besuchsverbot!«

*

Aber es kommt doch noch jemand. Am Spätnachmittag klopft es an der Tür. »Mach um Himmels willen nicht auf!«, sage ich leise zu Russ.

»Wer ist denn überhaupt noch übrig?«, fragt er und blickt von seiner Zeitschrift hoch. »Waren die ganzen heißen Bräute, die dir so zusetzen, nicht schon alle da?«

Es klopft noch einmal. Dann schwingt die Tür auf, und herein spaziert Stephen Ives, der Pferdeapfelerbe. »Hey«, begrüßt er mich und zieht sich einen Stuhl heran.

»Hey«, antworte ich.

»Wie ich höre, bist du in eine kleine Schießerei geraten.«

»Gute Nachrichten sprechen sich eben schnell herum.«

»Mir war immer schon klar, dass dich dein Schwanz irgendwann in Schwierigkeiten bringen würde.«

Drüben am Fenster wirbelt Russ plötzlich herum und schleudert den Papierkorb nach Stephen, der instinktiv in die Knie geht, um ihm auszuweichen.

»Jetzt erkenne ich Sie erst«, sagt Russ. Seine Stimme klingt wütend, aber er grinst schon wieder. »Claires Ehegatte.«

»Was zum Teufel sollte das?«, fährt ihn Stephen mit zornig funkelnden Augen an.

»Doug hat heute einen ziemlich harten Tag«, erklärt Russ, ohne sich einschüchtern zu lassen. »Da braucht er nicht noch wen, der ihn blöd anmacht.«

Stephen starrt ihn einen Moment an, ehe er sich mit einem entschuldigenden Nicken wieder an mich wendet. »Ihr habt recht«, sagt er. »Das war blöd von mir.«

»Kann man wohl sagen!«, antwortet Russ kampflustig. Nachdem er schon den ganzen Tag in diesem Raum sitzt, platzt er fast vor nervöser Energie.

»Entschuldige, Doug.« Stephen lässt sich neben mir nieder. »Ich bin ein Idiot.«

»Vergiss es.«

»Kommst du hier heute noch raus?«

»Eigentlich sollte ich schon seit Stunden weg sein, aber es gab anscheinend einen größeren Ansturm auf das CT-Gerät.«

»Jedenfalls bin ich froh, dass es dir gutgeht. Auch wenn wir beide manchmal unsere Differenzen hatten, gehören wir trotzdem zur selben Familie. Zumindest vorerst noch.«

»Danke, Stephen«, antworte ich, gegen meinen Willen gerührt. »Ich weiß, dass ich mich dir gegenüber oft blöd benommen habe, aber ich hatte immer schon den Verdacht, dass du ganz tief drinnen doch kein totaler Idiot bist.«

Er nickt und räuspert sich. Ein paar Sekunden lang sehen wir beide in unterschiedliche Richtungen.

»Ich bin da noch nicht so ganz überzeugt«, meint Russ, woraufhin wir alle drei lachen müssen und uns ein bisschen entspannen.

»Dann geht ihr also nicht zur Hochzeit?«, fragt Stephen. Erst jetzt wird mir bewusst, dass er einen Smoking trägt.

»Was denn, du etwa?«

Er nickt und wird dabei ziemlich rot. Verlegen fährt er sich durchs Haar. »Ich muss sie sehen, Doug. Ich sterbe sonst.«

In dem harten Neonlicht merke ich, wie viel er abgenommen hat. Sein Gesicht wirkt eingefallen, der Blick seiner müden, blutunterlaufenen Augen gequält. Er erinnert mich an mich.

»Ja«, antworte ich. »Wahrscheinlich.«

»Wie schätzt du meine Chancen ein?«

»Wir sprechen von Claire. Da kann man sich alle Schätzungen sparen. Sie ist völlig unberechenbar.«

»Tja.« Er steht auf. »Ich glaube, ich habe meine Besuchszeit schon überzogen. Kann ich noch irgendetwas für dich tun, bevor ich aufbreche?«

Ich sehe zu Russ hinüber, der in seinem verknitterten Anzug an der Wand lehnt. »Ich hätte da so eine Idee.«

Er erwidert meinen Blick. »Denkst du, was ich denke, dass du denkst?«

»Meine kleine Schwester heiratet«, antworte ich, während ich mich vom Bett rolle. Es tut nicht so schlimm weh, wie ich dachte.

»Ja.« Russ kommt herüber, um mir zu helfen. »Demnach hast du tatsächlich gedacht, was ich dachte, dass du dachtest.« Er geht an den Schrank und holt meine blutverschmierte Anzughose heraus.

»Du kannst doch nicht einfach so abhauen«, meint Stephen.

»Und ob ich das kann!«

»Was ist mit deiner CT?«

»Je länger ich warte, desto weniger Lust habe ich darauf.«

Am Aufzug entdeckt uns eine der Krankenschwestern. »Wo bringen Sie ihn denn hin?« Sie eilt zu uns herüber.

»Raus«, antwortet Russ.

»Sie sind doch noch gar nicht entlassen!«, ruft sie, als wir einsteigen. »Sie können nicht einfach so gehen!«

»Und ob er das kann!«, antwortet Stephen, während die Türen zugleiten.

*

Stephens Porsche ist ein Zweisitzer, der Fond besteht nur aus einer schmalen Lederbank, aber irgendwie gelingt es Russ trotzdem, sich in den Wagen zu zwängen, auch wenn seine langen Beine zu beiden Seiten der Schaltung so weit nach vorne ragen, dass er die Füße gegen das Armaturenbrett stemmen muss.

Ich sitze neben Stephen, benutze Russ' Bein als Armstütze und grunze jedes Mal vor Schmerz, wenn wir über eine unebene Stelle fahren.

Rums.

»Uff!«

»Tut mir leid.«

»Schon gut.«

Rums.

»Aah!«

»Es tut mir so leid.«

»Ist schon gut.«

Von unterwegs bestellt Stephen einen größeren Wagen, der uns bei mir zu Hause abholen soll. Sobald wir dort angekommen sind, springt Russ unter die Dusche und danach in einen frischen dunklen Anzug, während ich mich mit einem Schwamm wasche, so gut es geht, weil ich keine Zeit mit einem Verbandwechsel verschwenden will. Nachdem ich mir auch noch rasch die Haare gewaschen habe, hilft Russ mir in den albernen grauen Frack, den Mike für seine Hochzeit ausgesucht hat. Anschließend stellen wir uns nebeneinander vor den großen Spiegel an der Innenseite von Haileys Schranktür. Wir wirken, als wären wir gerade einer Modezeitschrift entstiegen. Wir sind jung, schlank, traurig und schön. Und wir sind vierzig Minuten zu spät dran.

»Wir sehen super aus!«, sagt Russ.

»Einen gewissen verwegenen Charme kann man uns in der Tat nicht absprechen«, bestätige ich.

»Na, dann mal auf in den Kampf!«
»Aber diesmal gibt's keinen Alkohol.«
»Und hoffentlich auch kein Blutvergießen.«
»Du darfst auf keinen Fall die Braut anbaggern.«
»Und du hältst dich von Feuerwaffen fern.«
»Abgemacht.«
»Abgemacht.«

*

Bei dem Wagen handelt es sich natürlich um eine Stretchlimousine. Was sollte Stephen auch sonst in seinem Kurzwahlspeicher haben? Als wir aus dem Haus kommen, steht er auf dem Gehsteig, den Rest einer fetten Zigarre zwischen den Lippen.

»Endlich«, sagt er und tritt die Zigarre mit seiner Schuhsohle aus. »Ich wollte gerade einen Suchtrupp losschicken.«

Während wir uns in die weichen Ledersitze sinken lassen, gleitet die Limousine aus der Parkbucht wie eine Jacht aus ihrem Anlegeplatz. Wir sitzen schweigend da und starren durch die getönten Scheiben, jeder mit seinen eigenen nervösen Gedanken beschäftigt. Dann beginnt Russ die CD-Sammlung in dem Fach gleich neben der Stereoanlage durchzusehen und entscheidet sich für eine alte Scheibe von KISS. Wenige Momente später dröhnen die ersten Bässe durch den Wagen, die Gitarren beginnen zu kreischen, und wir können gar nicht anders, als den simplen Text mitzusingen und im donnernden Sound der Musik kollektiv unsere angespannten Nerven zu entladen.

I want to rock and roll all night, and party every day! I want to rock and roll all night, and party every day!

Sogar Stephen stimmt ein, nickt im Takt mit dem Kopf und

wippt mit den Knien. Wir singen alle drei, so laut wir können, trommeln dazu auf unseren Sitzen herum und versuchen, auch noch den letzten Rest von Nervosität aus unserem Bauch herausströmen zu lassen. Leider ist der Song zu Ende, bevor irgendetwas Übernatürliches passieren und der Rock and Roll uns retten kann. Den Text der nächsten Nummer kennt keiner von uns dreien, schließlich handelt es sich um KISS, und wer kennt schon mehr als einen oder zwei Songs von denen? Russ stellt die Musik leiser, und während die Limousine auf der Autobahn dahingleitet, starren wir wieder zum Fenster hinaus – drei verlorene, verwirrte, gut gekleidete Männer auf dem Weg noch Norden, in ein ungewisses Schicksal. Draußen verblassen die letzten Ranken des Sonnenlichts langsam am abendlichen Himmel.

40

Der Cocktailempfang ist vorbei. Die Gäste haben sich bereits nach draußen begeben, wo auf einer Anhöhe oberhalb des Strandes fünfhundert Klappstühle für sie bereitstehen. Vor den Stuhlreihen befindet sich eine Plattform mit einem Baldachin, dahinter kann man den Sonnenuntergang über dem Meer bewundern. Scharen von Faltern fliegen Kamikaze-Angriffe auf die hellen Stehlampen, die rund um den ganzen Bereich aufgestellt sind, und von der Driving Range des Clubs, die etwa fünfzig Meter entfernt hinter einem hohen Holzzaun verborgen liegt, dringt – zum Glück nur sehr gedämpft – das scharfe Klacken herüber, mit dem die Golfschläger auf die Bälle treffen.

Als wir ankommen, hat das Quartett bereits aufgehört zu spielen, die Prozession ist vorüber, und Debbie und Mike stehen unter dem Baldachin, flankiert von den Brautjungfern, die elegante schwarze Abendkleider tragen, und Mikes stark dezimierter Freundesschar. Er hätte an ein paar Ersatzleute denken sollen. Erleichtert registriere ich, dass Dave Potter nicht da ist. Das wäre für alle Beteiligten doch ein wenig peinlich gewesen, denke ich.

Die Trauungszeremonie wird von Rabbi Gross durchgeführt, der die Synagoge meiner Eltern betreut. Wenn irgendein religiöses Ereignis ansteht, wendet sich meine Mutter immer an ihn. Soeben tritt er vors Mikrophon und räuspert sich. Da es offenbar keine freien Sitzplätze mehr gibt, bleiben Russ, Stephen und ich am hinteren Ende des Mittelgangs stehen, wo wir auf angenehme Weise vor neugierigen Blicken sicher sind.

»Liebe Freunde«, beginnt Rabbi Gross mit seiner weichen, gurgelnden Stimme. Er ist ein großer, breitschultriger Mann mit silbergrauem Haar und einem Spitzbart, der ihn aussehen lässt wie Sigmund Freud. »Uns allen ist es eine große Ehre, dass wir anlässlich dieses freudigen Ereignisses hier sein und mit Deborah und Michael ihre Liebe feiern dürfen. Ehe ich mit der Trauungszeremonie beginne, möchte ich gerne einen Abschnitt aus den Psalmen vorlesen, der meiner Meinung nach sehr schön zusammenfasst, was wir diesen beiden wunderbaren Menschen wünschen.«

Nachdem sich der Rabbi noch einmal geräuspert hat, beginnt er zu lesen, und ich beobachte ihn dabei so aufmerksam, dass es eine Weile dauert, bis ich merke, dass Debbie mich entdeckt hat. Mit weit aufgerissenen Augen lehnt sie sich zu Mike hinüber und flüstert ihm aufgeregt etwas ins Ohr. Während Mike sich nun ebenfalls nach mir umdreht, rafft Debbie ihr langes Brautkleid mit beiden Händen hoch, steigt von der Bühne und beginnt durch den Mittelgang auf mich zuzulaufen. Die Menge schnappt hörbar nach Luft, und der Rabbi bricht mitten im Satz ab. Ich muss zugeben, dass ich mich plötzlich ein bisschen unwohl fühle.

Der Bruder der Braut hat es mit der Frau eines anderen Mannes getrieben, und zweifellos sind alle hier Anwesenden in Windeseile über sämtliche schlüpfrigen Details in Kenntnis gesetzt worden. Schließlich ist so eine Hochzeit viel unterhaltsamer, wenn es eine deftige Hintergrundgeschichte dazu gibt. Aber da hier heute meine kleine Schwester heiratet, versuche ich meine blankliegenden Nerven zu beruhigen, indem ich eine beeindruckend lange Reihe unzusammenhängender Flüche vor mich hin murmle, und humple ihr dann mutig entgegen.

Als sie schließlich sanft in meinen Armen landet, lacht sie, hat aber gleichzeitig Tränen in den Augen.

»Du siehst großartig aus, Pooh.«

»Danke, danke, danke!«, flüstert sie mir ins Ohr und schlingt mir die Arme um den Hals. »Ich kann noch gar nicht glauben, dass du wirklich da bist.«

»Ich darf doch auf keinen Fall deine Hochzeit verpassen«, antworte ich, plötzlich ein wenig atemlos.

Sie nimmt mich an der Hand und führt mich den Gang entlang, vor zur Bühne. Da ich die Stufe nicht aus eigener Kraft schaffe, beugt Mike sich herunter, um mir zu helfen. »Hey, Kumpel, wie schön, dass du es doch noch geschafft hast«, sagt er. Während sich mein Torso streckt, durchzuckt mich für einen Moment ein höllischer Schmerz, ich spüre, wie sich die wunden Ränder meines durchbohrten Gewebes dehnen und ausfransen, aber dann bin ich oben. Claire verlässt ihren Platz, um mich mit einem Kuss zu begrüßen. »Ich habe dich den ganzen Tag gerufen«, flüstert sie und tippt leicht gegen ihre Schläfe, während sie an ihren Platz zurückkehrt. »Zwillingstelepathie.«

»Ist alles in Ordnung?«, fragt der Rabbi, der die Handfläche über das Mikrophon gelegt hat.

»Ja, bestens«, antwortet Debbie und nimmt ihren Platz neben Mike wieder ein.

»Ich bin es ja gewohnt, dass manche Leute während meiner Predigt den Raum verlassen, aber wenn mir jetzt schon die Bräute davonlaufen, ist es wahrscheinlich an der Zeit, dass ich mir einen neuen Beruf suche«, scherzt Rabbi Gross wie ein alter Profi.

Die Menge lacht, die Zeremonie kann weitergehen. Meine Eltern lächeln aus der ersten Reihe zu mir herauf, und ich winke ihnen unauffällig zu. In dem grellen Scheinwerferlicht, das für die Videoaufnahmen nötig ist, fühle ich mich verschwitzt und wie auf dem Präsentierteller. Dann stecken sich Mike und Debbie gegenseitig die Ringe an den Finger, und während ich meine Schwester beobachte, die mit verzückter Miene zu ihrem Mike aufblickt, fühle ich mich auch durchflutet vom warmen Schein ihrer ungetrübten Liebe. Es kommt mir vor, als wäre es schon eine Ewigkeit her, seit ich das letzte Mal etwas so Einfaches und Reines empfunden habe, und zumindest für eine Weile tritt alles andere in den Hintergrund.

Die Zeremonie endet damit, dass Mike das umwickelte Glas erfolgreich unter seinem Schuh zermalmt. Laut applaudierend und johlend, beginnen die Gäste aus den Stuhlreihen zu drängeln, um dem frisch vermählten Paar in ausgelassener Stimmung durch den Mittelgang zu folgen. Claire hakt sich bei mir unter, und wir gehen langsam hinter meinen Eltern her, die im Vorbeigehen immer wieder irgendwelchen Freunden zuwinken und -nicken. Als wir hinten ankommen, wartet dort Stephen, der sich nervös die Hände reibt, während die Menge an ihm vorbeiströmt.

»Stephen!«, ruft mein Vater und tritt vor, um ihn in den Arm zu nehmen. »Was treibt dich denn hierher?«

»Ja, Stephen«, sagt Claire in leisem, aber scharfem Ton. »Was treibt dich denn hierher?«

»Hallo, Claire. Ich bin nicht gekommen, um dir Schwierigkeiten zu machen. Könnten wir vielleicht irgendwo hingehen, wo wir ein bisschen Ruhe haben? Ich möchte nur kurz mit dir reden.«

»Das können wir auch hier.«

»Ich lasse euch beide allein«, sage ich, doch Claire packt

mich an der Hand. »Du bleibst, wo du bist.« Dann sieht sie Stephen an und sagt: »Schieß los.«

»Na schön.« Während die Menge an uns vorbei zum Hauptgebäude strömt, räuspert Stephen sich nervös. »Ich liebe dich, Claire«, beginnt er schließlich. »Ich habe nie aufgehört, dich zu lieben, und auch nie vergessen, was für ein Glückspilz ich war, weil ich dich zur Frau hatte, und trotzdem habe ich deine Erwartungen irgendwie enttäuscht. Ehrlich gesagt weiß ich gar nicht genau, inwiefern, und wahrscheinlich könnte ich eine viel bessere Rede halten, wenn ich es wüsste. Wie auch immer, tief in meinem Herzen weiß ich, dass ich dich enttäuscht habe, und das tut mir sehr, sehr leid. Ich bin nicht gekommen, um dich um eine zweite Chance zu bitten, denn ich weiß, wie du bist, wenn du erst einmal einen Entschluss gefasst hast. Wenn du dich wirklich von mir scheiden lassen willst, dann kann ich es wohl nicht ändern. Ich werde auf jeden Fall dafür sorgen, dass du dir keine finanziellen Sorgen zu machen brauchst. Da wir zusammen ein Kind bekommen, hoffe ich, dass wir weiterhin ein gutes Verhältnis haben werden, damit wir ihm trotz allem gute Eltern sein können. Nur für den unwahrscheinlichen Fall, dass du es dir doch noch anders überlegst, möchte ich dir hiermit sagen, wie froh ich wäre, wenn du zu mir zurückkommen würdest. Glaub mir, ich würde dich kein zweites Mal enttäuschen. Das schwöre ich dir!«

Claire sieht ihn einen langen Moment an. »Ich würde dir nur wieder weh tun«, antwortet sie leise.

»Schlimmer kann es nicht mehr kommen«, entgegnet er.

»O doch«, widerspricht sie. »Glaub mir.«

Er nickt und räuspert sich. »Jedenfalls bin ich jetzt losgeworden, was ich loswerden wollte. Außerdem war es schön, mal wieder dein Gesicht zu sehen.« Er wendet sich mir zu. »Gute Besserung, Doug.«

»Danke.«

»Soll ich dir die Limousine später noch mal schicken?«

»Nicht nötig, trotzdem danke für das Angebot. Ich war gestern ja nicht mehr fahrtauglich, deswegen steht mein Wagen noch irgendwo hier herum.«

»Gut.« Er küsst meine Schwester zum Abschied auf die Wange. »Auf Wiedersehen, Claire. Ich hoffe, bald von dir zu hören.« Dann dreht er sich um und schließt sich den Leuten an, die über den Rasen auf die großen Glastüren des Clubs zusteuern. Ich beobachte Claire, die ihm nachsieht.

»Was für eine Limousine?«, fragt sie. »Hast du ihn mitgebracht?«

»Es war eher andersherum. Er hat uns mitgebracht.«

»Wie denn das?«

»Nun ja, er war zufällig gerade im Raum, als ich beschloss, das Krankenhaus zu verlassen, und da hat er eben angeboten, uns mitzunehmen.«

»Warum hat er dich besucht?«

»Keine Ahnung«, antworte ich. »Vielleicht, weil ich zur Familie gehöre?«

Sie nickt. Ihr Blick ist immer noch auf Stephens kleiner werdende Gestalt gerichtet. Drinnen hat die Band gerade *Celebration* von Kool and the Gang angestimmt. Die vertrauten Trompetenklänge schallen über den Rasen.

»Verdammter Mist!«, sagt Claire kopfschüttelnd. »Verdammter Mist!«

»Worauf wartest du noch?«

Und weg ist sie. Mit ihren hochhackigen Schuhen läuft sie den Hügel hinauf und ruft Stephens Namen. Ich kann gerade noch sehen, wie er sich umdreht und Claire anfängt, ihn anzuschreien, dann werden die beiden von der Menge verschluckt.

Es ist wirklich erstaunlich, wie schnell so eine Hochzeit vorüber ist. Da dem Ganzen so viel Vorfreude und Planung vorausgeht, so viel Spannung und Aufregung, rechnet man irgendwie damit, dass sie eine ganze Woche dauern wird und nicht nur sechs Stunden. Es wird getanzt, gegessen und dann wieder getanzt. Mike hält eine nette kleine Rede über Debbie. Max erzielt einen großen Lacherfolg mit einem Trinkspruch, der aufgrund seines hohen Alkoholpegels fast ins Pornographische abzukippen droht, dann aber mit einer erstaunlich emotionalen Note endet. Ich entwende meiner Mutter ein paar Vil-Pillen für rein medizinische Zwecke, und Rudy, der zur Feier des Tages einen dunkelblauen Smoking trägt, entlässt meinen Vater für kurze Zeit aus seiner Obhut und wechselt in einer Toilettenkabine meinen Verband. Meine Mutter ist mittlerweile ziemlich betrunken und gibt zusammen mit der Band ein paar sensationelle Songs zum Besten. Sie scheint fest entschlossen, den Rest der Nacht oben auf der Bühne zu verbringen und eine Zugabe nach der anderen zu geben, bis Claire sie dazu überredet, wieder herunterzukommen. Danach, während die ersten Gäste bereits gehen, essen wir unsere Nachspeise.

Debbie und Mike, die am frühen Morgen nach Antigua fliegen werden, fangen langsam an, sich zu verabschieden. Eine Weile küssen und umarmen sie jeden, den sie in die Finger bekommen. Diskret lassen sie dabei auch allerlei Umschläge verschwinden. Dann brechen sie zu ihrem Hotel auf.

Die Band spielt *In the Wee Small Hours*. Nur noch meine Eltern tanzen, Wange an Wange wiegen sie sich in der Mitte der Tanzfläche zur Musik von Frank Sinatra, während die Leute vom Catering-Service rundherum bereits mit dem Aufräumen beginnen. Russ, Claire und ich stopfen schon die ganze Zeit winzige Schokotrüffelkuchen in uns hinein, die wir mit den Fingern essen. Stephen steht irgendwo auf der Seite, gefangen in einem endlosen Gespräch mit Onkel Freddy, dem er nicht entkommen wird, bis einer von uns sich erbarmt und ihn rettet.

»Mist«, sagt Claire. »Ich glaube, ich habe in der Limousine einen Ohrring verloren.«

»Was hast du denn in der Limousine gemacht? Oh. Oh!«

»Ja doch.« Sie schüttelt selbst ungläubig den Kopf. »Er weiß genau, dass ich ihm in so einem Anzug nicht widerstehen kann.«

»Also wenn es dir irgendwie weiterhilft: Ich mag ihn inzwischen viel lieber als früher.«

»Danke«, antwortet sie. »Aber es hilft mir nicht weiter.« Sie legt den Kopf an meine Schulter und drückt den fleischigen Teil meiner Hand mit ihrem Daumen und Zeigefinger.

»Was ist es für ein Gefühl, ihn wiederzusehen?«, frage ich.

»Keine Ahnung. Meine Hormone spielen derart verrückt, dass ich mir da im Moment einfach nicht sicher bin.«

»Wenn man sich nicht sicher ist, dann ist das auch in Ordnung.«

»Bist du sicher?«

»Ich meine es ernst. Vielleicht ist es manchmal einfach das Beste, sich Zeit zu lassen. Sich langsam vorzutasten.«

»Ich bin nicht gerade berühmt für meine Geduld«, antwortet Claire.

Ich lecke mir ein bisschen Schokoguss von den Fingern. »Menschen können sich ändern.«

Claire beschließt, mit Russ und mir nach Hause zu fahren, verabredet sich allerdings für morgen mit Stephen zum Mittagessen. Draußen auf dem Parkplatz ist es kalt geworden, und unsere warmen Körper dampfen, während wir uns verabschieden.

Meine Mutter nimmt mich in den Arm und presst ihre Stirn gegen meine. »Es ist gut, dass du gekommen bist«, erklärt sie.

»Ich bin auch froh, dass ich es getan habe.«

»Geht es wieder?«

»Ja. Ein paar Tage noch, dann bin ich wie neu.«

»Das habe ich nicht gemeint«, antwortet sie.

»Ich weiß, Mom. Ich komme schon klar.«

»Wirklich?«

»Wirklich.«

Sie gibt Russ ein Küsschen auf die Wange. »Pass gut auf meinen Jungen auf, hörst du mich?«

»Wird gemacht, Mrs. Parker.«

»Um Himmels willen, ich glaube, allmählich kannst du mich wirklich Eva nennen.«

»In Ordnung, Eva.«

Mein Vater wirkt müde, aber glücklich. »Tolle Party, was?«

»Kann man wohl sagen«, antworte ich und überlasse mich seiner wundervollen Umarmung.

»Sag Hailey liebe Grüße von mir.« Er tätschelt mir den Rücken.

Ich halte mich ein paar zusätzliche Sekunden lang an ihm fest, dann antworte ich: »Das mache ich, Dad.«

Rudy setzt sich ans Steuer, und meine Eltern nehmen auf dem Rücksitz des Audi Platz. Meine Mutter lehnt den Kopf an die Schulter meines Vaters. Ich sehe, wie er beim Losfahren seinen edel gekleideten Arm aus dem Fenster streckt und die Hand mit gespreizten Fingern auf dem Wind reiten lässt, während der Wagen beschleunigt und zwischen den Bäumen verschwindet.

41

`Ich hatte eine Frau. Ihr Name war Hailey. Ich habe sie verloren – und mich dazu.`

An einem nassen grauen Montag, ein paar Wochen nach Debbies Hochzeit, setze ich mich an meinen Computer und tippe diese Worte auf einen leeren Bildschirm. Kyle hat einen Vertrag mit einem der größeren Verlage ausgehandelt, und nach eingehender Gewissensprüfung bin ich zu dem Schluss gekommen, dass es an der Zeit ist, wieder zu arbeiten. Ich habe weder ein Konzept noch irgendwelche Richtlinien, abgesehen von den vier Seiten, die Kyle geschrieben und unter meinem Namen eingereicht hat, und den zwölf Kolumnen für M, die die Grundlage für den Vertrag bildeten. Vor ein paar Tagen saß ich in einem Konferenzraum hoch über der Stadt, wo Perry Manfield, der Lektor, der für die Akquise zuständig ist, ein paar zusammengerollte Seiten mit meinen Kolumnen schwenkte und das Nebenprodukt meines ruinierten Lebens als »großartiges Material« bezeichnete.

Ich werde von dem Honorar nicht richtig reich werden, aber was soll's, reich werde ich sowieso. Außerdem ist das auch gar nicht das Entscheidende. Ich muss jetzt an Russ denken, und selbst wenn wir das Geld gar nicht brauchen, bin ich der

Meinung, dass ich kein besonders gutes Beispiel für ihn wäre, wenn ich nur den ganzen Tag herumsitzen und mich an den Eiern kratzen würde.

Das Buch soll autobiographisch werden. Ich erzähle darin, wie mein Leben nach Haileys Tod aus den Fugen geriet. Obwohl ich nicht wahnsinnig scharf darauf bin, diese Zeit noch einmal zu durchleben, halte ich es letztendlich für die beste Art, die Erinnerung an sie lebendig zu halten. Denn ich habe inzwischen begriffen, dass der Schmerz unweigerlich nachlassen wird. Ich spüre, dass der Prozess bereits eingesetzt hat – wie bei der erlöschenden Glut am Rand eines Lagerfeuers, die sich langsam in leblose graue Asche verwandelt und dann vom Wind davongetragen wird. Das Wissen, dass es ein schriftliches Zeugnis über unsere gemeinsame Zeit gibt, wird es mir bestimmt viel leichter machen, loszulassen. Das ist zumindest die Theorie hinter dem Ganzen.

*

Jetzt bin ich also offiziell Autor. Ich habe einen Vertrag, einen Lektor, ein neues Laptop, einen Abgabetermin – und keine Idee, wie ich das Ganze schreiben soll. Trotzdem ist es ein seltsames und nicht ganz unangenehmes Gefühl, wieder etwas zu tun zu haben. Während draußen ein heftiger Herbstregen aufs Dach trommelt und mit einem prasselnden Geräusch, das fast wie Applaus klingt, auf den Metalldeckel des Luftkompressors neben dem Haus klatscht, starre ich aus dem Fenster und ordne meine Gedanken.

Ich hatte eine Frau. Ihr Name war Hailey. Ich habe sie verloren – und mich dazu.

Weiter bin ich noch nicht gekommen, aber ich habe ja ein

ganzes Jahr Zeit, um den Rest zu schreiben, und an Material mangelt es mir bestimmt nicht. Mir wird schon etwas einfallen.

*

Um den Buchvertrag zu feiern, fährt Russ mich zu einem Tattoostudio, wo ich eine kleinere Version des Halleyschen Kometen in Auftrag gebe. Nein: Haileys Kometen. Ich will ihn auf der Innenseite meines rechten Handgelenks haben. Auf diese Weise wird er mich immer, wenn ich die Hand umdrehe, daran erinnern, dass sie ein Teil von mir ist. Ich weiß, das klingt schrecklich kitschig, aber die Vorstellung, von ihr gezeichnet zu sein, gibt mir ein gutes Gefühl.

Während ich Russ meine Beweggründe erkläre, zieht sich der Tätowierer seine Gummihandschuhe über und beginnt meinen Arm mit Alkohol abzureiben.

»Klingt gut«, meint Russ.

»Apropos«, sage ich. »Warum hast du dir deinen eigentlich auf den Hals tätowieren lassen?«

»Keine Ahnung. Irgendwie war ich der Ansicht, dass es eine coole Stelle ist.«

»Aber da kannst du ihn doch nur sehen, wenn du den Hals verdrehst, und dabei verzerrt sich die Form.«

»Ein gutes Argument. Ich werde mir auch noch so einen wie du stechen lassen müssen.«

»Einen Teufel wirst du tun!«

Es ist ein sehr seriöses Tattoostudio in einer kleinen Einkaufsstraße, eingeklemmt zwischen eine Bäckerei und eine chemische Reinigung. Der Tätowierer sieht aus wie ein Großvater mit einem Ring aus weißem Haar um den kahlen, von Altersflecken gesprenkelten Kopf und schmalen, freundlich lächelnden Lippen. Unter seiner Schürze trägt er ein Holzfällerhemd.

»Sie haben ja gar keine Tätowierungen«, stelle ich fest, als ich auf seine unberührten Unterarme hinunterblicke.

»Die Kinder des Schusters gehen barfuß«, antwortet er, während er sein Gerät anschaltet. »Sind Sie schmerzempfindlich?«

Russ und ich sehen uns an und lächeln.

*

Die Nächte sind manchmal hart. Früher waren sie für mich die erträglichste Zeit des Tages, die einzige Zeit, in der sich der Schmerz zu einem dumpfen Pochen abschwächte. Nachts hatte ich weniger das Gefühl, dass sich draußen vor den Fenstern die Welt weiterdrehte, die Leute ihr Leben weiterlebten und die Zeit verging, während ich selbst durch die ungeheure Last der Trauer, die ich empfand, von allem ausgeschlossen war. Außerdem war ich bei Einbruch der Dunkelheit meist schon betrunken. Jetzt habe ich nichts mehr zu trinken im Haus. Und nur fürs Protokoll: auch kein Gras. Ich bin also völlig clean, ein vernünftiger, nüchterner Stiefvater, der sich nicht mehr in Alkohol und Drogen flüchtet, um der Geisterstunde ihren Schrecken zu nehmen.

Als ich zu Russ hinübergehe, schaltet er rasch den Computermonitor aus. In seinem Leben gibt es inzwischen ein Mädchen. Ich erfahre in kleinen Häppchen von ihr, muss ihm aber alles aus der Nase ziehen. Es ist ihm noch peinlich, von ihr zu sprechen, und ich möchte ihn auch nicht zu sehr bedrängen. Natürlich freue ich mich für ihn, doch diese kleinen Dinge – dass er den Monitor ausschaltet, sobald ich den Raum betrete – erinnern mich daran, dass ich immer noch der Erziehungsberechtigte bin und er das Kind ist, egal wie kumpelhaft wir sonst miteinander umgehen. Wie sehr wir die Grenzen auch verwischen, sie sind trotzdem da. Das ist wahrscheinlich ganz gut so, aber ich würde lügen, wenn ich behaupten würde, dass es mir nichts ausmacht. Ich bin erst seit wenigen Wochen wieder sein Stiefvater, und dennoch bin ich schon traurig wegen der kleinen Stücke von ihm, die ich unweigerlich verlieren werde.

»Bei dir alles klar?«, frage ich.

»Alles bestens.«

»Lust auf Kino?«

»Keine Zeit«, antwortet er. »Zu viele Hausaufgaben.«

»Na, dann mach mal.«

»Warum rufst du nicht Miss Hayes an?«

»Super Idee.«

»Wieso nicht?«

»Sie hat mir ziemlich deutlich gemacht, dass sie nichts mehr von mir wissen will.«

»Von so einer Lappalie lässt du dich abhalten?«

Ich denke tatsächlich noch hin und wieder an Brooke, und mit »hin und wieder« meine ich eigentlich die ganze Zeit. Ich halte nach ihr Ausschau, wenn ich Russ in die Schule bringe, ich fahre absichtlich mehrmals am Tag an ihrem Haus vorbei, und jedes Mal, wenn ich allein im Kino sitze, frage ich mich, ob das vielleicht der Tag sein wird, an dem sie kommt. Ich versuche meine Chancen abzuschätzen und dabei alle wichtigen Faktoren einzubeziehen, den jeweiligen Wochentag, die Anzahl der Filme, die gerade laufen. Manchmal bin ich kurz davor, ihr aufs Band zu sprechen, wann ich gehe und welchen Film ich mir ansehe, aber dann muss ich wieder an den Gesichtsausdruck denken, mit dem sie sich von mir verabschiedet hat, und bringe es nicht fertig, ihre Nummer zu wählen.

»Tja«, sagt Claire zu mir, als ich ein paar Tage später mit ihr im Starbucks sitze. Sie hat eine Tasse Kaffee vor sich stehen, ich ein Glas Wasser. »Ein Therapeut würde dir jetzt erklären, was für ein großer Fortschritt es ist, dass du inzwischen wieder einer lebenden Frau nachweinst und nicht mehr einer toten.«

»Deswegen spare ich mir die Therapie. Zu viele nutzlose Informationen.«

»Was ist denn das da an deinem Handgelenk?«

»Ich habe mir ein Tattoo stechen lassen.«

»Das ist nicht dein Ernst, oder?«

Ich zeige ihr Haileys Kometen, der sich über die Innenseite meines Handgelenks zieht.

»Nicht zu fassen!«, meint sie, während sie mit den Fingern darüber streicht. »Du bist wirklich cool.«

»Ich bin höchstens genervt.«

»Du bist geheimnisvoll und gefährlich.«

»Was du nicht sagst.«

»Nun muss ich mir auch eins stechen lassen.«

»Warum?«

»Wenn du eins hast, brauche ich auch eins. Sonst gerät alles aus dem Gleichgewicht.«

»Ich weiß nicht, Claire. So eine Tätowierung ist ein ziemlich großer Schritt.«

»Was willst du damit sagen?«

»Nichts. Wie läuft es denn mit Stephen?«

»Ganz gut, glaube ich. Wir haben jetzt andauernd Sex. Und wir reden darüber. Wir analysieren unseren Sex und überlegen, was wir verbessern könnten. Leider werde ich bald eine Tonne sein. Dann werden wir nicht mehr so viel Sex haben und uns ein anderes Thema einfallen lassen müssen, über das wir reden können.«

»Ihr werdet ein Kind miteinander haben«, entgegne ich. »Vielleicht liefert euch das Gesprächsstoff.«

»Möglich.«

»Du wirst also wieder nach Hause ziehen?«

»Ich weiß es nicht«, antwortet sie mit trauriger Miene und sieht dabei aus dem Fenster. »Irgendwie gefällt es mir so, wie es ist.«

Claire ist einfach nicht zu helfen. Das war schon immer so. Aus irgendeinem Grund wird meine schöne, brillante Schwester immer gegen ihr eigenes, tief verwurzeltes Bedürfnis ankämpfen müssen, von Zeit zu Zeit alles in Schutt und Asche zu legen, um sich anschließend jedes Mal wie Phönix aus der Asche zu erheben. Sie wird ihrem eigenen Glück nie trauen, sondern immer den Drang verspüren, es zu unterwandern. Das wird mir in diesem Moment mal wieder so richtig bewusst, und plötzlich fühle ich mich traurig und alt.

»Liebst du ihn?«

»Ich glaube schon.«

»Dann ist es ja gut.«

»Du findest, ich sollte wieder bei ihm einziehen, oder?«

»Wenn es an der Zeit ist, wirst du es wissen.«

»Blödsinn.«

»Na gut. Wenn es an der Zeit ist, werde ich es dir sagen.«

»Danke.«

»Es ist an der Zeit.«

»Ach, du kannst mich mal!«

So geht es weiter, hin und her, pro und contra, aber nichts davon bringt uns wirklich voran, denn ich habe keine weisen Ratschläge auf Lager. Claire ist einfach Claire, und ich bin ich, und in gewisser Hinsicht wird uns beiden immer irgendetwas fehlen. Vielleicht ist das der Preis, den wir dafür zahlen müssen, dass wir als Zwillinge aufwachsen durften und niemals gezwungen waren, vollständige, reife Einzelpersonen zu werden, weil wir stets einander hatten, um die Lücken zu füllen.

Was auch immer der Grund sein mag, ich weiß, dass sie niemals richtig glücklich sein wird, und das bereitet mir Sorgen. Ich kann nur hoffen, dass ihr Kind etwas in ihr wecken wird, vielleicht sogar ein in ihr schlummerndes Zufriedenheitsgen aktiviert. Genauso gut kann es sein, dass ihr ihre neue Rolle als Mutter endgültig den Rest geben wird. Ich würde jetzt gerne sagen, dass ich zuversichtlich bin, werde aber sicherheitshalber noch eine Weile warten, ehe ich das Gästezimmer in ein Büro umwandle.

*

An einem kalten Abend fahre ich ziemlich spät noch hinüber zum Supermarkt, um unsere Lebensmittelvorräte aufzustocken. Der Parkplatz ist bis auf eine Handvoll Autos leer, und der heftige Herbstwind lässt ein paar verwaiste Einkaufswagen klappernd hin und her rollen. Das sieht richtig gespenstisch aus, als würden sie von den Geistern verstorbener Kunden geschoben. Ich bin im Begriff auszusteigen, als ich ein Stück weiter Laney entdecke, die gerade ihre Taschen in den Kofferraum ihres Minivan lädt. Es war klar, dass wir uns früher oder später über den Weg laufen würden. Ich kaufe nur noch abends ein, um möglichst wenig Leute zu treffen, und sie macht es schätzungsweise genauso. Sie trägt Jeans, einen engen weißen Pulli und hochhackige Schuhe. Ihr Anblick macht mich irgendwie nervös. Warum, weiß ich selbst nicht.

Ich ziehe den Kopf ein und hoffe, dass sie mich nicht entdecken wird. Mike hat mir erzählt, dass sie und Dave zur Eheberatung gehen, aber in getrennten Zimmern schlafen. Laut Mike besteht wenig Hoffnung. Ich muss an Laneys kleine

Tochter denken, die mich so fest umarmte, als ich sie ins Bett brachte. Dafür werde ich mich immer hassen. Ich beobachte, wie Laney ihren Einkaufswagen zurückbringt. Eigentlich sollte ich aussteigen und sie begrüßen, denn wenn ich es jetzt nicht tue, wird sie mir irgendwo anders über den Weg laufen. Aber auf diesem Parkplatz spukt es irgendwie, mich lähmt eine unbegreifliche Angst, und ich höre erst wieder zu zittern auf, als ich ihre Rücklichter aufleuchten sehe und der Minivan sich in Bewegung setzt.

Ich habe eine Tätowierung am Handgelenk, die mich daran erinnert, was ich verloren habe, und ich habe Laney Potter, deren Anblick auf einem Parkplatz mich daran erinnert, was ich getan habe. Ich werde mich daran gewöhnen müssen, doch manchmal erscheint mir die extreme Hartnäckigkeit, mit der alles irgendwie bestehen bleibt, wie ein Schlag mit einem Wagenheber auf den Kopf.

*

Ich feuere keine Wurfgeschosse mehr auf die Kaninchen ab. Nachdem ich eines von ihnen in meinem Garten beerdigt habe, gewähre ich den anderen nun uneingeschränktes Weiderecht. Ich finde, das ist das mindeste, was ich tun kann. Sonst wäre sein Tod völlig umsonst gewesen. Sie sitzen auf meinem Rasen – manchmal allein, manchmal in Zweier- oder Dreiergrüppchen – und knabbern am Gras oder denken über die Dinge nach, über die Kaninchen eben so nachdenken. Dabei schenken sie mir keinerlei Beachtung. Ich hatte befürchtet, dass sie mir vorwurfsvolle Blicke zuwerfen würden, aber sie scheinen mich überhaupt nicht mit dem tragischen Schicksal in Verbindung zu bringen, das ihren Kumpel ereilt hat. Die Kaninchen wissen, dass manchmal einfach etwas Schlimmes passiert und niemand etwas dagegen tun kann. Deswegen mümmeln sie gelassen vor sich hin, und ich sehe ihnen dabei zu und versuche mir einzureden, dass wir nun vielleicht alle ein bisschen weiser sind als vorher.

Am Donnerstagnachmittag sitze ich gerade mal wieder vor meinem Laptop, um an meinem sich ständig ändernden Manuskript weiterzubasteln, und beobachte durchs offene Fenster ein einzelnes Kaninchen, das sich im Schatten der großen Esche ausruht, als das Telefon klingelt.

»Doug? Hier ist Brooke.«

Ihre Stimme klingt wie eine Arie, und die kleinen Härchen an meinen Armen huldigen ihr mit stehenden Ovationen.

»Hey.« Ich stehe auf und beginne nervös im Zimmer herumzuwandern.

»Ich rufe wegen Russ an«, sagt sie rasch, damit ich nicht auf falsche Gedanken komme.

»Was ist mit ihm?«

»Er hat den Wagen unseres Fahrlehrers gestohlen.«

»Was?«

»Er hat es irgendwie geschafft, Coach Warren den Schlüssel aus der Tasche zu klauen, und sich mit dem Wagen aus dem Staub gemacht.«

»Unglaublich.«

»Ich möchte nicht vorschnell die Polizei einschalten, aber er ist nun schon seit zwanzig Minuten weg. Außerdem hat er noch keinen Führerschein. Da kann so leicht etwas passieren. Er gefährdet nicht nur sich selbst, sondern auch andere.«

»Ich weiß«, antworte ich, während ich krampfhaft überlege. »Wo zum Teufel könnte er hin sein?«

»Ich hatte gehofft, dass du mir das sagen kannst.«

Draußen hupt jemand. Gleichzeitig höre ich laute Musik.

»Moment mal«, sage ich. »Sprechen wir von einem weißen Corolla?«

»Ja.«

»Du brauchst die Polizei nicht zu verständigen. Ich bringe ihn dir in fünfzehn Minuten zurück.«

Bis ich unten bin, ist Russ bereits ausgestiegen. Er lehnt am Wagen und grinst von einem Ohr zum anderen. »Meine erste Fahrt ganz allein«, sagt er. »Bin ich gut, oder was?«

»Brooke hat mich gerade darüber informiert, dass du das Fahrschulauto geklaut hast. Warum zum Teufel hast du das getan?«

»Vielleicht ist es ja nur ein Zeichen dafür, dass ich immer noch trauere?«

»Du hättest festgenommen werden können!«

»Dieses Risiko musste ich eingehen.«

»Du verstehst es nicht, oder? Jetzt steckst du ganz schön in der Scheiße.«

»Ich hatte nur zwei Möglichkeiten: entweder das oder eine weitere Schlägerei. Und der Gewalt habe ich vorerst entsagt.«

»Was wolltest du damit bezwecken?«, frage ich entnervt.

»Keine Ahnung. Ich bin nur ein dummer Junge.«

»Das bist du allerdings. Wir werden das Auto jetzt zurückbringen.«

»Ich fahre«, erklärt er. Ich funkele ihn nur böse an. Achselzuckend wirft er mir den Schlüssel herüber. »Na gut«, sagt er und mustert mich dann prüfend. »Du willst doch wohl nicht in diesem Aufzug aus dem Haus gehen?«

»Was?«

»Dein T-Shirt hat unter der Achsel ein großes Loch. Zieh dir einen Pulli über. Und kämm dir verdammt noch mal die Haare, du siehst aus, als kämst du gerade aus dem Bett.« Er beugt sich vor und rümpft die Nase. »Weißt du was? Am besten, du springst schnell unter die Dusche. Ich warte so lange.«

»Wovon redest du eigentlich?«

Mein verrückter, schöner, chaotischer Stiefsohn lächelt mich an, und plötzlich dämmert es mir.

»Sie sieht heute verdammt gut aus, Doug. Ich war bei ihr im Büro.«

»Du bist verrückt!«

»Die Wege der wahren Liebe sind verschlungen.«

»Ich kann einfach nicht fassen, dass du das getan hast.«

»Warum nicht?«, gibt er zurück. »Ich finde, es sieht mir total ähnlich.«

Eine Minute lang stehe ich da und kratze mir wie ein Idiot den Kopf, dann lächle ich ihn kopfschüttelnd an. »Gib mir fünf Minuten.«

»Es dürfen gerne auch zehn sein. Und nimm den blauen Strickpulli mit dem runden Ausschnitt, der passt so gut zu deinen Augen.«

»Übertreib's nicht.«

»Entschuldige.«

*

Während der Fahrt zur Schule singen wir bei offenem Fenster zu The Clash, so laut wir können. Wir ahmen die Gitarrensoli originalgetreu nach, trommeln auf dem Armaturenbrett genau im Takt des Schlagzeugs und singen zweistimmig, sooft es passt. Niemand kann das so gut wie wir. Unser Instinkt ist unfehlbar, die Chemie zwischen uns perfekt. An den Ampeln starren uns die anderen Autofahrer ehrfürchtig an, während wir uns das Herz aus dem Leib rocken.

Ich erwarte nichts allzu Dramatisches. Es wird keine leidenschaftlichen Reden geben, und wir werden uns auch nicht in die Arme fallen. Ich werde mich weder bei strömendem Regen mit einem Ghettoblaster vor ihr Fenster stellen, noch werden wir eng umschlungen auf dem Gang stehen und uns endlos küssen, während rundherum die ganze Schule Beifall grölt. Doch vielleicht wird unser Wiedersehen sie daran erinnern, dass das, was zwischen uns begonnen hatte, irgendwie schön war. Angenehm locker, aber real. Mir wird unser Wiedersehen jedenfalls Mut machen, mich weiter um sie zu bemühen. Vielleicht werden wir einen Blick wechseln oder miteinander lachen, oder irgendetwas anderes wird dafür sorgen, dass ich keine Skrupel mehr zu haben brauche, ihr eine Nachricht zu hinterlassen, wenn ich das nächste Mal allein ins Kino gehe. Vielleicht wird mein Blick oder meine Stimme ihr verraten, dass sie ohne Bedenken mitkommen kann, weil ich inzwischen ein anderer bin als noch vor ein paar Wochen. Ich suche gerade nicht nach Happy Ends. Ich versuche bloß, die Dinge wieder zum Laufen zu bringen.

Der Song ist zu Ende, der DJ beginnt wie ein Aufziehspielzeug zu plappern, und Russ schaltet das Radio aus. In der plötzlichen Stille ertappe ich mich bei dem Gedanken, dass ich Hailey unbedingt erzählen muss, was für ein Spaß es ist, wenn Russ und ich im Wagen singen.

Das passiert mir immer noch manchmal. Es ist wie ein konditionierter Reflex, den ich mir nicht mehr abgewöhnen kann. Eine Welle schmerzhafter Melancholie flutet über mich hinweg. Russ setzt zum Sprechen an, klappt den Mund aber gleich wieder zu, weil er meine umgeschlagene Stimmung spürt. Den Rest der Strecke fahren wir in einvernehmlichem Schweigen. Ich schätze, so wird das nun immer sein: lange Phasen des Lärms, unterbrochen von gelegentlichen Momenten der Stille. Wie bei einer CD, wo auch kurze Pausen zwischen den

Songs sind. Irgendwie finde ich es tröstlich, zu wissen, dass Hailey immer da sein wird. Dass sie in der Stille auf mich warten wird, während ich mit Russ dort draußen im Lärm lebe.

Ich biege auf den Schulparkplatz ein und stelle den Schalthebel auf Parken. Wir bleiben noch einen Moment sitzen.

»Glaubst du, sie werden mich wieder vom Unterricht ausschließen?«

»Ich glaube es nicht, ich weiß es.«

Russ zuckt mit den Achseln. »Es war für einen guten Zweck.«

Er braucht dringend einen Haarschnitt, aber ich verkneife es mir, ihn darauf hinzuweisen. Draußen ist der Himmel aschegrau geworden, ein starker Wind peitscht um den Wagen und lässt steifes, sprödes Herbstlaub und zusammengeknüllte Zigarettenschachteln über den Asphalt tanzen. Bald wird es kalt werden.

»Weißt du, Russ«, sage ich und lehne mich zurück. »Du darfst ruhig ab und zu mal ein bisschen glücklich sein.«

Russ nickt nachdenklich, den Blick nach vorne gerichtet. »Du auch.«

»Ich weiß.«

Wir sehen uns einen langen Moment an, dann richten wir unsere Aufmerksamkeit wieder auf das umschlagende Wetter. Die Luft zwischen uns fühlt sich geladen an, wie in der letzten stillen Sekunde, bevor die Ouvertüre beginnt. Wir sind jung, schlank, traurig und schön, und alles kann passieren.

»Also dann«, sage ich. »Lass es uns tun!«

Wir öffnen gleichzeitig unsere Türen und treten hinaus in den Wind.

Danksagung

Schreiben ist ein einsamer Beruf, deshalb möchte ich allen danken, die mir dabei Gesellschaft leisten:

Natürlich dir, Lizzie, für alles, was du tust und bist; Spencer und Emma, meinem heiß geliebten und höchst temperamentvollen Chaosteam; meinen lieben Eltern für die unermüdliche Unterstützung. Simon Lipskar, weil du mich verstehst und es verstehst, mich finanziell abzusichern. All den guten Leuten bei Writers House. Kassie Evashevski, meinem Schutzengel in der Stadt der verlorenen Engel, und dem ganzen Team bei Brillstein-Grey. Dem unerschütterlichen und nicht zu stoppenden Phil Raskind und all seinen Helfern bei Endeavor. Danielle Perez, der Frau mit der sanften Zunge und dem scharfen Verstand. Nita Taublib, Irwyn Applebaum, Patricia Ballantyne und allen anderen bei Bantam Dell. Wendy, Mark und Tobey. Sara und John. Einen großen Teil dieses Buches habe ich in der Bibliothek des Manhattanville College geschrieben, daher danke ich Jeff Bens, der mir diesen fantastischen Ort zum Schreiben und Lehren zur Verfügung gestellt hat. Marc Moller, der sich die Zeit nahm, mich an seinem beträchtlichen Fachwissen teilhaben zu lassen. Dr. Hal Klestzick und Dr. Abe Schreiber, die mir bei den medizinischen Details geholfen haben. Maja Nikolic und Matt Caselli, die dafür sorgten, dass dieses Buch auch jenseits des Atlantiks erscheint. Jon Wood, Genevieve Pegg, Timothy Sonderhüsken, Martine Koelemeijer, Elisabetta Migliavada. David Adelsberg bei Softsphinx, der meine Website entworfen hat. Meinen Freunden und meiner Familie bei Coda. Sämtlichen Buchclubs, die mich eingeladen haben, und allen Lesern, die mir im Lauf der Jahre gemailt haben. Ich hoffe, ihr mögt dieses Buch.

Und nicht zu vergessen: Bei der Entstehung dieses Buchs sind keine Tiere zu Schaden gekommen.

Im Weltbild Verlag ist außerdem erschienen:

Anne Hertz
Glückskekse

328 Seiten
Format: 12,5 x 18,7 cm,
Best.-Nr. 277 572
ISBN 978-3-8289-9290-0
8,95 €

»Ein herzerfrischender Roman über Freundschaft und wahre Liebe.«

Bild der Frau

Ausgerechnet an ihrem Geburtstag wird Jana verlassen. Grund genug, mehr als eine Flasche zu leeren und sternhagelvoll eine schicksalsträchtige SMS an eine unbekannte Nummer zu senden... Und so beginnt eine Liebesgeschichte ohne Rendezvous und Kerzenschein – lustig, ein bisschen chaotisch und so romantisch, dass man sich wünscht, sie möge niemals enden.

Im Weltbild Verlag ist außerdem erschienen:

Guillaume Musso
Wirst du da sein?

268 Seiten
Format: 13,5 x 21,5 cm,
Best.-Nr. 275 764
ISBN 978-3-8289-9293-1
11,95 €

Ist die Liebe stärker als der Tod?

Dreißig Jahre ist es her – doch nie ist der angesehene Arzt Dr. Elliott Cooper über den Tod seiner großen Liebe Ilena hinweggekommen. Sehnsucht und Schuldgefühle quälen ihn noch immer, keine andere Frau konnte sein Herz gewinnen – außer seiner Tochter Angie. Was aber, wenn das Schicksal ihm eine zweite Chance böte? Wenn er noch einmal in der Zeit zurückreisen dürfte, um vielleicht den entscheidenden, tragischen Fehler zu korrigieren? Und wenn der Preis dafür das Leben seiner Tochter wäre?

Im Weltbild-Verlag ist außerdem erschienen:

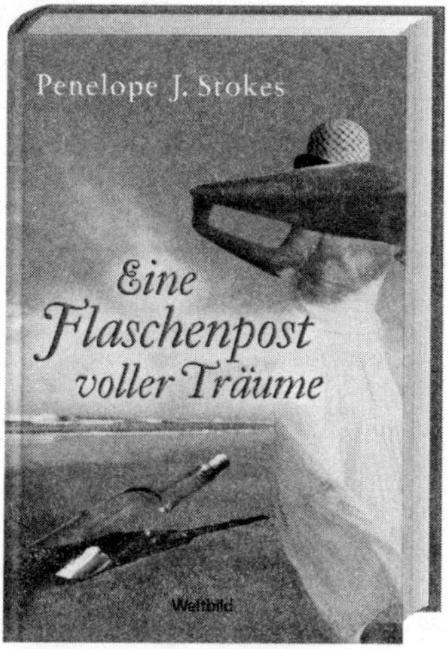

Penelope J. Stokes
Eine Flaschenpost voller Träume

512 Seiten
Format: 12,5 x 18,7 cm,
Best.-Nr. 276 174
ISBN 978-3-8289-8907-8
8,95 €

Im Jahr 1929 schreiben die vier Freundinnen Letitia, Mary Love, Eleanor und Adora ihre Lebensträume auf und stecken die Zettel in eine blaue Flasche, die sie sorgfältig verstecken.
65 Jahre später findet die Journalistin Brenda diese ungewöhnliche „Flaschenpost" und ist fasziniert. Was ist wohl aus diesen vier Mädchen geworden? Leben sie noch, um ihre Geschichte zu erzählen? Und haben sich die Träume und Wünsche der vier Frauen erfüllt? Eine spannende Reise in die Vergangenheit beginnt ...

Im Weltbild Verlag ist außerdem erschienen:

Sarah Lark
Im Land der weißen Wolke

812 Seiten
Format: 12,5 x 18,7 cm,
Best.-Nr. 275 664
ISBN 978-3-8289-9206-1
10,95 €

Eine farbenprächtige Familiensaga vor der atemberaubenden Kulisse Neuseelands

London, 1852: Zwei junge Frauen treten die Reise nach Neuseeland an. Es ist der Aufbruch in ein neues Leben – als künftige Ehefrauen von Männern, die sie kaum kennen. Die adlige Gwyneira ist dem Sohn eines reichen »Schafbarons« versprochen, und die junge Gouvernante Helen wurde als Ehefrau für einen Farmer angeworben. Ihr Schicksal soll sich erfüllen in einem Land, das man ihnen als Paradies geschildert hat. Werden sie das Glück und die Liebe am anderen Ende der Welt finden?